D1723511

Arne Danikowski

Die Johnson Chroniken
Band 6
Es werde Licht

Science-Fiction

Titelbild: Arndt Drechsler
Korrektorat: André Piotrowski

Vorwort

Es erreichen mich immer wieder Hinweise über Rechtschreib- und Grammatikfehler in meinen Bänden. Fehler lassen sich leider nicht immer vermeiden und ich bitte um Verständnis. Alle meine Bücher durchlaufen ein professionelles Korrektorat. Dennoch ist es fast unmöglich, alle Fehler zu beseitigen. Gerne nehme ich Hinweise hingegen, sollte der Fehlerteufel einmal zugeschlagen haben. Doch bevor Sie das tun – das Korrektorat geht ausschließlich nach der neuen Rechtschreibung und deren Regeln vor. Es werden keine »üblichen« Rechtschreibvarianten verwendet. Daraus ergibt sich schnell, dass *gefühlte* Rechtschreibfehler am Ende doch richtig sind. Das gilt auch für die Grammatik (z. B. Kommasetzung) und den Satzbau.

Beanstandungen nehme ich gerne unter der E-Mail-Adresse info@john-johnson.de entgegen. Nutzen Sie diese Adresse auch für Ihre Meinung. Ich freue mich über Kritik genauso wie über positives Feedback.

Und nun wünsche ich Ihnen viel Spaß beim Lesen!

Zu den Büchern

Bisher sind in den John-James-Johnson-Chroniken folgende Bände erschienen:

1. Trilogie

- 1. Teil: Die Einberufung
- 2. Teil: Der Anschlag
- 3. Teil: Auf Messers Schneide

- 1. Sammelband: Teil 1–3

2. Trilogie

- 4. Teil: Zu den Sternen
- 5. Teil: Die Feuerprobe
- 6. Teil: Es werde Licht

Die ersten drei Teile sind eine Trilogie und in sich abgeschlossen.

Die nächsten drei Teile ergeben eine weitere Trilogie ergeben und sind ebenfalls in sich abgeschlossen.

Dennoch setzen die einzelnen Teile die vorangegangenen voraus und beziehen sich auf diese. Das könnte es Quereinsteigern erschweren, die Teile zu verstehen. Auch wurden Charaktere unter Umständen in der vorangegangenen Trilogie aufgebaut und fehlen dem Leser, der erst bei der zweiten Trilogie einsteigt.

In allen Teilen spielt die Entität Aramis eine entscheidende Rolle. Aramis hat sich in dem Körper von John Johnson eingenistet und verfügt über unglaubliche Fähigkeiten. Er ist zum Beispiel in der Lage, die Gedanken von anderen Menschen zu lesen. Ab dem zweiten Teil der Johnson-Chroniken kommuniziert Aramis mit John. Im Verlauf der Geschichte (Teil 3 und auch in dem vorliegenden Band) wird der Personenkreis, der sich mit Aramis unterhalten kann, erweitert. Die Unterhaltungen finden ausschließlich auf gedanklicher Ebene statt. Das stellte mich vor einige Probleme, wie ich den Gedankenaustausch übersichtlich darstellen sollte.

In Zusammenarbeit mit meinem Lektor und Setzer habe ich ein System entwickelt, das es ermöglichen soll, auf den ersten Blick zu sehen, wer sich gerade mit wem gedanklich unterhält. So gelten folgende Regeln:

- **Normale Gedanken**
  (kursiv)
  Beispiel: *Das ist ganz einfach*, dachte er.
- **Aramis**
  (kursiv, in geschweiften Klammern)
  Beispiel: *{Achtung! Hinter dir!}*, warnte mich Aramis.
- **John James Johnson**
  (kursiv, in eckigen Klammern)
  Beispiel: *[Weißt du etwas darüber?]*, fragte ich Aramis.
- **Imperatrix Victoria X.**
  (kursiv, in spitzen Klammern)
  Beispiel: *⟨Halte mich nicht zum Narren!⟩*, warnte die Imperatrix Aramis.
- **Prinzessin Emilia**
  (kursiv, in umgedrehten spitzen Klammern)
  Beispiel: *⟩Du bist unglaublich⟨*, stellte die Thronfolgerin fest.
- **Jules**, die Schiffs-KI
  (kursiv, in runden Klammern)
  (Habe ich eine Wahl?), fragte die KI Aramis.

- **Gespräch über das ICS**
  (kursiv und in Anführungszeichen)
  »Alles in Ordnung?«, fragte Commander Higgens über das ICS.

- **Sonstige Gesprächspartner von Aramis**
  (kursiv, in umgedrehten runden Klammern)
)Was denn, noch länger soll die Liste nicht werden?(

Danksagungen

Mein Dank geht an alle, die mir bis hierhin die Treue gehalten haben. Die John-James-Johnson-Chroniken finden in dem vorliegenden sechsten Teil den Abschluss der zweiten Trilogie. Ich hoffe, ich kann Sie auch dieses Mal wieder gut unterhalten, und nun wünsche ich Ihnen allen viel Spaß mit den Abenteuern von John James Johnson.

Was bisher geschah …

General John James Johnson ist mit seiner Tochter, der Prinzessin Emilia, und der NAUTILUS II in die Sombrerogalaxie aufgebrochen. Im Gender-System trifft die Besatzung auf die erste Zivilisation jenseits der Milchstraße. Schnell stellt sich heraus, dass diese Zivilisation vor langer Zeit untergegangen ist. Die Crew packt das Forschungsfieber und entsendet ein Außenteam auf eine Raumstation, die um den Planeten Ghost I ihre Bahnen zieht. Doch die Exkursion entwickelt sich zu einem Desaster und Commander Higgens und sein Team können nur in der allerletzten Sekunde entkommen.

In der Zwischenzeit ermittelt die Sonderermittlerin und Kommissarin Isabell McCollin im Auftrag der Imperatrix mysteriöse Vermisstenmeldungen. Sie findet heraus, dass die Bewahrer hinter den Entführungen stecken, und informiert die Kaiserin auf eine ungewöhnliche Art und Weise.

Nach dem Angriff der Naniten im Gender-System, der beinahe zur Auslöschung eines ganzen Außenteams geführt hätte, sucht Johnson nach Alternativen, die er gegen die Bewahrer einsetzen will. Er zieht in Betracht, dass ihre ursprüngliche Mission nicht den erhofften Erfolg haben könnte. Mit dem Spezial-Trooper-Team von Commander Higgens macht er sich auf den Weg zurück in die Milchstraße. Er beabsichtigt, dort ein Piratenschiff zu kapern, um damit in die Nähe eines der Bewahrerschiffe zu gelangen. Der Plan sieht vor, das Geheimnis der überlichtschnellen Kommunikation der Aliens zu lösen. Dieses Wissen ist überlebenswichtig. Nur wenn die Menschen in der Lage sind, die Bewahrer von ihrem Kollektiv abzuschneiden, kann der Kampf gegen den mächtigen Gegner beginnen.

Prolog

Zeit: 1042
Ort: Milchstraße, Sonnensystem, Planet: Erde

Der Kugelraumer der Bewahrer schwenkte in einen Orbit der Erde ein. Das Schiff war mehrere Wochen unterwegs gewesen und hat unzählige Sternensystem des Imperiums bereist. Mit an Bord befand sich Ihre Kaiserliche Majestät Victoria X.

Die Imperatrix hatte die Aliens unter einem Vorwand von der Erde gelockt, damit General Johnson und ihre Tochter unbemerkt die Erde mit der NAUTILUS II verlassen konnten. Sie hatte viele Werften besucht und den Fortschritt des Rückbaus der Kriegsschiffe inspiziert. Jahrelang war es der Kaiserin gelungen, die Verschrottung der Schiffe hinauszuschieben. Doch die Geduld der Beschützer der Menschheit war erschöpft und sie bestanden ausdrücklich darauf, endlich die todbringende imperiale Flotte aus dem Verkehr zu ziehen. Victoria tat es in der Seele weh, Hunderttausende ihre treu ergebenen Soldaten in den frühzeitigen Ruhestand zu schicken. Einige unter ihnen hatten ihr ganzes Leben in der imperialen Navy verbracht und jetzt standen diese tapferen Männer und Frauen mit leeren Händen da. Die Kaiserin hatte den Frust und Unmut der Menschen gespürt und fühlte sich wie eine Verräterin. Ja, sie war eine Verräterin an ihrem eigenen Volk. Doch welche Wahl blieb ihr? Hätte sie den Abbau der Flotte nicht jetzt angeordnet, wer weiß, was passiert wäre? Sie traute den Bewahrern zu, die Kriegsschiffe einfach zu vernichten. Natürlich, ohne die jeweilige Besatzung zu evakuieren. Dennoch, die Gesichter ihrer Untertanen würde die Kaiserin nicht so schnell vergessen. Enttäuschung, ja,

Enttäuschung war wohl das richtige Wort, womit man die Gefühle der Soldaten am besten beschreiben konnte. Sie fühlten sich im Stich gelassen.

Victoria stand auf der Brücke des Alienschiffs und seufzte. Schwermütig beobachtete sie die Erde aus dem Orbit. Es war der schönste Planet, den sie kannte. Hier wurde sie geboren, hier würde sie vermutlich auch sterben. *Hoffentlich nicht so bald!*, dachte die Kaiserin. Sie wusste nicht, was alles in ihrer Abwesenheit geschehen war, hoffte aber mit jeder Faser ihres Körpers, dass es John und ihrer Tochter gelungen war, die Erde mit der Nautilus II zu verlassen. Die Bewahrer verhielten sich seit einiger Zeit sehr merkwürdig und hatten auf eine Rückkehr gedrängt. Den Grund dafür konnte Victoria nicht in Erfahrung bringen. Im Grunde genommen begrüßte sie es, die Reise frühzeitig abzubrechen. Die Besuche der wichtigen Königshäuser waren alles andere als erfreulich gewesen. Die Empörung darüber, dass die Imperatrix heiraten wollte, und dann auch noch einen Bürgerlichen, kannten kaum Grenzen. Noch schwieriger war es, die Geburt der Prinzessin zu verkaufen. Die Thronerbin war ein natürlich gezeugtes Kind und nicht vom reinen Blut. Man sollte meinen, die Menschen wären im Jahr 1042 aufgeschlossener. Victoria musste all ihre Autorität ausspielen und gelegentlich dem Adel sogar den Mund verbieten. Zurzeit war sie wahrscheinlich die unbeliebteste Imperatrix, die es jemals gegeben hatte. Trotzdem würde sie nicht wanken, sie war der Fels in der Brandung, sie war die Retterin der Menschheit. Das musste sich Vicki ständig selber sagen und nun brauchte sie es nur noch selber glauben. Das fiel ihr immer schwerer.

Die Kaiserin verscheuchte die düsteren Gedanken und konzentrierte sich auf die kommende Aufgabe. Sie war die Imperatrix, die Herrscherin des Imperiums und kam von einer langen Reise nach Hause. Jetzt wollte sie nur noch ihre Liebsten sehen und Zeit mit ihnen verbringen. Das musste sie den Bewahrern genauso verkaufen. Sie würde den Aliens eine VID-würdige Vorstellung bieten. Wer war die beste Schauspielerin im ganzen Imperium? Natürlich die Imperatrix. Ihr ganzes Leben war ein Theaterstück.

Die Bewahrer stellten der Imperatrix ein Shuttle zur Verfügung und begleiteten die Kaiserin zur Oberfläche hinunter. Irgendwie schienen die Maschinenwesen ungeduldiger zu sein als sie selbst.

»Ist etwas nicht in Ordnung?«, fragte Vicki eines der Wesen.

»Nichts, was Sie beunruhigen sollte. Wir haben seit längerer Zeit keinen Kontakt zu dem Wächter, der für die Sicherheit Ihrer Tochter zuständig ist.«

»Das sagen Sie mir erst jetzt?« Victoria machte ein entsetztes Gesicht. Innerlich musste sie lächeln, denn das konnte nur bedeuten, Johnson hatte die Blechbüchse ausgeschaltet. Das war ein gutes Zeichen.

»Wir wollten Sie nicht beunruhigen. Es wird sicherlich nur eine technische Störung sein. Wie Sie wissen, sind unsere Körper sehr widerstandsfähig. Machen Sie sich keine Sorgen, es wird alles in Ordnung sein.«

Sehr widerstandsfähig, ha! Ihr kennt meinen John nicht, dachte Sie.

»Wenn meiner Tochter etwas zugestoßen ist …«, wandte sich die Kaiserin an den Bewahrer und ließ den Satz unvollendet.

»Seien Sie versichert, es wird alles in bester Ordnung sein.«

Der Shuttle setzte vorsichtig auf dem Landefeld vor dem Palast auf. Draußen wartete bereits Major Jovan Cox mit einem Dutzend Leibgardisten und nahm seinen Schützling in Empfang.

»Willkommen auf der Erde! Gut, Sie wieder bei uns zu haben«, begrüßte er die Kaiserin, als diese die Shuttlerampe verlassen hatte, und machte eine leichte Verbeugung. Am Gesicht des Majors konnte Victoria erkennen, dass dem Major etwas auf der Seele lag.

»Hallo, Major Cox! Ja ich freue mich auch. Nichts gegen Sie, Major, aber ich hatte eigentlich damit gerechnet, von meinem zukünftigen Gemahl in Empfang genommen zu werden. Ist unsere Ankunft nicht angekündigt worden?«

»Doch, durchaus, Eure Majestät.«

»Ja und wo ist denn nun General Johnson?«

Cox zappelte herum und schaute sich nervös um. Doch es war niemand in der Nähe, der ihm diesen schweren Gang hätte abnehmen können. Victoria tat der Mann leid. Der Major war nicht in die Pläne eingeweiht worden, genauso wie niemand anderes im Palast.

»Wollen wir nicht erst einmal hineingehen, Eure Majestät?«, versuchte Cox, das Unvermeidliche aufzuschieben. Egal wie sehr er sich dagegen werte, er würde nicht darum herumkommen, der Kaiserin zu erklären, dass er absolut keine Ahnung hatte.

»Nein, wollen wir nicht. Ich verlange, auf der Stelle zu erfahren, warum der General nicht hier ist. Und wo ist meine Tochter? Wo ist die Prinzessin?« Die Worte der Imperatrix trafen den Major wie Blasterschüsse und unter jedem Treffer zuckte sein Körper zusammen. Er schloss für ein paar Sekunden seine Augen, dann fasste er all seinen Mut zusammen.

»Ich kann Ihnen leider nicht sagen, wo sich General Johnson in diesem Moment aufhält.« Jetzt war es heraus, besser ging es dem Leibgardisten dadurch aber nicht. Wohlweislich hatte er die Frage nach der Thronerbin nicht beantwortet.

»Wie, Sie wissen es nicht? Der General muss Sie doch eingeteilt haben. Da hat er Ihnen nicht gesagt, was er vorhat?«

»Nein, Eure Hoheit. Bedauerlicherweise nicht.«

»Mhm. Aber Sie haben meine Frage bezüglich meiner Tochter nicht beantwortet. Wo befindet sich Prinzessin Emilia?«

Major Cox war kurz davor, in Tränen auszubrechen, und er sah seine Karriere den Bach hinuntergehen. Ihm war kein anderer Fall bekannt, in dem ein Leibgardist die Kaiserin oder die Prinzessin verloren hatte, und genau das hatte er getan. Es war nicht seine Schuld, davon war Jovan überzeugt, doch es spielte keine Rolle. Seit Wochen hatte er kein Lebenszeichen von den beiden gehört. Insgeheim hatte er gehofft, Johnson wäre mit der Prinzessin der Imperatrix hinterhergereist und die beiden wären bei ihr, doch da

Ihre Majestät alleine vor ihm stand, war dem wohl nicht so. Das Dutzend Leibgardisten richteten den Blick stur geradeaus und tat so unbeteiligt wie möglich.

»Ich habe die Prinzessin zuletzt mit General Johnson gesehen«, war alles, was er herausbrachte.

»Wollen Sie mir damit sagen, dass Sie keine Ahnung haben, wo Emilia ist?«, fragte die Kaiserin mit gefährlich leiser Stimme.

»Leider entspricht das den Tatsachen. Der General hat mit der Prinzessin und einem Special-Trooper-Team in einem Shuttle den Palast verlassen. Ich hatte meine Einwände vorgebracht, doch der General hat mich auf meinen Posten verwiesen. Ach ja, und Fleet Admiral Gavarro hat ihn ebenfalls begleitet.«

»Könnte es dann sein, dass sich alle auf der ORION aufhalten? Ich meine, das liegt doch nahe, oder?«

»Dieser Gedanke kam mir ebenfalls und natürlich habe ich dort nachgefragt. Leider ist der Admiral nicht zurückgekehrt. Eine großräumige Suchaktion war ebenfalls erfolglos. Sie müssen sich aber noch auf der Erde oder im Sonnensystem aufhalten. Kein Schiff hat seitdem das System verlassen. Admiral van Deek hat die Abriegelung angeordnet und überwacht.«

»Was?«, rief die Imperatrix erschrocken aus. »Seit wann sind der General und meine Tochter denn verschwunden?«

»Das war ein paar Tage nach Ihrer Abreise, Eure Majestät.«

Victoria schwieg und versuchte besorgt auszusehen. John hatte es tatsächlich geschafft. Die NAUTILUS II konnte unbemerkt die Erde verlassen und befand sich sehr wahrscheinlich schon in fernen Galaxien. Ach wie gerne wäre sie mit dabei gewesen!

»Warum wurde ich nicht umgehend informiert?«

»Wir hatten keine Kontaktmöglichkeit. Admiral van Deek hat darauf bestanden, dass kein Schiff das System verlässt. Es wurden etliche Nachrichtensonden mit einer Botschaft an Sie ausgesendet. Allem Anschein nach hat Sie die Botschaft nicht erreicht.«

»Was ist mit dem Bewahrer? Es war doch auch ein Bewahrer zum Schutz meiner Tochter da, oder irre ich mich? Sie wissen doch, dass unsere Beschützer über ein Kollektiv verfügen. Eine Nachricht hätte mich umgehend erreichen können.«

»Bedaure, Eure Majestät, aber von dem Bewahrer fehlt ebenfalls jegliche Spur.« Major Cox senkte den Blick verlegen zu Boden. Insgeheim hoffte er auf die Gnade der Kaiserin und dass sie ihm sagte, es wäre nicht seine Schuld. Was konnte er schon gegen einen Bewahrer ausrichten? Wer war er, die Befehle des Generals, des zukünftigen Gemahls und Imperators, infrage zu stellen? Doch die Imperatrix reagierte anders, als er sich das gewünscht hatte.

»Major Cox, ich enthebe Sie hiermit Ihres Amtes. Wache! Führt den Mann ab und bringt ihn in einen Verhörraum, ich beschäftige mich später mit ihm.« Dann deutete sie mit dem Finger auf einen beliebigen Leibgardisten.

»Sie, vortreten. Wie ist Ihr Name?«

Der junge Mann, auf den Victoria zeigte, schaute von links nach rechts, in der Hoffnung, die Kaiserin könnte jemand anderes meinen. Doch die anderen Leibgardisten traten alle zwei Schritte nach hinten.

»Lance Corporal Darsan Carlson, zu Ihren Diensten, Eure Majestät«, stammelte er und nahm Haltung an. Dann führte er die Hand zum militärischen Gruß.

»Gut. Lance Corporal Darsan Carlson, ich befördere Sie hiermit zum Second Lieutenant der Garde. Sie übernehmen für heute den Posten von Major Cox. Informieren Sie den IGD, ich benötige einen Verhörspezialisten.«

»Jawohl, Eure Hoheit.« Voller Stolz drehte Carlson sich zu *seinen* Männern um und gab seine ersten Befehle als Offizier. Er wäre ihm im Traum nicht eingefallen, so schnell Offizier zu werden. Aber er übernahm eine große Verantwortung mit seinem neuen Posten und er würde sein Bestes tun, die Imperatrix nicht zu enttäuschen. Mitleidig schaute er zu dem ehemaligen Major hinüber. Das hatte der Mann nicht verdient, Cox war ein guter Vorgesetzter gewesen und hatte sie alle immer fair behandelt. Umso mehr bedauerte Carlson seinen ersten Befehl, den er geben musste, er bestellte zwei Männer ab und ließ den niedergeschlagenen Cox abführen. Dann griff er über das ICS auf das Netzwerk zu und kontaktierte den IGD.

Die Imperatrix schritt eilig in das Palastgebäude, die beiden Bewahrer folgten ihr still in den Taktikraum. Auch in der Abwesenheit der Kaiserin herrschte hier hektisches Treiben. »Alle raus hier!«, brüllte sie durch den Raum. Die Anwesenden drehten sich zu ihr um, und als sie Victoria erkannten, eilten sie alle im Laufschritt hinaus. Der eine oder andere vollbrachte eine leichte Verbeugung, ohne das Tempo zu verringern. Kurz darauf schlossen sich die großen Flügeltüren und Victoria war alleine mit den beiden Bewahrern. Das wurde ihr schmerzhaft bewusst, denn auch ihre Leibgarde hatte das Weite gesucht. *Das wäre John niemals passiert*, dachte die Kaiserin und hing wehmütig eine kurze Zeit ihren Gedanken nach. Sie vermisste John und vor allem ihre Tochter. Ihr blieb nur zu hoffen, dass es den beiden gut ging.

»Jetzt wiederholen Sie das noch einmal, dass bestimmt alles in Ordnung sei«, richtete sie ihre Worte mit frostiger Stimme an die *Beschützer* der Menschheit. Noch bevor einer von ihnen antworten konnte, fuhr sie fort: »Sie sind für den Schutz meiner Tochter verantwortlich. Sie haben mir für ihre Sicherheit garantiert! Ich will sofort wissen, wo sie ist. Ich verlange, dass Sie meine Tochter unverzüglich finden und unversehrt in den Palast bringen. Ich habe alle Forderungen erfüllt, nun erfüllen Sie Ihre Pflicht. Das ist ...«, tobte die Imperatrix noch minutenlang in bester Schauspielerqualität weiter. Die Maschinenwesen ließen die Schimpftirade unbeeindruckt über sich ergehen. Sie wussten, am Ende saßen sie am längeren Hebel. Sollte die Kaiserin sich ruhig austoben. Im Grunde genommen interessierten sich die Bewahrer nicht für die Thronerbin. Wenn alles nach Plan verlief, würde die Menschheit keine weitere Kaiserin benötigen. Das Einzige, was sie jetzt wirklich interessierte, war, was aus ihrem Kameraden geworden war. Ein Verlust einer der Ihrigen war nicht akzeptabel und es galt, sich Vergeltungsmaßnahmen zu überlegen.

»Der Verbleib unseres Kollektivmitglieds ist zwingend aufzuklären.«

»Dessen sind wir uns bewusst. Was ist mit der Prinzessin?«

»Irrelevant und nicht von Interesse. Das Kollektiv geht davon aus, dass Johnson vor der bevorstehenden Hochzeit geflohen ist und seine Tochter mitgenommen hat. Er scheint dabei Hilfe von dem Fleet Admiral Gavarro gehabt zu haben.«

»Dem stimmten wir zu. Wir werden sofort eine Untersuchung einleiten.«

»Die Kaiserin ist zu informieren, dass die Untersuchung ausschließlich zum Zweck der Aufklärung dient, ihre Tochter zu finden. Das sollte uns die uneingeschränkte Unterstützung der Menschen sichern.«

»Was das Kollektiv befiehlt, wird geschehen.«

Macht

Ohne Zwischenfälle erreichte die NAUTILUS II das Pajyagana-System und nahm ihre Position weit außerhalb des Doppelgestirns wieder ein. Fleet Admiral Gavarro war in unserer Abwesenheit nicht untätig gewesen und hatte die Spionagedrohnen wieder an Bord geholt. Die Wissenschaftler und Techniker werteten das Material aus und für heute Nachmittag war eine Besprechung des Führungsstabs angesetzt.

So langsam wurde unsere Mission zum Marathon. Ich musste unbedingt einen Weg finden, den Männer und Frauen angemessene Ruhephasen zu verschaffen. Auf der anderen Seite hatten wir Tausende Crewmitglieder an Bord, die bisher noch keinen Einsatz hatten. Seit Wochen lebten die Soldaten auf engsten Raum. Das Wort Privatsphäre existierte quasi nicht. Nur dem strengen Trainingsplan war es zu verdanken, dass niemand durchdrehte. Dennoch kam es bereits zu einzelnen Zwischenfällen. Bisher waren es durchweg Bagatellen, hier eine Schlägerei und dort ein wenig Randale, also nichts wirklich Ernstes. Auch wenn es noch kein Problem darstellte, konnte sich das jederzeit ändern. Jetzt stand erst einmal die Besprechung an und ich war schon sehr gespannt, welche Erkenntnisse gesammelt werden konnten. Wurden wir hier schon fündig? Nach dem Desaster im Gender-System war unsere Mission in unserer Heimatgalaxie ein voller Erfolg. Uns war es gelungen, das Geheimnis der Kommunikation der Bewahrer zu lüften. Mit diesem Wissen hatte sich Lieutenant Hutch sofort in die Wissenschaftsabteilung begeben und versuchte eine Möglichkeit zu finden, einen Störsender zu entwickeln, die ein Schiff der Aliens vom Kollektiv trennen konnte. Das ganze Projekt sah sehr vielversprechend aus und Aramis sicherte mir seine Unterstützung zu. Er würde mithilfe von Jules, der Schiffs-KI, das Team auf die richtige Spur bringen, denn er hatte schon längst die Lösung gefunden.

Die Genesung von Special Trooper Owen Klausthaler verlief hervorragend und er konnte schon nächste Woche seinen Dienst wieder antreten. Er hatte den Meditank bereits verlassen und befand sich auf der Rehabilitationsstation und machte große Fortschritte. Lieutenant Commander Frank Starskys Zukunft sah ebenfalls gut aus. Die ersten nachgezüchteten Organe waren bereits transplantiert worden und sein Körper stieß die neuen Nieren nicht ab. Allerdings würde er noch zwei bis drei Wochen ausfallen. Dann war da noch BullsEye. Er weigerte sich, in einen Meditank zu steigen und auf einen Ersatz für seinen Arm zu warten. Ich hatte keine Ahnung, was er vorhatte. Es sah so aus, als wolle er einen verfluchten Cyborg aus sich machen. Die Medizintechniker entwarfen gerade eine mechanische Prothese. Natürlich stand BullsEye die ganze Zeit daneben und schauten den Technikern über die Schulter. Mir sagte er, er interessiere sich dafür und wolle nur einmal sehen, wie so etwas entstehe. Klar! Das Einzige, was er wollte, war sicherzustellen, dass sein Armersatz genau seinen Wünschen entsprach, und ich wollte gar nicht wissen, auf was für schräge Ideen mein Freund alles kam.

Emilia freute sich, mich zu sehen, und ich musste ihr alle blutigen Details unserer Außenmission erzählen. Dabei durfte ich absolut nichts auslassen. Es machte mir auch nichts aus, ich verbrachte gerne Zeit mit meiner Tochter. Heute war ein besonderer Tag und ich hatte noch eine Überraschung für Emilia. Heute war ihr achtzehnter Geburtstag! Irgendwie schien das Kind es vergessen zu haben. Kind? Das war wohl nicht mehr die richtige Bezeichnung. Aus Emilia war inzwischen eine wunderschöne und toughe Frau geworden. Das musste ich mir immer wieder in Erinnerung rufen. Ihre Volljährigkeit brachte aber auch politisch ein paar Veränderungen mit sich. Vom Prinzip her war ich bis heute so etwas wie ein Vormund gewesen. Es gab gewisse Entscheidungen, die Emilia nicht alleine treffen konnte und für die sie sich meine Zustimmung einholen musste. Das gehörte ab sofort der Vergangenheit an. Ab heute war ich ihr treuster Untertan. Vielleicht war das auch einer der Gründe, warum sie heute ihren Geburtstag nicht wahrnahm, denn damit ging auch eine Übernahme einer immensen Verantwortung einher.

Der Admiral hatte mich bei meiner Überraschung unterstützt und alles vorbereiten lassen. Ich schlenderte mit Emilia durch die Gänge der NAUTILUS II und wir unterhielten uns über die verschiedensten Sachen. Vor allem spekulierten wir darüber, was wir hier wohl im Pajyagana-System vorfinden würden. Wie zufällig führte uns unser Weg zu einem der riesigen Hangars des Schiffs. Ich blieb vor dem Schott stehen und schlug Emilia vor, ihr das erbeutete Piratenschiff zu zeigen. Ich betätigte den Öffnungsmechanismus und wir betraten den Hangar. Emilias Kinnlade klappte herunter und es kam nur ein Krächzen aus ihrer Kehle.

Der Fleet Admiral hatte jedes Crewmitglied, das seinen Posten verlassen konnte, hier versammelt. Die Männer und Frauen hatten sich passend zu ihren Einheiten aufgestellt und standen in Reih und Glied. Die Materialausgabe war bis an die Grenzen und darüber hinaus belastet worden. Das Ergebnis konnte sich wahrlich sehen lassen. Tausende Soldaten, Techniker, Arbeiter, Deckoffiziere und was weiß ich noch alles, steckten in einer Paradeuniform. Als die Prinzessin den Hangar betrat, brüllte Divisionskommandantin Garcias durch ein Mikrofon.

»Aaachtung!«

Unzählige Hacken knallten synchron zusammen, der Lärm war ohrenbetäubend schön.

»Gruß!«, brüllte Garcias erneut und die Fingerspitzen der Soldaten flogen zackig an die Stirn.

»Augen, reeechts!«, kam der nächste Befehl. Wie eine einzige Einheit ruckten die Köpfe der Anwesenden um 1/8 nach rechts. Eine gespenstige Stille trat ein und die gesamte Aufmerksamkeit lag auf Emilia. Diese stand etwas verlegen neben mir und wusste nicht, was sie sagen sollte.

»Soll ich sie in Habachtstellung gehen lassen?«, fragte sie mich über das ICS.

»Das kannst du gerne tun, doch sie werden den Befehl nicht ausführen, nicht, bis die Zeremonie abgeschlossen ist.«

»Welche Zeremonie?«

»Die, die jetzt kommt. Lass dich überraschen.«

Emilia tat das einzig Richtige und erwiderte voller Stolz den militärischen Gruß. Neugierig schaute sie sich um und wartete gespannt auf die Dinge, die da kommen sollten. Sie hatte immer noch keine Ahnung, dass diese Veranstaltung zu ihrer Volljährigkeit ins Leben gerufen worden war.

Garcias machte eine perfekte 180-Grad-Kehrtwendung und schritt auf die Prinzessin zu. Ich verzog mich weiter in den Hintergrund. Das hier war ihre Show, nicht meine. Garcias nahm Haltung an und grüßte.

»Eure Majestät«, begann sie und machte eine Verbeugung. »6. und 9. Division vollzählig angetreten.« Dann schritt sie zur Seite und nahm die gleiche Haltung wie ihre Soldaten ein, den Blick stur auf die Prinzessin gerichtet. Der Divisionskommandantin folgten noch weitere Kommandanten, die ihre Abteilungen hatten antreten lassen. Ich war an vorletzter Stelle dran und präsentierte meine Leibgardisten. Auch ich nahm Aufstellung vor Emilia ein und verkündete das vollzählige Antreten meiner Männer. Dann stellte ich mich neben Garcias und verharrte im militärischen Gruß. Der Letzte in der Reihe war Fleet Admiral Gavarro und er wiederholte die Prozedur. Wie wir alle, außer mir, steckte er in seiner schönsten Paradeuniform und hatte all sein Lametta angesteckt, das er sich in seiner langen Zeit bei der imperialen Navy verdient hatte. Gavarro stellte sich jedoch nicht zu uns anderen

Führungsoffizieren. Nachdem er der Prinzessin die Ehre erwiesen hatte, holte er eine goldene Schärpe zum Vorschein. Die Schärpe war reichlich verziert und der kaiserliche Imperiumsadler war kunstvoll und gut sichtbar auf der Vorderseite aufgestickt. »Eure Majestät, die Besatzung der NAUTILUS II wünscht Ihnen alles nur erdenklich Gute zu Ihrer Volljährigkeit.« Auf ein Zeichen des Admirals neigte Emilia den Kopf und ließ sich die Schärpe umlegen. »Mögen Sie uns weise und lange führen«, beendete er seine kurze Ansprache und trat zu uns anderen hinüber.

Ein Ensign rannte herbei und reichte Emilia ein kleines Mikrofon und war schneller wieder verschwunden, als ich gucken konnte. Dennoch hatte ich ihn erkannt, es war der Schreihals von der Brücke, da war ich mir ganz sicher. Emilia schien erst jetzt zu merken, was hier eigentlich vor sich ging. Eine Mischung aus Überraschung und Stolz spiegelte sich in ihrem Gesicht wider.

»Rührt euch!«, rief sie laut und deutlich. Der Befehl wurde augenblicklich ausgeführt und der eine oder andere war froh darüber, den bereits schmerzenden Arm herunterzunehmen. Erneut knallten Tausende Paar Stiefel auf den Hallenboden, als die Männer und Frauen in Habachtstellung gingen.

»Ich danke Ihnen. Die Überraschung ist Ihnen gelungen.« Emilia wandte den Blick zu uns Führungsoffizieren, insbesondere zu mir, und lächelte. Sie wusste, wem sie das hier zu verdanken hatte. Was für ein Vater wäre ich, wenn ich den Geburtstag, vor allem so einen wichtigen, meiner eigenen Tochter vergessen würde?

»Ich habe gar keine Rede vorbereitet und ich will Sie alle auch gar nicht mit meinem Geschwätz langweilen. Sie sollen nur wissen, dass ich unendlich stolz auf jeden Einzelnen von Ihnen bin und mich geehrt fühle, dass Sie mir so viel Vertrauen entgegenbringen. Wir werden unsere Mission erfolgreich abschließen. Daran glaube ich ganz fest. Unsere Stärke liegt in unserem Zusammenhalt. Gemeinsam werden wir die Menschen im Imperium befreien. Darauf gebe ich Ihnen mein Ehrenwort. Nochmals, ich danke Ihnen von ganzem Herzen.«

Reden konnte Emilia, das hatte sie schon vorher bewiesen. Es war auch nicht die Anzahl der Wörter. Sie schaffte es immer, die richtigen zu finden. Der tosende Applaus, der durch den Hangar schallte, war der Beweis dafür. Das darauf folgende Geburtstagsständchen war eine nette Geste, an der ich mich gerne beteiligte. Warum Garcias sich allerdings das Ohr, welches mir zugewandt war, zuhielt, konnte ich mir nicht erklären.

Emilia war auch vor ihrem Geburtstag bereits die höchste Instanz an Bord gewesen, doch nun war es offiziell und niemand konnte ihre Entscheidungen mehr infrage stellen. Mit vor Stolz geschwollener Brust verließen wir den Hangar und machten uns auf den Weg. Auf den Weg, wohin nur? Das fragte sich auch meine Tochter, nachdem sie bemerkt hatte, dass die Richtung weder die zu ihren Gemächern noch die zur Brücke war. Eine Überraschung hatte ich noch.

Unser Ziel war das Deck 87. Hier befanden sich überwiegend die Krankenstation und die wissenschaftlichen Labore. BullsEye befand sich ebenfalls hier, doch er war nicht unser Ziel.

Vor einem Raum machte ich halt und hielt meine Hand mit dem ID-Chip vor den Scanner. Die Tür fuhr zischend zur Seite und gab den Weg in das Innere frei. Emilia folgte mir mit neugierigen Blicken. Es erwarteten uns zwei medizinische Angestellte, die alles bereitgestellt hatten, worum ich gebeten hatte. Sie konnten sich keinen Reim darauf machen, was ich mit dem ganzen Zeug wollte, doch das brauchten Sie nicht zu wissen. Als meine Tochter die Liege entdeckte, schaltete sie sofort.

»Dann ist es so weit?«, fragte sie ganz aufgeregt.

»Ja, das hatte ich dir versprochen. Heute ist es so weit. Aramis hat versichert, dass dein Körper so weit ist und er die geplanten Veränderungen vornehmen kann.«

Die anfängliche Freude hielt jedoch nicht lange an. Mit sorgenvollen Blicken sah mich Emilia an.

»Keine Angst, Emilia. Du wirst von dem Vorgang nichts merken. Aramis wird dich ins Koma legen, und wenn du aufwachst, ist alles vorbei. Die Operation wird ein paar Stunden dauern, aber keine Sorge, ich werde die ganze Zeit bei dir bleiben.«

»Aber was wird aus der Besprechung heute Nachmittag?«, wandte Emilia ein.

»Die kann warten.«

»Wird der Admiral nicht verärgert sein? Wir können das auch auf morgen verschieben.«

»Sag mal, willst du etwa kneifen?«, lächelte ich sie an.

»Was? Ich und kneifen? Natürlich nicht!«, rief die Prinzessin empört auf. »Also gut, ziehen wir es durch.«

Emilia legte sich auf die Liege und die Angestellten legten die Infusionen mit den Rohstoffen. Ich wünschte keine Fragen und es wurden auch keine gestellt. Damit wollte niemand etwas zu tun haben. Als Letztes erhielt die Thronerbin eine Injektion mit speziell von Aramis programmierten Naniten. Danach verließ uns das Pflegepersonal und wir beide waren alleine. Ähnlich wie bei mir damals lag Emilia in einem undurchsichtigen sterilen Zelt. Ich hatte es mir im Vorraum vor der großen Scheibe bequem gemacht und beobachtete ihre Vitalwerte auf einem Monitor. Mehr sehen musste ich auch nicht. Allein die Vorstellung daran, was Aramis nun mit dem Körper meiner Tochter anstellen würde, fand ich schon gruselig genug.

Menschsein

Zeit: 1042
Ort: Sombrerogalaxie, Pajyagana-System

Die Operation verlief ohne Komplikationen. Aramis hatte das Skelett komplett ausgetauscht. Die Knochen von Emilia waren härter als Panzercarbon und Knochenbrüche gehörten von nun an der Vergangenheit an. Das Muskelgewebe war ebenfalls komplett ausgetauscht worden und wesentlich kräftiger als bei einem normalen Menschen. Es verlieh Emilia eine unglaubliche Stärke. Die Haut sah noch genauso aus wie vorher, bestand aber auch aus einem starken und widerstandsfähigen Material. Was Aramis noch alles gemacht hatte, wusste ich nicht. Ich hatte es schon damals bei mir nicht verstanden. Wichtig war nur, es machte meine Tochter, stärker, schneller und fast unverwundbar. Kombiniert mit ihren außerordentlichen kämpferischen Fähigkeiten, ergab das eine absolut tödliche Mischung.

Wir hatten uns alle in einem großen Besprechungsraum eingefunden. Der Raum war ziemlich voll geworden, denn zusätzlich zur Führungsriege waren noch etliche Wissenschaftler und Analytiker anwesend. Der Raum war rein zweckmäßig eingerichtet. In der Mitte stand ein runder Holotank von etwa fünf Meter Durchmesser. Um den Tank standen Tische in einem großen Oval angeordnet, die mit halbwegs bequemen Sitzgelegenheiten bestückt waren. Ich musterte die Anwesenden. Da war zum Beispiel der Admiral. Der mittlerweile Mitte Sechzigjährige saß mit ausdrucksloser Miene auf seinem Stuhl und schaute in die leere Holografie. Ihn schien das sanfte orangefarbene Flimmern zu beruhigen. Seine Hände lagen gefaltet auf dem Tisch. Neben ihm saß Commander Ripanu. Der Mann um die dreißig ahmte seinen Admiral nach. Sie machten fast den Eindruck von Vater und Sohn. Das konnte ich von meinem Vater nicht behaupten. Er hatte sich wieder einen Sitzplatz weit weg von dem meinigen gesucht und saß mir schräg gegenüber. Seit wir auf dieser Mission waren, ging er mir irgendwie aus dem Weg und ich fand keine Erklärung dafür. Ich hatte schon versucht, ihn darauf anzusprechen, doch er wiegelte immer ab und meinte, ich würde mir das nur einbilden. Natürlich hätte ich Aramis darum bitten können, die Gedanken meines Vaters zu lesen, aber das hielt ich für unmoralisch. Ich wollte die Mächte dieses seltsamen Wesens nicht missbrauchen. Es ging ja nicht um Leben oder Tod. Die meisten anderen Anwesenden kannte ich nicht. Da waren Verhaltensforscher, Xenologen, Xenolinguistiker und noch etliche andere Nerds dabei. Ich muss zugeben, das interessierte mich auch herzlich wenig. Ich wollte eigentlich nur eines wissen: Gab es eine Chance, hier auf Verbündete zu treffen, oder diese eine ultimative Waffe, mit der wir unsere Peiniger aus dem All blasen konnten?

{Du denkst immer nur an das Eine!}, beschwerte sich Aramis sofort bei mir.

[Ich denke praktisch und realistisch. Solltest du auch einmal versuchen. Dann siehst du gleich viel klarer], gab ich schnippisch zurück. Auch wenn ich das eher im Spaß gemeint hatte, lag dennoch viel Wahrheit darin. Ich wusste ja, Aramis suchte nach einer friedlichen Lösung, aber im Ernst, wie sollte die aussehen? Wie stellte sich Aramis das vor? Selbst wenn wir den Ursprung der Bewahrer finden sollten, was dann? Brauchte nur einer von denen mit uns kommen und die Bewahrer nach Hause schicken? Ganz nach dem Motto: »So Jungs, ihr habt euch genug vergnügt. Nun kommt mit uns nach Hause und tut so was nie wieder.«

Die Maschinenwesen werden dann antworten: »Oh, sorry, ihr habt recht und es tut uns leid. Wird nicht mehr vorkommen. Wir wünschen den Menschen alles Gute.«

Ehrlich? Der Gedanke an so ein Szenario war vollkommen absurd. Ich hoffte nur, Aramis würde das auch bald einsehen und uns, wie versprochen, bei einer nicht so gewaltfreien Lösung unterstützen.

Professor Shawn Danvill eröffnete die Besprechung. Sein Fachgebiet war die Xenologie und er hatte das VID-Material ausgewertet. »Wir haben es hier mit zwei sehr interessanten Spezies zu tun«, begann er seinen Vortrag. »Auf der einen Seite stehen die feenhaften Wesen, die sich selbst die Phalos nennen, und auf der anderen Seite haben wir die Creeps. Diese beiden Spezies sind so unterschiedlich, wie sie es nur sein können. Ob sich beide Rassen in diesem Sonnensystem parallel entwickelt haben, kann anhand der spärlichen Informationen nicht beantwortet werden. Wir Fachleute sind uns aber einig und halten das für sehr unwahrscheinlich.«

»Warum das?«, fragte der Admiral dazwischen.

»Dazu komme ich gleich. Wir gehen davon aus, dass die Phalos die ursprünglichen Bewohner von Kaligu, so heißt der Planet, sind. Die Creeps besiedeln zwei von den drei Monden, die Kaligu umkreisen, und sind die herrschende Rasse im System.«

»Was heißt herrschende Rasse?«, wollte Emilia wissen.

»Dazu sollten wir uns das VID-Material ansehen. Ein Techniker hat die Schlüsselmomente zusammengeschnitten.« Danvill nickte seinem Assistenten zu. Wenig später erwachte der Holotank zum Leben. Erst wurden einige Aufnahmen von Kaligu gezeigt. Es musste ein fürchterlicher Krieg auf dem Planeten stattgefunden haben. Die meisten Städte lagen in Schutt und Asche. Riesige Wüsten durchzogen weite Teile der Landmassen. Deutlich waren noch Spuren einer einstigen üppigen Vegetation zu erkennen. Je näher die Kamera heranging, umso deutlicher wurde das Ausmaß der Katastrophe klar. Die Phalos standen einst auf einem sehr hohen Entwicklungsstand. Neben verwüsteten Raumhäfen und zerstörten hochmodernen Metropolen standen jetzt Zelte, die zu Lagern zusammengefasst waren, die von hohen elektrischen Zäunen umgeben waren. Kraftfelder lagen wie Kuppen über den Lagern und hinderten die flugfähigen Phalos an einer Flucht. Eine unserer Drohnen flog noch näher heran und lieferte immer mehr grausame Details aus dem Leben dieser filigranen Feenrasse. Über der Hälfte der Lagerbewohner waren die Flügel abgeschnitten worden und wucherndes Narbengewebe zeigte, dass dies ohne Rücksicht auf medizinische Aspekte erfolgt war. Dazwischen liefen diese Nashörner auf zwei Beinen mit Energiepeitschen in den Händen herum. Auf den Aufnahmen sah es so aus, als ob ein Creep völlig wahllos sich seine Opfer heraussuchte und zu Tode peitschte. Es war ein klassisches Arbeitslager – ich hatte nicht damit gerechnet, jemals eines zu Gesicht zu bekommen. Wir Menschen kannten diese Lager aus der Zeit der großen Konzernkriege. Millionen Menschen verloren auf jämmerliche Weise ihr Leben in solchen Einrichtungen, bis der erste Imperator die Lager mit dem Versprechen schließen ließ, dass sich das niemals wieder in der Geschichte der Menschheit wiederholen werde.

Nicht alle Phalos waren Gefangene. Es gab auch freie Siedlungen, die aus einer Anhäufung von zusammengeschusterten Gebäuden bestanden. Dennoch arbeiteten alle in irgendeiner Weise für ihre Unterdrücker. Stündlich wurden Güter zu behelfsmäßigen Raumhäfen gebracht und in Frachter geladen. Dann brachten die Schiffe die Waren zu den beiden Monden hinauf, auf denen die Creeps lebten. Die Auseinandersetzung hatte aber nicht nur am Boden stattgefunden. Der Orbit um Kaligu war voller Weltraumschrott. Es musste einen erbitterten Kampf um den Planeten gegeben haben. Unzählige Schiffswracks, Überreste von Weltraumstationen und Orbitalfestungen umkreisten Kaligu. Ein Kapitän, der sein Schiff durch diesen ganzen Schrott steuerte, musste sich sehr gut auskennen und jede Lücke nutzen. Die Sonde verfolgte den Frachter vom Boden bis zum Mond hinauf. Dabei wurde die Route gespeichert. Gerade als der Frachter eine weitere Schicht der Wrackteile durchquerte, fielen dem Kapitän des Frachters zwei

Phalos auf, die in nicht sehr vertrauenerweckenden Raumanzüge steckten und den Schrott nach brauchbaren Teilen durchsuchten. Die Crew atomisierte die wehrlosen Geschöpfe und flog einfach weiter.

Bei diesen Bildern schlug Emilia die Hand vor den Mund, damit ihr kein Laut über die Lippen kam. Keine zwei Sekunden später hatte sie sich wieder gefangen und starrte weiter auf den Holotank. Ihr Gesicht wirkte wie in Stein gemeißelt und ich fragte mich, wo sie die Stärke und Härte hernahm.

Es folgten Bilder von den Stützpunkten der Creeps. Die Bezeichnung der Monde war nicht eindeutig, da die Creeps und die Phalos andere Namen für die Himmelskörper verwendeten. Doch wir waren geneigt, die Namen zu verwenden, die die Phalos ihren Trabanten gegeben hatten. Also einigten wir uns auf Jusus, Brannu und Dellos. Wobei Dellos der kleinste von ihnen war und es konnten keine Lebenszeichen auf diesem Mond festgestellt werden.

Irgendwann kam eine Nahaufnahme eines Creeps auf den Holotank und einige der Anwesenden rutschten schreckhaft nach hinten. Der Vergleich mit einem Nashorn war mehr als passend. Beinahe hätte ich den Creep ein Tier genannt, so wie ich es anfänglich auch mit den Seisossa getan hatte. Ich musste mir wieder in Erinnerung rufen, dass das intelligente Lebewesen waren, die über Empfindungen, Sprache und technischen Fortschritt verfügten. Diese *Wesen hier* waren 2,5 Meter groß! Das Gewicht wurde im Durchschnitt auf fast 300 Kilogramm geschätzt. Creeps waren fleischgewordene Albträume. Am meisten abstoßend fand ich diese sinnlose Gewalt, mit denen diese Kreaturen vorgingen. Sie verhielten sich wie Barbaren und nicht wie eine hoch entwickelte Kultur. Es ging noch minutenlang so weiter und mir kamen berechtigte Zweifel, ob wir hier finden konnten, wonach wir suchten.

»Wir sehen also«, ergriff der Professor wieder das Wort, »dass die Annahme, die Creeps seien über die Phalos hergefallen und haben diese versklavt, durchaus schlüssig ist. Wir haben extra schockierende Bilder herausgesucht, damit Sie sich alle ein Bild davon machen können, was uns erwartet, sollten wir uns entscheiden, mit den Phalos oder Creeps Kontakt aufzunehmen.«

Es wurde still unter den Anwesenden. Jeder versuchte auf seine Art, die VID-Aufzeichnungen zu verarbeiten. Nach dem Professor traten noch einige andere Wissenschaftler vor und hielten einen Vortrag über die verschiedensten Themen. Es ging zum Beispiel um die Sprache der beiden Spezies. Das Übersetzungsprogramm hatte ein Update erhalten und stand ab sofort für jeden zur Verfügung. Eine Kommunikation mit den Feenwesen war in vollem Umfang möglich, bei der Sprache der Creeps mussten Einschränkungen in Kauf genommen werden. Es war noch immer nicht gelungen, ein lückenloses Vokabular zu erstellen. Das lag an der Fremdartigkeit, wie diese Kreaturen sich untereinander unterhielten. Häufig sprachen sie von sich selbst in der dritten Person oder bezogen das gesamte Volk mit ein. Das war schon verwirrend, aber auch nicht schlimmer als der Admiral, wenn dieser zu Hochtouren auflief.

Er war es auch, der als Erstes das Wort ergriff, nachdem der letzte Vortrag geendet hatte.

»Das war äußerst interessant und ich danke Ihnen allen, dass Sie uns so umfassend informiert haben.« Gavarro nickte einigen Wissenschaftlern anerkennend zu.

»Ich komme jedoch, nach reiflicher Überlegung, zu dem Schluss, dass es unwahrscheinlich ist, hier Verbündete gegen den Kampf der Bewahrer zu finden. Die Phalos sind am Ende und die Creeps machen mir nicht den Eindruck, sie könnten Interesse an einer Allianz haben. Eine überlegene Technik konnte ich auch nicht entdecken, im Gegenteil, wir scheinen wesentlich weiter entwickelt zu sein als jeder Bewohner in diesem System.«

Der Admiral sprach mir aus der Seele. Auch ich war dafür, hier so schnell wie möglich wieder zu verschwinden. Es gab viel zu tun und jeder Tag, den wir länger von zu Hause weg waren, konnte den Tod von Tausenden unschuldigen Menschen bedeuten.

»Ich bin ganz Ihrer Meinung, Admiral«, bestätigte ich Gavarro in seiner Meinung. »Ich sehe auch keinen Sinn darin, noch länger hier zu bleiben. Wir sollten so schnell wie möglich unser nächstes Ziel …«

»Nein!«, rief Emilia mit fester Stimme und unterbrach mich mitten im Wort. Verdutzt schaute ich sie an.

»Was nein? Eure Hoheit, wie meinen Sie das?«

»Wir werden auf keinen Fall einfach weiterfliegen und die Phalos ihrem Schicksal überlassen.«

Da war sie wieder gewesen, diese eiskalte und bestimmende Stimme, voller Autorität, die keine Widersprüche duldete. Ich kannte diesen Tonfall von ihrer Mutter, nichts in diesem Universum konnte die Entscheidung von Emilia umstimmen. Aber hatte sie es sich auch gut überlegt? Ich machte gar nicht erst den Versuch, es meiner Tochter auszureden. Der Admiral war nicht so schlau.

»Eure Hoheit, ich bitte Sie, überdenken Sie das noch einmal. Jeder hier im Raum kann Sie verstehen. Die gezeigten Bilder sind schrecklich und grausam, aber wir werden hier keine Verbündete finden. Es stellt eine Verschwendung unserer Ressourcen dar. Ich denke auch nicht …«

»Seien Sie still, Admiral!«, schnitt Emilia ihm schroff das Wort ab. »Beleidigen Sie nicht meine Intelligenz! Mir ist sehr wohl klar, was das für uns bedeuten wird.« Dann stand die Prinzessin auf und musterte jeden Einzelnen im Raum.

»Jetzt hören Sie mir alle gut zu, meine Herren. Wir können das«, die Prinzessin zeigte auf den Holotank, »unmöglich ignorieren! Ich weiß, die Phalos haben nicht um unsere Hilfe gebeten, aber Sie haben es selber gesehen, sie befinden sich auch gar nicht in der Lage dazu. Wir können in keinem Fall zusehen, wie eine ganze Spezies in Sklaverei lebt und wie Vieh abgeschlachtet wird. Die Creeps sind die Bewahrer der Phalos, und wenn wir tatenlos mit ansehen, wie Lebewesen so grausam behandelt werden, sind wir nicht besser als unsere eigenen Peiniger. Wie können wir erwarten, Verbündete gegen die Bewahrer zu finden, wenn wir nicht selber bereit sind, für eine andere Spezies einzutreten? Wie sollen wir verlangen, dass jemand sein Leben für uns riskiert, wenn wir selber nicht dazu bereit sind? Nein meine Herren, mein Entschluss steht fest: Wir werden die Phalos aus der Sklaverei befreien, ansonsten sind wir keine Menschen mehr, sondern werden selbst zu den Monstern, die wir so sehr verabscheuen.«

Die Gewissensrede von Emilia zeigte ihre Wirkung. Der Admiral schaute verlegen zu Boden und den anderen Anwesenden erging es genauso, mich eingeschlossen.

»Die Prinzessin hat recht!«, pflichtete ich Emilia bei. »Danke, Eure Majestät, dass Sie uns an unsere Werte erinnert haben. Ich sehe es genauso, wir sind moralisch verpflichtet, den Schwachen beizustehen.«

»Aber wie stellen Sie sich das vor, Eure Hoheit?«, fragte Gavarro nach.

»Das ist wohl kaum meine Aufgabe. Wozu haben wir die besten Taktiker, Sie eingeschlossen, mit an Bord? Arbeiten Sie einen Plan aus!«

Was war mit Emilia passiert? Der Umbau ihres Körpers schien ihr ein unglaubliches Selbstbewusstsein zu geben. Ich konnte das sehr gut nachempfinden, sie musste sich fantastisch fühlen, voller Stärke. Ich musste mich mit ihr dringend unterhalten, denn auch wenn sie sich für unverwundbar hielt, war sie es erstens nicht und zweitens die Soldaten, die Emilia in den Kampf schickte, schon mal gar nicht. Ich gab ihr uneingeschränkt recht, wir mussten helfen, doch wusste sie auch, was das bedeutete? Es würde Tote und Verletzte geben, sehr wahrscheinlich auf beiden Seiten. Krieg ist nicht schön, gar nicht schön, und ich hoffte, dass Emilia auch stark genug blieb, wenn das große Sterben erst einmal anfing.

[Da hast du dein friedliches Universum], dachte ich sarkastisch und sofort schossen mir wieder diese verstörenden Bilder in den Kopf. Das passierte immer, wenn Aramis seine Gefühle nur schlecht kontrollieren konnte. Es schien, dass das Thema ihn aufwühlte. Gut so, vielleicht öffnete es ihm ein wenig die Augen und er legte seine

Naivität endlich ab. Seine Gedanken sagten mir, er war genauso erschüttert über das Schicksal der Phalos wie Emilia und auch er stimmte darin überein, diesen Wesen zu helfen, koste es, was es wolle.

[*Zu jedem Preis?*], fragte ich ihn.

{*Hast du schon wieder meine Gedanken gelesen?*}, beschwerte er sich bei mir.

[*Na und, du machst das ständig, worüber beschwerst du dich? Außerdem bin ich wohl der Letzte, der etwas dafürkann.*]

{*Entschuldige, John, aber wie können die Creeps nur so grausam sein? Was habe ich falsch gemacht?*}

[*Hör endlich auf, dich für alles verantwortlich zu machen. Dich trifft keine Schuld. Die Creeps sind so, weil sie sich dafür entschieden haben. Ich gebe zu, wir kennen die Hintergründe noch nicht. Vielleicht waren ja die Phalos die Aggressoren und die Creeps haben sich nur gewehrt. Trotzdem hat das niemand verdient, so behandelt zu werden.*]

{*Daran hatte ich noch nicht gedacht und ich stimme dir zu.*}

[*Dennoch, ist dir klar, was das bedeuten wird? Nach dem Verhalten dieser laufenden Nashörner auf zwei Beinen, das wir bisher gesehen haben, wird es keine friedliche Lösung geben. Es werden Creeps und Menschen sterben, und wenn diese Kreaturen sauer werden, könnten die Creeps ihre Wut auch an den Phalos auslassen.*]

{*Ich weiß*}, seufzte Aramis und klang niedergeschlagen. Es war sicher nicht einfach für ihn. Egal wo wir hinkamen, überall zeigte sich das gleiche Bild – Tod und Zerstörung. Das passte so gar nicht in seine ideologische Ansicht von einem friedlichen Universum. Ich beschloss, ihn nicht weiter zu quälen, und führte das Thema nicht weiter aus.

Angriff ist die beste Verteidigung

Zeit: 1042
Ort: Sombrerogalaxie, Pajyagana-System

Ich hatte mich mit Emilia in einen der vielen Trainingsräume zurückgezogen und das Schott verriegelt. Es wäre nicht hilfreich gewesen, hätte jemand beobachtet, wie die Prinzessin eine halbe Tonne stemmte oder ich versuchte, sie gerade abzustechen. Meine Tochter musste dringend lernen, mit ihren neuen Fähigkeiten umzugehen, aber vor allem, wo ihre Grenzen lagen. Aramis hatte unsere Körper extrem widerstandsfähig gemacht, dennoch waren wir nicht unsterblich.

Ich war gerade dabei, mit einer Eisenstange auf den Arm von Emilia einzuprügeln, um ihr zu demonstrieren, dass ihr nichts passieren würde und Aramis sie vollkommen vom Schmerz befreien konnte, da erhielt ich eine Nachricht von Admiral Gavarro über das ICS.

»General Johnson, würden Sie bitte auf die Brücke kommen? Und wenn die Prinzessin zufällig bei Ihnen ist, könnten Sie ihr bitte Bescheid geben, dass sie ebenfalls erwartet wird?«

Natürlich nahmen wir den kürzesten Weg und eilten zum Admiral. Dass uns Gavarro gerufen hatte, konnte nur bedeuten, dass es einen Plan gab. Ich war doch sehr neugierig, wie dieser aussehen sollte, und war froh darüber, dass ich mir nichts hatte einfallen müssen. Ich war als Schiffskommandant komplett ungeeignet.

»Schön, dass Sie so schnell kommen konnten«, begrüßte uns der Fleet Admiral und verbeugte sich leicht vor Emilia. Meine Tochter durchbohrte ihn mit ihren Blicken. Was hatte das denn schon wieder zu bedeuten? Hatte ich etwas nicht mitbekommen? Gavarro wurde unwohl in seiner Haut. Er steckte vier Finger in das Halsband seines Hemdes, um sich mehr Luft zu verschaffen. Dann schaltete er, ich konnte regelrecht sehen, wie die Zahnräder in seinem Gehirn ratterten und dann endlich einrasteten.

»Eure Majestät, ich möchte mich noch einmal vielmals um mein ungebührliches Verhalten von vorhin entschuldigen. Ich zweifle selbstverständlich nicht an Ihrer Intelligenz und ich wollte in keinem Fall respektlos Ihnen gegenüber auftreten«, beteuerte der Admiral mit sehr glaubhaftem Bedauern in der Stimme.

»Danke, Admiral, Entschuldigung angenommen«, entgegnete Emilia und machte wieder so ein Handwedelding, ganz so, als ob die Entschuldigung gar nicht nötig gewesen wäre. Aber warum hatte Emilia denn darauf bestanden? Verstehen Sie das? Ich jedenfalls nicht. Ich hatte nicht einmal mitbekommen, dass sich der Admiral ungebührlich verhalten haben soll.

»Zu gnädig, Eure Hoheit.«

»Schwamm drüber«, strahlte meine Tochter und die eben noch tödlichen Blicke verwandelten sich in ein strahlendes Lächeln. *Das Lachen wird dir noch vergehen*, dachte ich und schaute Gavarro erwartungsvoll an. Auch ich war gespannt, was sich die Admiräle, Taktiker, Analysten und Kriegswissenschaftler ausgedacht hatten. Der hammermäßige Schlachtplan war dann doch eher ernüchternd.

»Und, Admiral, wie retten wir die Phalos?«, wollte Emilia fröhlich wissen.

»Nun, das ist eine berechtigte Frage. Wir haben stundenlang darüber nachgedacht, allerdings ist nicht viel dabei herausgekommen. Die Creeps sind so fremdartig, es fällt uns schwer, diese Wesen einzuschätzen. Lange Rede, kurzer Sinn. Da uns nicht viel eingefallen ist, werden wir mit der NAUTILUS II in das System eindringen und schauen, wie sie auf uns reagieren. Früher oder später werden die Creeps uns bemerken und Kontakt mit uns aufnehmen. Ich denke, es ist in Ihrem Sinne, wenn wir versuchen zu vermeiden, die Waffen sprechen zu lassen?«

»Durchaus, Admiral, dennoch hört sich das nicht wirklich nach einem Plan an«, bemerkte Emilia skeptisch und ich fragte mich zum wiederholten Male, wann aus meinem kleinen Mädchen diese stahlharte junge Frau geworden war.

»Zu meiner Schande muss ich gestehen, dass die Kontaktaufnahme zu fremden Spezies nicht zu meinen Spezialgebieten gehört, und ich befürchte, auch niemand sonst an Bord verfügt über einschlägige Erfahrung darin. Wir werden es notgedrungen auf die harte Tour lernen müssen.«

»Das ist nicht Ihre Schuld. Wann geht es los?«

»Sobald Sie den Befehl dazu geben. Die Nautilus II ist bereit. Alle Stationen sind besetzt, Schilde und Waffen sind online. Admiral Keller hat die Jägerstaffeln zu 95 Prozent einsatzfähig gemeldet.«

»Sehr schön, dann lassen Sie uns beginnen. Je mehr Zeit wir verschwenden, umso mehr Phalos müssen leiden oder Schlimmeres.«

»Nummer eins, sie haben Ihre Hoheit gehört. Schiff klar zum Gefecht und bringen Sie uns vorsichtig rein. Vorläufig keine aktiven Scans«, gab Gavarro den Befehl an seinen Ersten Offizier Commander Ripanu weiter.

»Aye, Sir. Gehen auf Alarmstufe 2, Schiff klar zum Gefecht. Schilde hoch und Waffen online. Lieutenant Hutch, keine aktiven Scans. Steuermann, bringen Sie uns rein, ein viertel Kraft voraus«, wiederholte der XO die Befehle.

Jetzt war es so weit. Die Nautilus II verließ den Schatten eines kleinen Planetoiden und nahm Kurs systemeinwärts. Jetzt konnten wir nur warten. Doch bei der geringen Geschwindigkeit von 0,2 Licht würde es sehr lange dauern, bis wir Kaligu erreichen würden. Das gab mir Zeit, weiter mit meiner Tochter ihre neuen Fähigkeiten zu trainieren.

Die NAUTILUS II zog unbeirrt ihren Weg in das System hinein und alles lief glatt – zu glatt. Fleet Admiral Gavarro stand seit Stunden auf der Brücke und konnte sich nicht erklären, dass unser Eindringen nicht bemerkt wurde. Das wäre im Imperium unvorstellbar gewesen. Es gab genügend Wachposten, meistens unbemannte Stationen, die den gesamten Raum überwachten. Vielleicht hätte es ein kleiner Jäger geschafft, sich unerkannt am äußersten Rand eines Systems zu bewegen, doch das Überwachungsnetz wurde immer dichter, je weiter ein Objekt sich näherte. Aber ein so riesiges Schiff wie die NAUTILUS II? Unmöglich! Den Admiral freute es jedenfalls, so konnte er das Aufeinandertreffen länger hinausschieben. Was sagte meine Mutter immer? *Hast du große Freude an etwas, nimm Abschied. Es ist gleich vorbei.*

Unser Schiff passierte gerade einen Gasriesen, der dem Jupiter in unserem Sonnensystem sehr ähnlich war. Über hundert natürliche Satelliten umkreisen den Gasriesen, wovon mindestens acht Himmelskörper Monde darstellten.

»Admiral!«, rief Lieutenant Hutch aufgeregt, als wir einen der Monde passierten. »Ich registriere mehrere Flugobjekte, die gerade von einer der Mondoberflächen aufsteigen. Zehn, nein, jetzt sind es schon zwanzig Objekte.«

»Was?« Gavarro war von einem Moment zum anderen hellwach. »Warum kommt die Meldung so spät? Wir haben den Gasriesen fast schon hinter uns gelassen!«

»Entschuldigung, aber ohne aktive Sensoren bestand keine Möglichkeit einer vorzeitigen Ortung.«

»Was können Sie zu den Objekten sagen?«

»Nicht viel, dazu müsste ich diese aktiv scannen.«

»Na dann tun Sie das!«, sagte der Admiral ungehalten. Manchmal wünschte er sich mehr Eigeninitiative seiner Mannschaft, auf der anderen Seite hatte der Lieutenant seine Befehle und es war gut, dass er diese gewissenhaft befolgte. Wo kämen sie hin, wenn jeder machte, was er wollte?

»Aktiver Scan abgeschlossen. Ich registriere 36 Flugobjekte. Sie gehen auf einen Abfangkurs und in Angriffsformation. Es befinden sich zwei Lebenszeichen an Bord eines jeden Schiffes, ich würde sagen, es handelt sich um Jäger.«

Hutch legte seine Ergebnisse auf den taktischen Schirm und der Admiral studierte die Anzeige mit seinem Ersten Offizier.

»Unterrichten Sie General Johnson und die Prinzessin. Ich will unseren Diplomaten auf der Brücke haben, sorgen Sie dafür«, befahl er Ripanu und drehte sich wieder zu der Anzeige. Dann wandte er sich direkt an Lieutenant Hutch.

»Haben Sie schon Details über diese Jäger?«

»Aye, Sir, ich lege es Ihnen auf die Holosäule.«

Die Holografie zeigte einen einzigen Jäger. Die Abmessungen waren beachtlich. Die Schiffe hatten eine Länge von fast achtzig Meter. Immer noch klein im Vergleich zur Nautilus II, aber doppelt so groß wie unsere eigenen Jäger. Die Form beschrieb ein perfektes gleichseitiges Dreieck und auf den beiden Flügeln befanden sich gewaltige Rohre, die Gavarro als Waffen interpretierte.

Die taktische Anzeige gab Aufschluss über die Flugbahn und Geschwindigkeit der feindlichen Jäger und als feindlich würde Gavarro die Jäger einstufen, bis er eines Besseren belehrt wurde.

In der Zwischenzeit stürmten Emilia, mein Vater und ich auf die Brücke. Was mir als Erstes auffiel: Kein Ensign kündigte brüllend unsere Anwesenheit an. Er war auch gar nicht auf dem Posten, wo er sonst immer stand. Wir gesellten uns mit an die taktische Anzeige und Emilia bestaunte die Holografie.

»Werden wir angegriffen?«, fragte ich.

»Das kann ich Ihnen noch nicht sagten, aber die Jäger haben einen Abfangkurs eingenommen und es sieht ganz danach aus, als ob sie in einer Angriffsformation fliegen. Aber wer kann das schon sagen? Gleich wissen wir mehr«, antwortete der Admiral sachlich und ruhig.

»Die feindlichen Jäger erhöhen die Geschwindigkeit. Sie sind jetzt bei 0,31 Licht und werden uns in ein paar Sekunden eingeholt haben«, berichtete Hutch und aktualisierte die Anzeigen.

»Komm-Station, gab es schon ein Versuch, mit den Einheiten Kontakt aufzunehmen?«, richtete Gavarro seine Frage in Richtung der betreffenden Station und sprach niemanden bestimmten an.

»Aye, Sir, aber sie antworten nicht auf unsere Rufe. Entweder sie können uns nicht hören oder verstehen, oder sie wollen nicht.«

»Achtung! Die Jäger eröffnen das Feuer!«, kreischte Hutch und hielt sich instinktiv an seiner Konsole fest.

»Bei dieser Geschwindigkeit?«, fragte Emilia ungläubig nach.

»Die NAUTILUS II ist ein verdammt großes Ziel und wir fahren auf einem geraden Kurs. Würde mich wundern, wenn sie uns verfehlen«, beantwortete ich die Frage. Ja, ein bisschen verstand ich inzwischen schon von der Raumfahrt.

Die Jäger schossen an der NAUTILUS II vorbei, eine Welle nach der anderen passierte das Schiff, feuerten ihre Waffen ab und gingen in eine enge Wende, um den Angriff zu wiederholen.

Auf der Brücke war von diesem Angriff kaum etwas zu spüren und Lieutenant Hutch entspannte sich ein wenig. Seine Hände lösten sich von der Konsole und seine Finger huschten wieder über das Eingabefeld.

»Schilde halten, liegen bei 99,8 Prozent«, gab er seinen Bericht durch. »Tendenz regenerierend. Doch die nächste Welle kommt schon wieder über uns. Die sind verflucht schnell, aber echten Schaden können Sie nicht anrichten. Dennoch ist die Feuerkraft beeindruckend. Ich denke nicht, dass unsere eigenen Jäger viele solcher Treffer überstehen würden.«

»Danke für die Einschätzung, Lieutenant. Was macht die Kontaktaufnahme?«, wollte Gavarro wissen.

»Unverändert. Alle Rufe werden ignoriert«, kam sofort die Antwort von der Komm-Station.

»Können wir sicher sein, dass es sich bei den Angreifern um die Creeps handelt?«

Ich wusste genau, worauf der Admiral hinauswollte, und musste ihm zustimmen. Wir konnten uns ja nicht ewig beschießen lassen. Die Schilde hielten zwar, wurden jedoch schwächer, wenn auch nur minimal. Wenn aber schon die Jäger der Creeps über solch eine starke Feuerkraft verfügten, was konnte dann ein Kreuzer oder gar Zerstörer anrichten? Verstärkung war unterwegs, es konnten diesbezügliche Funksprüche bereits mitgeschnitten werden.

»Bestätigt«, gab Hutch nur knapp zurück und konzentrierte sich weiter auf seine Anzeigen.

Der Fleet Admiral atmete ein paarmal tief durch und räusperte sich.

»Sie lassen uns keine Wahl. XO, Alarmstufe 1. Schalten Sie auf aktiven Systemscan um und holen Sie mir diese Jäger runter.«

»Aye, Sir, Alarmstufe 1!«, rief Commander Ripanu. »Lieutenant Hutch, scannen Sie das System mit allem, was wir haben. Ich möchte ein umfassendes Bild haben. Melden Sie sofort generische Flottenbewegungen.« Er machte eine kleine Pause, dann fuhr der Erste Offizier fort: »Feuerleitstelle, Ziele anvisieren und Feuer nach eigenen Ermessen.«

Jetzt gab es kein Zurück mehr, die Creeps hatten uns den Krieg erklärt und wir hatten ihn angenommen. Mir war das im Grunde genommen ganz recht, dass die Auseinandersetzung im freien All stattfand. So waren die Phalos wenigstens sicher vor Kollateralschäden. Die einzelnen Stationen wiederholten die erhaltenen Befehle und ein schriller Alarmton erklang. Zusätzlich leuchteten Warnlampen in Rot auf und automatische Durchsagen setzten die Mannschaft darüber in Kenntnis, dass dies keine Übung war. Jedes Crewmitglied, dem jetzt keine Aufgabe zugeteilt war, eilte in sein Quartier, legte einen Raumanzug an und blieb dort. Es gab in allen Quartieren und auch sonst überall auf dem Schiff Möglichkeiten, sich anzuschnallen. Es sollte verhindern, dass man bei einer plötzlichen Dekompression ins Weltall gerissen wurde. Die Brücke der NAUTILUS II fuhr, genauso wie bei ihrem Vorgänger, tief in die Eingeweide des Schiffs und war so optimal geschützt. Zusätzlich wurde eine zweite Brücke bemannt, die im Notfall das Kommando übernehmen konnte.

»Schiff ist auf Alarmstufe 1«, verkündete Ripanu und blickte auf die Zeitangabe auf seinen Monitor. Die Crew hatte knapp drei Minuten gebraucht. Das war kein schlechter Wert, konnte aber besser verlaufen. Er nahm sich vor, wenn alles vorbei war, dem Admiral zu entsprechenden Übungen zu raten.

Derweil nahm die Feuerleitstelle die erste Jägerstaffel ins Visier und feuerte eine Breitseite ab. Das Ergebnis war, sagen wir, unerwartet. Es lag wahrscheinlich noch an der Unerfahrenheit der Crew, die die Waffensysteme zum ersten Mal einsetzte. Fast 1000 Laserstrahlen auf der Steuerbordseite zerschnitten das All und löschten alles, was sich dort befand, in einem einzigen Lidschlag aus. Auch die 35 feindlichen Jäger. Die Maschinen zerplatzten wie Feuerwerkskörper. Metall verdampfte und Körper verbrannten unter der enormen Hitze zu Asche. Zurück blieb nur eine kleine Gaswolke und trauernde Creeps, die ihre Liebsten verloren hatten. Die NAUTILUS II schüttelte sich unter diesen gigantischen Auswurf an Energie.

»Sorry«, kommentierte der wachhabende Offizier von der Feuerleitstelle und schaute verlegen zum Admiral hinüber. Die Mundwinkel zucken leicht. Dann drehte er sich wieder zu seinen Kontrollen und ich war mir absolut sicher, dass das Zucken zu einem fetten Grinsen gewechselt hatte. Auf dem taktischen Bildschirm waren alle Markierungen, die für die feindlichen Einheiten eben noch dort gestanden hatten, verschwunden. Tief in meinem Inneren spürte ich, wie sehr Aramis der Verlust schmerzte, und das war erst der Anfang. Wenn man vom Teufel, wer auch immer das ist, spricht ... Lieutenant Hutch meldete die erwartete Verstärkung. Die Sensoren des Schiffs lieferten uns mittlerweile einen umfassenden Überblick zu allem, was sich im System befand. Gavarro studierte die Anzeige und berechnete den Zeitpunkt, wann wir auf die Flotte der Creeps treffen würden.

»Das gefällt mir gar nicht«, murmelte er vor sich hin.

»Was gefällt Ihnen nicht?«, fragte Emilia sofort nach. Sie beobachtete das Geschehen auf der Brücke mit großem Interesse. Leider konnte ich nicht an ihrer Mimik erkennen, wie es meiner Tochter ging, denn auch wir hatten inzwischen Raumanzüge angelegt. Ich steckte natürlich in meiner Kampfpanzerung, diese hatte ich angelegt, noch bevor wir auf die Brücke kamen.

»Zwei Dinge, Eure Hoheit. Erstens, ist die Flotte ganz schön groß. Es kommen mehrere Fregatten, Zerstörer und Schlachtschiffe auf uns zu. Diese zwei«, er zeigte in der Holosäule auf zwei etwas größere Punkte, »das könnten Dreadnoughts sein. Aber der ...«, nun zeigte er auf den größten Punkt, der mindestens doppelt so groß war, wie die der vermuteten Dreadnoughts, »... könnte ein Trägerschiff sein. Gott weiß, wie viele Jäger ein so großes Schiff aufnehmen kann.«

»Ich wusste gar nicht, dass Sie religiös sind«, scherzte Emilia. Doch ihr Scherz kam nicht gut an, denn Gavarro verzog nur das Gesicht.

»Bin ich nicht, ist nur eine Redewendung. Aber im Ernst, Eure Majestät, da kommt ganz schön was auf uns zu. Bisher haben wir 124 feindliche Einheiten geortet.«

»Das hört sich nach viel an. Dennoch sind unsere eigenen Flotten doch in der Regel um einiges zahlreicher. Ist es nicht so, dass Sie selbst mit 1000 Schiffen nichts gegen ein Schiff der Bewahrer ausrichten konnten, und die NAUTILUS II steht doch einem solchen Schiff in nichts nach. Also sollten wir doch mit 125 Schiffen fertigwerden.«

»Vom Prinzip ist das richtig. Bedenken Sie aber, was die Jäger der Creeps schon für eine Feuerkraft hatten. Wer weiß, wozu ein Dreadnought in der Lage ist? Wenn 35 Jäger unsere Schilde um 0,2 Prozent schwächen konnten, was können dann 1000 oder zweitausend Jäger anrichten? Dazu kommen noch die ganzen Kriegsschiffe.«

»Ich weiß es nicht, Admiral, aber wir werden es bald herausfinden, Sie sagten, zwei Dinge bereiten Ihnen Bauchschmerzen?«

»Ja. Wenn die Flotte der Creeps die Geschwindigkeit beibehält und wir unsere auch, werden wir in etwa acht Stunden aufeinandertreffen. Sehen Sie sich einmal die Position des Sprungtors an. Das befindet sich dann unweit in unserem Rücken. Wenn der Feind nun Verstärkung aus dieser Richtung erhält, könnte er uns ordentlich in die Zange nehmen. Denn ich glaube nicht, dass dies hier das Heimatsystem der Creeps ist. Ich halte diese Spezies für reine Eroberer und die Phalos sind bestimmt nicht die Einzigen, die überfallen wurden. In einem gebe ich Ihnen nämlich recht, die Flotte sieht sehr zusammengewürfelt aus. Aber wie Sie schon sagten, wir werden es gleich herausbekommen. Und nun, Eure Hoheit, würden Sie mich bitte entschuldigen? Ich habe eine Schlacht zu planen.«

»Selbstverständlich, Admiral.«

Gavarro richtete seine Aufmerksamkeit auf seine Crew zu und betrachtete das konzentrierte Treiben auf der Brücke. Es dachte noch einige Momente nach, bevor er das Wort ergriff.

»Alle herhören!«, rief er laut und deutlich. Die Mannschaft legte die Arbeiten für eine kurze Zeit nieder und sah ihren Kommandanten erwartungsvoll an.

»Wie Sie alle mitbekommen haben, ziehen wir in die Schlacht. Ich kann Ihnen nicht sagen, was uns erwarten wird, und der Feind ist uns zahlenmäßig haushoch überlegen. Das ist kein Kunststück, denn wir haben nur dieses eine Schiff. Doch die NAUTILUS II ist nicht irgendein Schiff. Ich weiß, dass niemand von Ihnen bisher Erfahrungen in einem Kampf mit diesem Wunderwerk der Technik hat, aber Sie sind die Besten der Besten. Wenn wir alle zusammenarbeiten und uns konzentrieren, werden wir es schaffen. Wir werden diese Bastarde aus dem All pusten.«

Ich fand, die Ansprache des Admirals klang sehr überzeugend, auch wenn der letzte Satz etwas klischeehaft war. Doch ich hatte vollstes Vertrauen in sein Können. Wenn uns einer zum Sieg führen konnte, dann dieser Mann.

Gavarro unterhielt sich mit Jules und glich seine Möglichkeiten ab. Es stellte den Veteranen vor eine gewaltige Aufgabe und er erkannte schnell, dass er mit Raffinesse nicht viel weiterkam. Wie auch, ein Schiff gegen eine Flotte? Welches Manöver konnte er schon durchführen und den Gegner täuschen? Diese Erkenntnis ließ nur einen Schlachtplan zu: voll drauf!

»Nummer eins, Geschwindigkeit auf 0,45 Licht erhöhen. Die Feuerleitstelle soll die Kontrolle auf die Schiffs-KI übertragen. Bei T−20 gehen Sie auf Ausweichmanöver Gamma vier. Wollen doch mal sehen, was die Creeps treffen können, wenn wir Sie mit dieser Geschwindigkeit passieren.«

»Aye, Sir. Steuermann, Geschwindigkeit auf 0,45 Licht erhöhen. Feuerleitstelle übergibt die Kontrollen an Jules. Bereit machen zum Ausweichmanöver Gamma vier«, gab der Erste Offizier die Befehle des Admirals weiter.

Durch die Erhöhung der Geschwindigkeit hatte der Admiral den Zeitpunkt für das Aufeinandertreffen extrem verkürzt und zusätzlich einen ordentlichen Abstand zum Sprungtor geschaffen. Ich glaubte zwar nicht, dass wir von dort noch mehr Feinde zu erwarten hatten, aber wie sagte meine Mutter immer: *Vorsicht ist der Vater des Porzellaneimers.*

Im gesamten Schiff bereitetes sich die Mannschaft auf den bevorstehenden Kampf vor. Die Special Trooper formierten sich und bildeten überall im Schiff Wachmannschaften, falls es zu einem Enterversuch kommen sollte. Die Divisionen wurden schiffsweit verteilt, damit nicht ein eventueller Treffer gleich einen Großteil der Soldaten auslöschen konnte. Admiral Vera, ließ die Jäger bemannen und teilte die Staffelführer ein. Ein wenig bedauerte sie schon, nicht mehr selber in einer der Todesmaschinen sitzen zu können, doch ihr Platz war nun an der taktischen Station. Dann begann das lange Warten und dann zerplatzte der Plan des Admirals.

»Ortung am Sprungtor!«, rief Lieutenant Hutch. »Es tauchen multiple Feindkontakte auf. Scan bestätigt, es sind Creep-Schiffe und sie nehmen Kurs auf uns.«

»Verdammt!«, kommentierte der Admiral die Hiobsbotschaft. Dann studierte der die taktische Anzeige, auf der die neuen Kontakte dargestellt wurden. Wir hatten das Sprungtor noch nicht ganz erreicht und die feindlichen Einheiten würden uns in knapp fünfzehn Minuten erreichen. Der Admiral zählte 67 weitere Schiffe, mit denen er sich in knapp 15 Minuten auseinandersetzen musste. Leider war auch eines dieser vermutlichen Trägerschiffe dabei.

»Ich hatte es befürchtet, verdammt!«, fluchte Gavarro erneut. Dennoch gab es einen Grund zur Freude. Der Fleet Admiral konnte auf die neue Bedrohung direkt reagieren und es erst einmal mit einem kleinen Verband aufnehmen, bevor die NAUTILUS II auf die Hauptflotte traf.

»Wie konnten die Creep so schnell Verstärkung herbeirufen?«, fragte Emilia.

»Da gibt es viele Möglichkeiten, vielleicht haben sie Hyperraumsonden oder verfügen über eine Technik, die es ihnen ermöglicht, über Lichtjahre hinweg zu kommunizieren. Vielleicht gab es auch einen Wachposten direkt am Tor, der sofort Hilfe geholt hat, als wir auf die ersten Jäger getroffen sind. Es ist auch nicht so wichtig. Sie sind hier und wir können nur hoffen, es kommen nicht noch mehr. Mich wundert eher, warum die Creeps alles in eine Schlacht werfen. Gut, die NAUTILUS II ist groß und wir haben die 35 Jäger mit einer Salve abgeschossen, dennoch sind wir nur ein Schiff«, antwortete Gavarro und widmete sich wieder seinen Anzeigen.

»Schiff klar zum Gefecht!«, gab der Admiral den Befehl und er begab sich auf seinen Gefechtsstand. Dieser bestand im Grunde nur aus zwei einen Meter fünfzig langen Stangen, an denen sich der Admiral festhalten konnte. Aus der Decke fuhren vier Seile herunter und Gavarro befestigte diese an seinem Raumanzug. Die Seile strafften sich und fixierten den Admiral in dieser Position. Sein XO nahm einen baugleichen Platz keine drei Meter neben ihm ein. Der Rest der Brückencrew legte die Sicherheitsgurte an oder wurde wie ihr Kommandant mit Seilen fixiert. Beim Bau des

Schiffs hatte Aramis auch an Besucher gedacht, denn auch für mich und Emilia gab es eine Fixiereinheit.

»Kursänderung, halten Sie genau auf den kleinen Verband zu. Geschwindigkeit beibehalten. Neues Ausweichmuster Delta fünf.« Gavarro wirkte angespannt und ich konnte das gut nachvollziehen. Hatte ich schon erwähnt, dass ich Raumschiffe hasste?

»Ausweichmanöver Delta fünf?«, fragte der XO nach. »Das beinhaltet kein Ausweichen«, stellte Commander Ripanu nüchtern fest.

»Genau, Nummer eins. Wir fliegen mitten durch sie durch und ballern aus allen Rohren.«

»T−10 Minuten«, verkündete Lieutenant Hutch, »und Sie hatten recht, Admiral, es ist ein Träger. Die Creeps schleusen ihre Jäger aus. Wow, sind das viele!«

Gavarro sah die Zahlen auf dem Display und stieß einen leisen Pfiff aus. Die Anzeige füllte sich mit kleinen roten Punkten. Jeder Punkt symbolisierte eine feindliche Einheit. Am unteren Ran stand die Anzahl der Schiffe nach Schiffstypen. Die letzten beiden Ziffern veränderten sich so schnell, dass Gavarro nur die Hunderter mitzählen konnte.

»Bei welchen Geschwindigkeiten können unsere Jäger operieren, Jules?«, fragte der Admiral die Schiffs-KI.

»Ein Feuergefecht ist mit maximal 0,36 Licht möglich. Bei höheren Geschwindigkeiten kann ich keine Treffer mehr garantieren. Ich empfehle allerdings, 0,25 Licht nicht zu überschreiten.«

»In Ordnung, bringen Sie alle Vögel ins All. Die Jäger sollen alles aus ihren Mühlen herausholen und die Kriegsschiffe mit 0,4 Licht angreifen. Die feindlichen Jäger übernehmen wir. Schlagen wir sie mit ihrer eigenen Taktik.«

»Aye, Sir«, bestätigte der Erste Offizier die Befehle und gab diese an Admiral Keller weiter. Begeistert klang er nicht, aber er war der XO und es stand ihm nicht zu, die Befehle seines Kommandanten infrage zu stellen. Ripanu schaute zum taktischen Bildschirm hinüber und las die Zahlen. Der Feind schickte ihnen fast eintausend

Einheiten entgegen. Es war ein simples Rechenbeispiel, was der Admiral plante. Wenn 35 Jäger nur 0,2 Prozent der Schildenergie herunterschießen konnten, dann schafften tausend keine zehn Prozent. *Pro Welle*, dachte Ripanu. Hoffentlich konnten sie die Creeps schnell genug abschießen. Es gab noch einen Vorteil, wenn sich die eigenen Jäger nicht in der Reichweite der NAUTILUS II befanden, man würde keine Rücksicht auf sie nehmen müssen.

»T−5 Minuten. Jäger sind ausgeschleust und unterwegs. Sie treffen in T−2 auf die Jägerwelle der Creeps und in T−3 auf deren Verband.«

Dass unsere Einheiten die des Feindes passierten, stellte keine Bedrohung dar, denn bei den Geschwindigkeiten würde keiner den anderen treffen können. Damit waren das Zielsystem und letztendlich die KI überfordert.

Dann begann die Schlacht.

Die Jägerstaffeln der Nautilus fiel über die feindliche Flotte her. Sie passierten die Schiffe mit einer Geschwindigkeit von fast 250 Millionen Stundenkilometer. Aramis hatte bei dem Bau der Ein-Mann-Maschinen ganze Arbeit geleistet. 700 Kampfjäger eröffneten simultan das Feuer. Die einzelnen Staffeln hatten sich abgesprochen und sich entschlossen, nur das Superschlachtschiff anzugreifen. Da das Schiff seinen Kurs stur beibehielt, trafen fast alle Lasersalven ihr Ziel. Das Schiff der Creeps hatte keine Chance. Die Schilde verdampften unter der enormen Hitze, die die leistungsstarken Laser abfeuerten. Strahlen durchbohrten die Außenhülle und fraßen sich durch meterdickes Metall, nur um im Inneren alles zu verbrennen. Die Mannschaft des Superschlachtschiffs bekam nicht mit, was mit ihr geschah. In einer Mikrosekunde hörten sie einfach auf zu existieren. Das Schiff verging in einer gewaltigen lautlosen Explosion. Ein Kreuzer, der sich zu dicht an dem Dreadnought und im Explosionsradius befand, wurde mit in den Untergang gerissen. Trümmerteile flogen in alle Richtungen davon und verglühten an den Schilden der Begleitflotte.

Zeit zum Jubel hatten die Piloten nicht. Sie wendeten ihre Maschinen und bereiteten die nächste Angriffswelle vor. Bei der zweiten Welle konnten sie mehrere Ziele auf einmal anvisieren.

Die Creep-Jäger waren noch ganze zwei Minuten von uns entfernt, als Lieutenant Hutch die Meldung brachte, dass alle Schiffe nicht identifizierte Flugkörper auf uns abgeschossen hatten.

»Was heißt nicht identifiziert? Geht es etwas genauer, Lieutenant Hutch?«, fragte Gavarro ungehalten nach.

»Wenn meine Scans stimmen, und davon ist auszugehen, handelt es sich um Raketen, Sir«, berichtete Hutch mit Zweifel in der Stimme.

»Raketen? Was soll das? Sind das nicht die gleichen Modelle wie beim ersten Angriff?«

»Doch, durchaus, Sir. Es handelt sich um atomare Sprengköpfe. Ich habe keine Ahnung, was unsere Schilde aushalten, aber es fliegen weit über eintausend Atomraketen auf uns zu. Aufprall in 60 Sekunden.« Ich krallte mich an einer Konsole fest und konnte nicht abschätzen, was das für uns bedeutete, doch der Admiral reagierte umgehend.

»Ausweichmanöver, Feuerleitstelle, schießen Sie diese Raketen ab!«

Der Plan der Creeps war sehr simpel, aber eben auch unheimlich effektiv. Wir kümmerten uns um die Raketen und mussten logischerweise die Jäger vernachlässigen. Der Plan wäre auch aufgegangen, doch wir hatten eine Geheimwaffe an Bord, von der weder Feind noch unsere eigene Crew etwas wusste. Genau! Aramis. Getarnt als Jules, die Schiffs-KI, überwand er über die Sensoren der NAUTILUS II die Firewall der Lenkwaffen in einem Bruchteil von einer Sekunde und programmierte die Atomraketen neu. Sie zogen einen weiten Kreis, weg von unserem Schiff, und flogen dem feindlichen Verband entgegen. Damit konnte die Feuerleitstelle sich wieder auf die feindlichen Jäger konzentrieren. Ich stellte mir vor, wie verzweifelt die Creeps versuchten, ihre gekaperten Raketen wieder unter Kontrolle zu bringen.

Admiral Keller hatte den Schlachtverlauf genau beobachtet und schickte eine Warnung an ihre eigenen Kampfverbände. Die Piloten brachen sofort ihren Angriff ab, zogen sich zurück und warteten auf den Einschlag der Raketen. Zeitgleich sollte der nächste Angriff der Jäger stattfinden.

Derweil kamen die Creep-Schiffe in die Reichweite von den Lasern der NAUTILUS II. Jules, oder auch Aramis, ich wusste es nicht so genau, übernahm den Beschuss. Die verschieden starken Laser suchten sich ihr Ziel und bestrichen die Maschinen mit einer unvorstellbaren Hitze. Die Schilde der Jäger konnten kaum ein paar Sekunden überstehen und zerplatzten lautlos. Ohne Schilde waren die Piloten schutzlos dem massiven Feuer ausgesetzt. Ein Jäger nach dem anderen verging in einem Feuerball. Trotzdem kamen viele Maschinen durch und erreichten ihre eigene Feuerreichweite. Fast simultan eröffneten Hunderte kleine Zwei-Mann-Maschinen das Feuer und prügelten auf die Schilde unseres Flaggschiffs ein. Die Schildenergie sank nur marginal.

»Kartuschen raus, legen Sie einen Bombenteppich um das Schiff«, befahl der Admiral und die Feuerleitstelle folgte umgehend den Anweisungen. Tausende Sprengkörper verließen die Abschussrampen. Dann teilten sie sich auf und legten ein dichtes Gitternetz um die NAUTILUS II. Keine Sekunde zu früh, denn einige der Piloten steuerten ihre beschädigten Maschinen in einem Kamikazeangriff auf uns zu. Sie waren leichte Beute. Immer mehr Creeps fielen dem Abwehrfeuer zum Opfer. Die, die Glück hatten, verbrannten in einem Wimpernschlag mit ihren Jägern. Die, die weniger Glück hatten, trudelten in ihren antriebslosen Metallsärgen ohne Hoffnung auf eine Rettung in alle Richtungen davon. Körper ohne Schutzanzug wurden aus ihrem Cockpit gerissen und der unbarmherzigen Kälte des Weltalls übergeben.

Nach der zweiten Welle war der Spuk vorbei und die NAUTILUS II traf auf den kleinen Verband, der bereits Schlimmes hinter sich hatte. Wie erwartet, hatten die Atomraketen keinen nennenswerten Schaden angerichtet. Interessanterweise entschied sich der Feind dazu, die Raketen nicht abzuschießen, sondern lauerte auf den Angriff unserer eigenen Jäger. Dieser erfolgte natürlich nicht, da die Piloten erst den Einschlag der Atomsprengköpfe abwarteten.

Riesige Explosionen ereigneten sich überall in dem Kampfverband. Doch die veralteten Waffen konnten den Schiffen nichts anhaben, dennoch wurden die Schilde leicht geschwächt. Dann griffen unsere Jäger an und fielen über die feindlichen Einheiten her. Wie Mücken umkreisten sie ihre Ziele und hielten den Beschuss bei hoher Geschwindigkeit dauerhaft bei. Die Zielsysteme der Creeps hatten sichtlich Schwierigkeiten, die schnellen Maschinen ins Visier zu bekommen. Die Piloten der Kampfjäger änderten ständig ihren Kurs und die Laser der Kriegsschiffe trafen nur den leeren Weltraum, wo sich eigentlich ein Feind aufhalten sollte. So hatten die Computer es errechnet. Leider lagen die Zielcomputer nicht immer richtig. Bei so vielen feindlichen Einheiten konnten Treffer auch purer Zufall sein. Es machte keinen Unterschied, denn immer wieder explodierte eines unserer Schiffe und mit ihm starben tapfere Männer. So langsam schoss sich der Feind ein und hatte bereits mehrere Dutzend Abschüsse für sich verbuchen können. Es war ein komisches Gefühl, jedes erloschenes Licht auf der taktischen Anzeige, das für einen der Unseren leuchtete, schmerzte mich sehr. Jedes erloschene Licht, das für eine feindliche Einheit stand, ging mir am Arsch vorbei. War das der Preis eines Soldatenlebens? Zählten andere Lebewesen nicht mehr? Ich verscheuchte schnell diese Gedanken, die mich an meiner Moral zweifeln ließen, und konzentrierte mich wieder auf die Schlacht.

Die NAUTILUS II hatte sich dem Kampfverband auf Feuerreichweite genähert und konnte die Jäger nicht mehr zurück an Bord rufen. Aber eines konnte Gavarro für sie tun.

»Admiral Keller«, rief er die Jäger-Kommandantin. »Die Piloten sollen sich zurückziehen, wir übernehmen jetzt.«

»Danke, Admiral, gute Jagd!«, kam die erleichterte Antwort von Vera. Sie sah ihre Männer sterben und saß hier, zur Untätigkeit verdammt, auf dem Schiff fest.

Als unsere Kampfpiloten ihre Maschinen mit Höchstgeschwindigkeit aus der Reichweite der Waffen der Creep-Schiffe brachten, gab es nur noch ein Ziel für diese seltsame Spezies. Sie schossen mit allem, was sie hatten, auf die fast drei kilometerlange NAUTILUS II. Ein so großes Ziel konnte der Feind kaum verfehlen. Vor allem nicht, wenn wir gar nicht versuchten auszuweichen. Der Fleet Admiral hielt an seiner Taktik fest. Ausweichen war etwas für Feiglinge. Er brachte den Bug in eine gerade Linie mit dem sich annähernden Kampfverband und wartete auf einen günstigen Moment.

»Hauptgeschütz Feuer!«, schrie er, als unsere Kiellinie von mehreren feindlichen Einheiten gekreuzt wurde. Jules führte den Befehl unmittelbar aus und feuerte den riesigen Laser ab. Der fast 80 Meter breite Laserstrahl stach wie eine Lanze aus dem Schiff. Das Abfeuern des Hauptgeschützes ließ die NAUTILUS II schwer erschüttern und ein ohrenbetäubendes Kreischen erfüllte die Brücke. Der Energievorrat sackte schlagartig nach unten und mehrere Reaktoren meldeten eine vollständige Entladung. Noch war das Energieniveau nicht in den kritischen Bereich herabgefallen, doch viele solcher Schüsse konnten wir nicht unter vollem Beschuss abgeben. Das war auch gar nicht nötig. Der Fleet Admiral hatte den perfekten Zeitpunkt abgewartet. Fünf Kreuzer, zwei Schlachtschiffe und drei Fregatten fielen diesem alles vernichtenden hochenergetischen Strahl zum Opfer. Der Laser brannte sich einfach durch das erste Schiff, das in einer gewaltigen Explosion verging. Den dahinter liegenden Schiffen erging es nicht viel anderes, bis auf die letzte Fregatte, die nur einen Streifschuss erlitt. Dieser schlitzte die gesamte Breitseite auf. Atmosphäre und Wrackteile wurden in den Weltraum geschleudert. Dazwischen schwebten die zerfetzten Leichen einiger Creeps. Die Fregatte kippte leicht nach rechts und brach schrottreif aus der Formation aus. Dabei kollidierte sie mit einer weiteren Fregatte und riss ihr Schwesterschiff mit ins Verderben.

Damit hatte die NAUTILUS II mit nur einem einzigen Schuss elf Kriegsschiffe ausgeschaltet. Mit dem Dreadnought, den die Jäger abgeschossen hatten, waren es schon dreizehn und unser Raumschiff hatte noch nicht einmal einen Kratzer.

Jetzt passierten wir den Verband und der Admiral manövrierte uns durch die erschaffene Lücke hindurch. Der Feind wich zu allen Seiten aus, ohne dabei seinen Beschuss auf uns zu unterbrechen. Unaufhörlich schlugen die Waffen der Creeps auf die Schilde der NAUTILUS II ein. Das Schiff erschütterte unter dieser enormen Belastung und wir waren froh, in unseren Haltevorrichtungen zu stecken.

Dann schlugen wir zurück. Tausende Laser bohrten sich in Schilde, zerfraßen Hüllenpanzerungen und kochten das Innere. Die Vernichtung war allumfassend und niemand entkam. Auf der Brücke war von dem Explodieren der Kriegsschiffe kaum etwas zu spüren. Im Gegenteil, die Erschütterungen ließen nach, was auf den ausbleibenden Beschuss zurückzuführen war.

Die Creeps schienen so etwas wie eine Kapitulation nicht zu kennen. Immer wieder griffen sie an, nur um im Feuer unterzugehen. So eine Raumschlacht ist für den menschlichen Verstand kaum zu begreifen. Bedingt durch die hohen Geschwindigkeiten, dauerte das Gefecht nur wenige Sekunden. Doch in diesen paar Sekunden starben Tausende Wesen und nicht jedes hatte das Glück, sein Leben schnell zu verlieren. Zerstörer, Fregatten, Schlachtschiffe, sie alle brannten und das Feuer fraß sich von Deck zu Deck. Viele Creeps wurden bei lebendigem Leib verbrannt.

Fleet Admiral Gavarro betrachtete zufrieden den Bildschirm. Mitleid war ihm fremd. Viel zu tief saßen die Erinnerungen an den grausamen Krieg gegen die Seisossa, jene reptilienartigen bestialischen Kreaturen, die der Menschheit auf so grausame Weise so viele Verluste beigebracht hatten. Für Gavarro waren das da draußen nur weitere Seisossa, die bekommen hatten, was sie verdienten.

»Schadensbericht!«, forderte der Kommandant und sein XO kontaktierte die einzelnen Stationen, bevor er der Aufforderung nachkam.

»Schilde bei 76 Prozent, Tendenz steigend. Energieniveau bei 82 Prozent, stagniert. Totaler Ausfall der Reaktoren 24, 52 und 75. Reparatur eingeleitet. Keine Hüllenbrüche und keine Verletzten. Alle Systeme einsatzbereit.«

»Fein, fein.« Der Admiral wirkte äußerst zufrieden. »Gehen Sie auf Alarmstufe 2 herunter.«

»Aye, Sir, gehen auf Alarmstufe 2«, wiederholte Commander Ripanu den Befehl und löste sich aus seiner Fixierung. Die Brückencrew entspannte sich sichtlich und löste ebenfalls ihre Haltegurte.

Emilia starrte noch immer auf den Bildschirm, der vor ihr von der Decke hing, und sah sich die Zerstörung an, die wir angerichtet hatten. Ich wunderte mich sehr über die Härte in ihrem Gesichtsausdruck.

»Holen Sie die Jäger rein, Nummer eins«, sagte der Admiral und löste ebenfalls seine Fixierung. Dann schritt er auf der Brücke auf und ab. Ich konnte erahnen, was in ihm vorging. Wir hatten es gerade mit einem kleinen Verband zu tun gehabt, wie sollte er der Hauptflotte begegnen, die sich uns unaufhaltsam näherte? Die letzte Schlacht hatte gezeigt, unverwundbar waren wir nicht und die gleiche Strategie noch einmal stellte ein ungleich höheres Risiko dar.

Täuschung

Die Kaiserin gab dem Maschinenwesen vor ihr noch eine ganze Zeit lang zu verstehen, was sie von dem Schutz der Bewahrer hielt, und verlangte unverzüglich zu wissen, wo sich ihre Tochter und ihr zukünftiger Gemahl befanden. Irgendwann kam Victoria zu der Einsicht, dass sie es nicht übertreiben durfte, und zwang sich dazu, sich zu beruhigen. Sie hatte sich so in Rage geredet, dass sie fast selber an die Lügengeschichte glaubte, die sie den Bewahrern auftischte.

Das Maschinenwesen versicherte der Imperatrix eine umfangreiche Untersuchung zu und dass das Verschwinden der betreffenden Personen schnell aufgeklärt werden würde. Victoria zweifelte nicht daran. Die Bewahrer würden alles daransetzen, Emilia und John zu finden. Fanden sie die beiden, fanden sie auch ihren vermissten Kollegen. Doch da konnten sie lange suchen.

Die Imperatrix ließ die Türen wieder öffnen und ihr Mitarbeiterstab ging wieder fleißig an die Arbeit. Niemand traute sich, der Kaiserin in die Augen zu schauen, aus Angst, in Ungnade fallen zu können. Dementsprechend war der Palastdiener unsicher, als er seiner Herrscherin gegenübertrat. Er machte eine tiefe Verbeugung und senkte den Blick zu Boden.

»Ich bitte vielmals um Entschuldigung, Eure Majestät, aber es wartet ein Bote schon mehrere Tage auf sie. Er sagt, er habe eine Nachricht, die er nur Ihnen persönlich aushändigen dürfe. Ich habe es mehrfach versucht, aber er ließ sich nicht abweisen.«

»Wie ist der Bote überhaupt in den Palast gekommen?«, fragte Victoria erstaunt nach.

»Das ist das Merkwürdige, Eure Hoheit. Seine ID bevollmächtigt ihn dazu. Ich habe den Mann mehrfach überprüfen lassen und er scheint der zu sein, der er vorgibt zu sein. Dennoch bewachen ihn mehrere Wachen und behalten ihn im Auge.«

»Und wer ist dieser hartnäckige Besucher?«

»Er sagt, er sei der Sekretär einer gewissen Sonderermittlerin Kommissarin Isabell McCollin.«

»Warum haben sie das nicht gleich gesagt? Verdammt, kaum ist man für ein paar Tage nicht im Hause, schon geht ihr alles drunter und drüber!«

Dem Palastdiener wurde noch unwohler in seiner Haut und seine Schultern hingen weit herunter.

»Ich bitte um Vergebung, Eure Majestät«, stotterte der Angestellte. Die Kaiserin befürchtete, der Mann könnte gleich zusammenbrechen.

»Hören Sie auf, sich zu entschuldigen, und holen Sie den Mann hierher!«

»Sehr wohl, wie Sie wünschen.« Der Diener machte eine übertrieben tiefe Verbeugung, dann gab er Fersengeld und machte nur noch eins: sich im Laufschritt aus dem Staub.

Alles Speichellecker und Arschkriecher, dachte die Kaiserin und konnte ihren Unmut kaum verbergen. Sie bekam gerade ungeheuer schlechte Laune, obwohl es dafür eigentlich keinen Grund gab. Alles verlief nach Plan und das sollte sie glücklich machen – tat es aber nicht. Lange musste Victoria nicht auf den Diener warten, denn er eilte wenig später wieder herbei. Dabei schob er einen unscheinbaren Mann unsanft vor sich her.

»Der Bote«, kündigte der Diener den Besucher an und ließ den Gast einfach alleine zurück. Die Kaiserin musterte den nicht besonders attraktiven Mann. Der Mitte Dreißigjährige wirkte durch seine langen dünnen Beine recht groß und tatsächlich überragte er Victoria um einiges. Seine Uniform, die ihn als Mitglied des imperialen Geheimdienstes auswies, saß tadellos. Ebenso machte er einen sehr gepflegten Eindruck. Die Haare waren ordentlich zurückgekämmt und die Fingernägel sauber geschnitten und gefeilt. In den hellgrünen Augen erkannte Victoria einen messerscharfen Verstand und dennoch war der Agent der Kaiserin auf Anhieb unsympathisch.

Er sah seine Herrscherin fest in die Augen und hielt ihr einen Briefumschlag entgegen.

»Eure Majestät, ich habe eine dringende Botschaft von Kommissarin Isabell McCollin«, kam er, ohne sich vorzustellen, direkt zur Sache. Das brauchte er auch nicht, über das Netz hatte sich die Imperatrix längst über den Mann informiert und wusste alles, was das Imperium über den Sekretär jemals in Erfahrung gebracht hatte. Das war die Kehrseite der Medaille, wenn man für den IGD arbeitete, es gab keine Geheimnisse mehr. Jeder Agent wurde penibel durchleuchtet und sie überwachten sich alle gegenseitig.

»Danke«, antwortete sie knapp und mit einer Schärfe in der Stimme, die ihr Gegenüber unwillkürlich leicht zusammenzucken ließ. Dann nahm sie das Kuvert entgegen und wandte ihren Körper von dem Sekretär ab. Stirnrunzelnd begutachtete Victoria das Siegel. Sie wusste, dass es diese Siegel gab, und auch, wie sie aussahen, aber noch nie hatte sie eines in den Händen gehalten. Nachdenklich brach sie das Siegel mit beiden Daumen auf und entnahm den darin liegenden Brief:

Empfänger: *Imperatrix Victoria X., persönlich*
Status: *streng vertraulich*

Meine Kaiserin,

Hiermit erhalten Sie meinen Abschlussbericht über den Vermisstenfall Susan Tantiki aus dem Boderon-System vom Planeten Boldern (Akte CBST 5264/IMC). Empfehle, mit dem Zugriff auf die Akte zu warten, damit er nicht in Verbindung mit dieser Nachricht gebracht werden kann.

Bitte entschuldigen Sie die Form des Berichtes, doch seit die Bewahrer unsere Systeme infiltriert haben, sind diese nicht mehr sicher. Ich sah keinen anderen Weg, Ihnen meine Erkenntnisse mitzuteilen, ohne dass die Besetzer davon erfahren.

Ich habe stichhaltige Beweise gefunden, dass die Bewahrer hinter den Entführungen stecken. Dabei bedienen sie sich örtlich ansässiger Verbrecher, denen sie die Entführungen in Auftrag geben und derer sie sich im Nachhinein wieder entledigen. Den Entführern scheint nicht bewusst zu sein, für wen sie den Auftrag durchführen. Dieses ist eine reine Spekulation und es gibt keine Beweise dafür.

In der oben genannten Akte werden Sie einen anderen Bericht vorfinden. Diesen schrieb ich ausschließlich für unsere Peiniger. Ich kann nicht mit Sicherheit sagen, wie die Bewahrer reagieren würden, wenn sie davon erführen, dass ich endlich die Wahrheit herausgefunden habe. Ehrlich gesagt, fürchte ich in diesem Fall um mein Leben.

Über die Motive kann ich ebenfalls nur spekulieren, doch leider fehlen mir hier noch Anhaltspunkte.

Seien Sie versichert, ich werde alles in meiner Macht Stehende tun, dieses Rätsel zu lösen.

Ihre treue Untertanin
Sonderermittlerin
Kommissarin Isabell McCollin

Die Miene der Imperatrix verfinsterte sich. Am liebsten hätte sie laut aufgeschrien und einen der Bewahrer, die unweit neben ihr standen, zur Rede gestellt, doch stattdessen seufzte sie nur einmal leise. Die Nachricht der Sonderermittlerin bestätigten ihre eigenen Befürchtungen. Noch immer war unklar, was die Bewahrer mit den entführten Bürgern des Imperiums wollten, doch die Kaiserin war sich sicher, es war bestimmt nichts Gutes. Sie steckte den Brief vorsichtig zurück in den Umschlag und wandte sich dann wieder an den Boten.

»Richten Sie der Kommissarin meine besten Grüße und meinen Dank aus. Sie soll an der Sache dranbleiben. Das wäre dann alles.« Mit diesen Worten entließ sie den persönlichen Sekretär der Sonderermittlerin.

Kaum war der Mann verschwunden, näherte sich eines der Maschinenwesen.

»Noch mehr schlechte Nachrichten?«, fragte der Bewahrer.

»Was? Nein, durchaus nicht«, gab sie gedankenversunken zur Antwort und warf den Brief, den sie immer noch in den Händen hielt, in einen nahe liegenden Müllschacht. Augenblicklich verglühte das Dokument und es blieb lediglich Asche zurück.

Willkommen

**Zeit: 1042, noch zwei Stunden zur Hauptflotte der Creep
Ort: Sombrerogalaxie, Pajyagana-System**

In der Haut des Kommandanten wollte ich auf keinen Fall stecken. Er hatte eine unvorstellbare Verantwortung für jeden Menschen hier an Bord. Sein Handeln entschied über Leben und Tod – leider auch in Bezug auf mich. Das bescherte mir ein gewisses Unwohlsein. Ich hasste es, als Zuschauer verdammt zu sein. Ich fand auch nicht, dass Gavarro so aussah, als ob ihm etwas Sinnvolles einfallen würde. Irgendwie beruhigte mich das kein bisschen. Doch meine Sorgen stellten sich schnell als unbegründet heraus, denn es kam alles ganz anders.

»Admiral, wir werden gerufen!«, rief ein Mitarbeiter von der Komm-Station so beiläufig und ruhig, als wenn wir alle halbe Stunde einen Funkspruch empfingen.

»Was heißt, wir werden gerufen?«, fragte der Kommandant dementsprechend überrascht nach. »Von wem? Sind nicht alle Jäger wieder im Hangar? Fehlt noch einer?«

»Nein, Sir, alle Piloten befinden sich wieder an Bord.«

»Ja wer zum Teufel ruft uns dann?«

»Ich würde sagen, es ist das Flaggschiff der Creeps, Sir.«

Jetzt schaute Gavarro verwirrt aus – okay, die Prinzessin, ich ... eigentlich die ganze Brückencrew machte kein intelligenteres Gesicht. Es wurde in jedem Fall sehr still.

»Bestätigt«, sagte Lieutenant Hutch von der Sensorphalanx. »Ich konnte den Funkspruch zu dem Schiff zurückverfolgen, das wir als Superschlachtschiff klassifiziert haben.«

Warum taten alle so, als wäre dies das Normalste auf der Welt?

»Und was wollen sie?«, wollte Gavarro wissen und stellte damit die Frage, die hier jeder beantwortet haben wollte.

»Das kann ich nicht sagen, Sir. Sie senden Grüße.«

»Grüße?«, fragten der Admiral, der XO, Emilia und ich gleichzeitig. Was war denn jetzt schon wieder los? Wir hatten gerade Tausende Creeps zu Asche verbrannt und der Rest der Flotte sendete uns Grüße? Das war doch mehr als merkwürdig. Der Einzige, der sich darüber zu freuen schien, war Aramis. Er kommentierte das mit einem *{Das ist doch nett}* oder so ähnlich.

»Würde es Ihnen etwas ausmachen, den Funkspruch auf die Brücke durchzustellen?« Der Fleet Admiral musste sich zusammenreißen. Irgendwie konnte ich ihm ansehen, dass er kurz davor war, den Matrosen auseinanderzunehmen.

»Selbstverständlich nicht. Soll ich das VID-Signal dazulegen?«

Das war eindeutig zu viel. Gavarro lief rot an und aus seinen Ohren kam imaginärer Rauch. Doch bevor er etwas sagen konnte, schritt der zuständige Offizier der Komm-Station ein und verscheuchte das Crewmitglied von seinem Platz. Dann huschten seine Finger über das Eingabefeld. Die Holosäule in der Brückenmitte wechselte von der taktischen Anzeige zu ... zu einem beeindruckenden Wesen. Das Bild zeigte einen gewaltigen Creep, dessen Kopf fast die gesamte Holofläche ausfüllte. Die Haut sah aus wie zähes Leder mit unzähligen Falten. Dort, wo ich Ohren vermutete, gab es nur zwei kreisrunde Löcher und ich wusste nicht, ob diese Vorrichtungen wirklich zum Hören geeignet waren. Es konnte sich dabei genauso gut um Nasenlöcher handeln. Die Augen lagen sehr weit seitlich am Kopf und waren in tiefen Höhlen verborgen. *Gut,* dachte ich, *damit kann der unmöglich nach hinten sehen.* Für diesen Gedanken bekam ich sofort eine mentale Ohrfeige von Aramis, doch ich hatte keine Lust, mich jetzt mit ihm auseinanderzusetzen, und ging nicht darauf ein. Es war nun einmal meine Art, jedes Lebewesen nach seiner potenziellen Gefahr zu beurteilen, und dieser Koloss sah extrem gefährlich aus. Ich fand es nur natürlich, dass ich sofort nach Schwachstellen suchte. Trotzdem waren die Augen gut platziert, ansonsten hätte der Creep auch nach vorne nichts sehen können. Denn auf seiner Nase – *War das eine Nase? Vermutlich ...* – ragte ein riesiges Horn weit über seinen Kopf hinaus und lief nach oben hin spitz zu. Das Horn machte mir weniger Sorgen, doch das, was sich unter ... dieser Nase ... befand, war viel furchteinflößender. Ich konnte den Blick gar nicht von diesem riesigen Maul, das mit unzähligen kleinen spitzen Zähnen übersät war, abwenden. Hier und da stachen riesige Reißzähne heraus. Ich musste mich zwingen, mich auf den Funkspruch zu konzentrieren, der in einer Schleife aus allen Lautsprechern dröhnte, dessen tiefe Bassstimme meinen Brustkorb in Schwingungen versetzte.

> »Creep grüßen großes starkes Schiff. Ich bin Kronka, Führer von Creep. Kronka sich sehr freuen auf Besuch!«

Na das war ja mal eine Begrüßung! Ich hatte keine Ahnung, was wir darauf antworten sollten, und zum Glück war es auch nicht meine Aufgabe. Dafür hatten wir meinen Vater mitgenommen, jetzt lag es an ihm, mit den Creeps ins Gespräch zu kommen. Der Admiral war der gleichen Meinung, denn er beriet sich bereits mit unserem Diplomaten. Noch bestand keine bidirektionale Verbindung und die Aliens konnten uns nicht empfangen, was sich gleich ändern sollte. Mein alter Herr bereitete sich auf das Gespräch vor und ich verließ mich auf seine Intuition.

Die Übersetzung des Funkspruchs ließ sehr zu wünschen übrig und klang sehr lückenhaft. Dank Aramis galt das nicht für mich. Hätte mich auch gewundert, wenn er die Sprache der Creeps nicht perfekt beherrschen würde. Die Lücken in der Übersetzung wurden mit Betonung und Mimik gefüllt, die zusammengenommen eine fließende Sprache ergaben. Ich persönlich fand nicht, dass dieser gewisse Kronka überhaupt über eine Mimik verfügte, aber ich muss zugeben, vielleicht war ich auch von dem Äußeren etwas abgelenkt gewesen. Kronka hatte mit seinem Funkspruch eine Menge verraten. Er hatte unser Schiff als groß und stark bezeichnet, was es auch war im Vergleich zu seinen eigenen Schiffen. Dann hatte er uns im Namen der *Creeps* begrüßt und nicht als Kronka. Mit diesem einen Satz sendete er eine Menge Informationen. Die Creeps waren ein Volk, das ausschließlich Stärke tolerierte. Wir hatten Stärke und Entschlossenheit im Kampf mit der Flotte der Creeps gezeigt. Das musste ein Vertreter dieser Rasse respektieren. Dann hatte er sich vorgestellt und seine Position hier im System klargemacht. Er war der Führer von Creep und nicht der Creeps, also nicht der Führer aller seiner Art. Er hatte nur in diesem System das Sagen. Danach beteuerte er, er würde sich über unseren Besuch freuen, dabei soll er angeblich mit dem riesigen Horn gewackelt haben, laut Aramis' Aussage jedenfalls. Ich schaute mir die Wiederholung mehrere Male an, konnte aber kein Wackeln erkennen. Für mich bebte der gesamte Körper dieses Ungetüms. Dass er sich *sehr* freute, war das Entscheidende. Er fürchtete sich! Nur weil seine Spezies Stärke über alles setzte, konnte er seinen Kopf aus der Schlinge ziehen. Ein Angriff war nicht mehr notwendig. Es war schön und gut, all das zu wissen, aber irgendwie war das Wissen bei mir an der falschen Adresse. Wichtig war es, dass mein Vater darüber Bescheid wusste. Wie hätte ich ihm erklären können, wie ich den Funkspruch verstanden hatte? Gar nicht! Das war zum Glück auch nicht nötig. Solange ich mich in seiner Nähe aufhielt, würde Aramis ihm die richtige Interpretation ins Unterbewusstsein einpflanzen. Ich hatte nur dafür zu sorgen, dass ich bei jedem Gespräch von nun an dabei war. Er hatte seine Vorbereitungen abgeschlossen und die KI angewiesen, nur eine Großaufnahme von seinem Kopf zu übermitteln.

»Mein Name ist Jim James Johnson und ich grüße die tapferen Creeps. Wir sind das Volk der Menschen und ich freue mich, Kronka zu besuchen.«

Das war eine amtliche Ansage. Er begrüßte die *mutigen*, aber chancenlosen Creeps. Er hatte nicht deren Stärke erwähnt und nicht die Menschen freuten sich, Kronka zu besuchen, sondern nur er persönlich. Ich war auf die Antwort gespannt. Mein Vater hatte mit nur einem einzigen Satz die Fronten geklärt. Ergebt euch oder sterbt. Aramis hatte gute Arbeit geleistet. Ich lächelte meinem Vater zu und zeigte ihm einen ausgestreckten Daumen. Auch Emilia musste lächeln. *Klar*, ging es mir durch den Kopf, *sie versteht die Sprache der Creeps genauso gut wie ich.*

Der oberste Anführer dieser Spezies hatte eine wichtige Entscheidung zu treffen. Nahm er die Beleidigung, und nichts anderes hatte ihm mein Vater übermittelt, einfach hin oder warf er – natürlich nur, um die Ehre aufrechtzuerhalten – doch alles in eine Schlacht, die er nicht gewinnen konnte. Klug wäre Letzteres nicht gewesen, aber auch Menschen haben schon bescheuerte Entscheidungen getroffen aus reiner Eitelkeit oder gekränktem Ehrgefühl. Es dauerte eine ganze Weile, bis es wieder aus den Lautsprechern dröhnte.

»Kronka einverstanden und schlägt Treffen vor. Creep laden starke Menschen zu Fest ein. Wollen feiern grandiosen Sieg und auf neue Freunde trinken.«

So einfach konnte eine Niederlage in etwas Gutes umgewandelt werden, man feierte einfach den Sieg des anderen. Der Grundgedanke gefiel mir.

Mein Vater handelte eine Zusammenkunft aus und nahm die Einladung an, an Bord des Flaggschiffs von Kronka zu kommen. Der Creep würde seine Flotte mit dem Schiff verlassen und der NAUTILUS II entgegenfliegen. Wir würden eine Delegation hinüberschicken und beim Essen weiter verhandeln. Alles lief nach Plan, nur wie lange noch? Irgendwie traute ich diesem ganzen Braten nicht. Wir hatten nur knapp zwei Stunden, uns darauf vorzubereiten. Jetzt hieß es, unser weiteres Vorgehen schnellstens zu besprechen. Immerhin mussten wir die Creeps dazu bekommen, dass sie freiwillig das System verließen, und das am besten ohne zigtausend Tote. So war es der Wunsch der Prinzessin.

»Admiral?«, ergriff Emilia nach langer Zeit wieder das Wort.

»Eure Hoheit, Sie haben eine Frage?«

»Ja. Wann werden wir das Schiff dieses Kronka treffen?«

Gavarro betrachtete einen Monitor und las ein paar Daten ab. Das hätte meine Tochter selber gekonnt, also wollte sie auf etwas anderes hinaus.

»In knapp zwei Stunden, wenn wir die Geschwindigkeit beibehalten. Warum fragen Sie?« Auch der Fleet Admiral wusste, dass noch etwas kommen würde.

»Was wäre, wenn wir einfach springen würden? Die NAUTILUS II kann doch so kurze Sprünge machen, oder?«

»Selbstverständlich«, kam Jules dem Kommandanten zuvor. »Ich kann jeglichen Sprung berechnen. Wenn es sein muss, könnte ich die NAUTILUS II nur wenige Hundert Meter springen lassen.«

»Interessant«, murmelte Emilia und rieb sich das Kinn. Irgendetwas heckte das Mädchen schon wieder aus.

Gavarro hatte aufmerksam zugehört und dachte ein paar Sekunden nach. Dann klatschte er sich die rechte Hand vor die Stirn.

»Ich bin ein Idiot!«, schalt er sich selbst.

»Bitte?« Emilia schaute verwundert zum Kommandanten hinüber. »Habe ich etwas Falsches gesagt?«, wollte sie wissen.

»Nein natürlich nicht, Eure Hoheit. Der Idiot bin ja ich. Warum habe ich nicht gleich daran gedacht! Jules erfasse die Flotte der Creeps und simuliere multiple Sprünge, basierend auf dem Angriffsplan, den wir vorhin erstellt haben. Verweile nur so lange an einem Ort, bis wir die Waffen abgefeuert haben, und springe sofort zum nächsten Punkt. Errechne die Zeit bis zum Ende der Schlacht«, gab er aufgeregt seine Anweisungen an die Schiffs-KI.

Wenige Minuten später erwachte die Holosäule erneut zum

Leben und zeigte eine Simulation, in der die NAUTILUS II den übermächtigen Verband angriff. Das Schiff sprang mitten in das Zentrum der Flotte und feuerte seine Waffen ab. Noch bevor das Flaggschiff der Creeps explodierte, verschwand die NAUTILUS II und tauchte unmittelbar am Rand der Formation auf. Wenige Sekunden später verging das Trägerschiff im Feuer der gnadenlosen Hitze der Laser. Der Untergang des Trägers nahm drei weitere Kreuzer mit ins Verderben. So erging es jedem einzelnen Schiff der gesamten Flotte. Da die Simulation mit erhöhter Geschwindigkeit ablief, endete diese bereits nach einigen Minuten.

»Anzahl der benötigen Sprünge, 102. Geschätzte Zeit bis zur vollständigen Vernichtung: 37 Minuten. Voraussichtlicher Schaden: keiner. Wahrscheinlichkeit des Szenarios: 99,9 Prozent«, gab Jules emotionslos den geforderten Bericht durch.

»Meine Güte!« Emilia schlug die Hände vor ihr Gesicht und schluckte schwer. Die Simulation hatte die Hoffnungslosigkeit einer Schlacht für die Creeps eindrucksvoll gezeigt. Aramis jaulte innerlich auf und ich wusste, er würde alles daransetzen, dass es nicht dazu kam. Der Fleet Admiral hingegen wirkte hochzufrieden. Ich hatte ihn schon eine lange Zeit nicht mehr lächeln sehen, doch jetzt strahlte er über das ganze Gesicht.

»Fein, fein«, sagte er und rieb sich die Hände. »Doch nun zu Ihnen, Eure Hoheit, und ihrer Frage: Wie Sie sehen, können wir wunderbar auch kurze Sprünge durchführen. Aber wenn wir den Creeps jetzt entgegenspringen, bleibt uns nicht viel Zeit, uns auf das Treffen vorzubereiten. Es wird so schon knapp werden.«

»Das ist richtig, aber den Creeps bleibt ebenfalls keine Zeit. Ich dachte nur, so könnten wir verhindern, dass sich Kronka irgendetwas Hinterhältiges ausdenkt. Ich traue ihm nicht. Außerdem sollte so ein Sprung eine weitere Demonstration unserer Macht sein und wird den Creeps etwas zum Nachdenken geben.«

»Ein interessanter Gedanke. Jedoch bin ich der falsche Ansprechpartner für Ihr Anliegen. General Johnson leitet die Mission. Ich bin nur der Kommandant dieses Schiffes.«

Na toll, somit hatte Gavarro die Entscheidung auf mich abgewälzt. An seinem blöden Grinsen konnte ich sehen, dass es ihm Spaß machte. Eines musste ich zugeben, ich traute Kronka auch nicht und mal ehrlich, worauf sollten wir uns vorbereiten? Ich musste nicht lange überlegen, wer alles bei dieser Delegation dabei sein würde. Da waren natürlich mein Vater und ich. Meiner Tochter würde ich das nicht ausreden können. Das würde also eine Menge Leibgardisten bedeuten. Und Commander Higgens? Auf seine freiwillige Meldung konnte ich zählen. Das waren eine Menge Leute. Ich konnte mir gut vorstellen, was auf dem Flaggschiff der Creeps los war, wenn wir plötzlich neben ihnen auftauchten. Der Gedanke gefiel mir.

»Machen wir das so!«, entschied ich schließlich. »Warten Sie, bis sich Kronka ein gutes Stück von seiner Flotte abgesetzt hat, und bringen Sie uns dann in seine Nähe.«

»*Commander Higgens*«, rief ich den Teamleader über das ICS.
»*Ja, General, ich höre*«, kam prompt die Antwort.
»*Bitte melden Sie sich sofort auf der Brücke.*«
»*Scheiße!*«

Dann wandte ich mich an meine Tochter.
»Wollen Sie sich noch umziehen, Eure Majestät?«
»Das wird nicht nötig sein. Ich werde Sie nicht begleiten.«
»Nicht? Ich nahm an, du ... Entschuldigung, Sie würden darauf brennen, der Delegation beizuwohnen.«
»Es ist nicht die Frage, was ich möchte. Natürlich würde ich gerne mit dabei sein, aber mehrere Dinge sprechen dagegen. Bei allem, was wir bisher über die Creeps wissen, spielen Frauen eine sehr untergeordnete Rolle in ihrem Volk. Ich kann mir gut vorstellen, wenn wir da mit einer Frau auftauchen, die auch noch das Sagen hat, könnte das als Schwäche angesehen werden. Viel wichtiger ist jedoch der Umstand, dass es einfach zu gefährlich ist. Ich habe mit meiner Volljährigkeit eine große Verantwortung für

jedes Besatzungsmitglied übernommen, aber vor allem für unsere Mission. Egal was da drüben auf dem Creep-Schiff passiert, ich bin hier in Sicherheit und kann, wenn es sein muss, die Mission ohne euch fortsetzen.«

Ich musste ein paarmal schwer schlucken. Sie hatte vollkommen recht, das stand außer Frage, dennoch war es hart, das aus ihrem Munde zu hören. Sie hatte mir nebenbei erzählt, dass ich entbehrlich war, sie aber nicht. So etwas hätte ich von ihrer Mutter erwartet, aber nicht von Ihr. War ein tolles Gefühl.

»Aaachtung! Commander Higgens auf der Brücke!«, bellte die Stimme des Ensign durch den Raum. Schön, dass alles wieder seinen normalen Gang nahm.

»Ah, Commander!«, begrüßte ich ihn und winkte ihn zu mir.

»Hallo, General! Sagen Sie nichts«, unterbrach er mich, noch bevor ich etwas sagen konnte. »Mein Team und ich haben uns freiwillig gemeldet.«

»Sie erstaunen mich immer wieder, Commander Higgens. Ich wusste nicht, dass Hellsehen ein Bestandteil ihrer vielseitigen Fähigkeiten ist.«

Higgens verdrehte die Augen ganz nach Higgens-Art und seufzte. »Wofür haben sich meine Männer und ich uns *dieses* Mal *freiwillig* gemeldet?«

»Nun machen Sie nicht so ein Gesicht, Commander«, lachte ich laut auf. »Finden Sie sich damit ab, Sie sind nun einmal die Besten. Ich möchte, dass Sie meinen Vater und mich auf das Flaggschiff der Creeps begleiten.«

»Wir entern eins ihrer Schiffe?«, fragte Higgens überrascht nach und mir fiel ein, dass er ja nicht wissen konnte, was sich in den letzten Minuten ergeben hatte.

»Nein, nein, keine Sorge. Uns ist es gelungen, Kontakt zu den Creeps aufzunehmen, besser gesagt, sie zu uns. Wir treffen uns mit deren Anführer und wollen bei einem Gespräch unser Anliegen vortragen.«

»Ich bin mir nicht sicher, ob mir unter diesen Umständen eine Enterung nicht lieber ist. Aber wie ich Sie kenne, läuft es am Ende eh darauf hinaus. Wann sollen wir abmarschbereit sein?«

»So schnell es geht. Wählen Sie bitte noch ein weiteres Team aus, das uns begleitet. Und ich will das ganze Programm inklusive Exoskelett mit voller Munitionierung. Die Biester sehen verdammt zäh aus und ich habe keine Ahnung, was es benötigt, einen Creep außer Gefecht zu setzen.«

»Verstanden. Können wir die nicht alle einfach aus dem All pusten?«

»Das, Commander, ist unsere letzte Option. Aber seien Sie beruhigt. Auch diese Möglichkeit wurde bereits in Erwägung gezogen.«

Higgens wirkte etwas enttäuscht, salutierte dann aber und verabschiedete sich mit dem Versprechen, sich so schnell wie möglich im Hangar einzufinden.

Genauso wie der Commander und mit einhundertprozentiger Wahrscheinlichkeit auch jeder andere Soldat an Bord steckte ich bereits in meiner Kampfpanzerung. Umziehen musste sich also keiner von uns. Dennoch war ein Besuch in der Materialausgabe unverzichtbar. Auch ich musste mich mit entsprechender Munition ausrüsten.

Meine Blicke wanderte zu meinem Vater. Er hatte, wie jeder andere Offizier, einen taktischen Raumanzug an. Der Anzug hielt eine Menge aus und selbst Granatsplitter sollten kein Problem sein. Einen direkten Treffer aus einer Laserwaffe würde er allerdings nicht verkraften. Kurz überlegte ich, meinen Vater auch in eine Kampfpanzerung zu stecken, entschied mich aber dagegen. Er war zwar Soldat und er konnte kämpfen, dennoch hatte mein Vater seit Jahrzehnten an keinen aktiven Kampfhandlungen teilgenommen und ich wollte ihn nicht auch noch dazu ermuntern. Ich gab ihm ein Zeichen und wir machten uns auf den Weg in den Hangar. Gavarro wünschte uns Glück und bereitete den Sprung vor.

Erwachen

Zeit: 1042
Ort: Milchstraße, Limbus-System,
Raumschiff der Bewahrer

Der Leichnam von Susan Tantiki lag auf einem Tisch aus einfachem kalten Kunststoff. Die Liegefläche war mit einer kleinen Rinne umrandet, die verhinderte, dass das Blut des Opfers auf den Boden lief. Der Lotoseffekt der Kunststoffbeschichtung verhinderte zusätzlich, dass etwas von der wertvollen roten Flüssigkeit verloren ging. Über einen Ablauf gelangte das Blut direkt zu einer Filteranlage, wo es gereinigt und sterilisiert wurde. Von dort ging es zur weiteren Aufbereitung, wo es mit den verschiedensten Chemikalien angereichert wurde, bevor es seiner endgültigen Verwendung zugeführt wurde. Von alldem bekam Susan natürlich nichts mehr mit.

Der Bewahrer deaktivierte den Laserschneider und loggte sich aus den Kontrollen aus. Der Laser schaltete sich ab und ging zurück in seine Parkposition. Das Maschinenwesen betrachtete emotionslos seine Arbeit und warf die Schädeldecke des Menschen achtlos in einen kleinen Müllschlucker, der direkt zu seinen Füßen stand. Er begann mit dem Aderlass und ließ den für ihn nutzlosen Körper ausbluten. Dann folgte der schwierige Teil der Operation: die Entnahme des Gehirns. Sorgfalt hatte hier oberste Priorität. Das Organ musste ohne Beschädigungen in den kleinen Behälter geschafft werden, der neben dem Kopf der Toten bereitstand. Dafür griff der Bewahrer zu einem anderen Werkzeug und montierte es über die eben geöffnete Schädeldecke. Die Vorrichtung fixierte er mit kleinen Klammern seitlich am Kopf. Dabei achtete er peinlichst genau darauf, dass die Vorrichtung genau saß und nicht verrutschen konnte. Der Bewahrer überprüfte ein letztes Mal den Sitz des Werkzeugs und loggte sich mental in den Operationscomputer ein. In seinem Geiste erhielt er eine Großaufnahme der Operation und verfolgte, wie sich aus der Vorrichtung winzig kleine Arme entfalteten, eine Verbindung nach der anderen kappten und das Gehirn vom restlichen Körper lösten. Der Vorgang dauerte mehrere Stunden, doch das Alien kannte keine Langeweile. Gewissenhaft beobachte er den Vorgang. Er wusste, hier handelte es sich um ein ganz spezielles Exemplar. Fehler waren inakzeptabel und konnten zu einer Überspielung seines Bewusstseins führen. Am heutigen Tag sollte eine neue Kommandoeinheit *geboren* werden und er wollte auf keinen Fall der Ersatzkörper sein, sollte es zu Komplikationen bei der OP kommen. Dabei würde es sich auch nur um eine Notlösung handeln, aber es würde zweifelsohne passieren. So hatte es ihm das Kollektiv mitgeteilt. Machte er einen Fehler, dann war das sein Ende.

Der Computer meldete die Beendigung der Prozedur. Das Gehirn von Susan Tantiki war bereits in der Vorrichtung arretiert. Vorsichtig, mit routinierten Griffen, löste der Bewahrer die Halteklammern und hielt das Werkzeug vor die Transportbox. Dann startete er den Verladevorgang und das Organ verschwand in der Box, die sich automatisch schloss und verriegelte. Der OP-Computer bestätigte eine fehlerfreie Operation und die erfolgreiche Entnahme und sendete die Information an den Zentralcomputer weiter. Damit war die Aufgabe des Bewahrers getan. Mit der Box in der Hand verließ er erleichtert den sterilen Raum und brachte *Susan* an ihren Bestimmungsort.

Ein andere Bewahrer nahm die kostbare Fracht in Empfang und verriegelte sein Labor. Bevor er die Box öffnete, startete er erneut die Sterilisierung des Raumes, denn heute durfte auf keinen Fall etwas schiefgehen. Die Gelegenheit, die sich dem Kollektiv mit

Susan Tantikis Gehirn bot, war äußerst selten. Es bestand die Möglichkeit, eine Kommandoeinheit zu reaktivieren. Es war schon viele Hundert Jahre her, dass es den Bewahrern gelungen war, ein so bedeutendes Bewusstsein eines Gründervaters aus den Speicherbänken in eine mobile Einheit zu übertragen. Bisher konnten erst vier der insgesamt acht Kommandoeinheiten reaktiviert und dem Kollektiv zurückgeführt werden. Mit der heutigen würden es fünf sein und sie kamen ihrem Ziel immer näher. Vielleicht fanden sie noch weiteres brauchbares Rohmaterial unter den Menschen. Diese Spezies hatte sich in den letzten Jahren als sehr ergiebig erwiesen, die mobilen Einheiten mit dem zu versorgen, was sie brauchten. Nicht jede Spezies im Universum eignete sich dazu, das Bewusstsein eines Bewahrers aufzunehmen. Schon gar nicht das einer Kommandoeinheit. Diese Einheiten waren die Gründer ihrer Spezies.

Eine neue mobile Einheit lag bereit und wartete auf seinen Speicher, der zu Susans Leidtragen ihr Gehirn sein sollte. Der neue Körper schimmerte in einem satten goldenen Ton und alleine die Farbe würde diesen Bewahrer als etwas Besonderes ausweisen. Das Maschinenwesen stellte die Box auf einen Tisch und platzierte davor eine Vorrichtung ähnlich der, die zur Entnahme des Organs verwendet wurde. Dann öffnete er die Box und startete den Transfer. Behutsam nahm das Operationswerkzeug den natürlichen Speicher auf und meldete seine Bereitschaft. Der Bewahrer montierte die Vorrichtung an dem offenen Schädel der mobilen Einheit und loggte sich im OP-Computer ein. Für ihn blieb nichts weiter zu tun, als den Eingriff zu beobachten und zu hoffen, dass alles perfekt lief. Seine Möglichkeiten, sollte es wider Erwarten doch zu Komplikationen kommen, waren sehr beschränkt, im Grunde genommen nicht vorhanden. Stundenlang verfolgte er die Operation und war dann doch überrascht, als der Rechner ein leises Wecksignal an ihn übermittelte und den erfolgreichen Abschluss meldete. Der Bewahrer betrachtete den kleinen Tank, der neben der goldenen Rüstung stand, und öffnete ein Ventil. Sofort füllte sich das durchsichtige Gefäß mit einer rötlichen Flüssigkeit, die zu einem Teil aus dem Blut von Susan Tantiki gewonnen worden war. Als der Vorgang beendet war, öffnete der Bewahrer ein weiteres Ventil und die geleeartige Flüssigkeit wurde in die Einheit gepumpt. Jetzt griff er über eine drahtlose Verbindung auf die mobile Einheit zu und vergewisserte sich, dass alle Anzeigen im grünen Bereich lagen. Erst dann aktivierte er die Systeme. Die goldene Einheit erwachte zum Leben und der Kreislauf nahm seinen Dienst auf. Doch noch immer war es eine leere Hülle, die in den nächsten Minuten gefüllt werden sollte. Der Bewahrer kontrollierte die Systeme der Hülle ein letztes Mal, und als er keine Fehlfunktion feststellen konnte, suchte er das Bewusstsein der Kommandoeinheit auf dem Zentralrechner des Schiffs heraus. Da jedes gespeicherte Bewusstsein nur extrem hoch komprimiert archiviert werden konnte, würde das Entpacken gleichzeitig mit der Überspielung erfolgen. Der Speicherbedarf eines jeden Bewusstseins war gewaltig. Es war dem Kollektiv noch immer nicht gelungen, dieses Problem zu lösen. Darum waren sie auf die Gehirne anderer Spezies angewiesen und das war auch der Grund, warum sie die technischen Errungenschaften der Rasse, die ihren *Schutz* genossen, genaustens unter die Lupe nahmen – bisher bedauerlicherweise ergebnislos.

Für den einen Bewahrer bedeutete dieser Umstand jetzt, dass er stundenlang warten musste, bis der Prozess abgeschlossen war. Doch wenn die Bewahrer eines hatten, dann war es Zeit.

»*Kannst du uns hören?*«, erklang die Stimme des Kollektivs in der neuen Kommandoeinheit. Diese war zuvor erwacht und hatte dem Zentralcomputer seine erfolgreiche Aktivierung bestätigt.

»*Laut und deutlich*«, antwortete sie wahrheitsgemäß und versuchte dabei, ruhig und sachlich zu klingen. Innerlich war die Freude über ihre Wiedererweckung groß. Laut dem Zentralrechner hatte sie mehr als 300 Jahre als Datensatz verbracht und in Moment lief das Update, dass sie auf den neusten Stand brachte.

Dank des hervorragenden Materials, dass sich in ihrem Schädel befand, konnte dieser Prozess parallel laufen und beeinträchtigte sie nicht, sich mit dem Kollektiv auszutauschen.

»Dann heißen wir dich willkommen.«

»Ich danke euch, meine Brüder. Lange habe ich auf diesen Moment warten müssen.«

»Wir sind untröstlich. Doch die Vorgaben, die du gemacht hast, waren nicht leicht einzuhalten. Erst jetzt konnten wir das geeignete Material auftreiben.«

»Es ist nicht eure Schuld. Letztendlich hat es funktioniert, nur das zählt.«

»Du bis sehr gütig, Gründervater.«

»Nennt mich nicht so! Wir sind eins!«

»Wie du wünschst. Können wir sonst noch etwas für dich tun?«

»Das wäre alles. Ich benötige noch Zeit, bis ich die Geschehnisse aufgeholt habe. Bis dahin verfahrt weiter wie bisher.«

Susan war irritiert. In Ihrem Kopf schwirrten eindeutig Gedanken umher, die auf keinen Fall die ihrigen waren. Die Situation war grotesk. Ich denke, also bin ich! So hieß es doch immer. Aber irgendwie kamen Zweifel in ihr auf, was das Sein betraf. Sie spürte ihren Körper nicht, wusste nicht, wo oder was sie überhaupt war, und dann diese fremden Stimmen in ihrem Kopf, die zu anderen Personen zu gehören schienen. Susan hatte keine Ahnung, was passiert war. Das Letzte, an das sie sich erinnern konnte, war, wie sie von der Akademie nach Hause ging. *War das der Tod? Bin ich tot?* Sie konnte die Frage jedoch nicht beantworten. Alle Versuche, mit den fremden Stimmen in Kontakt zu treten, schlugen fehl. Die junge Frau ließ die Seele baumeln, horchte in sich hinein und begab sich auf eine Reise, die sie sich in ihren kühnsten Träumen nicht hätte vorstellen können.

Zwei und zwei macht acht

Zeit: 1042
Ort: Sombrerogalaxie, Pajyagana-System,
an Bord des Flaggschiffs der Creeps

Unser Shuttle flog in den Hangar des Flaggschiffs der Creep-Flotte. Noch immer kannte ich nicht den Namen des Schiffs und im Grunde genommen war er mir auch egal. Commander Higgens hatte das Team von Commander Philips ausgesucht. Die Sitze waren eingeklappt, denn dafür war kein Platz. Wir standen Schulter an Schulter in zwei Reihen im Passagierabteil. Die Soldaten hatten die Helme versiegelt, um der klaustrophobischen Umgebung zu entgehen. Ich fand, die Männer sahen so auch viel gefährlicher aus. Sobald wir den Shuttle verließen, würden die Special Trooper ihre taktische Anzeige im Visier einschalten. Dadurch würde der Helm undurchsichtig werden und das Gesicht des Trägers verbergen. Stannis und Juvis steckten in einem Exoskelett und nahmen, zusammen mit zwei Kollegen aus dem Team Philips, die ebenfalls Exoskelette trugen, den meisten Platz ein. Die vier Soldaten standen in einer gebückten Haltung in unserer Mitte und bewegten sich nicht. Das sah nicht sehr bequem aus, fand ich, doch der Flug war nur kurz und in wenigen Augenblicken konnten sie den Shuttle verlassen. Dann würden die anderen Trooper folgen und zu guter Letzt mein Vater und ich. Ich wollte einen bleibenden ersten Eindruck hinterlassen. Mein Vater hielt mich für paranoid. Vier Männer in Exoskelett und mit voller Munitionierung. Er fragte mich, ob ich zu einer diplomatischen Mission aufbrechen wollte oder in den Krieg. »Beides«, hatte ich geantwortet.

Endlich setzte der Shuttle auf und das Schott öffnete sich. Die vier Kampfmaschinen verließen unser Transportmittel und postierten sich links und rechts an der Shuttlerampe. Es folgte der Rest der Special Trooper bis auf deren Teamleader. Sie bildeten die Nachhut hinter meinem Vater und mir.

Das Empfangskomitee fiel eher überschaubar aus. Lediglich zwei Creeps begrüßten uns und hatten den Auftrag, uns in die Festhalle zu führen. Ich hatte eigentlich damit gerechnet, dass man uns den Zugang zum Schiff nicht bewaffnet erlauben würde, aber die beiden eilten voraus und unsere kleine Armee folgte ihnen.

»John, kann ich dich um etwas bitten?«, fragte mich mein Vater.

»Klar, alles, was du möchtest.«

»Bitte veranstalte hier kein Blutbad. Überlasse das Reden mir. Ich bin sicher, wir kommen zu einer vernünftigen Lösung. Ich habe ein gutes Gefühl bei der Sache. Ich kann es dir nicht erklären, aber irgendwie verstehe ich diese Wesen und weiß, wie ich mit ihnen umgehen muss.«

»Was heißt kein Blutbad? Was hältst du von mir? Du bist der Diplomat, das ist deine Show.«

»Was ich damit meine? Dort, wo du bist, dort gibt es immer Tote.« Mein Vater sah vorwurfsvoll zu den Soldaten, die bis an die Zähne bewaffnet waren. War das der Grund, warum sich mein Vater so von mir zurückgezogen hatte? Hielt er mich für einen schießwütigen Irren?

»Ach die sind nur für den Fall der Fälle – und natürlich zu deinem Schutz.«

»Für meinen Schutz? Und was ist mit dir?«

»Ich kann ganz gut auf mich selber aufpassen.«

»Das ist genau das, was ich meine! Deine Überheblichkeit ...« Er brach mitten im Satz ab, denn unser Trupp war zum Stehen gekommen. Wir hatten unser Ziel erreicht.

Die beiden Creeps führten uns in eine Halle. Als uns gesagt wurde, wir würden in eine Festhalle gebracht, ging ich davon aus, irgendeine Halle, ein Lagerraum oder Sonstiges wäre schnell umfunktioniert worden. Doch da täuschte ich mich. Dieser Raum diente nur einem Zweck: sich zu amüsieren. Es gab diverse Bars und überall standen Stehtische, die von Creeps umringt waren. Es wurde ausgelassen gefeiert und riesige Glaskrüge fanden an den vielen Tresen im Sekundentakt einen willigen neuen Besitzer. Für mich sah es nicht so aus, als sei dieses Szenario extra für uns veranstaltet worden. Es wirkte eher so, als sei das hier ein Dauerzustand. In der Mitte des Raums befand sich eine kleine Arena von vielleicht zehn mal zehn Meter, wo Gleichgesinnte ihre Kräfte messen konnten. Jeder der Kontrahenten wurde dabei lautstark von der Zuschauermenge angefeuert. Das alles hätte den Eindruck einer fröhlichen und friedlichen Feier vermitteln können. Für den oberflächlichen Betrachter vielleicht, doch nicht für mich. Für Commander Higgens anscheinend auch nicht, denn auch er hatte seine Beobachtungen gemacht und rief seine Männer zu erhöhter Wachsamkeit auf.

»Ist es Ihnen auch aufgefallen?«, fragte ich den Commander und er nickte.

»Wenn Sie mich fragen, ist das ein Pulverfass und es braucht nur einen kleinen Funken, bis hier die Hölle ausbricht. Fast alle Creeps hier sind bewaffnet, sogar das Personal. Überall wird gestritten und um jeden Zentimeter gekämpft. Sehen Sie sich einmal an, wie rücksichtslos sie vorgehen, wenn es um die besten Plätze bei den Kämpfen geht. Sie schlagen einander einfach nieder und niemanden kümmert es. Übrigens, die Kämpfe, für mich sieht das nicht nach Spaß aus und ich bin mir sicher, der Letzte eben, der hat den Kampf auch nicht überlebt. Sie haben den Verlierer wie ein Stück Vieh hinausgezerrt. Mich würde es nicht wundern, wenn der Tote gleich durch eine Luftschleuse seine letzte Reise antritt. Es würde mich auch nicht wundern, wenn jeden Verlierer hier das gleiche Schicksal ereilt. Unabhängig davon, ob er tot ist oder nicht. Ich habe ein ganz mieses Gefühl.«

»Gut beobachtet, Commander. Das entspricht in etwa meinen eigenen Einschätzungen. Seien Sie also besonders wachsam.«

»Ist Ihnen schon einmal aufgefallen, dass Sie den Ärger förmlich anziehen, General?«

»Ich? Wie kommen Sie nur auf so eine absurde Idee?«, rief ich mit gespielter Empörung und schüttelte den Kopf. Der Commander entsicherte daraufhin sein Sturmgewehr und seine Augen huschten nervös von einer Seite zur anderen, auf der Suche nach potenziellen Gefahren.

Vor der Arena stand ein Podest, auf dem sich ein langer Tisch befand. An diesem saßen zwei Creeps, die den Kämpfen aufmerksam folgten und dabei irgendwelches Zeug in sich hineinstopften. Riesige Gläser wurden an das Maul – ich weigere mich, das einen Mund zu nennen – geführt und in einem Zug geleert. Es folgte ein lautes Grunzen, das ich als Rülpsen interpretierte. Als der Creep uns sah, winkte er mir zu. »Kommen, kommen«, brüllte er.

Wir erklommen das Podest und Kronka wies uns unsere Plätze zu. Mein Vater setzte sich direkt neben das Oberhaupt der Creeps und ich ließ mich direkt neben meinem Vater nieder. Stannis und Juvis, die in den Exoskeletten steckten, postierten sich etwas abseits links und rechts hinter uns. Aus ihrer Position konnten Sie den ganzen Raum überblicken. Langsam schwenkten die großen Gatlings auf ihren Schultern von einer Ecke zur anderen. Die Visiere waren geschlossen und die beiden sahen aus wie der Albtraum aus einem Horror-VID. Ihre Anzugsoftware war vermutlich gerade dabei, jede Person im Raum als Ziel zu markieren, außer uns natürlich. So weit die Theorie. Mein Anzug hätte das Gleiche gekonnt, doch ich verzichtete darauf.

{Es befinden sich 264 Creeps in dem Raum, von denen sind 225 bewaffnet. Zumeist allerdings mit nur kleinen Handfeuerwaffen. Dennoch rate ich zur Vorsicht. Die Lasertechnik dieser Spezies ist sehr leistungsstark}, informierte mich Aramis. Ich konnte sein Staunen über das Treiben hier spüren. Endlich konnte er eine seiner Schöpfungen beobachten. Aber auch er hatte ein ungutes Gefühl, und wenn er ehrlich zu sich selbst war, wusste er, dass es nicht bei einer Plauderstunde bleiben würde.

Mein Vater fing gleich an, mit Kronka ins Gespräch zu kommen. Zunächst wurden nur Höflichkeiten ausgetauscht. Ich folgte dem Gequatsche nur am Rande, ich wartete auf dem Moment, wo der Erste seine Waffe zog. Immer wieder kamen untergeordnete Creeps, die im Übrigen alle weibliche Vertreter dieser Spezies waren und meine Tochter somit wieder einmal recht behalten sollte. Die weiblichen Creeps waren wie ihre männlichen Artgenossen nur mit einer knappen, shortähnlichen Hose bekleidet, die die Geschlechtsorgane gerade so abdeckte. Oben herum waren sie nackt und ich fand es sehr verstörend, dass alle paar Minuten ein Nashorn mit vier Brüsten sich von hinten zu mir herunterbeugte und mir etwas zu essen oder zu trinken anbot. Wir hatten die Anweisung, auf keinen Fall etwas zu uns zu nehmen. Niemand konnte sagen, wie unsere Körper auf die fremde Nahrung reagieren würden. Darum lehnte ich pflichtbewusst, genauso wie mein Vater, immer dankend ab.

»Menschen haben sehr starkes Schiff«, lenkte Kronka gerade das Gespräch in eine andere Richtung. »Aber Kronka sich fragen, ob auch Menschen stark oder nur starke Technik.«

Die Frage musste ja kommen bei einer Spezies, die sich anscheinend pausenlos in Zweikämpfen ihre Stärke beweisen musste.

»Wir Menschen sind sehr stark«, beantwortete mein Vater die Frage und ich hätte mir gewünscht, er hätte eine bessere Antwort gefunden. Es war doch offensichtlich, was als Nächstes passieren würde, und es war klar wie Kloßbrühe, wer die Suppe wieder auslöffeln durfte.

{Als ob du etwas dagegen hättest.}

[Nein, natürlich nicht. Hast mich wieder erwischt], grinste ich in mich hinein.

»Kronka sich freuen, wenn Menschen beweisen.«

»Wie meinen Sie das?«

»Vielleicht Menschen können demonstrieren, wie stark sind?«, grinste das Alien breit und machte eine einladende Geste zur Arena hinüber.

»Bei uns ist es nicht üblich ...«, fing mein Vater an.

Doch ich unterbrach ihn schnell. Er war in die Falle getappt und es war zu spät. »Lass es gut sein«, sagte ich und richtete mein Wort zum ersten Mal an Kronka direkt. »Es wird uns eine Freude sein, Kronka von der Stärke der Menschen zu überzeugen.«

Das Alien gluckste, was wohl ein Lachen sein sollte, und rieb sich seine riesigen Pranken.

»Gut, Kronka sich freuen. Wer wird kämpfen?«, wollte der Creep wissen, und noch bevor wir eine Antwort geben konnten, fuhr er fort. »Sollten die Stärksten sein. Kampf für junge Krieger gut.« Dann gluckste er wieder laut. »Ich wählen meinen Sohn«, verkündete er laut. Die tiefe Bassstimme brummte durch die ganze Halle. Dann stand er auf und hob die Hände.

»Volk von Creep! Menschen wollen beweisen, sie viel stärker als Creep. Junge Krieger gehen in Kampf. Für Creep kämpfen Kronkas Sohn Kraska.«

Der Tumult im Festsaal fand ein jähes Ende. Die Aliens blieben wie angewurzelt stehen und starrten auf ihren Anführer. Dann waren leise Rufe zu hören. »Kraska! Kraska! KRASKA!« Die Rufe wurden langsam lauter, bis sie zu einem unerträglichen Brüllen anschwollen. Meine Ohren fingen an zu schmerzen und Aramis drehte die Empfindlichkeit herunter. Der Creep neben mir, der bisher noch kein Wort gesagt hatte, erhob sich zu seiner vollen Größe. Das war dann wohl Kraska. Natürlich handelte es sich dabei um den größten und wahrscheinlich gefährlichsten Creep auf diesem verdammten Schiff.

»Nun Menschen wählen!«, forderte Kronka uns auf. Ich gab meinem Vater einen Tritt unter dem Tisch und sah in die Augen. Er durfte jetzt auf keinen Fall Mist bauen. Ich hatte gesehen, wie er den Special Trooper Rommanov angesehen hatte. Keine Frage, es war der größte Soldat in unserer Truppe und seine Zweikampf-stärke berüchtigt, doch hier hatte er keine Chance.

»Wenn Kronka seinen Sohn auswählt, ist es nur fair, wenn auch ich meinen Sohn wähle«, verkündete er dann. Mir konnte er nichts vormachen. Auch wenn seine Stimme siegessicher geklungen hatte, zweifelte er an meinen Fähigkeiten, diesen Kampf für die Menschen entscheiden zu können. Ich würde sogar so weit gehen, er hatte Angst um mich. Ich gab Murphy einen Wink und er gesellte sich zu uns auf das Podest. Dann half er mir aus der Kampfpanzerung. Kronka wollte einen Kampf zwischen Mensch und Creep sehen und keine Materialschlacht. Mir war schon klar, was er damit bezwecken wollte. Er wollte seinem Volk zeigen, dass die Menschen besiegt werden konnten, dass die Menschen ohne ihre Technik schwach waren. Es gab nichts, was ein Creep mehr verabscheute als Schwäche. Ich legte alle meine Waffen ab und Murphy klopfte mir noch einmal auf die Schulter.

»Machen Sie uns keine Schande«, sagte er.

»Hatte ich nicht vor«, gab ich verbal zurück und funkte den Trooper zusätzlich über das ICS an.

»*Passen Sie auf meinen Vater auf. Ich gebe dem Frieden hier nicht mehr lange.*«

»*Aye, Sir, machen Sie sich um Ihren alten Herrn keine Sorgen, ich passe auf ihn auf. Und jetzt treten Sie diesem Alien ordentlich in den Arsch. Sir.*« Das *Sir* schob er eilig hinterher.

»*Danke. Und ich möchte dieses Mal beteiligt werden.*«

»*Beteiligt, woran? Ich verstehe nicht*«, tat Murphy ganz unschuldig. Doch mir konnte er nichts vormachen.

»*Sie wissen genau, was ich meine, Soldat. Ich bekomme die Hälfte der Wetteinnahmen.*«

»*Aye, Sir*«, bestätigte der Special Trooper resigniert.

Unter der Kampfpanzerung hatte ich nur leichte Sportbekleidung an, das hieß eine kurze Sporthose und ein Unterhemd. Irgendwie fühlte ich mich sehr nackig und verletzlich, obwohl das nicht stimmte. Ich nahm an, dass der Kampf an alle Schiffe der Creep-Flotte übertragen wurde, genauso wie die Helmkameras unserer Leute eine Liveübertragung zur NAUTILUS II herstellten. Das konnte sich zu einem Problem entwickeln. Ich musste mit der

Zurschaustellung meiner Fähigkeiten vorsichtig sein. Ich kam mir vor wie einer dieser Superhelden in einem VID-Film, der unter allen Umständen seine wahre Identität geheim halten musste. In gewisser Weise stimmte das sogar.

Ich begab mich barfuß in die Arena, wenn man diese überhaupt als solche bezeichnen konnte, und die Kämpfer, die sich noch darin befanden, verließen fluchtartig das mit einfachen Transportkisten abgetrennte, etwa einhundert Quadratmeter große Feld. Ich hoffte, ich konnte hier eine *Quick and dirty*-Nummer abziehen, wie ich es immer gerne tat. Das Ungetüm sprang mit einem Satz vom Podium und der Hallenboden bebte, als er auf den Boden aufschlug, und ich sah meine Hoffnung, wie sie in einer Toilette ihren Abgang fand. Kraska bahnte sich seinen Weg zu mir und die anderen Creeps machten eilig den Weg frei. Er sprang über die Absperrung und griff sofort ohne Vorwarnung an. Wie ein Geschoss kamen 250 Kilo reine Muskelmasse auf mich zu. Kraska senkte seinen Kopf und zielte mit seinem mächtigen Horn auf meinen Körper. Hier ging es nicht um ein Kräftemessen, er wollte mich töten! Das war sein erster Fehler, denn darauf reagierte ich immer sehr allergisch. Sein zweiter Fehler war, er unterschätze mich. Er war sich seiner körperlichen Überlegenheit zu sicher. Irgendwie hatte ich dafür Verständnis. Mal ehrlich, besonders bedrohlich konnte ich auf ihn in meiner Unterwäsche nicht wirken, jedenfalls nicht in einem direkten Vergleich. Ich entschied mich gegen ein Ausweichen und ließ ihn herankommen. Kurz bevor er mich erreichte, packte ich Kraska am Horn und stemmte mich dagegen. Der Aufprall erfolgte mit so einer Wucht, dass er mich mehrere Meter nach hinten schob. Kurz vor der Absperrung kamen wir zum Stehen. Meine Muskeln spannten sich an und es gelang mir, zu seiner Überraschung, den Koloss zurückzudrängen. Noch war ich unschlüssig, wie ich den Kampf für mich entscheiden sollte, denn um aktiv zu werden, hätte ich ihn loslassen müssen. Mein Gegner fing laut an zu grunzen und sein Brüllen erschütterte meinen Körper bis ins Mark. Plötzlich riss er sich los und eine seiner Pranken rasten auf meinen Kopf zu. Ich duckte mich unter dem Schlag, der jedem normalen Menschen sicherlich den Kopf von den Schultern gerissen hätte, hinweg und schlug dem Creep meine Faust mit voller Wucht ins Gesicht. Kraska taumelte nach hinten, ansonsten schien der Treffer keine Wirkung zu zeigen. Er schüttelte den Kopf und ging erneut zum Angriff über. In einer schnellen Schlagfolge prügelte er auf mich ein. Es fiel mir nicht schwer, die Schläge zu parieren, und ich konnte selber immer wieder Treffer landen, jedoch blieb die erhoffte Wirkung aus. Der Creep steckte alles weg, was ich ihm entgegenbrachte.

[Aramis, ich brauche eine Schwachstelle!]

{Du wirst ihn töten}, erklang die traurige Stimme dieses seltsamen Wesens. Trotzdem hatte er die Notwendigkeit erkannt. Seine Schöpfung würde nicht aufgeben und alles daransetzen, meinem Leben ein Ende zu setzen. Wollte ich den Creep töten? Vielleicht! Ich dachte an die Phalos, an all die grausamen Bilder, die ich gesehen hatte. An das unbeschreibliche Leid, das diese feenhaften Wesen erdulden mussten, und in dem Moment wusste Aramis, wenn er mir nicht half, würde ich es auf meine Weise beenden. Die Bilder, die mir bei dieser Möglichkeit durch den Kopf schossen, verschreckten ihn zutiefst.

{Die Knie, von innen nach außen, und genau oberhalb des Horns die kleine Vertiefung am Kopf.} Das war der einzige Rat, den er mir gab, und mehr benötigte ich auch nicht. Ich wartete den nächsten Angriff ab und trat dann mit schier brutaler Gewalt gegen die Innenseite des rechten Knies meines Gegners. Es gab ein lautes Knacken und die Kniescheibe des Creeps wurde aus der Verankerung gerissen. Der Knochen brach durch die ledrige Haut und Blut spritzte auf den Boden. Kraska schrie laut auf und sein Bein gab nach. Das Monster fiel vornüber, und noch bevor der Kopf auf den Boden prallen konnte, setzte ich ihm nach. Meine Wut kanalisierte sich in einen einzigen Hieb und meine Faust sank wie ein Dampfhammer auf die angewiesene Stelle nieder. Der Schlag

war so heftig gewesen, dass meine komplette Faust in seinen Kopf eindrang und ich deutlich das wabbelige Gehirn an den Knöcheln fühlen konnte.

Die Augen des Creeps wurden erst weiß, dann wich sämtliche Farbe heraus und ich konnte beobachten, wie das Leben aus dem riesigen Körper wich. In der Halle war es sehr still geworden. Noch vor ein paar Sekunden ertönte von überall die Anfeuerungsrufe für ihren Helden, der nun mit eingeschlagenem Schädel zu meinen Füßen lag. Ich schüttelte mir das Blut und das andere Zeug, das noch so an meiner Hand klebte, so gut es ging, ab und begab mich wieder auf meinen Platz. Die Menge teilte sich respektvoll vor mir und Kronkas Augen fixierten mich. Was mochte jetzt in diesem Wesen vorgehen? Immerhin hatte er gerade seinen Sohn verloren und der Mörder würde sich wieder an seinen Tisch setzen, als sei nichts geschehen. Erstaunlicherweise warf mir mein Vater ebenfalls vorwurfsvolle Blicke zu. Ich schaute grimmig zurück, denn ich hatte die Schnauze gestrichen voll. Diese ganze Veranstaltung war doch ein Witz und jeder hier wusste, wie es enden würde.

An meinem Platz angekommen, überreichte mir eine Dienerin eine Schale mit einer Flüssigkeit, die wie Wasser aussah. Dazu erhielt ich einen Lappen. Ich wusch mir das restliche Blut ab und trocknete mir die Hände. Aus dem Augenwinkel beobachtete ich, wie Kraska aus dem Ring geschleift wurde. Higgens hatte mit seinen Beobachtungen vollkommen recht, man schleppte die Leiche hinaus wie ein Stück Vieh. Niemand beachtete den Verlierer des Kampfes. Im Gegenteil, dort, wo der Leichnam vorbeigeschleift wurde, drehten sich die Creep verachtungsvoll um.

»Ich bedaure Ihren Verlust«, nahm mein Vater das Gespräch mit Kronka wieder auf.

»Welchen Verlust?« Das Alien sah uns verwirrt an.

»Ihren Sohn natürlich!«

»Nicht mehr reden. Söhne heute nur enttäuschend. Das war schon Sohn zwei heute, der versagt. Erster Sohn hat Flotte gegen starkes Schiff der Menschen geführt und verloren. Zweiter Sohn auch nicht besser. Beide nicht stark genug. Sie nicht wert, ein Creep zu sein. Nicht mehr reden drüber.«

Jetzt war es an meinem Vater, ein irritiertes Gesicht zu machen. Andere Völker, andere Sitten. Doch er war ein Diplomat und nutzte die Gelegenheit, um das Thema in eine andere Richtung zu lenken. Mein Vater aktivierte seinen Handcomputer und projizierte zwei kleine Holografien auf den Tisch. Die eine zeigte einen Bewahrer und die andere zeigte einen der Kugelraumer, mit denen sie über unser Sonnensystem hergefallen waren. Kronka starrte auf die Bilder und ließ seinen Glaskrug fallen.

»Freunde von Menschen?«, zischte es aus seinem Maul und ich hielt mich bereit, falls er zum Angriff übergehen sollte.

»Kennen Sie diese Spezies?«, stellte mein Vater eine Gegenfrage, ohne auf Kronka einzugehen. Doch das war ein Fehler gewesen. Der Creep sprang auf und warf den riesigen Tisch um, der polternd das Podest herunterfiel.

»Das *Freunde* von Menschen?«, stellte er seine Frage ein weiteres Mal und die Stimme klang gefährlich leise. Eines musste ich meinem alten Herrn lassen, Eier hatte er. Das aufbrausende Alien stand bedrohlich über ihm und er zuckte nicht einmal mit der Wimper.

»Nein! Das sind bestimmt *keine* Freunde der Menschen«, erklärte er im ruhigen Tonfall.

Kronka sah ihn noch einen Moment an und fing dann schallend an zu lachen. Nebenbei winkte er einigen Creeps zu, sie sollten den Tisch aufrichten. Als der Tisch wieder an seinem Platz stand, beluden die Dienerinnen dieses sofort erneut mit Speisen und Getränken. Kronka setzte sich wieder und hörte endlich mit diesem nervigen Lachen auf.

»Die Creep kennen fleischlose Wesen. Schon viele Generationen her. Sehr stark, aber nur Maschinen. Creep lange gekämpft, aber Maschinen stärker.«

»Und wo sind sie jetzt?«, wollte mein Vater aufgeregt wissen.

»Schon lange weg. Nicht lange geblieben. Sind irgendwann einfach verschwunden. Creep nicht wissen, was Maschinen wollten. Creep waren schwach und viel gestorben. Fast Ende von Creep gewesen.«

Enttäuscht atmete ich aus. Viel mehr würden wir hier nicht über die Bewahrer erfahren. Aber es war einen Versuch wert gewesen. Ich fragte mich, wie lange diese bescheuerte Veranstaltung noch gehen sollte. Bisher war der eigentliche Grund, warum wir hier waren, noch gar nicht auf den Tisch gekommen.

»Menschen sehr stark«, sprach mich Kronka an und wechselte damit erneut das Thema, was eindeutig meine Vermutung bestätigte, die Bewahrer waren vom Tisch. Die Creeps waren ein sehr stolzes Volk und er hatte bestimmt keine Lust mehr, über ihre Beinaheausrottung zu sprechen.

»Mein Vater hatte Sie gewarnt«, gab ich zur Antwort und in diesem Moment klingelte mein inneres Warnsystem. Wenn etwas passierte, dann war es nur noch eine Frage von Sekunden. Mein Körper spannte sich an und ich war auf alles gefasst. Aramis versteifte sich ebenfalls sofort. Er hatte gelernt, auf meine Warnsirenen zu hören.

»Kronka nicht glauben. Ohne Technik Menschen sehen sehr schwach aus. Aber nicht sein. Alle Menschen so stark wie Sohn von Johnson?«, fuhr er im Plauderton weiter.

»Jeder unserer Krieger und es gibt noch stärkere«, log ich.

Von hinten traten erneut die weiblichen Kellner, Diener, Sklaven oder was auch immer das waren, und wollten uns erneut etwas zu trinken und zu essen anbieten.

[Vorsicht!], hallte es in meinen Gedanken und ich handelte instinktiv. Die beiden Bediensteten ließen alles fallen, und Schalen und Gläser fielen scheppernd zu Boden. Plötzlich hielten Sie ein Messer in den Händen. Dann versuchten sie, meinem Vater und mir von hinten die Kehle aufzuschlitzen. Mein rechter und linker Arm schnellte nach oben und ich fing die Messer mit den bloßen Händen ab, noch bevor sie unseren Hals berühren konnten. Ein

kräftiger Ruck und ich hatte die Mordwerkzeuge in den Händen. Ich wollte aufspringen und den beiden Attentätern den Garaus machen, da vernahm ich das vertraute Wummern einer Laserhandfeuerwaffe. *Eine Pullman IV Automatik*, dachte ich noch. Warum mir dieser Gedanke kam, kann ich nicht sagen. Mein Vater sprang erschrocken auf, nur um gleich darauf unter dem Kampfpanzer von Murphy begraben zu werden. Er hatte noch immer die beiden qualmenden Blaster in den Händen.

Dann brach die Hölle aus.

Die Creeps griffen zu den Waffen und ich hörte hinter mir das typische Surren der anlaufenden Gatlings. Über Funk gab ich meine Anweisungen, dass Kronka unter keinen Umständen etwas passieren durfte. Er sollte Zeuge werden von dem, was hier gleich geschehen würde, und außerdem wollte ich nicht, dass die Creeps ihr Oberhaupt verloren. Wir hatten keine Ahnung, was das für Auswirkungen haben würde. Unter Umständen entfachte ein Machtkampf unter den Aliens, der sich ewig hinziehen konnte. Schon rotzten die Gatlings ihr todbringendes Feuer, und Stannis und Juvis bestrichen mit diesen Waffen die Menge. Keine zwei Sekunden später fielen die Gatlings der beiden Soldaten in ihren Exoskeletten aus dem Team von Commander Philips mit ein und nahmen die Creeps ins Kreuzfeuer. Es gab kein Entkommen. Tausende Geschosse jagten durch die Halle und zerfetzten alles, was ihre Flugbahn kreuzte. Körperteile wurde abgerissen und Blutfontänen spritzen in alle Richtungen. Panik brach unter den Creeps aus. Sie rannten kopflos, für einige konnte das wörtlich genommen werden, kreuz und quer durcheinander, auf der Suche nach Deckung oder irgendetwas, hinter dem sie sich verstecken konnten, um so dem Kugelhagel zu entgehen. Doch dort gab es nichts. Die fast zehn Zentimeter langen panzerbrechenden Mantelgeschosse zerlegten einfach alles, ob organisch oder anorganisch. Die Transportkisten, die die Arena abgrenzten, zerbarsten unter dem Feuersturm und explodierten regelrecht. Metallsplitter flogen mit hoher Geschwindigkeit durch die Gegend und zerschnitten Fleisch,

Muskeln und Sehnen. Die restlichen Special Troopers sicherten die drei Eingänge, die in den Raum führten. Bisher war noch keine Verstärkung zu sehen, sie konnte aber nicht mehr lange auf sich warten lassen. Die Geschehnisse wurden immer noch übertragen und die gesamte Creep-Flotte konnte das Massaker verfolgen. Bisher war es keinem unserer *Gastgeber* gelungen, einen gezielten Schuss abzugeben. Ich hockte noch immer auf dem Podium. Den Tisch hatte ich als Deckung umgeworfen und ich hielt Kronka einen Blaster an den Kopf. Mit weit aufgerissenen Augen sah er zu, wie seine Artgenossen abgeschlachtet wurden, und brüllte laut auf.

»Feuer einstellen!«, brüllte Commander Higgens über Funk. Augenblicklich schwiegen die Waffen und Stille trat an die Stelle der endlosen Explosionen, die jede Kugel verursachte, die den Lauf verlassen hatte.

Vorsichtig erhob ich mich und achtete darauf, meinen Blaster nicht vom Kopf des Creeps zu nehmen. Das zwang ihn, auf den Knien zu bleiben. Erst jetzt konnte ich das ganze Ausmaß dessen sehen, was die acht Gatlings der Soldaten in den Exoskeletten angerichtet hatten. Stannis und Juvis standen in einem Patronenhaufen und luden die Waffen nach. So weit das Bild hinter mir. Vor mir, das war eine andere Sache. Der Beschuss hatte höchstens zwei Minuten gedauert, doch die Vernichtung war endgültig. Kein Creep war mehr am Leben, die meisten zur Unkenntlichkeit zusammengeschossen. Körperteile lagen im ganzen Raum verstreut. Überall gab es knöcheltiefe Blutlachen. Die toten Körper der Aliens verhinderten, dass sich die rote Flüssigkeit im Raum verteilen konnte. Ein bestialischer Gestank stieg mir in die Nase und vermischte sich mit dem herrlichen Geruch der Treibgase, mit denen die Patronen abgefeuert worden waren.

Ich übergab Kronka in die Obhut von Murphy und half meinem Vater auf die Beine.

»Oh mein Gott!«, rief er erschrocken aus, als er das Massaker betrachtete. »Was haben wir getan?«

»Das, was nötig war«, gab ich ihm die Antwort, die er bestimmt nicht hören wollte.

»Das war nötig?«, fragte er mit zittriger Stimme und zeigte auf den Matschhaufen vor dem Podium. »Bist du von allen guten Geistern verlassen? Das war eine diplomatische Mission, verdammt! Warum wusste ich nur, dass es so enden würde, wenn du dabei bist.«

»Was?« Das konnte doch wohl nicht wahr sein! »Gibst du etwa mir die Schuld? Hätte ich nicht eingegriffen, würdest du jetzt da unten liegen und wärst wahrscheinlich längst ausgeblutet. Die Schweine wollten uns hinterrücks abmurksen. Wenn du einem die Schuld geben willst, dann gib sie ihm da«, brüllte ich meinen Vater an und zeigte auf den Creep, der mich immer noch wütend anstarrte. Mein Vater machte den Mund auf, klappte ihn dann doch ,ohne ein Wort zu sagen, wieder zu und schüttelte enttäuscht den Kopf.

Ich fand das total unfair, konnte mich jetzt aber nicht damit beschäftigen. Wir mussten, so schnell es ging, runter von diesem Schiff. Wie es dann weiterging, konnten wir immer noch entscheiden. Mein größtes Problem war jetzt Kronka. Was sollte ich mit ihm machen? Ihn mitnehmen? Irgendwie auch keine Option. In einer unserer Arrestzellen nützte uns der Creep auch nichts. Ach zum Teufel, wir sollten ihn einfach exekutieren und dieses ganze verdammte Creep-Flotte aus dem All pusten. Dann könnten wir endlich weiterziehen. Doch wir waren nicht bei *Wünsch dir was* mit der heißen Judith Baltimore aus der gleichnamigen VID-Show, nein, wir steckten bis zum Hals in der Scheiße.

»Commander Higgens, sichern Sie den Gang, durch den wir gekommen sind. Murphy, fesseln Sie Ihren Gast und schließen zu Ihrem Team auf. Und nehmen Sie meinen Vater mit. Sie garantieren mir für seine Sicherheit. Commander Philips, Sie geben uns Deckung und sichern unseren Rückzug. Machen wir, dass wir hier wegkommen.«

»Ähm, General?«

»Gibt es noch etwas, Murphy?«

»Wollen Sie wirklich unseren Rückzug in Unterwäsche antreten? Nicht dass mich das etwas angehen würde. Ich empfinde es nur als befremdlich, Befehle von jemand entgegenzunehmen, der kaum etwas anhat.«

Meine Klamotten hatte ich in dem ganzen Tumult komplett vergessen. Ich grinste den Special Trooper frech zu und zwängte mich in die Kampfpanzerung. Wortlos kam Kensing auf das Podest und half mir dabei, damit es schneller ging. Derweil fesselte sein Kollege den Creep und band ihn zuletzt an dem Tisch fest. Nochmals überlegte ich, ob wir ihn nicht besser mitnehmen sollten, als Schild oder sonst was. Doch ich zweifelte daran, dass es seine Artgenossen daran hindern würde, auf uns zu schießen. Als Letztes schloss ich den Helm und überprüfte meine Waffen. Die beiden schweren Blaster steckten fest in ihren Holstern und die Vibroklingen in den Stiefeln. Von mir aus konnte es losgehen.

In den engen Gängen würden die Exoskelette uns keinen Vorteil bieten, darum übernahm Higgens mit Kensing, Hutson und Murphy die Vorhut. Ich folgte dichtauf und mein Vater rannte hinter mir her. Dann kamen die Männer von Commander Philips. Seit der Schießerei waren vielleicht drei oder vier Minuten vergangen und ich wunderte mich, wo die Creeps blieben, da wurde der Gang auch schon mit Laserfeuer von vorne bestrichen. Kensing hatte es nicht kommen sehen und erhielt einen direkten Treffer in die Brust. Sein Körper wurde mehrere Meter nach hinten geschleudert und blieb dann regungslos liegen. Higgens und Murphy erwiderten sofort das Feuer und gaben in schneller Folge gezielte Salven ab. Ich bückte mich zu Kensing hinunter und begutachtete den Schaden an der Panzerung. Wie es aussah, hatte ihm der Kampfanzug das Leben gerettet. Der Laser hatte das Metall zum Schmelzen gebracht, aber die Rüstung nicht durchschlagen. Der schier brutale Aufprall hatte den Special Trooper von den Beinen geholt. Jetzt lag er bewusstlos mit dem Rücken auf dem Boden. Ich zog den

Soldaten an die Seite und schob meinen Vater weiter nach hinten. Sein Verlangen nach einer Waffe verweigerte ich und ließ auch nicht mit mir diskutieren. Seine Zeit als kämpfender Bestandteil einer Truppe war schon längst vorbei. Ich gesellte mich zu Higgens und nahm die Angreifer ebenfalls ins Visier.

»Wie geht es Kensing?«, fragte Higgens nebenbei und streckte einen Creep mit einem Kopfschuss nieder, der um eine Ecke geschaut hatte.

»Er hat das Bewusstsein verloren. Seine Vitalwerte sind okay. Ich denke, er hat Glück gehabt. Die Waffen der Creep sind verdammt stark. Fast hätte der Treffer den Brustpanzer durchschlagen. Ich empfehle Ihnen, sich nicht treffen zu lassen.«

»Danke für den Ratschlag«, flachste der Commander und ging schnell in Deckung. Keine Sekunde später schlug ein Laserschuss dort ein, wo sich eben noch sein Kopf befunden hatte. Wir hatten eine Pattsituation. Der Gegner konnte nicht vorrücken und wir kamen auch nicht weiter. Als wäre das nicht schon genug, hörte ich das typische Bellen unserer Standard-Sturmwaffe hinter mir.

»General, wir bekommen Probleme«, funkt mich Commander Philips auch schon an. »Die Creeps habe uns in die Zange genommen. Wir sitzen hier fest.«

»Verdammt!«

»'tschuldigung«, murmelte Stannis und zwängte sich in seinem Exoskelett an den Soldaten nach vorne vorbei. Dabei musste er eine gebückte Haltung annehmen, um nicht an die Decke zu stoßen.

»Stannis«, rief Higgens. »Das ist nett gemeint, sollte aber unsere letzte Option sein. Wenn du deine Waffen hier im Gang abfeuerst, legst du alles in Schutt und Asche. Der Gang könnte unpassierbar werden.«

»Ich denke, das wird auch nicht nötig sein, Commander. Wir haben das bisher zwar noch nicht ausreichend testen können, aber die neuen Exoskelette haben einen Schutzschirm. Wenn ich den aktiviere, sollte es Ihnen möglich sein, hinter mir gefahrlos vorzurücken.«

»Seit wann haben die Dinger einen Schutzschild?«, fragte ich dazwischen.

»Keine Ahnung, General, ich habe auch schon lange kein Exoskelett mehr getragen. Das hier ist ein ganz neues Modell und ich muss schon sagen, es gab einige Veränderungen. Auf meinem Display hab ich ein Icon gefunden, das könnte für einen Schutzschild stehen.«

»Könnte? Und das reicht Ihnen?«

»Ich hatte bisher keine Gelegenheit, die Bedienungsanleitung zu lesen, und ich verspreche, das nachzuholen, sobald wir wieder auf der NAUTILUS II sind. Aber ja, ich bin mir sicher.«

»Und was, denken Sie, hält dieser Schutzschirm aus?«

»Keine Ahnung, finden wir es heraus.«

[Aramis, hast du die Dinger gebaut?]
  {Wer sonst? Ich habe fast alles an Bord des Schiffes gebaut.}
  [Ist der Schutzschirm der Exoskelette eine Option? Ich meine, wird er dem Beschuss standhalten?]
  {Für eine gewisse Zeit schon. Das gilt natürlich nur so lange, bis die Creeps schwerere Geschütze auffahren.}
  [Verdammt! Warum hast du nichts gesagt?]
  {Möchtest du, dass ich dich über alle technischen Veränderungen informiere, die ich vorgenommen habe? Das sind Tausende. Dafür sind die Handbücher da.}
  [Verschone mich damit.]

»Okay, Stannis, halten Sie sich bereit und geben Sie das an Ihre drei Kameraden durch. Die sollen uns von hinten Deckung geben. Die anderen zu mir. Wie rücken vor. Stannis, legen Sie los.«

»Aye, Sir. Treten Sie bitte einen Schritt zurück.«

Das war gar nicht so einfach. Wir hatten nicht viel Platz in diesem kleinen Seitengang, in dem wir feststeckten. Der Special Trooper aktivierte das Icon und mit einem lauten Knall bildete sich vor ihm ein Schutzschild, der den ganzen Gang abdeckte. Dann trat er um die Ecke und rannte den Creeps mit lautem Geschrei entgegen. Fast zeitgleich schlug konzentriertes Laserfeuer auf den Schild ein und das zuvor blau schimmernde Feld nahm eine rötliche Färbung an. Niemand von uns wusste, wie lange der Schild die Energie absorbieren konnte. Dieses Unwissen trieb uns alle zur höchsten Eile an. Commander Philips' Leute hatte Kensing aufgesammelt und schleiften den immer noch regungslosen Körper einfach hinter sich her.

Stannis hatte inzwischen die ersten Creeps erreicht und zertrümmerte mit seiner mechanischen Faust den Schädel eines der Aliens. Dessen Horn brach ab und fiel achtlos auf den Boden. Dann versetzte Stannis dem Creep einen Fußtritt und schleuderte ihn gegen seine Kameraden. Nun waren wir heran und eröffneten das Feuer. Ein Gegner nach dem anderen ging in dem Feuer unter. Kaum hatte der Beschuss auf den Schutzschild nachgelassen, erholte sich dessen Ladung und er flimmerte wieder in einem zarten Blau.

Plötzlich knallte es hinter unserem Trupp und es gab eine laute Explosion. Einer der Exoskelettträger von Philips' Männern hatte nicht so viel Glück. Sein Schild war unter dem massiven Laserfeuer zusammengebrochen und der Beschuss schlug völlig ungehindert in den Körper des Mannes ein. Die Panzerung seines Anzuges hielt nur Sekunden. Ob es ein zufälliger Treffer oder ein gezielter Schuss war, niemand konnte es sagen, aber es gelang einem Creep, eine Munitionskammer des Exoskeletts zu treffen. Die Explosion löste eine Kettenreaktion aus, bis alles in einem Feuerball unterging. Mit dem Soldaten starben zwei weitere gute Männer. Doch der nächste rückte schon nach und aktivierte ebenfalls den Schild, um unseren Trupp zu schützen.

Stannis hatte das Hindernis schnell überwunden und hastete weiter den Gang entlang Richtung Hangar. Wir hofften, unser Shuttle würde dort noch stehen. Es wurden immer mehr Creeps, sie kamen aus allen Richtungen, aus jedem Gang, hinter jeder Tür hervor. Wie Spielzeuge warf Stannis die fast 250 Kilo schweren

Körper durch die Gegend. Immer wieder erschlug er einen Feind oder zermalmte ihn unter dem hydraulisch verstärkten Exoskelett. Den Einsatz von schweren Waffen wagte er nicht. Das galt nicht für seinen Kollegen am Ende des Trupps. Unaufhörlich ratterten dessen Gatlings und verschafften uns so einen verhältnismäßigen sicheren Rückzug. Kensing war inzwischen wieder zu sich gekommen und klagte über starke Schmerzen in der Brust. Der Anzug verabreichte ihm ein starkes Schmerzmittel und setzte den Soldaten damit außer Gefecht. Immerhin konnte er selber laufen. Da ihn keiner mehr tragen musste, konnte die Feuerkraft an der Front durch zwei weitere Männer verstärkt werden. Eine weitere Explosion ereignete sich hinter mir und ich fluchte lautstark. Wir hatten soeben ein weiteres Exoskelett und damit einen tapferen Soldaten verloren. Ohne Worte nahm Juvis die Position seines gefallenen Kameraden ein und ließ die Waffen sprechen. Schon nach wenigen Sekunden leuchtete sein Schutzschild bedrohlich rot. Ich würde sagen, Juvis hatte die Schnauze gestrichen voll. Mehre schwere Detonationen erschütterten die Umgebung. Von den Decken fielen die Verkleidungen herunter und etliche Leuchtmittel explodierten.

»Was zum ...«, rief ich aus und befürchtete schon das Schlimmste. Doch als ich mich umdrehte, sah ich Juvis, wie er eine Granate nach der anderen in die Gänge abfeuerte. Jeder Abzweig erhielt von ihm was Explosives geschenkt, ob dort Creeps waren oder nicht. Hinter ihm gab es nichts mehr, nur noch Zerstörung. Boden und Decken waren herausgerissen. Die schweren Granaten hatten meterdicke Stahlträger wie Papier verbogen. Im Funk war ein leises menschliches Summen zu hören. Der Soldat hatte offensichtlich Spaß und summte sein Lieblingslied vor sich hin.

Endlich erreichten wir den Hangar und unseren Shuttle. Der Widerstand in der Flughalle hielt sich in Grenzen, denn hier konnte auch Stannis seine Waffen wieder zum Einsatz bringen. Die kleinste Bewegung reichte ihm, um den betreffenden Ort sofort mit den Gatlings zu bestreichen. Dabei traf er nicht nur das Wartungspersonal. Ein Creep-Jäger ging sofort in Flammen auf, als sich ein besonders schlaues Alien dahinter verstecken wollte. Die panzerbrechende Munition durchschlug die Maschine wie Butter und setzte sie augenblicklich in Brand. Treibstoff lief aus und über das bedauernswerte Wesen. Der nächste Funke reichte und eine schreiende Creep-Fackel rannte durch den Hangar. Ich erlöste den Mann mit einem Kopfschuss. Juvis hatte die Flughalle ebenfalls erreicht und sicherte das Tor. Wir anderen machten, dass wir in den Shuttle kamen. Murphy schmiss die Maschinen an und wartete, bis seine Teamkollegen ebenfalls an Bord waren. Dann riss er den Schubregler ganz nach hinten. Der Shuttle machte einen Satz nach vorne und wir wurden kräftig nach hinten geworfen. Die Hangartore hielten den beiden Lasern des Shuttles nicht lange stand und zerbarsten schon nach der zweiten Salve. Die anschließende Dekompression verschaffte uns einen zusätzlichen Schub. Murphy setzte direkten Kurs zur NAUTILUS II und beobachtete auf seinen Anzeigen, wie ein Geschützturm des Creep-Schiffs unserer Flugbahn folgte. Die Schilde hatte er bereits aktiviert, es blieb also nur ein Gebet. Doch bevor das Geschütz feuern konnte, verging es in einer lautlosen Explosion. Gleich darauf passierte uns eine unserer Jägerstaffeln und gab dem Shuttle Begleitschutz. Die Helmkameras hatten die ganze Zeit die Geschehnisse auf dem Flaggschiff der Creeps live übertragen und der Fleet Admiral hatte sofort reagiert.

»Willkommen zu Hause, General!«, funkte mich eine vertraute Stimme an.

»Sind Sie es, Keller?«

»Admiral Keller bitte«, gab sie belustigt zurück.

»Ich bitte vielmals um Entschuldigung, Admiral.« Das *Admiral* betonte ich extra, wissend, dass der Funkverkehr auf die Brücke der · NAUTILUS II übertragen wurde. »Was machen Sie in einem Jäger? Ich dachte, die Zeiten sind vorbei.« Dennoch war ich unendlich froh, sie zu hören.

»Ihrer Sirheit den Arsch retten«, antwortete Vera knapp und ich hörte die Erleichterung in ihrer Stimme.

»Wie ist die Lage?«, wollte ich wissen.

»Ruhig, die Creeps haben keinen weiteren Versuch unternommen, auf den Shuttle oder auf eines unserer anderen Schiffe zu feuern. Das Enterkommando ist bereits auf dem Rückweg.«

»Das Enterkommando?«

»Selbstverständlich, General. Ihre Hoheit hat auf einem Rettungsteam bestanden. Sie glauben doch nicht, wir hätten Sie Ihrem Schicksal überlassen? Jetzt sind 500 sehr traurige Special Trooper auf dem Rückweg. Die hätten sich über ein wenig Action schon gefreut.«

»Sie werden es überleben. Glauben Sie mir, das war alles andere als spaßig.«

Ohne weitere Zwischenfälle erreichten wir den Hangar der NAUTILUS II. Draußen standen mehrere Sanitäterteams bereit und nahmen die Verletzten in Empfang. Kensing lag bereits auf einer Mediliege und wurde eiligst auf die Krankenstation gebracht, als Commander Higgens neben mich trat.

»Wenn das in diesem Tempo weitergeht, bleibt nicht viel von meinem Team übrig. Erst Klausthaler, dann fast mein ganzes Team, mich eingeschlossen, und jetzt Kensing«, beklagte er sich.

»Das wird schon wieder, Commander«, versuchte ich, ihm Mut zu machen. »Klausthaler befindet sich auf einem guten Weg und wird bald wieder einsatzbereit sein. Bei Kensing sieht es schlimmer aus, als es ist. Der ist in ein, zwei Tagen wieder auf den Beinen.«

»Das macht es auch nicht besser. Wissen Sie, General Johnson, auf jeder Mission mit Ihnen läuft irgendetwas schief.«

»Hey, das da drüben war doch nicht meine Schuld!«, rief ich empört aus.

»Das weiß ich, aber Sie ziehen den Ärger förmlich an. Ich will mich nicht beschweren, bisher hat mein Team überlebt, aber Commander Philips hat sein halbes Team heute verloren.«

Das war die traurige Wahrheit. Das würde eine lange Nacht bedeuten.

»Wenn Sie mich jetzt entschuldigen, Sir, ich würde mich gerne nach Kensing erkundigen.«

»Natürlich, Commander, ich schaue nachher auch noch vorbei.«

Nachdenklich sah ich Commander Higgens nach. Wir hatten schon eine Menge zusammen erlebt und ich wusste, wie er sich fühlte. Aber ich wusste auch, er würde es mir übel nehmen, sollte ich sein Team nicht freiwillig zum nächsten Einsatz melden. Die restlichen Soldaten verließen den Shuttle. Ich stoppte Murphy, indem ich ihm meine Hand auf die Schulter legte, als er an mir vorbeiging. Auch er wirkte betrübt und traurig. Jetzt, in Sicherheit, fiel die Anspannung von ihm ab und die Seele in ein tiefes Loch.

»Gute Arbeit, Murphy«, lobte ich den Soldaten, »verdammt gute Arbeit.«

»Danke, Sir«, war sein einziger Kommentar und er ging unbeirrt weiter. An einer Kiste, auf der STTCH09/IM stand, blieb er stehen und warf achtlos alle seine Waffen und seinen Rucksack hinein. Juvis und Stannis stiegen aus ihren Exoskeletten und übergaben diese dem Wartungspersonal. Auch die beiden hielt ich kurz auf.

»Ich danke Ihnen. Gute Arbeit. Ohne Ihren Einsatz hätten wir es nicht geschafft. Gut, dass Ihnen das mit dem Schutzschild aufgefallen ist, Stannis, und Sie, Juvis, sind ein Teufelskerl.«

»Sie waren auch nicht schlecht«, grinste Juvis. »War schon beeindruckend, wie Sie in Unterwäsche dem Creep in den Arsch getreten haben.«

Verlegen lächelte ich die beiden an. »Ach das ...« Ich winkte ab. »Nochmals, hervorragende Arbeit.«

»Danke, General, aber wir machen nur unseren Job«, versicherte mir Stannis und schob dann Juvis vor sich her. »Wir müssen los, General, wir sehen uns.« Damit verschwanden auch diese tollen Soldaten und ihr Ziel kannte ich nur zu gut. Die beiden würden auf dem direkten Weg die Krankenstation aufsuchen und sich nach ihrem verletzten Kameraden erkundigen. Ein schwerer Gang bestand mir noch bevor, denn nun kam Commander Philips und der Rest seines Teams an mir vorbei. Ich klopfte auch ihnen auf die Schulter und bedankte mich für ihren Einsatz. Philips blieb neben mir stehen.

»Ich hatte es nicht glauben wollen und hielt die Berichte für übertrieben.«

»Was meinen Sie damit, Commander?«

»Dass es auf Ihren Einsätzen immer ganz heiß hergeht.«

»Hören Sie, Commander, es tut ...«

»Lassen Sie das, General. Es war nicht Ihre Schuld und meine Jungs kannten das Risiko. Soldaten sterben nun einmal im Krieg. Das wird sich nie ändern und nun entschuldigen Sie mich, ich muss mich um den Rest meines Haufens kümmern.« Mit diesen Worten ließ er mich einfach stehen und eilte seinen Männern hinterher. Ich konnte den Commander schlecht einschätzen und wollte von Aramis auch nichts darüber hören. Das war eine Sache, die ich selber herausfinden musste.

Als Letztes kam mein Vater an mir vorbei. Er warf mir nur einen bösen Blick zu, dann verschwand er, ohne mich weiter zu beachten. Ich musste unbedingt ein Gespräch mit ihm führen.

»General Johnson, würden Sie bitte auf die Brücke kommen?«, riss mich Gavarro über Funk aus meinen Gedanken. »Kronka ruft uns.«

Hatte man hier nicht einmal fünf Minuten seine Ruhe?

Missverständnisse

Zeit: 1042
Ort: Sombrerogalaxie, Pajyagana-System

Ich eilte zur Brücke. Kronka konnte schneller befreit werden, als ich angenommen hatte. Kaum öffnete sich das Brückenschott, brüllte mir der Ensign ins Ohr, schon wieder.

»Aaachtung! General auf der Brücke!«

Dieses Mal stand er jedoch direkt am Eingang und ich schreckte regelrecht zusammen. Verdammt noch mal, so konnte es nicht weitergehen! Also blieb ich stehen und fixierte den Ensign mit meinen bösesten Blicken, zu denen ich in der Lage war. Das funktionierte immer. Ich hatte von Geschichten gehört, wo sich Rekruten angeblich eingenässt hatten, wenn ich diese so anstarrte. Die Zeiten änderten sich und ich war anscheinend aus der Übung. Der Matrose lächelte freundlich zurück und salutierte. In seinen leeren Augen konnte ich den Satz *Du kannst mich mal!* ablesen. Wollte ich sein Gebrüll in Zukunft unterbinden, würde mir nichts anderes übrig bleiben, als den pflichtbewussten Mann zu erschießen. Der Gedanke war verlockend, doch irgendwie auch ein wenig übertrieben. Ich nahm mir vor, den Ensign von nun an zu ignorieren, und ging auf den Admiral zu. Die Holosäule zeigte das Gesicht von Kronka und ich konnte darin absolut nichts erkennen.

»Alles nur Missverständnis«, dröhnte die tiefe Bassstimme des Creeps aus den Lautsprechern. »Menschen nicht müssen Schiff von Kronka vernichten.«

»Nennen Sie mir nur einen einzigen Grund, warum wir das

nicht tun sollten«, antwortete der Admiral mit versteinertem Gesicht.

»Genau!«, rief ich dazwischen. »Und den Rest der gesamten Flotte gleich mit dazu.«

{Das ist nicht dein Ernst!}, beschwerte sich Aramis bei mir.
[Lies meine Gedanken, dann weißt du, wie ernst ich das meine.]
{Das wird nicht nötig sein, John. Kronka wird sich ergeben.}
[Wie kommst du auf so eine Idee? Die Creeps scheinen sehr hinterhältig und verschlagen zu sein. Selbst wenn er sich jetzt ergibt, wird er früher oder später einen Weg suchen, um uns zu vernichten.]
{Wird er nicht. Höre dir an, was er zu sagen hat.}

Ich stöhnte innerlich auf. Aramis sprach wieder in Rätseln und er trieb mich damit in den Wahnsinn. Irgendwie ging schon wieder alles schief und ich wurde von allen Seiten bombardiert. Der Creep laberte ununterbrochen irgendeinen religiösen Unsinn, der Admiral drohte ständig mit der Vernichtung des Schiffs, Aramis versuchte mich zu manipulieren, meine Tochter gab ihm recht und redete auf mich ein, und zu guter Letzt brüllte der Ensign und kündigte die Ankunft meines Vaters an. Der fehlte mir gerade noch, aber er war nun einmal unser Diplomat und es war seine Aufgabe, eine Übereinkunft auszuhandeln, die für beide Seiten akzeptabel war. Natürlich schwebte ihm eine Lösung vor, die nichts mit Blutvergießen zu tun hatte. Mich beachtete er gar nicht und er übernahm kommentarlos die weiteren Verhandlungen, nachdem er Gavarro kurz zugenickt hatte.

»Ich bin von Kronkas Verhalten sehr enttäuscht«, hörte ich meinen Vater gerade sagen, nachdem ich meiner Tochter zu verstehen gegeben hatte, dass ich bereit war abzuwarten, was als Nächstes passierte. Die Zahl derer, die auf mich hörten, wurde immer kleiner.

»Kronka und Creep grüßen den Menschen mit Namen Johnson. Das alles nur großes Missverständnis«, beteuere er zum zigsten Mal.

»Was sollen wir nicht richtig verstanden haben? Sie haben versucht, uns heimtückisch zu ermorden«, hielt mein Vater dagegen.

»Das dumm war, weil Kronka nicht richtig denken können. Zu groß der Schmerz von Verlust von Flotte noch war. Kronka wollte Rache. Aber Kronka nun wissen, dumme Entscheidung.«

»Eine sehr dumme Entscheidung.«

»Ja, Kronka wissen, doch nun Kronka berührt vom großen Oxlahtikas.«

»Oxlahtikas?«, fragte mein Vater nach und zog die Stirn in Falten.

»Ja! Du musst kennen, Oxlahtikas erschafft Universum, erschafft Creeps und erschafft Menschen. Einfach alles erschaffen. Er zu mir sprechen jetzt. Er wählen Kronka aus. Große Ehre für Kronka.«

Okay, dachte ich mir, entweder war er jetzt völlig durchgeknallt oder er arbeitete wieder an einer Möglichkeit, uns zu hintergehen, und der ganze Quatsch diente nur dazu, uns hinters Licht zu führen.

Mein Vater sah sich ratlos in der Runde um. Gavarro zuckte mit den Schultern und machte mit dem rechten Zeigefinger eine kreisende Bewegung vor seiner Schläfe.

»Kronka nicht verrückt. Kronka kennen Gedanken von Menschen Johnson. Oxlahtikas mir verraten Gedanken von Johnson.«

Es trat eine längere Gesprächspause ein. Wie sollten wir darauf reagieren? Dieser Oxlah-Dings schien irgendeine Gottheit zu sein, an den die Creeps glaubten, und Kronka hielt sich für das Sprachrohr dieses Gottes. Eindeutig durchgeknallt.

»Das fällt mir schwer zu glauben. Doch es wird sich nicht beweisen lassen. Die Menschen würde auch viel mehr interessieren, was der große Oxlahtikas zu Kronka gesagt hat«, griff unser Diplomatengenie die Unterhaltung wieder auf.

»Kronka kann beweisen, du denken an etwas und Kronka dir verraten.«

Mein Vater gab über seinen ICS-Chip der Komm-Station den Befehl, die Audioübermittlung zu unterbrechen.

»Das ist doch lächerlich!«, platzte es dann aus ihm heraus. »Ich habe keine Ahnung, was dieser Creep damit bezwecken will.«

»Sie haben aber auch nichts zu verlieren, gehen Sie doch erst einmal darauf ein«, schlug die Prinzessin vor.

»Wie Sie wünschen, Eure Hoheit«, gab Johnson senior zurück und erteilte den Befehl, die Verbindung wiederherzustellen.

»Johnson ist gespannt auf das, was Kronka zu wissen glaubt«, richtete er sein Wort wieder an das Oberhaupt der Creeps.

»Das einfach. Johnson denken, ich seien verrückt, und gerade gedacht an seine Frau. Mächtiger Kriegersohn von Johnson würde uns alle gerne töten, weil er denkt, Kronka spielt falsches Spiel. Da noch ein wichtiger Mensch, hat Kommando über Schiff, würde gerne Waffen abfeuern. Doch was sehr verwirrend für Kronka, alle hören auf ein junges Weibchen.«

Erneut wurde die Übertragung unterbrochen und mein Vater sah mich anklagend an.

»Was?«, blaffte ich ihn an. »Du glaubst dem Kerl doch nicht etwa? Was soll dein großer Kriegersohn schon denken? Nicht schwer, darauf zu kommen. Genauso wenig, dass ein Kommandant eines Kriegsschiffs die Waffen abzufeuern möchte. Und dass du ihn für durchgeknallt hältst, steht dir ins Gesicht geschrieben.«

»Woher weiß er, dass ich an meine Frau dachte?«, hielt er dagegen.

»Zufall.«

»Woher weiß er von der Prinzessin? Sie ist bisher noch nicht in Erscheinung getreten.«

Das stimmte. Das konnte er unmöglich wissen. Wenn ich eines gelernt hatte, gab es das Wort *unmöglich* nicht. Immer wenn es zu einer Situation kam, in der man dieses Wort verwenden konnte, gab es auch immer die gleiche Lösung des Rätsels.

[Aramis! Bist du dafür verantwortlich?]

{Natürlich, wer sonst, oder kennst du noch jemanden, der Gedanken lesen kann?}

[Du sprichst zu Kronka?]

{Sicher, ich kann zu jedem sprechen, wenn ich das möchte. Das hat sich in den letzten Wochen so entwickelt. Es ist unglaublich. Ich fühle ...}

[Unglaublich, allerdings. Du ziehst schon wieder dein eigenes Ding durch. Du hättest das mit mir vorher besprechen können.]

{Erstens haben wir das. Wir waren uns einig: Sollten wir einen friedlichen Weg finden, werden wir den ergreifen, und zweitens habe ich es mit Prinzessin Emilia besprochen und sie hielt meinen Plan für sehr erfolgversprechend. Die Creeps sind ein sehr gläubiges Volk und es gibt die Legende des Auserwählten, zu dem ihr Gott Oxlahtikas zu seinem Volk spricht.}

[Und das bist natürlich du.]

{Selbstverständlich, wer sonst? Oder glaubst du etwa an Götter?}

Was sollte ich dazu sagen? Meine Tochter hatte entschieden und ich wurde dabei übergangen. Hatte ich ein Recht, mich darüber zu beschweren? Wahrscheinlich nicht, denn sie war nun einmal auch meine Herrscherin und niemandem gegenüber Rechenschaft schuldig. An diesen Umstand musste ich mich erst gewöhnen und das fiel mir schwer, sehr schwer. Neugierig verfolgte ich die Unterhaltung zwischen meinem Vater und Kronka und war gespannt darauf, welchen Blödsinn sich Aramis nun schon wieder ausgedacht hatte. Im Grunde konnte es mir egal sein, wenn es dazu beitrug, die Befreiung der Phalos zu beschleunigen.

»Nehmen wir einmal an, die Menschen glauben Kronka, was haben Kronka und die Creeps jetzt vor?«

Das Alien überlegte eine Weile. Dabei blieb sein Gesicht so ausdruckslos wie zuvor. Es erweckte den Anschein, wir würden auf ein Standbild schauen. Doch plötzlich drang die kräftige tiefe Stimme wieder aus den Lautsprechern.

»Gott zu Kronka gesprochen. Was Creep hier machen, ist falsch. Oxlahtikas das nicht wollen, darum Creep lassen Phalos frei und gehen, gehen zurück zum Volk der Creeps und verkünden Oxlahtikas' Wort. Kronka sehr stolz und geehrt fühlt. Kronka ist Auserwählter. Menschen müssen glücklich sein. Das doch, was Menschen wollen, die Phalos befreien. Oxlahtikas Kronka erzählt.«

»Das entspricht der Wahrheit. Wir Menschen sind gekommen, um das Volk der Phalos zu befreien, und Kronka hat recht, wir würden es sehr bevorzugen, dieses ohne weiteres Blutvergießen zu schaffen.«

»Das nicht nötig. Creeps werden freiwillig gehen. So ist es der Wille von Oxlahtikas.«

Mein Vater dachte einen Moment angestrengt nach. Eines musste ich Aramis lassen, es brachte uns in eine völlig neue Position. Ich hatte keine Ahnung, was er mit dem Creep angestellt hatte, aber es schien zu funktionieren.

»Wir Menschen stellen noch eine Bedingung. Wenn diese erfüllt wird, lassen wir die Creeps in Frieden ziehen.«

»Johnson stellen Bedingung, Creep erfüllen.«

»Die Creeps werden alle Kriegsschiffe zurücklassen. Dann könnt ihr zu eurem Volk zurückkehren.«

Emilia zog die Luft scharf ein und auch Gavarro hielt den Atem an. Das war eine Forderung, die sich gewaschen hatte. Ich hatte schon so eine Ahnung, wie mein Vater darauf gekommen war. Dafür konnte nur einer verantwortlich sein. Es wurde still auf der Brücke und die Lautsprecher schwiegen. Kronka musste eine schwere Entscheidung treffen.

)Ehrwürdiger Oxlahtikas, die Menschen verlangen sehr viel von uns. Wir sind ein stolzes Volk und der Krieg gehört zu unserer Kultur. Wir verehren die Stärke. Wenn wir alle Kriegsschiffe aufgeben, sind wir schwach. Ich weiß nicht, ob ich mein Volk davon überzeugen kann.

Viele würden lieber sterben, als ihre Ehre zu verlieren. Es wird schwer genug, alle zu überzeugen, dass ich der Auserwählte bin(, dachte Kronka und horchte in sich hinein. Es fühlte sich seltsam an, die Stimme eines Gottes in seinem Kopf zu hören.

{Das war nie der Weg, den ich für euch vorgesehen habe.}

)Warum hast du nicht früher zu uns gesprochen, wenn dir nicht gefallen hat, wie die Creeps leben?(

{Das habe ich, aber keiner eurer Priester hat zugehört}, log Aramis.

)Dennoch weiß ich nicht, ob ich das kann. Ich bin ein großer Krieger!(

{Und jetzt wirst du ein großer Priester. Haben Geistliche kein hohes Ansehen bei euch?}

)Durchaus! Ich wollte in keiner Weise andeuten ...(

{Schon gut, ich verstehe. Du musst eine Entscheidung treffen.}

)Vielleicht bluffen die Menschen nur? Ich meine, ihre Ziele sind doch durchaus edel. Alles, was sie wollen, scheint die Freiheit der Phalos zu sein.(

{Du kennst die Menschen nicht so wie ich. Sie sind eine grausame Rasse und sie lieben den Krieg. Hast du vergessen, wie sie deine Brüder und Schwestern abgeschlachtet haben? Die Menschen schieben gerne höhere Ziele vor, um ihren kriegerischen Gelüsten nachzugehen.}

)Sprichst du auch mit den Menschen?(

{Nein!}, log Aramis erneut. *{Sie sind es nicht wert und sie würden auch nicht zuhören. Diese Spezies hat keinen Gott.}*

Kronka dachte angestrengt nach. Natürlich blieben diese Gedanken Aramis nicht verborgen und er erkannte die Zweifel, die den Creep plagten. Er hatte Angst! Zum ersten Mal in seinem Leben verspürte er das Gefühl der Angst und konnte es nicht zuordnen, da dieses Gefühl so fremdartig für ihn war. Er hatte Angst, seine Kameraden würden ihm nicht glauben, Angst davor zu versagen, Angst davor, niemand würde auf ihn hören. Daraus entstand eine völlig neue Furcht, Kronka fürchtete sich vor dem Tod.

{Ich werde dir helfen, dein Volk zu überzeugen. Du kannst auf mich zählen. Außerdem, willst du dafür verantwortlich sein, dass

der Auserwählte stirbt? Stirbst du, wird es keinen weiteren Kontakt von mir zu deinem Volk geben.}

)Warum nicht?(

{Muss ich mich jetzt vor dir rechtfertigen?}, dröhnte die Stimme Aramis' im Kopf von Kronka und verursachte einen kurzen, aber sehr heftigen Schmerz. Dem Creep wurde schwindelig und er musste sich an einer Strebe festhalten, um nicht zu stürzen.

)Nein, natürlich nicht. Verzeiht mir, ehrwürdiger Oxlahtikas. Ich bin noch unerfahren ...(

{Triff deine Entscheidung!}, drängte Aramis weiter und wieder bereiteten seine Gedanken dem Creep starke Schmerzen.

)Was soll ich tun?(

{Gib den Menschen, was sie verlangen. Dann ziehe in Frieden ab und verkünde deinem Volk die wahren Lehren von Oxlahtikas.}

)Was sind die wahren Lehren? Ich weiß nicht, was du von mir erwartest.(

{Das wirst du noch früh genug erfahren.}

Wir standen gespannt auf der Brücke und bewegten uns kaum. Jeder erwartete die Antwort von Kronka auf die dreiste Forderung meines Vaters.

»Kronka einverstanden!«, kam es so plötzlich aus den Lautsprechern, dass einige Körper zusammenzuckten.

»Wir sind uns also einig? Die Kriegsschiffe bleiben zurück und ihr verlasst friedlich das System und kommt nie wieder?«, antwortete unser Diplomat sofort.

»Wir einig. Creep schleusen Jäger aus und nehmen Trägerschiff. Alle Creeps dort haben Platz. Reise nicht lange, wird gehen. Aber Kronka braucht Zeit. Kronka muss andere Creeps überzeugen.«

»Das verstehe ich. Ich gebe euch zwei Tage. Ansonsten ...« Er ließ den Satz in der Luft hängen. Irgendwie war ich von meinem Vater total überrascht. Eine solche Entschlossenheit und Stärke hatte ich ihm nicht zugetraut. Vor sehr langer Zeit hatte er dem Krieg den Rücken zugekehrt und versuchte seitdem, alles gewaltfrei zu lösen. Doch manchmal ging es eben nicht ohne. Das war meine tiefste innere Überzeugung. Wir hatten nicht darum gebeten, von den Bewahrern unter ihren Schutz genommen zu werden. Wir hatten nicht ein fremdes Reich überfallen und deren Bewohner aufgefressen. Die Phalos hatten sicherlich auch nicht einen Funkspruch an die Creep gesendet und darum gebeten, versklavt zu werden. Nein! Da half nur eine Sprache und diese benötigte auch keine Übersetzungsgeräte, die verstand jede Spezies. Mit anderen Worten: *Pisst uns nichts ans Bein und wir kommen prima miteinander aus!*

Doch das Ergebnis, das mein Vater erzielt hatte, fand ich sehr beeindruckend. Selbstverständlich war das eine bessere Lösung, als alle umzubringen. Wenn die Creeps sich denn daran hielten. Ansonsten war das immer noch eine Option.

Träume

Susan Tantiki träumte und erfuhr dabei Dinge, die sie niemals für möglich gehalten hätte. Immer wieder stellte sie sich die Frage, ob es sich wirklich um Träume handelte. Aber um was sollte es sich sonst handeln? Die Eindrücke, die sie erhielt, waren so fremdartig, wie sie nur sein konnten. Anfangs hörte Susan nur zwei Stimmen. Die eine davon schien Tausenden Wesen zu gehören, deren Stimmen sich überlagerten, so als sprächen alle zur gleichen Zeit. Trotzdem hörte es sich nicht wie ein wildes Stimmengewirr an, wo jeder etwas anderes sagte. Die Stimmlagen waren gleich, ebenso die Betonung, aber es war kein religiöser Singsang. Susans Verstand arbeitete auf Hochtouren, um hinter das Geheimnis zu kommen.

Die andere Stimme hingegen konnte das junge Mädchen sehr gut in ihrem Kopf hören. Es dauerte eine ganze Weile, bis Susan begriff, dass es sich dabei um die Gedanken eines fremden Wesens handelte und sie selbst nur ein Gast war, der unbeteiligt zuhörte. Kontaktversuche hatte sie schon lange eingestellt. Sie konnte die Gedanken des anderen hören, aber offensichtlich galt das nicht andersherum. Die Eindrücke waren so fremd und nichtmenschlich, dass sie manchmal an ihrem eigenen Verstand anfing zu zweifeln. Doch das konnte unmöglich sein. Nein, sie war nicht verrückt! Oder doch? Susan kam es so vor, als ob sie sich in einem Nebel bewegte, losgelöst von ihrem physischen Dasein. Ihre Seele streifte ziellos umher und kam an vielen Stationen vorbei, an denen

Dinge geschahen, deren Grausamkeiten nur schwer zu ertragen waren. Anfangs hatte Susan keine Kontrolle darüber, ob sie an einem Ort verweilen konnte oder nicht. Stets lag ein dichter, fast undurchschaubarer Schleier vor den Szenen. Häufig konnte sie das Grauen dahinter nur erahnen und war dankbar, wenn die Reise weiterging.

Zeit schien nicht mehr von Bedeutung zu sein. Das junge Mädchen konnte nicht sagen, wie lange dieser Zustand schon anhielt, aber es kam ihr wie Jahre vor. Die Erinnerungen an die reale Welt verblassten immer mehr und irgendwie war es auch nicht wichtig. Viel wichtiger war für sie, die Kontrolle zu erhalten. Susan hatte keine Ahnung, worüber sie die Kontrolle erhalten musste, nur eben, dass es wichtig war. Sie hasste es, wenn nicht alles nach festgelegten Mustern ablief. Nun war Susan Tantiki alles andere als eine gewöhnliche Frau. Ihr Gehirn hatte schon immer anders funktioniert. Mit zwei Jahren konnte sie fließend sprechen und kaum ein Jahr später hatte sie mehrere Fremdsprachen erlernt. Sie führte Berechnungen schneller durch, als es so mancher Computer konnte, und das im Kopf. Das Mädchen kicherte, als sie sich an das Gesicht ihrer Lehrer erinnerte, wenn sie ihr Können unter Beweis stellte. Irgendwie waren die Gedanken tröstlich, denn es erinnerte Susan auch daran, was sie war – ein Mensch –, und es gab eine reale Welt. Noch hatte sie den Weg dahin nicht gefunden, doch sie würde es schaffen, daran hatte sie nicht den geringsten Zweifel.

Susan lernte schnell und es fiel ihr immer leichter, sich in dem Nebel zu bewegen. Jetzt konnte sie die Richtung selbst bestimmen und an Orten verweilen, solange sie wollte. Ein einziger Gedanke reichte, um die Schleier hinwegzuwischen und den Blick auf das freizugeben, was dahinter lag. Schon längst hatten die Abscheulichkeiten, die Susan meist zu Gesicht bekam, ihre Wirkung verloren. Sie wusste inzwischen ganz genau, wo sie sich befand – in einem fremden Bewusstsein.

Die Reise durch den Verstand des Bewahrers hatte ihr die eigene Entkörperung offenbart und die ehemalige Kadettin hatte begriffen, wozu die Bewahrer die Menschen brauchten. Die Gehirne der Menschen waren für diese Maschinenwesen nichts weiter als Speicherkristalle. Festplatten, die groß genug waren, das Bewusstsein eines Bewahrers aufzunehmen. Das war das größte Problem, das diese Wesen hatten. Es fehlte ihnen an Speicherplatz. Ein Verstand, ob nun menschlich oder eines jeden anderen intelligenten Wesens, benötigte eine Unmenge an Ressourcen. Der Speicher musste nicht nur groß genug sein, sondern auch über eine gewisse Schnelligkeit verfügen. Eine technische Lösung fanden die Maschinenwesen bisher nicht und so vegetierten noch Tausende Bewahrer komprimiert und inaktiv in den Speicherbänken der riesigen Kugelraumer. Ziel war es, jeden Einzelnen von ihnen wieder in das Leben zurückzuholen und dem Kollektiv zuzuführen. Zum Leidwesen der Bewahrer eignete sich nicht jedes Gehirn für die Aufnahme. Es galt, ganz bestimmte Parameter einzuhalten. Sie sortierten im Vorfeld die möglichen Kandidaten aus und machten sich dann derer habhaft. Einige kleine Tests stellten schnell eine mögliche Verwendung fest. In über 95 Prozent der Fälle war das nicht der Fall. Diese Menschen hatte man nie wieder gesehen. Die verbliebenen fünf Prozent natürlich auch nicht.

Warum ausgerechnet sie, Susan Tantiki, ein unbedeutendes stilles Mädchen, immer noch da war, wusste sie nicht. Vielleicht erging es jedem so, dessen Gehirn als Gefäß diente, dazu verdammt, den Rest aller Tage in einem fremden Verstand gefangen zu sein. Aber eines wusste Susan genau: Ihr würde es nicht so ergehen. Sie hatte ihre Fühler bereits ausgestreckt und war kurz davor, das Kollektiv zu infiltrieren. Noch hatte niemand sie bemerkt und Tantiki hoffte, dass es auch dabei blieb.

Das ist mein verfickter Verstand, dachte Susan. *Ihr Arschlöcher habt euch mit der Falschen angelegt!*

Eine solche Wortwahl hätte man dem schüchternen Mädchen niemals zugetraut, doch wer konnte schon sagen, was in ihrem

Kopf vorging? Oder hatten die Erkenntnisse, die sie dem Bewahrer bisher entlocken konnte, ihr Wesen bereits verändert? Behutsam drang sie tiefer in den Verstand des Gründervaters vor und löste einen kleinen Impuls aus. Der Bewahrer zuckte mit dem rechten Arm und startete sofort ein Diagnoseprogramm, um die Fehlfunktion zu untersuchen.

Susan lächelte in sich hinein.

Freiheit

Kronka hielt Wort. Ich hatte keine Ahnung, wie es ihm gelungen war, seine Artgenossen zu überzeugen. Doch die Tatsache, dass er mit dem erhabenen Gott Oxlahtikas sprechen konnte, verlieh ihm großes Ansehen bei seinen Untergebenen. Die Kriegsflotte befand sich sicher am Boden eines der Monde, und Kronka und Konsorten waren auf dem Weg zum Sprungtor in dem Trägerschiff. Die Angriffsjäger hatte er wie versprochen ausgeschleust und verlassen ebenfalls auf dem Mond zurückgelassen. Ich hatte eine längere Diskussion, nein, einen kräftigen Streit mit Aramis, was nun mit den Schiffen geschehen sollte. Aramis wollte sie alle vernichten. Stellen Sie sich das einmal vor, einfach vernichten! Der hatte sie nicht mehr alle! Wäre ich mit diesem Anliegen an den Fleet Admiral herangetreten, hätte der mich in eine Zwangsjacke gesteckt. Emilia hätte es anordnen können, niemand hätte gewagt, sich diesem Befehl zu widersetzen, aber sie teilte meine Ansicht, dass der Vorschlag von Aramis reiner Wahnsinn war. Gutes Mädchen! Dennoch mussten wir entscheiden, was wir mit den Schiffen anstellen sollten. Würde es nach Gavarro gehen, hätten wir die Flotte selber behalten. Doch ohne einen Sprungantrieb, wie ihn die NAUTILUS II verwendete, waren die Schiffe nutzlos und hätten uns nur aufgehalten. Emilia fragte, was dagegensprechen würde, wenn wir die Flotte den Phalos überlassen würden. Sie hatten in den letzten Jahren viel einstecken müssen und ihre eigenen Schiffe bei dem Angriff der Creeps verloren. Ein persönliches Treffen stand unmittelbar bevor und es würde sich doch wunderbar als Begrüßungsgeschenk eignen.

Die Phalos waren sehr irritiert. Die Creeps hatten alle Einrichtungen und Gefangenenlager fluchtartig verlassen und alles stehen und liegen lassen. Truppentransporter waren in den letzten Stunden pausenlos zwischen Planetenoberfläche und dem Trägerschiff hin- und hergeflogen.

Bisher hatten wir keine Zeit gehabt, den Phalos persönlich gegenüberzutreten, wichtiger war es, den Abtransport zu überwachen. Das Treffen sollte erst stattfinden, wenn sich die Creeps auf dem Weg zum Sprungtor befanden. Ich hatte keine Ahnung, wie Aramis das angestellt hatte, und irgendwie bekam ich das Bild nicht aus dem Kopf, wie eine Horde besoffener Nashörner auf zwei Beinen, fröhlich feiernd mit ihrem neuen Messias, dem Sonnenuntergang entgegensegelte. Hatte ich schon erwähnt, dass es Aramis immer schwererfiel, seine eigenen Gedanken vor mir zu verbergen? Es passte ihm nicht und er gab sich große Mühe, damit ich nicht hinter seine Absichten kam, doch es gelang ihm nur noch selten. Er machte sich ernsthaft Sorgen, denn er wusste nicht, wie lange er die Verbindung zu Kronka aufrechterhalten konnte. Aramis war sich aber sicher, dass sein Kontakt spätestens dann abbrach, wenn das Trägerschiff durch das Portal flog.

[Daran hättest du früher denken sollen!], schalt ich ihn.

{Woran? Was meinst du?}

[Hör endlich auf, mich für blöd zu verkaufen. Du weißt genau, was ich meine. Hast du schon dran gedacht, was passieren wird, wenn der neue Messias plötzlich nicht mehr mit dir sprechen kann?]

{Pausenlos. Das stellt in der Tat ein Problem da. Ich befürchte, die Creeps können Kronka dann für verrückt erklären und mit allem zurückkommen, was sie haben.}

[Genau das meine ich. Ich kann mir nicht vorstellen, dass sie den Phalos freundlich gegenübertreten werden. Im Gegenteil. Es ist davon auszugehen, dass die Phalos eine weitere Besetzung

nicht überleben werden. Sollten wir nicht mehr hier sein, sie zu beschützen, werden sie die ganze Wut der Creeps zu spüren bekommen.]

{Da könnte etwas dran sein.}

[Herrgott noch mal!], fluchte ich lautstark in Gedanken.

{Aramis reicht, du musst mich nicht Gott nennen.}

Hatte er gerade einen Witz gemacht oder mindestens den Versuch unternommen? Wir standen vor einem ernst zu nehmenden Problem und er machte Witze. Ich merkte, wie die Wut schon wieder in mir aufstieg.

{Ganz ruhig, John. Dein Blutdruck steigt in nicht gesunde Höhen. Beruhige dich.}

[Sag DU mir nicht, ich soll mich beruhigen. Sag mir lieber, was gedenkst DU dagegen zu tun?]

{Ich hätte da schon eine Idee. Wir manipulieren das Sprungtor, damit niemand mehr hierherkommen kann.}

[Tolle Idee, das hat beim letzten Mal auch so gut geklappt. Wenn wir das Sprungtor schließen, haben die Phalos unter Umständen gleich die Bewahrer am Hals. Du erinnerst dich, Sprungtor schließen, Bewahrer tauchen auf und das große Sterben beginnt? Kommt dir das irgendwie bekannt vor?]

{Wer hat etwas von schließen gesagt? Ich sagte manipulieren. Das ist ein Unterschied.}

Ich war mir sicher, aus meinen Ohren entwich langsam Dampf. Jedenfalls fühlte es sich so an. Der Druck auf den Ohren nahm ständig zu und ich vernahm wieder ein Hämmern an den Schläfen. Ein sicheres Zeichen, dass die Einrichtung gleich das Zeitliche segnen würde. Natürlich bekam Aramis meinen Gemütszustand mit. Er zeigte Erbarmen und erlöste mich aus meiner Pein.

{Wir werden das Tor nicht einfach schließen. Ich kann es umprogrammieren. Wenn die Creeps es passiert haben, verändere ich den Code. Jedes Schiff, das dann das Portal passiert, kommt an seinem Eintrittspunkt wieder heraus. Eine Schleife also. Das gilt natürlich von beiden Seiten. Die Phalos könnten dann das System auch nicht *mehr verlassen. Aber sie wären vor den Creeps sicher. Ich habe mir die Technik der Creeps genau angesehen und schätze, sie brauchen noch mindestens 1000 Jahre, bis sie einen Antrieb entwickelt haben, der es ihnen ermöglicht, die Tortechnologie zu umgehen.}*

[Ich fand die Technik der Creeps nicht besonders rückständig. Die Laser haben uns ganz schön zu schaffen gemacht. Auf jeden Fall hat es gezeigt, dass wir nicht unverwundbar sind.]

{Richtig, effektiv ist die Technik schon, aber eben mehr nicht. Alles ist grob und ohne Innovationen, so wie die Creeps selbst.}

[Und du kannst das Sprungtor so umprogrammieren? Und das bekommen die Bewahrer auch nicht mit?]

{Natürlich kann ich das, ich habe die Portale gebaut! Es ist äußerst unwahrscheinlich, dass eine Manipulation registriert werden könnte. Zumal das Tor nicht erst neu gestartet werden muss. Ich ändere den Programmcode online und sofort sind die Zielkoordinaten gültig.}

Meine Laune besserte sich schlagartig. Dieser Teufelskerl hatte immer einen Ausweg. Warum er mich allerdings immer erst in den Wahnsinn treiben musste, konnte ich mir nicht erklären. Er kannte mich doch. Blieb nur eine Lösung: Er machte es mit Absicht und hatte wahrscheinlich einen Heidenspaß daran. Mit dieser Erkenntnis wurde meine Laune gleich wieder etwas schlechter.

[Wenn das so ist, wie du sagst, sollten wir das tun. Müssen wir zum Tor fliegen?]

{Das wäre hilfreich, zumindest in die Nähe.}

[Ich besorge uns einen Shuttle. Dem Admiral kann ich sagen, dass ich das Verschwinden der Creeps persönlich überwachen möchte.]

{Das kannst du gerne machen, aber noch werde ich die Umprogrammierung nicht vornehmen.}

[Was?], schrie ich innerlich auf. *[Warum nicht? Du hast gesagt ...]*

{Ich habe gesagt, dass ich es kann. Aber nicht, dass ich es auch mache. Die Entscheidung müssen wir den Phalos überlassen. Immerhin sperren wir sie in ihr eigenes System ein. Diese Entscheidung können wir ihnen nicht einfach abnehmen.}

Ich wollte widersprechen, denn welche Wahl hatten die Phalos? Aber ich konnte nicht – einzg und allein aus dem Grund, weil Aramis daran erinnerte, dass es mir nicht zustand, über das Schicksal anderer zu entscheiden. Diese Entscheidung musste das Volk selber treffen. Wir konnten sie nur auf die Gefahren hinweisen und auf das, was wir für sie tun konnten. Das Volk hatte genug durchgemacht und wir wollten ihnen die Freiheit schenken. Was wäre diese Freiheit wert, wenn wir Bedingungen dafür forderten?

Das Gespräch mit Aramis war vorbei und das Ergebnis brachte mich in eine unangenehme Lage. Ich musste jemanden in unseren Plan …

{Jetzt ist es schon unser Plan.}

[Klappe!]

Ich musste jemanden in *meinen* Plan – *[So besser?]* – einweihen. Emilia kannte ihn bereits, dessen war ich mir sicher. Aber unser Diplomat nicht. Verdammt! Warum musste das ausgerechnet mein Vater sein? Unser Verhältnis war in letzter Zeit sehr angespannt und ich hatte nicht die geringste Lust, mich mit ihm auseinanderzusetzen, wohl wissend, dass es eh wieder in einem riesigen Streit enden würde. Doch mir blieb nichts anderes übrig.

Wir standen noch immer auf der Brücke und mein Vater würdigte mich keines Blickes. Er hatte gerade mit einem Vertreter der Phalos gesprochen und wirkte äußerst zufrieden. Genau der richtige Zeitpunkt, ihm seinen Tag zu versauen. Ich trat von hinten an ihn heran und legte ihm eine Hand auf die Schulter.

»Wir müssen reden, jetzt!«, flüstere ich in sein Ohr und schritt an ihm vorbei. Ohne darauf zu achten, ob er mir folgte, begab ich mich in den Besprechungsraum und ließ die Tür offen. Es dauerte nicht lange und mein Vater betrat den Raum. Ich konnte seinem Gesicht ansehen, dass er ebenso wenig Lust auf ein Gespräch mit mir hatte wie ich auf eines mit ihm.

»Jules, Tür schließen und verriegeln. Akustische Eindämmung und alle Aufzeichnung stoppen. Ich möchte völlig ungestört sein und ein Privatgespräch führen«, befahl ich der Schiffs-KI, die meine Befehle umgehend ausführte. Die Tür schloss sich mit einem leisen Zischen.

»Raum abgeriegelt. Die Kameras sind abgeschaltet und ich werde keine akustischen Signale aufzeichnen. Sie sind ungestört, General.«

»Danke, Jules.«

Mein alter Herr schaute mich mit zusammengekniffenen Augen an. Er konnte sich keinen Reim darauf machen und hatte keine Ahnung, was das alles sollte.

»Was hat das zu bedeuten?«, polterte er auch gleich im unfreundlichen Ton los. Ich seufzte nur. Es lief genauso, wie ich es befürchtet hatte.

»Setz dich«, forderte ich ihn auf und bemühte mich um einen neutralen Tonfall.

»Einen Teufel werde ich tun. Sag, was du zu sagen hast. Je schneller, umso besser. Ich habe Wichtigeres zu tun.«

»Von mir aus bleib stehen. Hör zu, Vater, soll das so weitergehen?«

»Was meinst du?«

»Na das hier!«, rief ich mit erhobener Stimme und wedelte mit der Hand zwischen uns hin und her.

»John, was willst du von mir?« Ich sah sein Flehen in seinen Augen. Er wollte das hier nicht. Nicht hier und nicht jetzt. Darauf konnte ich keine Rücksicht nehmen, wir mussten das dringend klären.

»Ich will wissen, was dein Problem mit mir ist. Du gehst mir die ganze Zeit aus dem Weg.«

»Junge! Du willst nicht wissen, was mein Problem ist«, sagte er abfällig und schüttelte mit dem Kopf.

»Doch, genau das möchte ich«, hielt ich dagegen.

»Wie du willst, aber sag nur nicht, ich hätte dich nicht gewarnt. Die Wahrheit ist, ich habe Angst vor dir. Mit dir stimmt etwas nicht. Den letzten Beweis hast du mir persönlich gegeben, als

115

du diesen Creep im Zweikampf besiegt hast. Das hat mir richtig Angst gemacht. Kein Mensch ist so stark wie du und komm mir jetzt nicht mit deinen Implantaten. Die haben andere Soldaten auch, aber niemand erreicht auch nur ansatzweise deine Stärke. Oder erklär mir, wie du die beiden Klingen mit bloßen Händen abfangen konntest, als Kronka versucht hat, uns ermorden zu lassen. Du hast nicht einmal einen Kratzer bekommen. Mir ist das schon lange an dir aufgefallen und ich habe mir alle Berichte vom Geheimdienst über dich angesehen. Du weißt, ich habe die höchste Sicherheitsstufe und genieße das absolute Vertrauen Ihrer Majestät. John, das ist nicht normal, was du zu leisten imstande bist. Fünfzig Elitekrieger der Seisossa hast du ganz alleine besiegt! Überall, wo du auftauchst, gibt es Ärger und Tote. Du weißt Sachen, noch bevor sie passieren. Das ist unheimlich. Also frag mich nicht, was mein Problem ist, sag mir lieber, was deins ist. Was ist mit dir los, Junge!«

Ich hatte ein paarmal angesetzt und wollte ihn unterbrechen, wollte herunterspielen, was er mir vorwarf, hielt dann jedoch inne. Was sollte ich ihm sagen? Er war nicht blöd und er konnte eins und eins zusammen zählen. Es war nur eine Frage der Zeit, bis jemand dahinterkam. Wahrscheinlich fragten sich viele andere Menschen genau dasselbe, hatten aber nicht den Mut, mich darauf anzusprechen. Es wurde hinter mein Rücken getuschelt, das wusste ich, doch solange es nur Gerüchte waren, machte ich mir keine Sorgen darum. Die meisten schenkten den Erzählungen sowieso keinen Glauben.

Ich sah in die flehenden Augen meines Vaters und mir wurde bewusst, ich konnte ihn nicht weiter anlügen. Ich konnte es einfach nicht. Es war mein Vater und er verdiente die Wahrheit. Ich spürte den innerlichen Konflikt, den Aramis mit sich ausfocht. Meine Entscheidung stand fest, jetzt fehlte nur seine. Er hatte nur eine Möglichkeit, wenn er verhindern wollte, dass ich mit meinem Vater reinen Tisch machte. Dazu musste Aramis meinen Körper übernehmen und mich zu einer Marionette machen. Dazu kam es zum Glück nicht. Mein Symbiont hatte die Notwendigkeit erkannt und gab mir seinen Segen. Es folgte eine sehr, sehr lange Unterhaltung mit meinem Vater. Wir hatten uns hingesetzt und die meiste Zeit saß er nur schweigend da.

»Meine Güte!«, rief er aus und hielt sich eine Hand vor dem Mund. »Ich hatte ja keine Ahnung. Und in Emilia ist er auch?«

»Woher solltest du das auch wissen? Außer dir weiß es nur Victoria – und Emilia natürlich.«

»Ich finde es sehr verstörend, dass du eine Symbiose mit einem Alien eingegangen bist. Aber du hattest keine Wahl. Emilia hingegen, du hast gesagt, es war ihr freier Wille?«

»Ja, aber sprich bitte selber mit ihr darüber. Ich denke, auch sie wird froh sein, noch jemanden zu haben, mit dem sie darüber reden kann. Aus Erfahrung weiß ich, dass es nicht immer einfach ist, die Menschen um einen herum anzulügen. Vor allen nicht die, die einem nahestehen.« Ich grinste etwas schief. Das war meine Art, mich zu entschuldigen.

»Entschuldigung angenommen, Sohn.« Das ging hinunter wie Honig.

»Sonst hast du keine Fragen?«

»Natürlich, Tausende!«

»Dann frag mich, ich werde dir alles wahrheitsgemäß beantworten.«

»Später vielleicht, ich muss das erst einmal verarbeiten.« Mein Vater überlegte eine Weile und es fiel ihm doch noch etwas ein.

»Kann ich mit ihm sprechen?«

»Aramis kann mit jedem sprechen, mit dem er möchte. Keine Gedanken bleiben ihm verborgen.«

»Du kannst Gedanken lesen?«, rief er erschrocken aus.

»Nicht ich, sondern Aramis. So wie mit Kronka – oder glaubst wirklich, der leibhaftige Gott Oxa-Dingsbums hat aus dem Creep einen Heiligen gemacht?«

»Du meinst …«

»Ganz genau, das war Aramis. Eigentlich hat er überall seine Finger drinnen. Manchmal teilt er sein Wissen mit mir, so wie jetzt gerade. Du bist ihm gegenüber sehr misstrauisch. Das ist gut so, ich traue ihm auch nicht hundertprozentig über den Weg.«

Mein Vater reagierte nicht auf meine Antwort und sein Blick ging ins Leere. Mir war sofort klar, dass Aramis sich mit ihm unterhielt. Seine Abwesenheit dauerte nur einen kurzen Moment, dann war er wieder bei mir.

»Das ist ... also ... unglaublich. In wenigen Sekunden habe ich mehr erfahren als im ganzen Gespräch mit dir.«

»Es waren nicht einmal Sekunden, aber ja, es hat seine Vorteile.«

»Und ich dachte schon, ich wäre etwas Besonderes.«

»Wie meinst du das?«

»In Verbindung mit den Creeps. Ich dachte, ich würde irgendwie deren Sprache sprechen. Doch nun weiß ich, es war dein Freund, der mich unbewusst manipulierte.«

»Nenne ihn nicht mein Freund.«

{Das tat weh}, beschwerte sich Aramis bei mir und ich grinste innerlich.

»Deine Mutter darf niemals davon erfahren!«, schoss es plötzlich aus dem Mund meines Vaters und er schaute mich entsetzt an.

»Da sind wir ausnahmsweise einer Meinung.«

»Sie würde wahrscheinlich so lange auf dich einprügeln, bis Aramis deinen Körper verlässt. Sie würde alles dafür tun, um dich zurückzubekommen.«

»Damit könntest du recht haben«, lachte ich und mein Vater fiel in mein Lachen mit ein. Dann nahm er mich plötzlich und ohne Vorwarnung in den Arm und drückte mich ganz fest.

»Tut gut, dich wieder bei mir zu haben. Gut, dass du mit mir gesprochen hast. Ich kann dich jetzt viel besser verstehen. Dennoch, tu mir den Gefallen und versuche doch zur Abwechslung, deine Einsätze mit weniger Toten zu beenden.«

Von dieser Geste war ich ganz gerührt. Hey, ich bin auch nur ein Mensch und ich liebe meinen Vater, auch wenn er mir gelegentlich gehörig auf die Nerven gehen kann.

»Ich bin auch froh. So und nun hör dir den Plan von Aramis *und* mir an, wie wir verhindern, dass die Creeps jemals wiederkommen. Du musst das den Phalos verkaufen, damit sie in echter Freiheit ohne Angst leben können.«

»Wie immer«, seufzte mein alter Herr, »es gibt immer einen Haken bei dir.«

Wieder im Spiel

Zeit: 1042
Ort: Sombrerogalaxie, Pajyagana-System

Zur Abwechslung hielten alle Wort und alles lief nach Plan. Die Dankbarkeit der Phalos kannte kaum Grenzen. Unsere Delegation, bestehend aus meinem Vater, der Prinzessin und natürlich Dutzenden Leibgardisten, wurde herzlichst in Empfang genommen. Zunächst begegneten uns diese wundersamen Flügelwesen mit einer ordentlichen Portion Skepsis. Ich konnte es ihnen auch nicht verdenken. Zu lange hatte das Volk unter den Creeps gelitten. Was sollten die Phalos von einer Spezies halten, die ihren Erzfeind nicht nur in einer einzigen Schlacht hinweggefegt hatte, sondern auch noch die Kapitulation erzwingen konnte.

Bei den ersten Gesprächen wurde uns erst das ganze Ausmaß dessen bewusst, was die Phalos durchgemacht hatten. Das Pajyagana-System war nicht immer das einzige System, das die Flugwesen ihr Zuhause nannten. Der Krieg gegen die Creeps hatte sie gezwungen, sich stetig weiter zurückzuziehen. Milliarden ihres Volkes fanden in grausamen Schlachten den Tod und eine Frontlinie nach der anderen fiel. Hier, in ihrem Heimatsystem, versammelten die Phalos die Reste ihrer Flotten und bereiteten sich auf die letzte, alles entscheidende Schlacht vor. Wie diese ausgegangen war, davon zeugten noch immer die riesigen Trümmerwolken, die den Planeten in mehreren Umlaufbahnen umzogen. Teilweise waren diese so dicht, dass sie das Sonnenlicht verdeckten. Das natürliche Gleichgewicht der Natur litt stark unter diesem Umstand und das Klima hatte sich signifikant geändert.

Unser Geschenk, die Kriegsschiffe der Creeps, waren ein wahrer Segen und die Phalos konnten ihr Glück kaum fassen. Es ermöglichte ihnen, den Orbit schnell vom Schrott zu säubern und damit wieder bessere Lebensbedingungen zu schaffen. Für den Wiederaufbau ihrer Zivilisation würden die Schiffe jedenfalls eine große Hilfe sein.

Unser Angebot war sehr verlockend, dennoch suchten sie verzweifelt nach einem Haken, fanden aber keinen – aus einem einzigen Grund: Es gab keinen.

Aramis hatte seine Idee, das Sprungtor umzuprogrammieren, noch erweitert. Er wollte eine Sonde programmieren, die die ursprüngliche Funktion des Tors wiederherstellen konnte. Den Zeitpunkt konnten die Phalos selber bestimmten. Sie brauchten die Sonde einfach nur durch das Tor schicken und konnten danach wieder zu den Sternen reisen. Als mein Vater ihnen diese Möglichkeit anbot, ergriff der Rat der Phalos, nach zehnsekündiger Beratung, das Angebot nur zu gerne. Lange überlegten Sie, wie sie uns ihre Dankbarkeit zeigen konnten, aber es fiel ihnen nichts ein.

Am Schluss der Verhandlungen zeigte mein Vater, auch wenn er sich davon nicht viel versprach, den Phalos routinemäßig einige Bilder der Bewahrer und erzählte von unserer Mission. Der Rat der Phalos zuckte augenblicklich zusammen und redete wild durcheinander. Wenn sie vorher schon Angst vor uns hatten, waren sie, nachdem sie das Bild gesehen hatten, so sehr eingeschüchtert, dass sie lange Zeit kein Wort sagten. Im Gegenteil, sie brachen die Kommunikation einfach ab und flüchteten dahin, woher sie gekommen waren. Es dauerte ganze zwei Tage, bis uns eine erneute Kontaktaufnahme gelang.

Leider gingen sie nicht weiter auf die Bewahrer ein und wir hatten uns umsonst Hoffnung gemacht, Informationen von den Phalos zu bekommen. Dennoch gaben sie uns einen Tipp, wo wir als Nächstes suchen sollten. Fernab des Pajyagana-Systems sollte es ein großes Imperium geben, das nicht einmal die Creeps anzugreifen wagten. Die Lebewesen dieses Imperiums nannten sich selbst Krastaner. Dabei handelte es sich um ein humanoides Volk, dass uns nicht unähnlich sein sollte. Die Phalos schätzten die technologische Entwicklung der Krastaner sehr hoch ein. Wenn jemand in dieser Galaxie uns weiterhelfen konnte, dann die Krastaner. Das gab uns Hoffnung und hob die Stimmung und Moral an Bord der NAUTILUS II.

Ein wenig bedauerte ich es, dass ich den Verhandlungen mit den Phalos nicht beiwohnen konnte. Ich hätte gerne mehr über diese Wesen und dessen Kultur kennengelernt. Emilia schwärmte unentwegt von ihren Treffen. Doch ich hatte eine andere Aufgabe. Kaum hatten die Phalos zugestimmt, sich vom Rest des Universums auszusperren, begab ich mich mit einem Shuttle auf dem Weg zum Sprungtor. In sicherem Abstand folgte ich dem Trägerschiff der Creeps. Ich hoffte inständig, dass es diesen Monstern niemals gelang, einen Antrieb zu entwickeln, der es ihnen ermöglichte, ohne die Tore die Galaxie zu bereisen. Ich wartete, bis das Creep Schiff durch das Tor sprang. Zu meinem Erstaunen musste ich nicht näher heranfliegen. Aramis versicherte mir, dass er die Umprogrammierung auch aus größerer Entfernung vornehmen konnte. Es dauerte nicht lange und wir konnten uns auf den Rückweg machen. Es würde eine unangenehme Überraschung für Kronka werden, wenn er auf der anderen Seite herauskam und die Stimme seines geliebten Gottes Oxlahtikas nicht mehr hören konnte. Ich gebe zu, mich überkam das Gefühl der Schadenfreude und so grinste ich in mich hinein. Sofort bekam ich eine Zurechtweisung von Aramis, ich solle mich schämen. Im Grunde stimmte ich ihm zu, dennoch hatte Kronka es nicht anders verdient. Ich hielt es für eine angemessene Bestrafung. Mit dieser Einstellung konnte Aramis leben und für einen kurzen Augenblick konnte ich seine Gefühle spüren. Er verbarg irgendetwas vor mir, das war klar, denn das tat er immer, aber das aufdringlichste Gefühl, das ich wahrnehmen konnte, war – er war glücklich.

Ich – beziehungsweise Jules – parkte den Shuttle im Hangar. Ich hatte das Transportschiff kaum verlassen, da stürzte sich eine Wartungsmannschaft auf den Shuttle. Das Schiff wurde für den nächsten Einsatz aufgetankt und die Systeme peinlich überprüft. Mir gefiel das, die Hangaroffiziere hatten ihre Männer im Griff. Ich blieb kurz stehen und schaute den Technikern bei der Arbeit zu und hing meinen Gedanken nach. Irgendwie war ich unschlüssig, was ich jetzt machen sollte, und wollte schon in mein Quartier gehen, da erhielt ich eine Mitteilung von der Krankenstation.

»General Johnson, würden Sie bitte auf die Krankenstation kommen? Hier ist jemand, der Sie gerne sehen möchte.«

»Ich bin in ein paar Minuten da«, antworte ich und machte mich umgehend auf den Weg. Es war eine gute Idee, meine verletzten Kameraden zu besuchen. Die letzten Tage waren so ereignisreich gewesen, dass ich dazu einfach nicht die Zeit gefunden hatte.

Ich eilte den Gang der Krankenstation hinunter, als sich plötzlich eine Tür rechts vor mir öffnete und Commander Higgens heraustrat. Ich wäre beinah mit ihm zusammengestoßen. Dem Commander folgte sein gesamtes Team. Das Schlusslicht bildete Klausthaler. Ich nickte dem Team zu und an ihren Gesichtern konnte ich erkennen, dass alles gut zwischen uns war. Sie hatten den letzten Einsatz verarbeitet und grinsten mich frech an. Die Freude über die Genesung ihres Teamkameraden konnten sie nicht verbergen. Ich ging auf Klausthaler zu und hielt ihm eine Hand entgegen.

»Special Trooper Klausthaler«, begrüßte ich ihn, »freut mich außerordentlich, Sie wieder auf den Beinen zu sehen.«

Der Soldat ergriff unsicher meine Hand und schaute an sich herunter zu seinem neuen Fuß. Dann grinste er.

»Danke, General, ich kann Ihnen gar nicht sagen, wie sehr *mich* das freut. Dieses Mal ist es ganz schön knapp gewesen.«

»Ach kommen Sie schon. Ich habe gehört, Sie hätten schon Schlimmeres durchgemacht.«

Mit vorwurfsvollen Blicken strafte Klausthaler seine Teamkameraden. Die Geschichten sollten wohl unter ihnen bleiben. Verlegen schaute er zu Boden.

»Na ja, die eine oder andere Verletzung habe ich schon davongetragen«, gab er kleinlaut zu.

Ich wandte mich an den Commander.

»Commander Higgens, schön, dass Sie wieder komplett sind. Ich denke, Sie wollen das ordentlich feiern. Wenn Sie mich nun entschuldigen würden, ich habe noch etwas zu erledigen. Wir sehen uns später.«

»Lassen Sie sich ruhig Zeit damit, General«, antwortete er ernst. »Mein Team ist gerade wieder komplett und ich würde es sehr begrüßen, wenn es für eine längere Zeit so bleiben würde.«

Es blitzte in seinen Augen und ich war mir nicht sicher, ob der Commander mich auf den Arm nehmen wollte. Dann zuckten seine Mundwinkel ein kleines Stück nach oben. Ich entschied mich, das Spiel mitzumachen.

»Machen Sie sich darüber keine Sorgen, Higgens, im Moment steht keine Mission an, zu der sich ihr Team freiwillig melden könnte.«

Mit diesen Worten ließ ich ihn einfach stehen und ging auf das Verwaltungsbüro zu. Ohne mich umzudrehen, verschwand ich in der Tür. Ich wusste genau, dass der Commander auf den nächsten Einsatz brannte, aber ich hatte nicht gelogen, es standen wirklich keine Missionen an. Das konnte sich natürlich von einer Minute zur nächsten ändern. Die leitende Schwester gab mir die Zimmernummer von dem Patienten, der mich so dringend sehen wollte. Ich bedankte mich freundlich und machte mich auf den Weg. Die Zimmernummer sagte mir nichts und meine Neugierde war geweckt worden. Mit schnellen Schritten erreichte ich das besagte Schott und betätigte die Ruftaste.

»Herein!«, kam es kräftig von innen und bereits an der Stimme erkannte ich, wer mich so dringend sehen wollte. Die Tür öffnete sich automatisch und ich trat ein. Vor mir stand BullsEye in seiner vollen Pracht und grinste von einem Ohrläppchen zum anderen. War ich überrascht? Und wie! Eigentlich sollte er in einem Meditank liegen und sich einen neuen Arm wachsen lassen.

»Was zum Teufel ...?«, rief ich erschrocken aus, als ich erkannte, was für einen Unsinn er nun wieder angestellt hatte.

»Der Hammer, oder? Ich schwöre dir, das Teil ist der Wahnsinn!«, warf er mir seine Begeisterung entgegen und fuchtelte mit seinem künstlichen Arm. Der Irre hatte es wirklich durchgezogen und sich eine Prothese statt eines natürlichen Arms verpassen lassen.

»Wieso ... was ...?«, stammelte ich und suchte nach Argumenten, die seine Entscheidung rechtfertigen konnten. Es fiel mir kein einziger ein.

»Nun mach nicht so ein Gesicht, Jay-Jay«, lachte BullsEye und schien dabei meine Gedanken zu lesen, wie abstoßend ich das Teil fand. Herrgott noch mal, was hatte der Kerl vor? Wollte er einen Cyborg aus sich machen? »Das ist ein absolutes Kunstwerk«, schwärmte er weiter.

»Ist das jetzt dein Ernst? Was stimmt nicht mit dir, Al?«

»Was soll mit mir nicht stimmen? Die Prothese hat nur Vorteile. Die schießt mir keiner mehr so schnell ab. Härter als Panzercarbon.« Um seine Behauptung zu untermauern, klopfte er mit der rechten Faust auf seinen künstlichen Arm. »Und außerdem ist das Teil um ein Vielfaches stärker und schneller.«

Ich betrachtete skeptisch die schwarz glänzende Legierung des Kunstarms. Aber es war ja nicht meine Entscheidung und Al schien glücklich damit zu sein. Das alleine war wichtig. Ich war froh, dass er wieder auf den Beinen war. Ich muss zugeben, irgendwie hatte ich mir schon Sorgen um ihn gemacht. Plötzlich fing er an, mit seinem neuen Arm wild vor mir herumzufuchteln.

»Und? Fällt dir etwas auf?«, fragte er mich.

»Was soll mir auffallen? Du hast es gut unter Kontrolle. Meinst du das?«

»Das auch, aber fällt dir nichts weiter auf?«

»Nein.«

»Was hörst du?« Noch immer hatte BullsEye dieses Grinsen, das ich so sehr an ihm mochte, im Gesicht und noch immer fuchtelte er wild mit dem Arm herum.

»Was soll ich hören? Nein, ich höre nichts.«

»Eben!«, rief er triumphierend aus. »Du hörst nichts. Keine Servomotoren, kein gar nichts!«

Jetzt, da er es erwähnt hatte – es stimmte. Die Servos gaben nicht das leiseste Geräusch von sich und ich hatte verdammt gute Ohren.

»Freut mich, dass dir dein neues Spielzeug so gut gefällt, aber noch mehr bin ich froh, dass du wieder auf den Beinen bis und es dir offensichtlich ganz gut geht. Und ja, es sieht großartig aus«, gab ich klein bei. Ich wollte ihm nicht seine Freude verderben.

»Mir geht es fantastisch. Ich bin so begeistert und hatte gefragt, ob die mir hier nicht den anderen Arm auch ersetzen können. Machen die aber leider nicht, weil keine medizinische Notwendigkeit vorliegt. Da werde ich mir wohl oder übel den anderen Arm auch noch wegballern lassen müssen.«

»Du musst dir was?«, mir fehlten die Worte. Das konnte doch unmöglich sein Ernst sein. Dann brach er in schallendes Gelächter aus.

»Herrlich, einfach herrlich dein Gesicht!«, brachte er zwischen dem Lachen hervor und schlug sich mit der Prothese auf den Oberschenkel. Sein Lachen blieb ihm im Hals stecken und er verzog schmerzvoll das Gesicht. »Okay, daran muss ich noch etwas arbeiten. Ich sagte ja, der Ersatz hat eine Menge Kraft.«

Die Situation war so grotesk, dass ich einfach mitlachen musste. Seit Tagen lief alles rund und ich genoss diesen Zustand.

»Vater? Möchtest du bei unserem nächsten Sprung mit dabei sein?«, fragte mich Emilia über das ICS. Verdammt, es ging Schlag auf Schlag auf der NAUTILUS II zu. Man konnte sich nicht einmal in Ruhe mit seinem Freund totlachen.

»Ich bin gleich bei dir.«

»In Ordnung, ich sagte dem Admiral, er soll auf dich warten. Bis gleich.«

»Tut mir leid, Al, aber ich muss schon wieder los. Der nächste Sprung steht bevor.«

»Kein Thema, ich habe schon gehört, war eine Menge los, in den paar Tagen, die ich hier auf der Krankenstation herumgegammelt habe.«

»Da sagst du was. Wann meldest du dich wieder zum Dienst?«

»Ist bereits geschehen. Garcias müsste jeden Augenblick kommen und mich abholen. Und nun mach schon, dass du wegkommst.«

Das ließ ich mir nicht zweimal sagen und eilte zur Brücke.

Ferne Welten

Zeit: 1042
Ort: Sombrerogalaxie, Pajyagana- u. unbekanntes System

»Aaachtung, General auf der Brücke!«, schallte die Stimme des Zeremonienmeisters durch den Raum. Ihm fehlte nur noch ein Stock, den er auf den Boden hauen konnte, um meine Ankunft anzukündigen. Immerhin hatte ich inzwischen gelernt, den Ensign zu ignorieren. Irgendwann, nahm ich mir fest vor, wenn es die Zeit einmal erlaubte, würde ich eine Stunde lang nichts anderes tun, als die Brücke zu betreten und gleich wieder zu verlassen.

Emilia stand an ihrem bevorzugten Platz und ich musste zugeben, sie hatte etwas Majestätisches an sich. Sie war es ja auch, aber dennoch fand ich, selbst für einen Fremden musste ihre Erscheinung beeindruckend sein. Mein Vater hatte mich darüber informiert, dass die Prinzessin einen bleibenden Eindruck bei den Phalos hinterlassen hatte, und wenn ich sie mir jetzt so anschaute, wie sie da stand, glaubte ich ihm jedes Wort.

»Eure Hoheit«, begrüßte ich sie und nickte ihr respektvoll zu.

»General«, erwiderte sie und erwiderte das Nicken.

»Und, Vater, wie geht es dir?«, flüsterte Emilia zu mir herüber, sodass nur ich sie hören konnte.

»Gut, einfach nur gut. In den letzten Tagen gab es keine Probleme und alles verlief nach Plan«, flüsterte ich zurück.

»Das meine ich nicht. Aber stimmt schon, ist wirklich alles gut gelaufen. Ich meine wie geht es dir nun mit der Entscheidung, das Volk der Phalos zu befreien?«

»Ach das.« Ich dachte einen Moment über meine Antwort nach und versuchte, meine Gefühle in Worte zu fassen. »Es war die richtige Entscheidung, wenn es das ist, was du meinst. Ehrlich gesagt, fühlt es sich toll an. Ich habe die Bilder vom Planeten gesehen, scheint ein feierwilliges Volk zu sein.«

»Genau! Die Feiern sollen noch eine ganze Woche anhalten. Wir haben hier wirklich etwas Gutes bewirkt. Bitte erinnere mich immer daran, Vater, lass uns niemals die Menschlichkeit verlieren.«

»Ich bin mir nicht sicher, ob ich die richtige Person für deine Bitte bin, aber ich werde mir Mühe geben«, schmunzelte ich.

»Mach dich nicht kleiner, als du bist. Ich kenne dich, Vater, du hast das Herz auf dem richtigen Fleck und du weißt, was richtig oder falsch ist.«

»Ich danke dir für dein Vertrauen in mich. Doch du wirst das nicht benötigen. Du wirst eine großartige und gerechte Imperatrix werden. Dessen bin ich mir sicher.«

Stolz füllte ihre Brust und nicht nur ihre, auch meine schwoll ein wenig an. Meine Tochter hatte alle an Bord daran erinnert, was es hieß, ein Mensch zu sein, und die Belohnung dafür konnten wir jetzt einsammeln. Es gab keine materiellen Werte, keinen Schatz und wahrscheinlich nicht einmal nützliche Informationen als Belohnung, aber es gab uns ein gutes Gefühl und das war mehr wert als alles andere.

»Dann statten wir den Krastanern mal einen Besuch ab«, dröhnte die Stimme von Admiral Gavarro über die Brücke. »XO, Schiff klar machen zum Sprung!«

»Aye, Sir, Schiff klar zum Sprung.« Commander Ripanu überprüfte einige Anzeigen und holte sich die Bestätigungen der einzelnen Stationen. »Schiff klar zum Sprung!«, rief er dem Admiral zu, als alles zu seiner Zufriedenheit war. Instinktiv stützte er sich in Erwartung des Sprungs an seiner Konsole ab. Das war natürlich unnötig, die Mannschaft der NAUTILUS II konnte von dem Vorgang nichts spüren.

»Sprung ausführen«, gab Gavarro den Befehl. Jules hatte nur auf das Kommando gewartet. Die Berechnungen waren schon lange fertig und mit den Sensoren hatte die Schiffs-KI bereits einen sicheren Ort für das Schiff bestimmt.

»Sprung ausgeführt«, meldete Jules.

Noch bevor Gavarro sein übliches Prozedere anordnen konnte, meldete sich die Komm-Station.

»Admiral, wir werden gerufen.«

»Was?«, rief er erschrocken aus. »Wie kann das sein und wer ruft uns?«

»Das kann ich Ihnen leider nicht sagen, ich verstehe die Sprache nicht.«

»Legen Sie das Gespräch auf die Lautsprecher.« Auch Gavarro war lernfähig, also fügte er hinzu: »Und wenn Sie ein Bild haben, legen Sie es auf Holosäule.«

»Aye, Sir«, kam die Bestätigung von der Komm-Station und das Holobild erwachte zum Leben. Meine Tochter schaute mich an, ich schaute meine Tochter an, der Admiral schaute uns an und wir schauten den Admiral an. Da war es wieder: das große Fragezeichen in unseren Gesichtern.

Das Holobild zeigte eindeutig einen Humanoiden von der Taille aufwärts. Soweit ich sehen konnte, ähnelte er uns sehr. Er, wenn es denn ein *Er* war, hatte zwei Arme, zwei Hände mit fünf Fingern, zwei Augen, zwei Ohren, einen Mund und eine Nase. Dennoch war die Erscheinung fremdartig. Die Haut wirkte irgendwie ledrig und die Stirn dominierte das Gesicht. Die Frontplatte stach mit seiner ovalen Form hervor. Neben der menschenähnlichen Nase befanden sich jeweils links und rechts daneben, direkt unter den hervorstehenden Wangenknochen, zwei weitere Schlitze in der Haut. Ich nahm an, dass diese den Geruchssinn des Wesens erweiterten. Die Ohren dagegen waren eher klein und liefen wie ein Blatt nach hinten spitz zu. Der Kopf war haarlos und eine etwa fünf Zentimeter hohe Hornplatte zog einen Halbkreis um den Hinterkopf. Das Aussehen mochte trügerisch sein, und in den

Gesichtszügen zu lesen, wäre in diesem frühen Stadium des Kennenlernens fatal gewesen. Doch die Kleidung verriet mir einiges. Das Wesen trug eine perfekt sitzende Uniform in verschiedenen Brauntönen. Die Nähte waren deutlich in Rot abgesetzt und die Brust zierten viele bunte Buttons. Ich nahm an, dass es sich hierbei um Auszeichnungen handelte. Ohne Zweifel sahen wir hier einen Angehörigen des Militärs. Ich wurde das Gefühl nicht los, dass es sich nicht bloß um einen einfachen Schiffskommandanten handelte. Irgendetwas in mir sagte mir, der Kerl war ein hohes Tier beim Militär.

Genauso wie ich studierte mein Vater das Bild der Holosäule und versuchte sich einen Eindruck zu machen. Unsere Blicke trafen sich für maximal zwei Sekunden, doch in diesem kurzen Augenblick wussten wir, wir dachten das Gleiche.

Dann drang die Stimme des Aliens aus den Lautsprechern und ich verstand zunächst kein Wort. Immer und immer wieder ratterte das Wesen dieselben Wörter hinunter. Die Stimme klang bestimmend und selbstbewusst, jedoch frei von Aggressionen.

»Lieutenant Hutch? Was haben Sie für mich?«, sprach der Admiral den Sensorspezialisten an.

»Aktive Ortung abgeschlossen. Es nähern sich drei Schiffe von achtern. Ich lege Ihnen die Daten auf die taktische Anzeige. Bisher kein Anzeichen von Schilden oder aktiven Waffen. Wir werden lediglich pausenlos gescannt. Die Schiffe teilen sich auf und werden uns in Kürze erreichen. Wie es aussieht, wollen sie uns in die Zange nehmen.«

»Mhm«, machte Gavarro. Das war keine unübliche Strategie. Auch wenn die Fremden bisher keinen Anlass dazu gaben, dass ihre Absichten feindlich sein könnten, wollte der Fleet Admiral kein Risiko eingehen.

»XO, gehen Sie auf Alarmstufe 1. Jules, berechne einen Sprung für den Notfall. Sollten unsere Gastgeber auf die Idee kommen, ihre Waffen einzusetzen, springe ein paar Millionen Kilometer aus dem System heraus«, gab er seine weiteren Befehle.

»Gehen auf Alarmstufe 1«, bestätigte Commander Ripanu.

»Sprung vorbereitet«, kam auch gleich die Meldung von der Schiffs-KI.

Der Admiral entspannte sich sichtlich. Mit seinen Maßnahmen fühlte er sich auf der sicheren Seite. Beim kleinsten Anzeichen einer Gefahrensituation würde die NAUTILUS II einfach in einen sicheren Bereich springen. Dennoch grübelte Gavarro darüber nach, wie wir so schnell entdeckt werden konnten. Wenige Sekunden nachdem das Schiff in das fremde System gesprungen war, wurde unser Eindringen bereits entdeckt.

Noch immer ratterte die Holografie die gleichen Worte herunter. Es waren einfach zu wenig für Jules, um daraus ein funktionierendes Übersetzungsprogramm zu generieren.

{Soll ich dir das übersetzen?}, fragte mich Aramis und ich wollte schon Ja sagen, doch irgendetwas hielt mich zurück. Es würde die Spannung zerstören. Tief in mir spürte ich ein Prickeln, ein Prickeln der Neugierde, der Erwartung und der Unwissenheit.

[Ist es wichtig? Ich meine, ist es gefährlich für uns?], fragte ich stattdessen.

{Nein! Das Wesen zeigt in keiner Weise ein aggressives Verhalten. Es scheint sich der Tatsache bewusst zu sein, dass es nicht verstanden wird, und es ist sehr geduldig.}

[Dann lass es. Mal sehen, wie sich die Lage entwickelt.]

»Admiral, wir empfangen riesige Datenpakete mit Bild und Ton«, meldete die Komm-Station.

»Worum handelt es sich dabei?«

»Zu jedem Bild wird ein einzelnes Wort gesendet. Ich würde sagen, es soll uns bei der Entwicklung eines Übersetzungsprogramms helfen.«

»Jules, kannst du damit etwas anfangen?«

»Ja, Admiral, ich bin schon dabei. Das Material ist sehr umfangreich, aber vor allem sehr hilfreich. Die ersten Übersetzungen habe ich bereits erstellt. Fertigstellung des Übersetzungsprogramms in fünf Minuten. Ich kann bereits einige Wörter übersetzen, die uns unser Kontakt übermittelt.«

Es ging alles sehr schnell und ich bewunderte den Fleet Admiral dafür, dass er die Ruhe selbst war. Erst jetzt schaute ich richtig auf das taktische Display und studierte die fremden Schiffe. Da kam ganz schön was auf uns zu. Die Anzeige gab Aufschluss über die Größe, Bewaffnung und Geschwindigkeit der Schiffe. Die drei Schiffe wurden durch eine blaue Raute gekennzeichnet. Erst wenn die Einheiten als feindlich eingestuft wurden, würde die Farbe zu Rot wechseln. Eine grüne Linie zeigte den voraussichtlichen Kurs an, der sich bisher nicht geändert hatte. In wenigen Minuten würden die Schiffe längsseits gehen und neben der NAUTILUS II zum Stehen kommen. Das Bremsmanöver war bereits eingeleitet, denn die Schiffe verloren immer mehr an Geschwindigkeit.

»An ... Unbekannte. Hier spricht ... Lopak ... der Krastaner. Im Namen von ... Demetak ... Grüße«, dröhnte es aus den Lautsprechern. Jules war es bereits gelungen, einen Teil der Nachricht zu übersetzen. Als sich die Botschaft wiederholte, waren es schon mehr verständliche Wörter und der Konsens wurde deutlicher. Mein Vater ging an eine Konsole und gab irgendetwas ein.

»Was haben Sie vor, General Johnson?«, fragte Gavarro meinen Vater.

»Nun, ich sende unsere vorbereiteten Datenpakete, damit es den Krastanern ebenfalls möglich ist, ein Übersetzungsprogramm zu erstellen.«

»Wir haben so etwas?«

»Selbstverständlich. Ich habe die Daten noch vor unserem Abflug zusammenstellen lassen.«

»Aha ... verstehe. Aber geben wir denn nicht unseren Vorteil aus der Hand, uns in unserer Sprache unterhalten zu können, ohne dass uns die anderen verstehen?«

»Im Grunde ist es kein Vorteil. Im Gegenteil, es könnte als sehr unhöflich empfunden werden. Außerdem haben wir unsere interne ICS-Verbindung, wenn wir uns ungestört unterhalten wollten.«

»Sie sind der Diplomat, ich will Ihnen nicht in Ihren Job hineinreden.«

»Danke, Admiral, ich weiß das zu schätzen.«

Plötzlich wechselte das Alien in unsere Sprache und seine Nachricht kam in einem einwandfreien und akzentfreien Imperial aus den Lautsprechern. Die Computer der Krastaner schienen effizienter zu arbeiten und Jules musste sich geschlagen geben.

»An das unbekannte Schiff, hier spricht Großmarschall Subat Lopak der hochherrlichen kaiserlichen Flotte von Großkaiser Demetak, Herrscher über tausend Welten. Wir heißen euch willkommen im Heimatsystem unseres Kaiserreichs. Bitte lassen Sie Schilde und Waffe deaktiviert. Kriegerische Handlungen werden unsererseits nicht toleriert und mit jeder nur nötigen Härte abgewendet. Solange Sie sich daran halten, haben Sie von uns nichts zu befürchten. Wir fordern Sie auf, sich zu identifizieren und den Grund Ihres Besuchs preiszugeben.«

Mein Vater brauchte keine Sekunde, seine Überraschung zu überwinden, und gab der Komm-Station ein Zeichen, die ihn sofort auf Sendung brachte.

»Ich grüße Sie, Großmarschall Subat Lopak. Mein Name ist General Johnson, Botschafter Ihrer Kaiserlichen Majestät Imperatrix Victoria X. Wir kommen ...«

»Sind Sie die ranghöchste Instanz an Bord Ihres Schiffes?«, unterbrach der Großmarschall meinen Vater.

Nun war mein alter Herr doch etwas irritiert und er brauchte einen kleinen Moment für seine Antwort.

»Nein, nicht direkt, aber ich ...«

»Wir verlangen, mit Ihrem Befehlshaber zu sprechen«, wurde er erneut unterbrochen.

»Er meint damit wohl mich«, sagte Emilia und trat an die Stelle meines Vaters. Sie schob ihn sanft aus dem Bild.

»Ich grüße Sie, Großmarschall Lopak. Ich bin Kronprinzessin Emilia und vertrete meine Mutter, Ihre Kaiserliche Hoheit Imperatrix Victoria X., Herrscherin der Milchstraße.«

Das war zwar etwas übertrieben, aber ich denke, Emilia wollte auf die Angeberei eingehen, dass dieser Kaiserheini über tausend Welten herrscht.

»Sein Sie gegrüßt, edle Hoheit«, antwortete Lopak und verneigte sich leicht. Etikette hatten die Krastaner, das musste ich ihnen lassen.

»Vielen Dank, Großmarschall. General Johnson redet mit meiner Stimme.« Zur Bekräftigung ihrer Worte zog sie meinen Vater am Ärmel wieder ins Bild. »Darf ich Ihnen vorstellen, Botschafter General Johnson. Wenn Sie mit ihm sprechen, ist es, als sprechen Sie mit mir.«

»Wie Sie wünschen, Eure Hoheit.« Der Großmarschall machte wieder eine leichte Verbeugung und begann einen längeren Dialog mit unserem *Botschafter*. Die Brückencrew und ich hörten dem Gespräch aufmerksam zu.

Geheime Botschaften

Zeit: 1042
Ort: Milchstraße,
an Bord des Schlachtkreuzers NEUE HOFFNUNG

Sonderermittlerin Kommissarin Isabell McCollin saß in ihrem kleinen Büro an Bord des Schlachtkreuzers NEUE HOFFNUNG. Das Schiff befand sich auf den Weg zu ihrem nächsten Einsatzort. *Ein weiterer Planet, ein weiteres Opfer*, dachte sie verbittert und stützte ihre Ellenbogen auf den Schreibtisch. Dann vergrub Isabell ihr Gesicht in den Händen. Vor einer Woche war ihr Sekretär von einer Audienz bei Ihrer Kaiserlichen Hoheit zurückgekehrt. Sie selbst hatte ihren treusten Mitarbeiter dorthin geschickt. Die Imperatrix ließ Grüße ausrichten und sie hätte vollstes Vertrauen in die Sonderermittlerin. Die Sonderermittlerin sollte herausfinden, warum die Bewahrer all die Menschen entführten.

»Verdammt!«, brüllte McCollin und wischte mit beiden Unterarmen alle Gegenstände vom Tisch. Unzählige Padfolien flogen durch die Gegend.

»Verdammt!«, fluchte sie erneut lautstark. Seit Tagen brütete Isabell über den Akten und hatte die mysteriösen Fälle wieder und wieder gesichtet. Die Bewahrer waren für die Entführungen verantwortlich, das war so sicher wie ein Gambafurz nach der Paarung. Aber warum? Sosehr die Kommissarin sich auch anstrengte, sie kam einfach nicht hinter das Warum. Warum entführten diese Maschinenwesen Menschen, vor allem Menschen mit besonderen Fähigkeiten? Die Imperatrix wollte Antworten – Antworten, die sie nicht liefern konnte. Es gab einfach keine Anhaltspunkte und eine Befragung der Bewahrer kam aus bekannten Gründen nicht infrage. McCollin hatte keine Lust, das nächste Opfer zu sein.

Irgendetwas übersehe ich, dachte die Sonderermittlerin und vergrub erneut ihr Gesicht in den Händen. Nach einer ganzen Weile spreizte sie die Finger auseinander und kniff ein Auge zu. Durch ihren Mittel- und Zeigefinger sah sie eine kleine LED auf ihrem Schreibtisch blinken. Das war ihr zuvor gar nicht aufgefallen und Isabell hatte auch keine Ahnung, wie lange das Nachrichtenpanel sie schon darauf aufmerksam machte, dass ihr Sekretär sie sprechen wollte. Er hatte die strikte Anweisung, die IGD-Agentin unter keinen Umständen zu stören.

Der Schreibtisch, an dem Isabell saß, war alt, sehr alt, und ein Erbstück ihres Vaters. Das galt jedoch nicht für die technische Ausstattung. Die Schreibtischplatte war auf dem neusten Stand der Technik und mit allem ausgestattet, was eine Sonderermittlerin benötigte. Widerwillig betätigte sie das Touchpanel und nahm den Ruf entgegen.

»Ich hatte doch gesagt, dass ich nicht gestört werden will«, sagte sie im scharfen Tonfall. Der Sekretär schien davon nicht besonders beeindruckt zu sein.

»Es tut mir leid, Ma'am, aber es ist eine dringende Botschaft für Sie eingegangen.«

»Von wem und was will man von mir?«, stöhnte Isabell gelangweilt.

»Das kann ich Ihnen leider nicht sagen. Es ist uns nicht gelungen, den Absender zu ermitteln. Die Botschaft ist verschlüsselt und ausdrücklich nur für Sie bestimmt. Ich kann die Nachricht nicht öffnen.«

Isabell richtete sich kerzengerade auf. Das war ungewöhnlich, wenn es nicht einmal dem Geheimdienst gelang, den Absender zurückzuverfolgen. Mit einem Mal war sie hellwach und ihr Interesse war geweckt.

»Dann stellen Sie die Nachricht durch!«, forderte die Ermittlerin ungehalten ihren Sekretär auf. Dieser kannte die Launen seiner Chefin und machte sich nichts daraus. Routiniert leitete er das empfangene Datenpaket weiter. Die Kommissarin berührte den Öffnen-Button doch nichts geschah. Auf dem Display stand nur: Authentifizierung nötig.

Mhm ..., dachte Isabell, denn es gab keine Passworteingabe oder sonstige Möglichkeit, sich zu authentifizieren. Dann kam ihr eine Idee. Die Agentin machte ein paar Eingaben und wenig später spuckte die Druckausgabe, die in der Tischplatte eingelassen war, eine Padfolie aus. Noch immer waren die Daten verschlüsselt und nicht zugänglich. Am unteren linken Rand der Folie leuchtete ein kleiner Kreis auf. McCollin liebte Rätsel und die mysteriöse Botschaft weckte immer mehr ihr Interesse.

Als Erstes überprüfte sie, ob es sich um einen Fingerabdrucksensor handelte. Einen nach dem anderen legte sie ihre Finger auf den Kreis, doch die Folie blieb dunkel. Nur der kleine Kreis leuchtete weiterhin. Jetzt hielt sie abwechselnd ihre Augen vor das Sensorfeld, erst das rechte, dann das linke – erfolglos. Ein Irisscanner war es auch nicht. Den nächsten Versuch startete Isabell, indem sie das Feld anhauchte, aber auch das erweckte die Folie nicht zum Leben. Nachdenklich starrte die Kommissarin das Sensorfeld an. Eine Möglichkeit hatte sie noch. Sie riss eine der Schubladen des Schreibtisches auf und wühlte darin herum. Kurze Zeit später fand sie den gesuchten Gegenstand, den alten Brieföffner ihres Vaters. Isabell schnitt sich damit in den kleinen Finger und quetschte Blut aus der Wunde. Dann drückte sie den Tropfen in die Mitte des leuchtenden Kreises.

»Ha!«, rief sie triumphierend aus, als die Padfolie zum Leben erwachte und die Meldung Authentifizierung erfolgreich anzeigte.

Die Sonderermittlerin lehnte sich selbstzufrieden in ihren Stuhl zurück und begann zu lesen. Mit jeder Zeile verlor ihr Gesicht immer mehr an Farbe. Das beigefügte Bildmaterial erzeugte eine starke Übelkeit ihn ihr.

Sehr geehrte Sonderermittlerin Kommissarin Isabell McCollin!

Zunächst möchte ich Ihnen meinen Dank aussprechen, dass Sie sich die Mühe gemacht haben, nach mir zu suchen. Ich hätte nicht damit gerechnet, dass mein Verschwinden so viel Aufsehen erregen würde.

Sie fragen sich sicher, wer Ihnen diese Nachricht schickt. Mein Name ist Susan Tantiki und ich wurde entführt. Entführt und umgebracht von den Bewahrern, aber das wissen Sie ja bereits. Dennoch kann ich mir gut vorstellen, dass Sie keine Ahnung haben, warum die Bewahrer all die Menschen entführen. Denn ich bin bei Weitem nicht die Einzige und es werden noch viele weitere folgen, wenn wir den Bewahrern nicht das Handwerk legen. Auf meine Unterstützung können Sie zählen. Ich bin immer noch ein treuer Diener Ihrer Kaiserlichen Majestät und kenne meine Pflicht dem Imperium und meiner Kaiserin gegenüber.

Wahrscheinlich zweifeln Sie gerade an meiner Identität und halten das alles für einen schlechten Witz. Ich hatte oben geschrieben, unsere Beschützer hätten mich umgebracht. Das ist auch richtig und dennoch falsch. Irgendwie ist es ihnen nicht so richtig gelungen. Damit Sie mir Glauben schenken können, sehen Sie sich nachfolgendes Bildmaterial genau an.

Der Text verschwand und an dessen Stelle tauchte ein VID auf. Nachdenklich drückte die Kommissarin auf den Play-Button. Das VID zeigte eine Art Labor oder Operationsraum. In der Mitte stand ein Tisch, auf dem der Körper von Susan Tantiki lag. Ein Bewahrer war gerade dabei, die Schädeldecke des Mädchens zu öffnen. Angewidert verfolgte Isabell den barbarischen Eingriff.

Das Blut der Kadettin wurde abgesaugt und ihr Gehirn in eine Vorrichtung geschoben. Danach wurde der Körper von Susan einfach weggeworfen. Das VID zeigte auch die Transplantation von Susans Gehirn in einen regungslosen Körper eines goldenen Bewahrers. Kurze Zeit später fuhr dieser seine Systeme hoch und erwachte zum Leben. Das aufgezeichnete Gespräch zwischen dem goldenen Bewahrer und dem Operateur war genauso verstörend wie das gesamte Bildmaterial.

Lange saß Isabell da und versuchte, den Schock zu verarbeiten. Susan Tantiki war eindeutig tot, aber wie konnte das Mädchen ihr dann diese Nachricht schicken? Hatte sie noch alles vor ihrem Tod verfasst oder war das alles ein Fake von irgendeiner Gruppierung, die die Bewahrer noch mehr in die Missgunst der Imperatrix treiben wollte? Tausend Fragen gingen der Ermittlerin durch den Kopf.

Das VID war am Ende angekommen und wartete auf eine Bestätigung. Nachdenklich drückte Isabell einen Button und die Aufzeichnung verschwand. Die Folie blieb kurz dunkel und zeigte dann wieder Text an.

Ich kann mir vorstellen, was in Ihnen vorgeht, und sicherlich haben Sie tausend Fragen. Ich werde versuchen, einige davon zu beantworten. Ja, ich bin tot. Das gilt jedenfalls für meinen Körper, doch mein Geist ist wacher denn je. Ich lebe weiter im Körper des Gründervaters. Fragen Sie mich nicht, wie das möglich ist. Dafür habe ich auch keine Erklärung. Der Bewahrer weiß auch nichts über meine Existenz und ich kann ihn Dinge tun lassen, an die er sich nicht erinnern kann – wie zum Beispiel Ihnen diese Botschaft schicken. Es ist schwer zu erklären, doch mir ist es gelungen, seinen Geist zu erforschen und teilweise auch zu beherrschen. Seit Kurzem bin ich auch mit dem Kollektiv der Bewahrer verbunden und nehme die Gedanken aller Maschinenwesen wahr. Aber am besten fange ich von ganz vorne an.

Vor Hunderten von Jahren ...

PS: Bitte unterrichten Sie die Imperatrix.

Plötzlich erlosch die Folie und zeigte an, dass keine Daten auf der Padfolie vorhanden waren. Ganz langsam legte Isabell McCollin die Folie auf den Tisch und betätigte die Ruftaste zu ihrem Sekretär.

»Verschaffen Sie mir umgehend eine Audienz bei Ihrer Kaiserlichen Majestät. Das hat oberste Priorität«, gab sie dem Agenten ihre Anweisung in einem sehr ruhigen und besonnenen Tonfall. Dann lehnte sie sich wieder in ihren Stuhl zurück und faltete ihre Hände in den Schoß.

Mein Gott!, dachte sie mit aschfahlem Gesicht.

Oxlahtikas

Zeit: 1042
Ort: Sombrerogalaxie, Hoheitsgebiet der Creeps

Das Trägerschiff der Creeps trat aus dem Tor aus und nahm stetig an Geschwindigkeit zu. Das Ziel war ein weiteres Sprungtor am anderen Ende des Systems. Dieses würde das Schiff wieder ein Stück näher an die Heimatwelt der Creeps heranbringen.

Voller Stolz saß Kronka in seinem Kommandosessel und beobachtete ein Display vor ihm.

)*Bist du noch bei mir großer Oxlahtikas?*(, dachte der neue Messias der Creeps.

{*Wo sollte ich sonst sein?*}

)*Ich dachte ja nur …*(

{*Kronka! Ich bin bei dir und ich werde dich nicht verlassen. Wir haben eine Mission. Du weißt doch, Oxlahtikas ist überall.*}

Zufrieden grinste Kronka in sich hinein.

Mit Aramis' Hilfe

Der Rat der Phalos hatte sich versammelt. Zwölf Ratsmitglieder saßen um einen großen Tisch herum und diskutierten wild durcheinander. Der Rat war erst vor ein paar Tagen wieder eingesetzt worden und vom Volk gewählt. Alleine die Wahlen hatten das Volk der Phalos vor eine große Herausforderung gestellt. Noch immer waren die Bürger über den ganzen Planeten verteilt und viele hielten sich versteckt. Nicht jeder hatte die Befreiung mitbekommen. Wer aus einem Internierungslager flüchten könnte und nicht auf der Flucht ums Leben kam, versteckte sich gut, um nie wieder einem Creep über den Weg zu laufen. Denn spätestens dann wäre es um sein Leben geschehen. Die Phalos in den Gefangenenlagern trauten dem Frieden nicht und viele wussten auch gar nicht, was sie mit ihrer Freiheit anfangen sollten. In den meisten Fällen gab es keinen Ort mehr, an den die Inhaftierten hätten zurückkehren können. Die Städte und auch ein Großteil der Ortschaften waren zerstört und lagen in Trümmern. Die Creeps waren gnadenlos gewesen und hatten oft nur einen einzigen Vertreter einer Familie am Leben gelassen. Frauen, Kinder, selbst Babys waren der Despotie zum Opfer gefallen. Doch nun waren die Überlebenden frei, dafür hatten diese merkwürdigen Menschen gesorgt. Doch niemand wusste, wohin er gehen sollte.

Der Rat war aus den verschiedensten Phalos aller Altersklassen zusammengewürfelt worden. Im Grunde schaffte es jeder in den Rat, der sich zur Wahl hatte aufstellen lassen. Die Desorientierung war im Allgemeinen noch zu groß, als dass es zu politischen Geplänkel hätte kommen können. Nun saßen die gewählten Volksvertreter zusammen und diskutierten darüber, wie es weitergehen sollte. Sie standen vor der schier unmöglichen Aufgabe, eine ganze Welt neu aufzubauen.

»Der Schrott muss aus der Umlaufbahn!«, forderte ein Ratsmitglied nachdrücklich.

»So ein Schwachsinn! Wir müssen uns zuerst um die Bewohner hier auf dem Planeten kümmern«, hielt ein anderer dagegen.

»Unsere Sicherheit hat die oberste Priorität! Ich sage, wir nehmen sofort die Flotte der Creep-Schiffe in Betrieb und bemannen diese. Wir müssen uns verteidigen können. Ich traue diesen Menschen nicht! Wer sagt, dass sie nicht doch wiederkommen und den Platz der Creeps einnehmen?«, schrie ein anderer.

So ging es schon seit Stunden. Fility Chandik war eines der gewählten Ratsmitglieder und hatte den Vorsitz. Die Versammlung zerrte an ihren Nerven. Sie war eine derjenigen gewesen, die zur Delegation gehört hatte, die die Menschen empfangen hatte. Fility war das einzige Ratsmitglied, das auch vor dem Angriff der Creeps dieses Amt bereits bekleidet hatte, und somit die Einzige mit Erfahrung in diesem Raum. Jetzt hatte sie Kopfschmerzen und rieb sich mit den Fingerspitzen die Schläfen. Am liebsten hätte Fility jetzt ihre Flügel ausgebreitet und wäre über den Tisch geflogen. Von dort oben hätte sie dann die anderen anschreien können. Doch die Phalos konnten nicht mehr fliegen, dafür hatten die Creeps gesorgt. Gleich nach ihrer Festnahme hatte ein Creep ihr die Flügel abgetrennt und sie war auch zu alt, dass ihr noch einmal neue wachsen würden. Noch heute war die Erinnerung an diesen unvorstellbaren Schmerz allgegenwärtig. Trotzdem war es nicht das Schlimmste, was diese Barbaren ihr angetan hatten. Ihre Flügel waren ihr egal, auch die damit verbundenen Schmerzen. Nichts konnte Fility ihren Mann und ihre beiden Söhne wiederbringen. Die Creeps hatten sie gezwungen, mit ihren eigenen Flügeln in den Händen der Exekution beizuwohnen und mit anzusehen, wie einem nach dem anderen in den Kopf geschossen wurde. Die Ratsvorsitzende spürte, wie ihr die Luft wegblieb. Eine eiserne Faust legte sich um ihr Herz und drückte langsam, aber kräftig zu. Immer wieder sah sie die Bilder der zerplatzenden Köpfe ihrer Liebsten. Dann war da noch ihr Neugeborenes, ein Creep hielt es am Kragen in die Lüfte und fuchtelte mit dem Baby vor der Menge herum. Dabei lachte und grunzte das Monster vor Vergnügen.

Fility schloss die Augen. Tränen rannen an den Wangen herunter und tropften auf den Tisch. Sie versuchte die Augen zusammenzukneifen, um so den Tränenfluss zu stoppen – vergeblich.

Die anderen Ratsmitglieder bekamen von alldem nichts mit. Viel zu tief waren sie in ihren Streitigkeiten versunken.

{Alles wird gut, Fility. Ich werde dir und deinem Volk helfen}, drang eine unbekannte Stimme in ihre Gedanken. Der Atem und der Puls der Vorsitzenden beruhigten sich von einem Moment zum nächsten und sie verspürte plötzlich eine tiefe innere Zufriedenheit. Ein Gefühl der Hoffnung keimte in ihr auf. Auf einmal wusste Fility, alles würde gut werden.

»*Wie?*«

{Ich werde dich und dein Volk leiten. Ihr habt genug durchgemacht. Zunächst bringen wir die Streithähne zum Schweigen, damit du sagen kannst, was du schon die ganze Zeit deinen Kollegen mitteilen möchtest.}

Fility Chandik war weder verstört noch verängstigt. Im Gegenteil, die Stimme in ihrem Kopf beruhigte sie und irgendwie wusste sie, etwas Fantastisches, ja etwas Göttliches ging hier vor.

{Haltet die Klappe!}, donnerte die Stimme Aramis' in den Köpfen der anderen Ratsmitglieder und verursachte einen kurzen, aber heftigen Schmerz im Schädel der Streitenden. Sie sahen einander verwundert an und zuckten zusammen. In diesem Moment erhob sich Fility und streckte die Hände, mit den Handflächen nach außen, nach oben.

»So kommen wir nicht weiter. Wen interessiert der Schrott in unserer Umlaufbahn? Der liegt seit Jahrzehnten da. Es kümmert keinen, wenn er noch etliche weitere Jahre dort liegen bleibt. Was die Menschen angeht, erwarte ich ein wenig mehr Dankbarkeit. Selbst wenn die Menschen es darauf abgesehen hätten, und ich sage selbst wenn, habt ihr vergessen, wie sie die Creeps davongejagt haben? Mit nur einem Schiff haben sie einen ganzen Verband der Creeps zu Weltraumschrott geschossen und sie haben es für uns getan, vergesst das nicht! Ich bezweifle, dass uns die Creep-Schiffe gegen einen Angriff eines so mächtigen Gegners etwas nützen würden. Durch das Sprungtor kommt keiner mehr, auch dafür haben die Menschen gesorgt. Wir sind also für die nächste Zeit sicher. Vergesst die Flotte, wir haben genug verloren durch den Krieg. Unsere gesamte Aufmerksamkeit muss den Bürgern gelten, da stimme ich zu. Als Erstes müssen wir uns um die unzähligen Verletzten kümmern. Jedes provisorische Lazarett ist bis zum Anschlag ausgelastet. Wir müssen die Krankenhäuser wieder in Betrieb nehmen und für eine bestmögliche ärztliche Behandlung sorgen. Als Nächstes müssen wir wieder eine planetenweite Kommunikation aufbauen. Wie wir das anstellen, darüber solltet ihr reden. Wir müssen die verstreuten Leute finden und wieder in die Gesellschaft eingliedern. Viel leben seit Jahren alleine in der Wildnis. Das wird nicht so einfach werden. Fast jeder hat sein eigenes Kriegstrauma, wir alle haben furchtbare Dinge gesehen, unbeschreibliches Leid erfahren. All das müssen wir hinter uns lassen und nach vorne schauen.«

Niemand widersprach Fility und sie schaute in beschämte Gesichter. Einige nickten ihr respektvoll zu, um dann in einen Applaus zu verfallen.

{Ich bin bei euch, heute und für alle Zeit}, versprach Aramis und lächelte in sich hinein.

Die Krastaner

Die Verhandlungen zwischen meinem Vater und dem Großmarschall Lopak dauerten ganze zwei Stunden. Am Ende lud uns der Marschall nach Rücksprache mit seinem Kaiser in dessen Palast ein und die NAUTILUS II hatte inzwischen Kurs auf den vierten Planeten gesetzt. Die Schiffe der Krastaner bildeten den Geleitschutz. Die Reise würde mehrere Stunden dauern und Emilia hatte allen eine Ruhepause verordnet, die sie für sich selbst ebenfalls in Anspruch nahm. Sie wurde immer vernünftiger und wuchs immer mehr in ihre Rolle hinein. Irgendwie stahl sie mir damit die Show, aber verärgert war ich darüber nicht. Ist ja auch mal ganz schön, wenn andere Menschen die Verantwortung tragen. Vor allem, wenn sie in so kompetenten Händen lag.

Der Planet Krasta glich der Erde in keiner Weise. Über achtzig Prozent des Planeten waren mit einer dicken Eisschicht überzogen. Die Bewohner hatten sich an das kalte Klima angepasst. Immerhin war der Großmarschall so freundlich, uns darauf hinzuweisen, dass die Temperaturen unter Umständen für uns unbehaglich sein könnten. Als wir den Palast betraten, war das die Untertreibung des Jahrhunderts gewesen. Draußen herrschten minus 25 Grad. Der eisige Wind, der ganzjährig über den Planeten fegte, machte daraus gefühlte minus 35. Mit anderen Worten: Es war arschkalt.

Emilia hatte sich in Ihre Paradeuniform gezwängt und sah einfach umwerfend aus. Zu der figurbetonten Uniform trug sie die Haare zu einem wahren Kunstwerk nach oben gesteckt. Mehrere goldenen Haarspangen mit dem Imperiumsadler hielten das Kunstwerk an Ort und Stelle. Zusätzlich trug sie die Schärpe, die sie zu ihrem achtzehnten Geburtstag von der Mannschaft der NAUTILUS II erhalten hatte. Bei jedem Atemzug stieß sie Nebelschwaden aus, was aber nicht ihr majestätisches Aussehen beeinträchtigte. Beim Großmarschall war keine Atemwolke zu beobachten, was darauf schließen ließ, dass es sich eventuell um einen Kaltblüter handelte.

Der Marschall führte unsere kleine Truppe, die aus Emilia, meinem Vater und mir bestand, in ein kleines Vorzimmer zum Audienzraum. Die Leibgarde mussten wir draußen auf dem Hof lassen. Das Tragen von Waffen war im Eispalast für Fremde nicht erlaubt. Nun standen die Soldaten in der Kälte und froren sich den Hintern ab. Die Gardisten waren eh nur zur Makulatur, weder Emilia noch ich benötigten irgendeinen Schutz. Wir konnten ganz gut auf uns selber aufpassen.

Leider musste ich zu diesem diplomatischen Anlass ebenfalls meine Ausgehuniform anziehen und auf den Kampfanzug verzichten. Das empfand ich als sehr bedauerlich. Der Anzug hätte die Temperatur regeln können. Alleine der Gedanke daran reichte aus und mein modifizierter Körper übernahm den Temperaturaustausch. Selbst die Kälte im Gesicht war nicht mehr wahrnehmbar. Emilia ging es ebenso, auch ihr waren die Umweltbedingungen nicht anzumerken. Für meinen Vater galt das nicht, er fror offensichtlich und er hatte am ganzen Körper eine Hühnerhaut. Bei dem Wort lachte Aramis innerlich auf. Der Klugscheißer verbesserte mich in Gedanken und ich erhielt einen ausführlichen Bericht über Gänse und dass es Gänsehaut hieß. Von mir aus! Immerhin wusste ich, was ein Huhn war. Na ja, und nun auch was, eine Gans war.

Lopak bat uns, einen Augenblick zu warten, und verschwand hinter einer massiven Tür im angrenzenden Raum. Mir entgingen die Sicherheitsvorkehrungen nicht. Erst musste er einen Bioscan über sich ergehen lassen und danach durch ein Kraftfeld treten.

148

Sicherheitsvorkehrungen, wie ich sie Victoria immer vorgeschlagen hatte, die sie aber stets vehement abgelehnt hatte. Ich wusste jetzt nicht so genau, ob mir das gefallen sollte oder lieber nicht. War der Kaiser des Krastanischen Reiches auf solche scharfen Maßnahmen angewiesen oder war er einfach nur paranoid? Beides hinterließ einen bitteren Beigeschmack bei mir. Neben der Tür befanden sich Vertiefungen in der Wand. Ich hatte diese Vertiefungen schon an anderer Stelle überall im Palast bemerkt, an denen wir vorbeigekommen waren. Mit meinen erweiterten Sinnen erforschte ich in aller Ruhe die Vorrichtungen und erkannte wenig später den Sinn dahinter. Es handelte sich um schwere Lasergeschütze! Jetzt war ich doch etwas beunruhigt. Alleine mit der Anzahl, die ich bisher gesehen hatte, konnte der Kaiser eine ganze Armee aufhalten. Aramis war sehr still geworden. Wusste der Teufel, was in ihm wieder vorging? Auch die Bilder, aus denen seine Gedanken bestanden, waren in letzter Zeit immer weniger geworden. Anscheinend war es ihm gelungen, sein Gewese wieder komplett vor mir zu verbergen.

Der Großmarschall kam aus dem Audienzraum und bat uns einzutreten. Doch zuvor mussten wir einen Bioscan über uns ergehen lassen. Als ich an der Reihe war, schrillte ein heller Alarm. Ich hatte mich mit den Vertiefungen nicht getäuscht, sofort fuhren mehrere Geschütze aus der Wand und zielten auf mich. Ich hob beschwichtigend die Hände. Ich hatte nicht die leiseste Ahnung, was ich falsch gemacht hatte. Lopak schaute auf ein Display, das neben den Scannern hing, und trat dann zu mir herüber.

»General Johnson, dürfte ich um die beiden Messer bitten?«, forderte er mich freundlich auf.

»Welche Messer?«, fragte ich so unschuldig, wie ich konnte.

»Die, die in Ihren Stiefeln stecken.«

»Ach diese Messer meinen Sie. Also die hab ich ganz vergessen!«, beteuerte ich und zog die Vibroklingen aus den Stiefeln und überreichte dem Marschall die Messer mit dem Schaft zuerst. Lopak grinste mich an. Mein Vater warf mir einen tadelnden Blick zu, der so viel sagte wie: *Wie konntest du nur?* Ich zuckte nur mit den Schultern, was so viel bedeutete wie: *Was?* Dann schaute ich wieder zum Marschall hinüber.

»Bitte entschuldigen Sie, einen Versuch war es wert. Ich trenne mich nur sehr ungern davon«, sagte ich und zeigte auf meine beiden Lieblinge. Bevor wir den Palast betreten hatten, musste ich die beiden Blaster bereits abgeben und jetzt auch noch meine Teufelsklingen. Ja, jetzt fühlte ich mich irgendwie nackt.

Lopak begutachtete die Messer und fand den Einschalter. Er aktivierte die Vibroklingen und erschreckte sich ein wenig, als diese mit mehreren Tausend Schwingungen in der Sekunde vibrierten. Ein hohes Summen lag in der Luft.

»Passen Sie damit gut auf«, warnte ich den Marschall, »die sind nicht ungefährlich.«

Lopak nickte und ließ die Klingen elegant in seinen Händen kreisen. Dann deaktivierte er sie wieder und nickte. Ich musste zugeben, mit Messern kannte sich der Mann aus.

»Das sind wundervolle Stücke«, fing er an zu schwärmen. »Sehr ausbalanciert und einfach zu führen. Übrigens wäre ich sehr enttäuscht von Ihnen gewesen, hätten Sie es nicht versucht.«

»Wie meinen Sie das?«

»Ich nehme an, dass Sie für die Sicherheit Ihrer Prinzessin und dessen Botschafter verantwortlich sind, und ich hätte es enttäuschend gefunden, hätten Sie keine Waffen bei sich versteckt. Ich hätte jedenfalls genauso gehandelt.« Sein Lächeln wirkte etwas befremdlich, aber dadurch nicht weniger herzlich. Der Mann meinte das ernst. Mit leuchtenden Augen schaute er noch einmal die Vibroklingen an und wollte Sie gerade einer nahe stehenden Wache zur Aufbewahrung geben.

»Warten Sie«, hielt ich ihn zurück. »Behalten Sie sie. Sehen Sie es als Geschenk und als Zeichen meiner Anerkennung. Von Soldat zu Soldat.«

»Ich kann doch nicht ...«, begann er, überlegte es sich doch ganz schnell wieder, als ob er befürchtete, ich könnte mein Angebot wieder zurückziehen. »Vielen Dank, General, ich weiß die Geste zu schätzen.«

Für mich war das kein großer Verlust, ich brauchte nur in die Materialausgabe gehen und mir neue holen. Doch mit diesem kleinen Geschenk hatte ich einen Freund fürs Leben gewonnen. Der Mann war eindeutig auf meiner Wellenlänge.

Endlich durften wir eintreten – dachte ich jedenfalls, doch Lopak hielt mich am Ärmel fest.

»Wenn Sie dann noch so freundlich wären und mir den kleinen Laser geben würden, der in ihrem rechten Stiefel steckt.«

»Aber das ist nur ein ganz kleiner, kaum mehr als ein Zahnstocher«, beschwerte ich mich. Lächelnd hielt er mir die offene Hand entgegen und widerwillig gab ich ihm die kleine Waffe. Jetzt war ich wirklich nackt. Mein Vater tippelte mit dem rechten Fuß und brachte damit seine Ungeduld zum Ausdruck. Meine Güte, damit hätte ich doch nicht rechnen können. Wenigstens nahm mir das der Großmarschall nicht krumm. Erhobenen Hauptes schritt ich an allen vorbei.

»Du hättest uns in eine schwierige Lage bringen können, mein Sohn«, flüsterte mein Vater mir noch ins Ohr und folgte mir. Hinter uns ertönte wieder der Warnton, als Emilia gescannt wurde. Der Marschall schaute verwundert auf das Display. Dann hielt er kommentarlos die Hände auf und Emilia überreichte ihm ihre beiden Vibroklingen und einen kleinen Laser, ein baugleiches Modell, wie ich es getragen hatte. Sie setzte ein verlegenes Lächeln auf.

»'tschuldigung«, murmelte sie. »Meine Klingen dürfen Sie auch behalten«, fügte sie hinzu und eilte hinter uns her. Lopak ging an mir vorbei und führte unsere Gruppe an.

»Ich sehe schon, Ihre Prinzessin kann ganz gut auf sich selber aufpassen. Das wird dem Kaiser gefallen«, rief er mir über die Schulter zu. Wir durchquerten den fast einhundert Meter langen Raum. Eine Leibgarde, die in Panzeranzügen steckte, flankierte beide Seiten. Sie standen Schulter an Schulter. Die Bewaffnung konnte sich sehen lassen. An jedem Oberschenkel steckte ein Blaster in einem Halfter. Auf den Unterarmen waren Waffen in den Kampfanzug eingebaut. Ich nahm an, dass es sich hierbei ebenfalls um Laser handelte. Zusätzlich trug jeder Soldat noch ein Gewehr auf dem Rücken. Die Anzüge waren verschlossen und ich konnte die Gesichter wegen der Helme nicht erkennen. Keiner der Soldaten bewegte sich, sie standen einfach nur da und ich fragte mich, ob überhaupt jemand in dem Anzug steckte oder ob es nur zur Abschreckung diente. Am Ende des Raumes erreichten wir einen kleinen Thron, auf dem der Kaiser saß. Neben ihm standen weitere Gardisten in Kampfanzug. Diese hatte jedoch keinen Helm auf und ich musterte die Gesichter. Viel zu erkennen gab es nicht. Die Augen blickten wachsam, aber dennoch wirkten die Gardisten entspannt und sahen in uns keine Bedrohung.

Kaiser Demetak war eine imposante Erscheinung und nichts anderes hatte ich erwartet. Einen paranoiden Eindruck machte er allerdings nicht. Blieb also nur, dass die scharfen Sicherheitsvorkehrungen notwendig waren. Ich war gespannt, was uns erwarten würde.

Das Vorstellen ging schnell und formlos. Mein Vater und ich verneigten uns und Emilia tat es uns gleich, nur nicht so tief. Dafür ließ es sich der Kaiser auch nicht nehmen, aufzustehen und sich selbst leicht vor Emilia zu verbeugen. Dann begann ein belangloses Geplänkel zwischen den kaiserlichen Hoheiten. Das gab mir die Gelegenheit, Kaiser Demetak zu beobachten. Ich hatte keine Ahnung, wie diese Herrscher das immer machten, aber auch von ihm ging eine Aura der Autorität aus. Ansonsten gab er sich sehr auskunftsfreudig und freundlich. Es gab keine Anzeichen, die auch nur den kleinsten Hinweis geliefert hätten, dass es sich bei Kaiser Demetak um einen ungerechten, grausamen und machtsüchtigen Despoten handeln könnte.

Irgendwann war es so weit und der Kaiser der Krastaner wollte wissen, was wir in seinem Imperium wollten. Mein Dad übernahm das Gespräch und zeigte die Holografie, auf dem einige

Bewahrer und deren Schiffe zu sehen waren. Dann erzählte er unsere Geschichte und alles über unsere Mission.

Lopak zog scharf die Luft ein und Demetak setzte eine bedauernde Miene auf.

»Das ist bedauerlich. Wie nennen Sie diese Spezies?«, fragte der Kaiser.

»Bewahrer, Sie kennen diese Wesen?«

»Bewahrer ...« Demetak hing seinen Gedanken nach. »Ja, wir kennen diese *Bewahrer*. Sie sind die reine Pest und bringen nur Unglück und Leid.«

»Hatte Ihr Volk schon einmal etwas mit den Maschinenwesen zu tun?«, wollte mein Vater wissen.

»In der Tat, das war lange vor meiner Zeit und ein anderer Kaiser musste sich mit den Zecken abplagen.«

»Wie sind Sie sie wieder losgeworden?«, platzte Emilia in das Gespräch hinein.

»Wir haben lange gegen Sie gekämpft. Es war ein ungleicher Kampf und unser Imperium verlor fast seine gesamten Flotten.«

»Aber Sie konnten sie besiegen?«

»Nein, nicht wirklich. Wir warfen alles in die Schlacht, was wir hatten, und es gelang uns sogar, zwei der Kugelraumer zu zerstören. Die Vergeltung war grausam. Die Befürchtung Ihrer Imperatrix ist nicht unbegründet. Die Bewahrer fingen an, ganze Planeten zu zerstören. Sie suchten sich Welten mit besonders hoher Bevölkerungsdichte aus und beschossen die Städte aus dem Orbit heraus. Mehrere Millionen treue Bürger des Imperiums kamen bei diesen sinnlosen Angriffen ums Leben. Doch der Kaiser wollte nicht aufgeben, mit Terroristen wird nicht verhandelt. Es dauerte nicht lange und das Imperium war besiegt und wir warteten nur noch auf den Todesstoß. Doch auf einmal tauchten Schiffe auf, die denen der Bewahrer sehr ähnlich waren. Sie eröffneten sofort das Feuer und vertrieben diese Blechkisten. Es hat Jahrzehnte gedauert, die Ordnung wiederherzustellen. Die Flotten waren zerschlagen und konnten keine Truppen dahin schicken, wo sie gebraucht wurden. Das führte zu Unruhen und Chaos. Es war mühselig, einzelne Welten von selbst ernannten Herrschern wieder zu befreien. Schließlich, und nur unter hohen Verlusten, ist es uns gelungen.«

Gebannt hingen wir an den Lippen des Kaisers. Zum ersten Mal hatten wir eine heiße Spur. Es gab jemanden im Universum, der es mit den Bewahrern aufnehmen konnte und der anscheinend im Krieg mit ihnen lag. Zumindest gelegen hatte. Wir mussten diese Rasse unbedingt finden.

»So weit ist es bei uns noch nicht gekommen und dennoch mussten auch wir schon hohe Verluste hinnehmen. Meistens trifft es die Zivilbevölkerung und meine Kaiserin ist sich nicht sicher, wie lange sie ihre Bürger noch im Zaum halten kann. Viele wollen eine militärische Lösung. Es gibt jetzt schon genügend Kriegshetzer. Wissen Sie, auch unser Volk ist nicht dazu geboren, in Sklaverei zu leben. Das liegt einfach nicht in unserer Natur. Daher muss diese Mission erfolgreich sein. Es ist unsere letzte Hoffnung und unsere Kaiserin verlässt sich auf uns. Können Sie uns verraten, wo wir diese geheimnisvollen Fremden, die Ihnen damals beigestanden haben, finden können?«, fragte Emilia.

Bevor der Kaiser antworten konnte, trat Lopak ganz dicht an ihn heran und flüsterte ihm etwas ins Ohr. Der Marschall ging wieder auf seinen Platz, wirkte aber irgendwie abwesend.

{Interessant. Sie verfügen ebenfalls über die Technologie, sich gedanklich über Funk auszutauschen. Der Großmarschall und der Kaiser führen ein sehr intensives Gespräch}, informierte mich Aramis.

[Kannst du verfolgen, worüber sich sprechen?]

{Sicher, aber es wird dir nicht gefallen.}

»Nun, vielleicht können wir einander helfen?«, fragte Demetak und fixierte Emilia.

»Wenn es in unserer Macht steht, helfen wir gerne. Wenn ich erfahren dürfte, wobei wir behilflich sein können?«

154

»Wenn Sie so freundlich sind, Großmarschall Lopak? Immerhin ist es Ihr Plan.«

»Jawohl, Eure Majestät.« Der Marschall verbeugte sich vor seinem Kaiser und griff an seinen Handcomputer. Vor ihm erschien eine vier mal vier Meter große Holografie in erstaunlich hoher Auflösung, die einen Ausschnitt der Sombrerogalaxie zeigte.

»Wir sehen hier unser Reich. Die Systeme, die wir kontrollieren, sind blau gekennzeichnet.« Er scrollte die Karte in dem Hologramm etwas nach unten, bis ein einziges System auftauchte, das rot markiert war.

»Und das hier ist unser Problem, das Akarak-System. Die roten Linien um das System herum zeigen die Frontlinien.«

»Mhm«, machte ich. »Es ist doch nur ein System. Warum nehmen Sie es nicht einfach ein? Ich meine, Sie müssten doch über genügend Schiffe verfügen, dass Sie die Linie einfach durchbrechen können.«

»Das ist vom Prinzip her gesehen richtig.«

»Aber?«

»Aber …« Der Großmarschall blickte betrübt zu Boden. »… wir können nicht. Besser gesagt, der Kaiser wagt es nicht. Im Akarak-System hat sich der Bruder von Kaiser Demetak verschanzt. Er macht dem rechtmäßigen Kaiser den Thron streitig.«

»Schön und gut, aber über so viele Ressourcen kann er doch nicht verfügen, um ein ganzes Imperium unter Druck zu setzen. Bruder hin oder her«, drückte ich mein Unverständnis aus.

»Militärisch gesehen, ist das korrekt«, mischte sich der Kaiser in das Gespräch ein. »Er hat eine Menge Anhänger und Mitverschwörer. Laut unserem Geheimdienst konnte er auch eine beachtliche Armee aufstellen. Dennoch wäre er gegen meine Truppen chancenlos. Mein Bruder bedient sich eines viel abscheulicheren Druckmittels. Als er seine Rebellion begann, gelang es ihm, meinen Sohn, den rechtmäßigen Thronerben, zu entführen. Nun droht er damit, sollte ich seine Flotten angreifen, ihn zu töten.«

»Trauen Sie ihm das zu?«, fragte mein Vater nach. »Es ist immerhin sein Neffe.«

»Ich traue ihm alles zu. Er entführte nicht nur den Jungen. Mein Bruder nahm auch die Mutter mit und schickte meine Frau in Einzelteilen zu mir zurück. Ja, ich traue ihm das zu. Mit dem Tod meines Sohnes würde er der offizielle Thronerbe werden.«

»Das tut mir sehr leid. Mein herzliches Beileid«, drückte Emilia ihre Anteilnahme aus. »Sind Sie denn sicher, dass Ihr Sohn noch am Leben ist?«

»Danke, Eure Hoheit. Großmarschall Lopak, würden Sie wieder übernehmen?«

»Selbstverständlich, Eure Majestät. Der Junge lebt. Der Verräter wagt es nicht, den Sohn des Kaisers auch nur ein Haar zu krümmen.«

Über diese Bemerkung musste ich unwillkürlich schmunzeln, denn die Krastaner hatten keine Haare. Das Übersetzungsprogramm schien Redewendungen zu interpretieren und ähnliche anzuwenden.

»Unser Geheimdienst ist sich sicher, der Prinz wird auf Akarak festgehalten. Er ist die einzige Versicherung für den Bruder des Kaisers, dass die kaiserlichen Truppen nicht angreifen. Und wir wagen keinen Angriff, damit das Leben des Thronprinzen nicht gefährdet wird. Eine unglückliche Pattsituation.«

»Mhm«, machte ich erneut. »Wie passen wir in das ganze Spiel? Sie meinen, wir könnten uns gegenseitig helfen.«

»Richtig, General Johnson. Unsere Schiffe verwenden noch immer die Sprungtore. Wir haben zwar die ersten Antriebe gebaut, die eigene Wurmlöcher zum Reisen erzeugen können, aber diese Technik steckt noch in den Kinderschuhen. Es besteht für uns keine Möglichkeit, unbemerkt in das Akarak-System zu gelangen. Die Tore hat der Verräter fest in der Hand und zusätzlich vermint. Es käme einem Frontalangriff gleich, den wir unter allen Umständen verhindern müssen. Ansonsten sind die Tage des Prinzen gezählt. Für Ihr Schiff scheint diese Begrenzung nicht zu gelten. Ihre Entdeckung war reiner Zufall. Unsere Flotte hielt gerade eine Flottenübung ab, da tauchte Ihr Schiff einfach aus dem Nichts auf. Das nächste Sprungtor war Stunden entfernt. Also schlussfolgere ich, Sie verfügen über eine andere Art des Reisens.«

»Das ist so weit richtig.« Abstreiten hätte keinen Sinn gehabt. »Die NAUTILUS II ist in der Lage, jedes gewünschte Ziel in kürzester Zeit zu erreichen.«

»Eine bemerkenswerte Technik.« Die leuchtenden Augen von Großmarschall Lopak verrieten, dass er alles für diese Technologie tun würde. Doch das Anliegen seines Kaisers war jetzt wichtiger. »Also könnten Sie und Ihr Schiff einfach in das Akarak-System springen. Sie würden die Frontlinien einfach überspringen?«

»Nehmen wir einmal an, das wäre möglich. Aber ist das nicht auch ein Angriff, der das Leben des Prinzen in Gefahr bringen würde?«

»Nicht unbedingt. Der Großkaiser darf nicht mit Ihnen in Verbindung gebracht werden. Man würde Sie für Aliens halten, was Sie ja auch sind. Was können wir dafür, wenn Aliens angreifen? Aber da wäre noch ein Problem. Laut Geheimdienst befindet sich der Prinz in der Provinz Schatak. Ein ziemlich offenes Gelände, das von einigen Hügeln und kleinen Wäldern durchzogen wird. So wie es aussieht, hat der Verräter seine gesamten Streitkräfte dort versammelt. Leider ist das noch nicht alles. Die Provinz liegt unter einem Schutzschirm. Ein Angriff aus dem Orbit kommt daher nicht infrage. Die Waffengewalt, die für ein Durchdringen des Schutzschilds nötig wäre, brächte auch das Leben des Thronprinzen in Gefahr. Der Schild hängt so tief, dass kein Flugverkehr möglich ist.«

»Also bleibt nur der Einsatz von Bodentruppen«, stellte ich unnötigerweise fest. »Und Sie bieten uns im Gegenzug was an?«

»Uneingeschränkten Zugang zu unseren Aufzeichnungen. Wir geben Ihnen alles, was wir über die Bewahrer wissen, woher sie kommen, was Sie wollen. Einfach alles.«

Ich dachte angestrengt nach. Es war ein verlockendes Angebot, aber es bedeutete auch, dass wir eine Menge opfern müssten. Der Einsatz von Bodentruppen verlief niemals ohne Verluste.

»Ich bin ganz ehrlich zu Ihnen, Großmarschall. Sie haben einen hohen Preis für ein paar Informationen. Sie verlangen von uns, dass wir das Leben unserer Soldaten aufs Spiel setzen, um den Sohn des Kaisers zu befreien. Wir sollen einen Feind bekämpfen, von dem wir absolut nichts wissen. Einen Feind, der sämtliche Vorteile auf seiner Seite hat. Keine leichte Aufgabe«, gab mein Vater zu bedenken, noch bevor ich etwas sagen konnte. Wichtiger noch, bevor Emilia etwas sagen konnte.

»*Triff jetzt keine unüberlegte Entscheidung*«, funkte ich meine Tochter an. »*Mein Vater hat vollkommen recht. Wir müssen zunächst unsere Optionen sichten. Das ist nicht nur eine kleine Gefälligkeit, um die wir hier gebeten werden.*«

»*Ich bin nicht blöd*«, gab meine Tochter bissig zurück. Nach außen ließ sie sich ihre Verärgerung jedoch nicht ansehen, sondern lächelte majestätisch.

»Sie bekommen von uns alles, was wir über meinen Bruder wissen. Sie erhalten uneingeschränkten Zugang zu den Unterlagen des Geheimdienstes«, versicherte der Kaiser.

»Davon gehe ich aus. Dazu gehören auch Truppenstärken, mit welchen Waffen wir rechnen müssten, Geländegegebenheiten, Landkarten und so weiter«, forderte mein Dad.

»Auch das sollen Sie bekommen und natürlich würde ich Sie begleiten und Ihnen jederzeit zur Verfügung stehen«, beeilte sich Marschall Lopak hinterherzuschieben und verneigte sich leicht vor uns. »Die ganze Operation setzt natürlich voraus, dass Sie überhaupt über genügend eigene Soldaten verfügen. Sie werden auf heftige Gegenwehr stoßen.«

»Wir werden sehen. Um das beurteilen zu können, müssen sich unsere Taktiker zunächst mit den Daten auseinandersetzen.«

Lopak gab etwas in seinen Handcomputer ein und lächelte meinen Vater an. »Sehen Sie es als erledigt an. Ich habe mein

Flaggschiff angewiesen, Ihnen ein Datenpaket zusammenzustellen. Sie werden in Kürze alles erhalten, worüber wir verfügen.«

[Aramis, kommst du an Aufzeichnungen über die Bewahrer ran?]
  {Bisher konnte ich leider nichts finden. Aber ich bin im Zentralarchiv und kann dir alles über den Konflikt der Brüder erzählen. Ich durchwühle die Datenbanken, aber von den Bewahrern gibt es bisher keine Aufzeichnungen.}
  {Sag mir Bescheid, wenn du etwas findest.}

Damit war die Audienz beendet und wir kehrten wieder zu unserem Schiff zurück. Es folge eine hitzige Auseinandersetzung zwischen den Parteien, die für eine Befreiung des Jungen waren, und denen, die dagegen waren.

Victoria

Kommissarin Isabell McCollin saß in ihrem Shuttle, der den Landeplatz direkt vor dem Palast ansteuerte. Der Status einer Sonderermittlerin des IGD verschaffte ihr das Privileg, das Überflugverbot des kaiserlichen Hofs zu umgehen. Aus McCollins Bitte um eine Audienz wurde eine Vorladung gemacht. Die kurze Nachricht, die sie erhalten hatte, enthielt lediglich den Befehl, sich umgehend im Palast einzufinden und bei der Imperatrix vorzusprechen. Auf ihre eigene Anfrage war niemand eingegangen. *Was wird hier gespielt?*, dachte sie. Doch der Shuttle setzte bereits zur Landung an und unterbrach ihre Überlegungen. Sie würde es noch früh genug herausfinden. Der Pilot hatte kaum den Antrieb abgeschaltet, da eilte Isabell bereits die Rampe hinunter. Mehrere Gardisten standen bereit und nahmen die Frau in Empfang. Die Kommissarin hatte zwar einige Privilegien, aber frei auf dem Palastgelände herumzulaufen, gehörte definitiv nicht dazu.

Major Franz Sommerhaus, der für den suspendierten Major Fox das Kommando über die Leibgarde kommissarisch übernommen hatte, begrüßte McCollin und begleitete sie in den Palast. Zu ihrer Überraschung konnte sie nirgends einen Bewahrer sehen. Vielleicht lag es auch einfach daran, dass immer einer dieser Kreaturen auf sie wartete, noch bevor sie einen Fuß auf einen Planeten setzte.

»Ihre Majestät hat mir aufgetragen, Sie darüber zu informieren, warum Ihre Bitte um eine Audienz ignoriert wurde und man Sie stattdessen hierher beordert hat«, begann der leitende Offizier der Palastwache im Plauderton. Dennoch war seine Stimme extrem leise und nur für die Kommissarin bestimmt. Er drehte auch nicht den Kopf zu ihr, sondern richtete seinen Blick stur geradeaus.

»Ich bin ganz Ohr, Major. Die Frage hat mich zugegeben bereits beschäftigt«, antwortete Isabell flüsternd. Sommerhaus, ein recht attraktiver Mann um die vierzig, hatte sie mit seiner Heimlichtuerei angesteckt und auch sie versuchte, sich möglichst unauffällig zu verhalten.

»Ihre Majestät war der Meinung, dass eine Anfrage nach einer Audienz zu viel Aufmerksamkeit erregen könnte. Die Bewahrer wissen, in welchem Fall Sie ermitteln, und wenn Sie ein persönliches Gespräch mit der Imperatrix wünschen, dann könnte das den Eindruck erwecken, Sie hätten wichtige Erkenntnisse erlangt, die sofort der Kaiserin vorgetragen werden müssten.«

Sie haben ja keine Ahnung!, dachte Isabell. Dennoch war sie über das umsichtige Verhalten der Imperatrix nicht überrascht. Sie hatte die Frau schon immer geschätzt und war von den Fähigkeiten Ihrer Majestät voll überzeugt. Nur dieser Mann an der Seite der Imperatrix, ein gewisser General Johnson, war für sie ein Rätsel. Es gab unzählige Geschichten über diesen Mann und viele dichteten der Kaiserin schon lange ein Verhältnis zu ihrem Leibwächter an. Zumindest dieses Gerücht hatte sich bestätigt. Die Kaiserin hatte sogar eine Hochzeit angekündigt. Ebenfalls wurde bekannt gegeben, dass bereits ein Kind aus diesem unehelichen Verhältnis hervorgegangen war. Jeder im Imperium kannte Prinzessin Emilia und sie war durchaus beliebt. Jetzt erhoben sich gelegentlich Stimmen gegen die Thronerbin – und nicht nur gegen sie. Die Menschen hatten schon immer Probleme mit Veränderungen und hielten gerne an Traditionen fest. Isabell interessierte es einen Scheißdreck, mit wem die Kaiserin vögelte. Auch war sie Neuem stets eher aufgeschlossen gegenübergetreten. Was nützte das Festhalten an Traditionen? In ihren Augen brachte es nur Stagnation in der Entwicklung.

So langsam verspürte McCollin eine gewisse Aufgeregtheit, immerhin würde sie gleich der Imperatrix gegenübertreten. Bisher hatte sie das Vergnügen nicht gehabt. Bedauerlicherweise fand ihr erster Besuch des kaiserlichen Hofes unter so düsteren Umständen statt.

»Das war sehr weise von der Imperatrix und ich verstehe die Vorsichtsmaßnahmen«, teilte Isabell dem Major leise mit. Noch immer schritten Sie gemächlich über das Landefeld und waren gleich am *Platz der ewigen Macht*. Dahinter lag das eigentliche Palastgebäude. Jetzt bekam die Sonderermittlerin auch die ersten Bewahrer zu Gesicht. Mehrere der Maschinenwesen wuselten von einem Ort zum nächsten. Andere standen bewegungslos vor Eingängen und bewachten diese. Es war eine beeindruckende Präsenz der Blechkisten und Isabell hatte noch nie so viele Maschinenwesen auf einem Haufen gesehen. Allmählich wurde ihr bewusst, was die Imperatrix wirklich leistete seit der Besatzung, die nun schon fast neunzehn Jahren andauerte. Ihr wurde noch etwas schlagartig bewusst: Sie würde mit aller Vorsicht vorgehen müssen, damit keiner der Bewahrer herausbekam, was sie wusste.

Der Major führte die Kommissarin direkt in den Audienzraum in einen der Türme. Die Zugangstür wurde links und rechts von einem der Aliens bewacht. Zusätzlich hatte sich einer hinter der Imperatrix postiert, die hinter einem sehr antik wirkenden Schreibtisch saß. Die Kaiserin sprang auf und trat hinter dem Tisch hervor. Mit einem herzlichen Lächeln hielt sie der Kommissarin die Hand entgegen. Dabei hoffte Victoria, dass die Sonderermittlerin auf diese freundliche Begrüßung einging und nicht einen dieser bescheuerten Knickse vor ihr machte. Doch die Imperatrix war zuversichtlich und hielt große Stücke auf die Frau vom IGD.

Isabell McCollin nahm den Raum in sich auf und sofort begann ihr analytisches Gehirn mit der Arbeit. Der Major war draußen zurückgeblieben und postierte sich zu den Wachen an der Tür. Der Bewahrer hinter der Kaiserin rührte sich nicht, dennoch war sich

McCollin sicher, er beobachte sie ganz genau. Jetzt stürmte die Imperatrix ihr entgegen und hielt ihr freundschaftlich die Hand entgegen, als würde sie eine alte Freundin begrüßen. Die gesamte Beurteilung der Situation dauerte keine Sekunde, das war die Stärke der Sonderermittlerin und hatte ihr den Posten beschert, den sie ausfüllte. Der messerscharfe und überaus effektive Verstand von McCollin eilte ihrem Ruf stets voraus.

»Eure Majestät!«, rief McCollin und ergriff die ihr dargebotene Hand. Dann drückte sie beherzt zu und schüttelte die Hand der Kaiserin überschwänglich. »Endlich lernen wir uns persönlich kennen.«

»Da bin ich ganz Ihrer Meinung«, erwiderte Victoria und legte zur Verstärkung der freundschaftlichen Begrüßung ihre freie linke Hand auf den Oberarm der Kommissarin. »Aber kommen Sie, setzen Sie sich doch.«

Victoria zeigte auf einen der zwei Sessel, die vor dem Schreibtisch standen, und begab sich dann wieder auf ihren eigenen Platz.

»Sie sind zu freundlich«, lächelte Isabell und gab sich Mühe, diese Scharade glaubhaft mitzuspielen. »Sie haben nach mir gerufen?«

»Wie immer, Sie kommen gleich zur Sache«, lachte Victoria laut auf. Dabei klang das Lachen etwas gekünstelt. »Aber richtig, ich habe sie hierher bestellt. Zum einen wollte ich die beste Frau vom IGD endlich persönlich kennenlernen und zum anderen habe ich eine Aufgabe für Sie.«

Isabell wurde hellhörig. Eine neue Aufgabe klang verlockend, doch noch wusste McCollin nicht, wie sie der Kaiserin ihre neuesten Erkenntnisse mitteilen sollte. Wenn die Imperatrix diese erfuhr, hätte sie bestimmt keine neue Aufgabe für sie.

»Sie machen mich ganz verlegen. Der IGD hat viele gute Mitarbeiter, Eure Majestät.«

»Nun seien Sie nicht so bescheiden, ich bin über Ihre Erfolge bestens informiert. Wie dem auch sei, Sie müssen etwas für mich erledigen.«

»Wenn ich Ihnen behilflich sein kann, dann natürlich gerne.«

»Das können Sie, in der Tat.«

Dann begann Victoria vom Verschwinden ihres zukünftigen Ehemanns und ihrer Tochter zu berichten. Auch den verschwundenen Bewahrer ließ sie nicht aus. Ohne ein Blatt vor den Mund zu nehmen, erklärte die Kaiserin, wie ungehalten die Bewahrer wegen dieser Geschichte waren und dass sie Antworten von ihr haben wollten, Antworten, die sie nicht liefern konnte.

»… und da kommen Sie ins Spiel. Ich möchte, dass Sie diesen Fall untersuchen. Sie haben bereits Erfahrung in der Zusammenarbeit mit unseren Freunden. Unterstützen Sie sie, wo Sie nur können. Ich möchte wissen, wo meine Tochter ist und was aus dem vermissten Bewahrer geworden ist«, sagte Victoria ernst. Dann lächelte sie wieder. »Und wenn Sie schon dabei sind, wäre es toll, wenn Sie auch den Verbleib meines Zukünftigen aufklären könnten.«

»Wie Sie wünschen, Eure Majestät.« Die Sonderermittlerin studierte die ganze Zeit die Gesichtszüge der Kaiserin und zog ihre eigenen Schlüsse daraus. Zu keiner Sekunde sollte sie wirklich aufklären, wo sich die vermissten Personen befanden – vor allem nicht dieser Bewahrer. Ihr kam es eher so vor, als solle Sie genau das Gegenteil tun.

»Doch nun genug davon, die Details können Sie mit den hiesigen IGD-Mitarbeitern klären. Wie kommen Sie in ihren aktuellen Ermittlungen voran?«, fragte Victoria beiläufig, ohne wirklich Interesse zu zeigen.

»Nicht besonders gut. Wir stehen noch genau an derselben Stelle wie seit meinem letzten Bericht. Vielleicht ist an der Sache auch einfach nicht mehr dran. Die meisten Fälle entpuppten sich als *gewöhnliche* Verbrechen.«

»Aha«, machte die Kaiserin. »Ich will Sie auch nicht länger in Anspruch nehmen. Halten Sie sich an Major Sommerhaus, er kann Ihnen den Palast zeigen und wird Ihnen ein Quartier zuweisen. Speisen wir heute Abend zusammen?«

»Es wäre mir ein Vergnügen«, antwortete McCollin und erhob sich aus ihrem Sessel. »Ich lasse Sie dann jetzt allein. Wenn Sie mich entschuldigen würden?«

Die Kaiserin erhob sich ebenfalls und reichte der Kommissarin erneut die Hand, dieses Mal zum Abschied.

Draußen wartete der Major und nahm die Besucherin wieder in Empfang.

»Ich wurde angewiesen, Ihnen den Palast zu zeigen. Ich fürchte allerdings, ich eigne mich wenig als Touristenführer.«

»Oh, das ist aber schade!«, entfuhr es Isabell mit gespielter Enttäuschung.

»Darf ich offen sprechen?«

»Ich bitte darum, Major, nur zu.«

»Es wäre mir auch nicht besonders recht, wenn ich Sie hier durch die alten Gemäuer führe. Das ist nichts Persönliches«, wiegelte er beschwichtigend mit der Hand ab. »Es ist nun mal so, es hält mich von meinen Pflichten ab und diese beschränken sich nun einmal darauf, für die Sicherheit Ihrer Kaiserlichen Majestät zu sorgen.«

McCollin schaute belustigt in das ernste Gesicht von Sommerhaus und musste sich beherrschen, nicht laut aufzulachen. Gut, der Major sah ganz gut aus und machte auch einen kompetenten und netten Eindruck, und der Major schien sich dessen auch bewusst zu sein, dennoch belustigte Isabell die Selbstüberzeugung des Soldaten eher. Der Mann war bestimmt eine Sünde wert und für einen Happen zwischendurch geeignet, wenn man oder besser Frau auf Männer stand. Stand sie aber nicht.

»Das ist aber äußerst bedauerlich, Major. Ich hatte mich schon auf eine Führung mit Ihnen gefreut.« Einen Moment dachte Isabell darüber nach, Sommerhaus daran zu erinnern, dass die Imperatrix ihm das ausdrücklich aufgetragen hatte, und wollte schon nach seiner Kompetenz fragen, dieser Anordnung nicht nachzukommen. Doch sie verwarf diesen Gedanken wieder. Sie wollte den Major nicht verärgern.

»Ich bedaure, aber die Befehle von General Johnson sind eindeutig, auch wenn die Imperatrix das manchmal anders sieht. Es war schon eine Ausnahme, dass ich Sie persönlich vom Shuttle abgeholt habe. Ich kann Ihnen jedoch einen professionellen Führer rufen lassen. Dieser kennt sich auch viel besser mit den geschichtlichen Ereignissen und den Bauwerken auf diesem Gelände aus.«

Da war er wieder, dieser mysteriöse Johnson. Er galt nun seit Monaten vermisst und trotzdem galten seine Anweisungen nach wie vor. Sommerhaus sprach derart mit Ehrfurcht und Stolz den Namen des Generals aus, dass Isabell das schon etwas unheimlich fand. Gut, dass sie der Versuchung widerstanden hatte, den Major ein wenig auf den Arm zu nehmen. Trotzdem, einen kleinen Dämpfer konnte er sicher vertragen und hatte ihn auch verdient. In McCollins Augen hatten Männer das immer verdient.

»Das wird nicht nötig sein. Wenn ich den Palast nicht mit Ihnen zusammen erkunden kann, dann verzichte ich lieber gänzlich darauf«, sagte sie zuckersüß und schlug zweimal verführerisch die Augen auf. Nur weil Isabell auf Frauen stand, hieß es nicht, dass sie nicht wusste, wie sie mit ihren weiblichen Reizen spielen musste, um einem Mann den Kopf zu verdrehen. Immerhin war sie eine äußerst attraktive und begehrenswerte Frau in den besten Jahren. Sommerhaus hustete ein paarmal und rang nach den passenden Worten. Dabei konnte er nicht verhindern, dass seine Ohren eine rötliche Farbe annahmen. Er spürte, wie ihm die Hitze zu Kopf stieg, und versuchte sich mit zwei Fingern am Kragen etwas Luft zu machen.

»Nun ja, es ist bedauerlich«, stammelte er. »Aber da kann man nichts machen. Befehl ist Befehl und ich bin sicher, Sie verstehen das. Der Soldat am Aufzug wird Sie in Ihr Quartier begleiten.«

»Bedauerlich«, beteuerte die Sonderermittlerin ein weiteres Mal übertrieben. *Irgendwie ist er ja süß*, dachte Sie und trat, ohne sich noch einmal umzusehen, zu dem Gardisten am Antigravschacht hinüber. Kaum im Aufzug, drehte sie sich doch noch um und winkte dem schwitzenden Sommerhaus, der noch immer seinen

Blick in der Höhe ihres eben noch wackelnden Hinterteils hatte, zum Abschied zu.

Der Gardist brachte die Kommissarin in ein Quartier, das alle Ansprüche von McCollin mehr als befriedigte. Im Grunde hatte sie keine Verwendung für solch eine Verschwendung. Das *Quartier* bestand aus zwei Schlafräumen, einem riesigen Wohnbereich, einem Ankleidezimmer, in dem zu ihrer Überraschung bereits mehrere Uniformen in ihrer Größe hingen, zwei Badezimmer, wovon eines eher eine Badelandschaft war, und einem Arbeitszimmer. Dieses interessierte Isabell schon mehr. Sie trat an das riesige Terminal hinüber, das an der Stirnseite des Raumes hing. Sie machte ein paar Eingaben und informierte sich darüber, wie das System zu bedienen war.

»Penelope?«, rief sie dann, als sie die entsprechenden Informationen gefunden hatte.

»Ja, Sonderermittlerin Kommissarin Isabell McCollin. Was kann ich für Sie tun«, antwortete die Palast-KI.

»Zunächst kannst du mich Isabell nennen.«

»Wie Sie wünschen, Isabell.«

»Zugriffscode: Delta 45 Omega Sirius 239 TGD.«

»Code akzeptiert. Sie verfügen über eine erstaunlich hohe Sicherheitsstufe. Nur die Kaiserin und General Johnson haben noch eine höhere.«

Da war schon wieder dieser Name. Dieser Mann schien allgegenwärtig zu sein.

»Danke, Penelope, und nun lass uns arbeiten. Gib mir alles, was du über das Verschwinden der Prinzessin, dieses Generals und des Bewahrers hast. Ich möchte, dass du mir alles zeigst vom Tag, an dem sie verschwunden sind. Splitte den Bildschirm in drei Teile und rekonstruiere den gesamten Tagesablauf dieser Personen. Gib mir alles, was du finden kannst, VIDs, Sprachaufzeichnungen, Protokolle und so weiter. Ich will wissen, wann sie aufgestanden sind, wann sie zur Toilette gegangen sind, wer sich wann mit wem getroffen hat, einfach alles.«

»Kommt sofort«, antwortete die KI gut gelaunt. Die Kommissarin war ganz nach ihrem Geschmack. Endlich wieder jemand, der Sachen anpackte und eine richtige Aufgabe für die KI hatte. Seit Johnson weg war, war es doch recht langweilig geworden.

Freiwillige vor

Zeit: 1042
Ort: Sombrerogalaxie, Helios-System, Planet Krasta,
an Bord der NAUTILUS II

Der kleine Besprechungsraum neben der Brücke war bis auf den letzten Platz gefüllt. Neben den üblichen Teilnehmern einer Besprechung hatten sich auch einige Kommandanten der 6. und 9. Division eingefunden. BullsEye stand mit seiner Frau Modesta Garcias in einer Ecke. Garcias hatte sich an BullsEye künstlichem Arm eingehakt und ihre Füße verloren gelegentlich den Kontakt zum Fußboden, wenn Al seinen Arm bewegte. Die beiden verfolgten die hitzigen Diskussionen.

Der Besprechungstisch war in einem Oval angeordnet und in dem freien Platz in der Mitte zeigte eine Holosäule den Planeten Akarak und dessen Verteidigungsstellungen. Neben etlichen automatischen Abwehrplattformen befand sich eine kleine Flottille, bestehend aus ein paar Kreuzern und Zerstörern, außerhalb einer Umlaufbahn des Planeten. Lopak hatte Wort gehalten und uns umfangreiches Material zukommen lassen, das uns bei unserer Entscheidung behilflich sein sollte.

»Das ist doch ein Himmelfahrtkommando!«, beschwerte sich einer der Kommandanten. »Wir müssten zunächst alle Laserplattformen ausschalten. Gleichzeitig käme ein Kampf mit den Kriegsschiffen dazu.«

»Darüber brauchen Sie sich nicht den Kopf zerbrechen!«, platzte es aus Gavarro heraus, der bisher eher still gewesen war. »Überlassen Sie den Raumkampf mir und glauben Sie mir, die paar Schiffe und Abwehrstellungen stellen für die Nautilus II keine Bedrohung da. Meine Herren, konzentrieren Sie sich auf Ihr Fachgebiet.«

»Mir gefällt nicht, dass wir keine Luftwaffe einsetzen können«, gab Admiral Keller zu bedenken.

»Mir auch nicht, doch der Feind kann das ebenso wenig«, hielt ich dagegen. Ich gehörte zu der Pro-Fraktion. Dennoch hatte ich die Hoffnung, Aramis würde die benötigten Informationen auf eine andere Art finden. Doch bisher blieben alle seine Bemühungen erfolglos. Weder der Kaiser noch der Großmarschall verfügten über das begehrte Wissen, jedenfalls nicht in ihren Köpfen. Da hatte Aramis als Erstes nachgesehen. Es musste irgendwo im Zentralarchiv liegen, trotzdem fand er es nicht. Er strengte sich wirklich an und ich kaufte es ihm auch ab. Die Alternative, ein militärischer Angriff, schmeckte ihm genauso wenig wie den meisten hier im Raum. Zugegeben, begeistert war ich auch nicht davon. Aber dennoch hielt ich es im Augenblick für die einzige Möglichkeit. Das Universum war groß und niemand konnte vorhersehen, wann sich uns die nächste Möglichkeit bot. In meinem Geiste sah ich Tausende Soldaten aufeinander zustürmen. Gewehrfeuer von beiden Seiten mähten die Reihen nieder. Granaten schlugen zwischen den Soldaten ein und zerfetzten deren Körper. Ich schauderte.

Keller grinste mich schief an. Sie stimmte mir zu, dennoch musste es ihr nicht gefallen. Ich denke, am liebsten hätte sie es gehabt, wenn wir Luftunterstützung gehabt hätten und der Feind nicht. Doch das Leben ist kein Wunschkonzert. Vera hatte die Daten genau studiert und dann ihre Einschätzung gegeben. Operationen in der Luft waren unter dem Schutzschirm nicht machbar. Punkt.

Die Diskussionen verloren sich immer mehr in militärische Details. Es kam mir schon wie eine Einsatzbesprechung, die mit der eigentlichen Frage, *Sollen wir es machen oder lassen wir es lieber sein?*, nichts mehr zu tun hatte.

»Herrschaften!«, rief Emilia plötzlich laut und deutlich. Sofort ebbte das Durcheinandergeschwafel ab. Die Prinzessin hatte etwas zu sagen, also hörte man lieber zu. Ansonsten war ja noch ich da und ich hatte da meine Methoden, meinem Schützling Gehör zu verschaffen. Meine Dienste wurden bedauerlicherweise nicht benötigt.

Emilia hatte noch immer ihre Staatsuniform mit der goldenen Schärpe an. Jetzt stand sie auf und schaute jeden Anwesenden an, einen nach dem anderen. Dabei verweilte ihr Blick für ein paar Sekunden bei dem Betreffenden. Sie atmete ein paarmal tief ein und aus und zupfte ihre Uniformjacke nach unten, um auch noch die letzte imaginäre Falte herauszuziehen.

»Ich weiß nicht, wie es Ihnen geht, aber ich empfinde das hier«, sie machte eine uns allumfassende Geste mit dem rechten ausgestreckten Arm, »als sehr ermüdend. Es scheint, als ob Sie vergessen haben, warum wir hier sind. Es gilt, eine grundlegende Entscheidung zu treffen, und ich bin mir absolut darüber im Klaren, dass am Ende ich diese Entscheidung ganz alleine treffen muss. Sie alle hier sollen mich beraten und seien Sie versichert, ich schätze Ihren Rat sehr. Also tragen wir die Fakten noch einmal sachlich zusammen. Was wissen wir und was wird von uns verlangt? Was erhalten wir im Gegenzug dafür?«

Emilia schaute sich ruhig um und blickte wieder jeden nacheinander für ein paar Sekunden in die Augen. Ich schauderte und innerlich bewunderte ich meine Tochter. Wenn ich ab und an noch an ihren Führungsqualitäten gezweifelt hatte, so waren diese gerade endgültig zerschlagen worden. Emilia hatte uns im Griff und mir wurde klar, dass Sie sich bereits entschieden hatte. Alles, wonach sie jetzt suchte, war eine Bestätigung.

Mein Vater trat vor und übernahm, wie so häufig, die Rolle des Vermittlers. An seinem Gesichtsausdruck konnte ich deutlich erkennen, auch er wusste, die Angelegenheit war bereits gelaufen.

»Nun«, räusperte er sich. »Wir wissen um die politische Situation. Der Bruder von Kaiser Demetak will die Krone. Um das zu erreichen, ist ihm jedes Mittel recht. Großmarschall Lopak war so freundlich, uns Zugriff auf das Zentralarchiv zu gewähren. Ich hatte ein paar Analysten damit beauftragt, bestimmte Informationen zusammenzutragen, und diese liegen mir nun vor.« Er nahm eine Datenfolie und überflog noch einmal dessen Inhalt. »Der Kaiser ist sehr beliebt bei seinem Volk und er scheint ein gerechter Mann zu sein. Ich würde das Verhältnis von ihm zu seinen Bürgern mit dem unser Imperatrix Victoria X. zu den Bürgern unseres Imperiums gleichsetzen. Der Bruder von Kaiser Demetak, leider kann ich Ihnen den Namen des Bruders nicht nennen, er taucht in keinen Aufzeichnungen auf und wird im Allgemeinen nur *der Verräter* genannt, ist eine ganz andere Sache. Er ist grausam und ein Tyrann. Das Volk hasst ihn. Darum steht das Volk auch bedingungslos hinter ihrem Kaiser. Jedenfalls hat dieser *Verräter* seine Schwägerin ermordet und den Prinzen entführt.«

»Wie alt ist der Junge eigentlich?«, warf Emilia eine Frage dazwischen.

»Mit elf Jahren wurde er entführt und lebt jetzt seit etwas mehr als einem Jahr in Gefangenschaft. Allerdings müssen wir berücksichtigen, dass ein Akarakjahr etwa 520 Erdentagen entspricht. Nach unserer Zeitrechnung ist Prinz Vesatak, das ist sein Name, jetzt also um die siebzehn. Wir sprechen demnach vielmehr über einen jungen Mann als über einen Knaben. Für die Krastaner bleibt er allerdings noch ein Kind. Der Reifeprozess dieser Spezies ist etwas länger als bei uns.«

Eines musste ich meinem alten Herrn wieder lassen, er hatte sich über Dinge informiert, an die kein Schwein von uns gedacht hatte. Ich schalt mich selbst einen Idioten. Da verfügte ich schon über die Möglichkeit, mich von Aramis mit solchen Information zu versorgen, und nutzte diese nicht. Ich konnte mich einfach nicht daran gewöhnen. Kaum hatte ich diesen Gedanken zu Ende gedacht, war ich ein Experte für die Krastaner. Aramis *brannte* mir so viele Informationen über Politik, Psychologie, physische Eigenschaften und all so ein Zeug direkt in meine Birne. Es verschaffte mir eine gewisse Klarheit.

[Danke. Würdest du bitte Emilia fragen, ob sie das auch möchte?]

{Keine Ursache. Das habe ich bereits getan und sie ist auf dem gleichen Stand wie du.}

[Wann hast du Emilia gefragt?], wollte ich meine Neugierde befriedigen.

{Die Prinzessin erhielt die Informationen bereits, noch bevor wir auf das Schiff zurückkehrten.}

Das erklärte jedenfalls, warum sich meine Tochter bereits entschieden hatte, und ich konnte mich ihrer Meinung nur anschließen. Dennoch ging Emilia, meiner Meinung nach, mit den Möglichkeiten, die eine Symbiose mit Aramis mit sich brachte, viel zu leichtfertig um. Oder war ich einfach nur ein besorgter Vater, der zu ängstlich war? Ich wusste es nicht.

»Das Angebot des Kaisers ist«, führte mein Vater seine Ausführungen fort, »wir befreien seinen Sohn und erhalten dafür alles, was das Volk der Krastaner über die Bewahrer weiß. Demetak hat uns versichert, dass dieses Wissen sehr umfangreich ist und auch den Ursprungsort der Maschinenwesen enthält.«

»Und sie glauben ihm?«, fragte Emilia für alle Anwesenden nach.

»Kurz und knapp? Ja, ich glaube ihm.«

»Wir müssen uns die Frage stellen, was würden wir tun? Meine Damen und Herren, ich frage Sie, was wären Sie bereit zu riskieren, wenn ich die entführte Person wäre und meiner Mutter aus politischen Gründen die Hände gebunden wären. Wie weit würden Sie gehen? Vorausgesetzt natürlich, es liegt in Ihren Möglichkeiten. Nehmen wir an, ich wäre zwölf Jahre alt und von einem skrupellosen Mörder entführt worden, der mich als Druckmittel benutzt, weil er den Thron besteigen will. Das könnte auch den Tod meiner Mutter mit beinhalten. Nehmen wir weiter an, Sie hätten grünes Licht von der Kaiserin. Wofür entscheiden Sie sich? Retten Sie das verängstigte Mädchen und riskieren etwas oder wiegen Sie lieber den Hintern in Sicherheit und nehmen den Tod Ihrer Prinzessin billigend in Kauf?«

»Das können Sie nicht vergleichen!«, empörte sich ein General der Truppen. »Das ist nicht das Gleiche!«

»Ist es nicht?« Emilia fixierte den Sprecher, einen gewissen General Samford. Sein Ruf als brillanter Taktiker eilte ihm voraus und hatte ihm einen Platz an diesem Tisch eingebracht.

»Ist es nicht? Worin besteht denn Ihrer Meinung nach der Unterschied, General Samford?«, wiederholte Emilia ihre Frage.

Samford überlegte einen Moment und senkte dann beschämt seinen Blick zu Boden. »Verzeihen Sie mir, Eure Hoheit«, brachte er noch hervor, bevor seine Stimme für eine ganze Weile verstummen sollte.

»Okay«, brach der Fleet Admiral das Schweigen. »Können wir uns darauf einigen, dass mit der Befreiung des Jungen eine gewisse moralische Verpflichtung einhergeht?«

Die Anwesenden nickten still und lagen an den Lippen des kampferprobten Veteranen.

»Nach allem, was ich bisher gesehen habe, stellt ein Einsatz weder eine Gefahr für das Schiff noch für die Mannschaft dar. Im Akarak-System befindet sich nichts, mit dem die NAUTILUS II nicht spielend fertigwerden würde. Ich weise nochmals ausdrücklich darauf hin, dass ich nur für alles verantwortlich bin, was uns im freien Raum begegnet. Was am Boden eines Planeten passiert, ist eine andere Sache und fällt nicht in mein Zuständigkeitsbereich. Ich bringe Sie hin, zerstöre die Abwehrplattformen und eventuelle angreifende Schiffe. Für den Rest müssen Sie sorgen, meine Herren.« Gavarro war während seiner Rede zwischenzeitlich aufgestanden und setzte sich nun wieder hin. Er hatte gesagt, was er sagen wollte. Nun waren die anderen dran.

»Möchten Sie fortfahren, Botschafter Johnson?«, fragte Emilia. Sie wusste genau, dass ihr Großvater, neben mir und ihr, der am besten informierte Mann in diesem Raum war.

»Sehr gerne, Eure Hoheit. Also, laut den Berichten, die uns vorliegen, müssen wir mit heftiger Gegenwehr rechnen. Der hiesige Geheimdienst schätzt die Stärke der Truppen, auf die wir stoßen werden, auf etwas mehr als 25 000 Mann.«

Ein Raunen ging durch die Reihen. 25 000 feindliche Soldaten waren eine Menge Gegner. Auch wenn wir über fast doppelt so viele Kämpfer verfügen, würde es nicht leicht werden. Der Feind kannte das Gelände und musste *nur* verteidigen und nicht vorrücken. Er konnte sich in aller Seelenruhe verschanzen und uns auf sich zukommen lassen.

»Wie ich erfahren habe, handelt es sich nicht bei jedem Soldaten auch um einen Krastaner. Etwa 10 000 von ihnen sind Drohnen.«

Eine Woge der Erleichterung spiegelte sich auf den Lamettagesichtern wider. Den Einsatz von Drohnen hatten wir schon lange aufgegeben. Sie waren in hoher Anzahl schwierig zu kontrollieren und es fehlte ihnen eine wichtige Eigenschaft, die an der Front unverzichtbar war – Improvisation.

»Freuen Sie sich nicht zu früh«, mahnte mein Vater die Anwesenden. »Es handelt sich dabei um eine Art Roboter, die nicht von den normalen Soldaten zu unterscheiden sind. Sie stecken in den gleichen Kampfpanzerungen wie die krastanischen Rebellen. Wir müssen davon ausgehen, dass die Bewaffnung um einiges schwerer ist als bei einem leiblichen Soldaten. Die Drohnen sind sehr kräftig, schnell und natürlich ausdauernd. Sie kennen keine Angst, verfügen über keine Moral oder schlechtes Gewissen, und der Selbsterhalt kann deaktiviert werden. Das alles zusammengenommen macht diese Drohnen extrem gefährlich.«

»Aber auch berechenbar«, warf Lieutenant General Ruban Garrison dazwischen. Garrison war ebenfalls ein alter Veteran um die siebzig und hatte schon im Krieg gegen die Seisossa gekämpft. Der stämmige Offizier legte seine riesigen Hände auf die Tischplatte und wuchtete seinen muskulösen Körper in die Höhe. Im Echsenkrieg, wie die Auseinandersetzung mit den Seisossa inzwischen genannt wurde, war Garrison Colonel der fünften Panzerbrigade gewesen und hatte sich jede einzelne Auszeichnung, die jetzt seine Brust zierte, teuer verdient. Eine tiefe Narbe durchzog sein Gesicht von der rechten Schläfe über die Nase bis hin zur unteren linken Kinnhälfte. Auf die Frage hin, warum er sich die Narbe nicht schon längst hatte wegmachen lassen, gab er immer die gleiche Antwort. Die Zeichnung würde ihn wachsam bleiben lassen. Mit tiefer Stimme ergriff er wieder das Wort:

»Der Fleet Admiral hat uns alle vorhin daran erinnert, was dieses wunderbare Schiff so alles leisten kann, und er hat keinen Zweifel daran gelassen, dass er jeden Kampf gewinnen wird. Wie wir alle wissen, konnte er das bereits unter Beweis stellen, indem er die Flotte der Creeps zerstörte. Ich bin mein ganzes Leben lang schon bei der Panzerbrigade und habe alles gesehen, was es in diesem Bereich zu sehen gibt. Das dachte ich jedenfalls, bis ich an Bord dieses Schiffes kam und mein neues Material begutachten konnte. Haben Sie eigentlich eine Ahnung, was in den Eingeweiden der NAUTILUS II so alles steckt? Ich will nicht übertreiben, aber ich denke, die Krastaner, egal ob Rebellen oder reguläre Truppen, haben nicht den Hauch eine Chance gegen diese Ungetüme. Seit ich an Bord bin, habe ich die Bedienungsanleitungen und Spezifikationen studiert. Wenn auch nur die Hälfte davon zutrifft, möchte ich auf keinen Fall da stehen, wo die Geschosse einschlagen. Meine Männer trainieren seit Wochen mit den neuen Panzern und sind so bereit, wie sie es nur sein können. Auch ich kann nur für meine Abteilung sprechen, aber ich frage mich, warum soll es den anderen Kommandanten anders ergehen? Zu guter Letzt möchte ich anmerken: Ich hasse Rebellen, und Kinder entführen und Frauen abschlachten geht gar nicht. Geben Sie mir ein Ziel und ich lösche es aus.«

Die meisten Offiziere fingen an zu nicken, auch diejenigen, die zuvor strikt gegen einen Einsatz unserer Bodentruppen gewesen waren.

Emilia schaute nochmals in die Runde. Als sich unsere Blicke trafen, schloss ich meine Augen für zwei Sekunden und gab ihr somit ebenfalls meine Zustimmung.

»Dann ist es beschlossen. Wir holen den Jungen da raus. Botschafter Johnson, informieren Sie den Kaiser. Admiral Gavarro, arbeiten Sie einen Schlachtplan aus und bereiten Sie alles für den Sprung vor. Ach so ja, ernennen Sie einen Verbindungsoffizier. Er soll sich um Großmarschall Lopak kümmern. Und Sie meine Damen und Herren, studieren Sie das Material, das wir zur Verfügung bekommen haben, und entwickeln Sie zusammen einen Plan, wie wir diese Provinz Schatak einnehmen können. Möglichst ohne hohe Verluste.«

Emilia wandte sich um zum Gehen. »General Johnson, folgen Sie mir. Auch wir müssen Pläne schmieden«, rief sie über die Schulter und trat durch das Schott. Wie ein treuer Hund eilte ich ihr hinterher.

Notbremse

Die Kaiserin hatte sich nicht lumpen lassen und das ganze Programm aufgefahren, um mit ihrer Sonderermittlerin zu speisen. Dabei hatte sie darauf geachtet, eine feinfühlige romantische Atmosphäre zu schaffen. Nicht zu viel, damit es nicht zu aufdringlich wirkte, aber auch nicht zu wenig, damit ihre Absichten nicht eventuell falsch verstanden werden könnten.

Isabell fühlte sich anfänglich nicht besonders wohl. Noch konnte sich die Kommissarin keinen Reim darauf machen, was die Kaiserin damit bezwecken wollte. Unter einem Essen mit der Imperatrix hatte sie sich etwas anderes vorgestellt. Isabell war davon ausgegangen, dass es etwas förmlicher zugehen würde und nicht so – jedenfalls nicht derart informell. McCollin kam sich in ihrer pechschwarzen Ausgehuniform mit dem weißen Revers völlig fehl am Platz vor. Die Kaiserin trug einen Traum aus roter Seide, ein eng anliegendes Abendkleid, das die Figur der Imperatrix besonders betonte. Der dünne Stoff war leicht durchsichtig und ließ den darunter liegenden perfekten Körper erahnen. Das Kleid war an beiden Seiten eingeschnitten bis zu den Hüften. Victoria hatte sich an das Kopfende der Tafel gesetzt und die Ermittlerin an ihre linke Seite beordert. Isabell hatte gar keine andere Chance, sich woanders hinzusetzen, denn es gab keine weiteren Gäste und somit auch keine anderen Gedecke. Jetzt saß die Kaiserin neben ihr und hatte die Beine übereinandergeschlagen. Das Kleid war zur Seite gerutscht und gab den Blick auf die langen Beine von Victoria frei.

Am Anfang war Isabell auf ihrem Stuhl hin und her gerutscht und hatte sich total verkrampft. Doch je später es wurde und, vor allem, umso mehr Wein ihre trockene Kehle hinunterfloss, umso lockerer wurde sie. Verträumt schaute Isabell der Kaiserin in die Augen. Sie betrachtete die kleinen Lachfalten um die Mundwinkel und musste zugeben, dass die Imperatrix eine extrem attraktive Frau war. Ihr kamen noch ganz andere Gedanken und jedes Mal versuchte sie sich zusammenzureißen. Am Ende gelang es ihr dann doch nicht. Gebannt hing sie an den Lippen von Victoria, die eigentlich die ganze Zeit irgendeinen Blödsinn von sich gab. Doch für McCollin war es reine Poesie. Der Alkohol stieg ihr langsam, aber sicher zu Kopf und auch die Kaiserin zeigte erste auffällige Anzeichen, dass der Wein nicht spurlos an ihr vorbeiging. Der Sprit bewirkte allerdings noch etwas anderes in Isabell und das war der eigentliche Grund, warum sie sonst niemals welchen trank. Der Kommissarin wurde heiß in ihrem Schoß und sie stand kurz davor, die Kontrolle zu verlieren und ihre Unterwäsche einzusauen. Mit etwas Bedauern verabreichte sich Isabell über ihr neurales Interface ein schnell wirkendes Mittel zum Abbau von Alkohol.

Es wurde gelacht, gegackert, getrunken und gegessen. Irgendwann erhob sich die Kaiserin und lud McCollin ein, ihr zu folgen. Draußen auf dem Gang legte Victoria ihren Arm um die Hüfte der Kommissarin und zog sie zu sich heran. Sofort brannte das Feuer wieder zwischen den Beinen von Isabell und sie sah sich gezwungen, sich eine weitere Dosis zu verabreichen. Ihre KI meldete, dass der Mindestbestand erreicht sei und nur noch für zwei weitere Anwendungen reichen würde.

Eigentlich war alles perfekt, wenn nicht die beiden Bewahrer den beiden Frauen folgen würden. Irgendwie dämpfte das die Stimmung von Isabell. Ihr Weg führte zum Kraftfeld, das den Zugang zu den Gemächern der Imperatrix abriegelte.

»Penelope? Füge den Bioscan von Kommissarin Isabell McCollin zu den zutrittsberechtigten Personen hinzu«, sagte Victoria und lächelte Isabell verführerisch an.

»Bioscan hinzugefügt«, quittierte die Palast-KI.

»Möchten Sie noch auf ein Glas Wein mitkommen?«, fragte Victoria süffisant.

»Ich ... äh ...«, stotterte Isabell, »sehr gerne.«

Die Imperatrix gab der Sonderermittlerin den Vortritt und trat dann selber durch das Kraftfeld. Einer der Bewahrer machte Anstalten, den Frauen zu folgen. Victoria stellte sich dem Maschinenwesen mutig in den Weg.

»Was soll das werden, wenn ich fragen darf?«, blaffte sie den Bewahrer an.

»Ich bin für Ihren Schutz verantwortlich.«

»Das ist richtig, aber das hier sind meine Gemächer. Die Vereinbarung lautet, dieser Bereich ist für euch tabu.«

»Aber Sie sind nicht alleine. Sie haben noch nie Besuch mitgenommen. Wie soll ich Sie beschützen, wenn ich nicht mitbekomme, was da drinnen los ist. Warum ist die Frau überhaupt da drinnen?«, fragte die Maschine etwas verwirrt.

»Wonach sieht es denn aus?«, stellte Victoria provokant eine Gegenfrage.

Der Bewahrer verharrte an der Stelle und bewegte sich einen Moment nicht. Wahrscheinlich nahm er Kontakt zum Kollektiv auf und holte sich weitere Anweisungen. Dann richtete er seine Aufmerksamkeit wieder der Kaiserin zu.

»Ich verstehe«, sagte er nur und nahm seinen Posten neben dem Kraftfeld ein und schaltete sich auf Stand-by. Sein Kollege tat es ihm gleich, was ungewöhnlich war, denn einer der Wachen blieb stets im vollen Betriebsmodus. Doch so lautete die Anweisung aus dem Kollektiv und die kam direkt von dem erst kürzlich wiedererweckten Gründervater.

Victoria bugsierte Isabell in den Lift nach unten und wirkte plötzlich sehr ernst. Kaum war der Lift unten angekommen, eilte sie hinaus und führte ihren Gast, zum Bedauern von Isabell, in ein Arbeitszimmer und nicht wie erhofft in das Schlafzimmer. Mit einem Schlag wirkte die Imperatrix stocknüchtern.

»So, die Blechkisten sind wir los. Hier unten können wir ungestört reden. Ich muss schon sagen, Ihr schauspielerisches Talent kann sich sehen lassen«, sagte Victoria im geschäftlichen Ton und nahm hinter ihrem imposanten Schreibtisch Platz. »Setzen Sie sich doch. Möchten Sie noch etwas zu trinken?«

Erst jetzt schaute Victoria zu Isabell hinüber und musste mit Erschrecken feststellen, dass diese sämtliche Gesichtsfarbe verloren hatte. McCollin stand kreidebleich an den Türrahmen gelehnt. Das Bild erinnerte Vicki an ihren John, der stand auch immer da und hatte sie das eine oder andere Mal mit seiner plötzlichen Anwesenheit überrascht. Nur sah er dabei besser aus als die Kommissarin. Jedenfalls niemals so blass.

Isabell atmete tief ein und aus und rang ein wenig um ihre Fassung. *Du bist so eine Vollidiotin!*, dachte sie. *Als ob die Kaiserin ein sexuelles Interesse an dir haben würde.* Am liebsten wäre McCollin im Erdboden versunken oder unsichtbar, was auch nicht schlecht gewesen wäre. Die Zahnräder in Victoria drehten sich noch etwas langsamer als für gewöhnlich. Der Alkohol hatte noch nicht gänzlich ihren Körper verlassen. Doch irgendwann rasteten die Zahnräder ein und die Erleuchtung der Erkenntnis erreichte ihre Synapsen.

»Sie haben doch nicht … ich meine …«, stammelte Victoria. »Sie sind davon ausgegangen, dass ich und sie …«

Isabell schluckte schwer und schüttelte den Kopf. Immerhin bewirkte die Befragung der Kaiserin eine Veränderung ihrer ungesunden bleichen Gesichtsfarbe. Diese wechselte zunächst zu einem zarten Rosé und endete in einem kräftigen Rot. *Tot umfallen wäre auch noch eine Möglichkeit*, dachte die Kommissarin.

»Hätte ich gewusst, dass sie … dann hätte ich niemals … ich bitte tausendmal um Verzeihung. Es war nicht meine Absicht, Sie in eine so …«, versuchte Victoria es weiter. »Am besten, ich rede nicht mehr davon?«

»Das könnte in der Tat sehr hilfreich sein, Eure Majestät«, bestätigte Isabell.

»Verdammt!«, entfuhr es Victoria. »Das ist jetzt aber megapeinlich.«

Bei diesen Worten schluckte die Kaiserin selber schwer. Diesen Satz hatte ihre Tochter immer gerne benutzt.

»Sie haben ja keine Ahnung, wie peinlich mir das ist«, sagte Isabell und trat an den Schreibtisch heran. Dann zog sie sich einen der Sessel zurecht und ließ sich schwer darauf fallen.

»Das muss es doch nicht. Im Gegenteil, ich fühle mich geehrt.«

»Wenn wir das Thema jetzt lassen könnten? Ich weiß, Sie möchten mir gut zusprechen, aber irgendwie wird es immer schlimmer, sobald sie wieder davon anfangen. Sie haben mich doch aus einem ganz bestimmten Grund hierhergeführt.«

»Das ist richtig. Meine Gemächer sind der einzige Ort hier im Palast, wo wir ungestört reden können. Sie haben nach einer Audienz gefragt und daher nehme ich an, Sie haben mir etwas Wichtiges mitzuteilen. Schießen Sie los.«

Die Kommissarin hatte sich wieder gefangen, und über die neusten Ermittlungsergebnisse zu sprechen, half dabei, den peinlichen Moment zu vergessen. Die Imperatrix hörte aufmerksam zu und ihre Stirn legte sich immer mehr in Falten. Als Isabell geendet hatte, brauchte Victoria noch einen Moment, das eben Gehörte zu verarbeiten. Zu keiner Zeit kam ihr der Gedanke, irgendetwas an der Geschichte könnte nicht der Wahrheit entsprechen. Sie vertraute der Sonderermittlerin zu hundert Prozent.

»Meine Güte, das ist ungeheuerlich! Also sind wir für diese verdammten Kisten nichts weiter als ein Ersatzteillager?«

»Es sieht ganz danach aus, Eure Majestät.«

»Nun lassen Sie diesen Majestätquatsch. Hier unten können Sie mich Victoria nennen.«

»Wie Sie wünschen, Eure Majestät. Äh, Victoria«, verbesserte sich Isabell. Es war ihr sichtlich unangenehm, die Kaiserin beim Vornamen zu nennen. Vor allem nach ihrem fatalen Irrtum.

»Die Bewahrer scheinen einen nicht unerheblichen Aufwand zu betreiben, die richtigen Personen ausfindig zu machen«, stelle Victoria fest.

»Daran hatte ich auch schon gedacht und das ist etwas, was ich nicht verstehe. Eigentlich wäre es ziemlich einfach, Menschen aufzuspüren, die den Anforderungen entsprechen.«

»Wie das?«

»Nach meinen Unterlagen und Ermittlungsergebnissen handelt es sich ausschließlich um Menschen, die medizinisch gesehen vom *normalen* Bürger abweichen: Autisten, Hochbegabte, Menschen mit psychosomatischen Anzeichen und so weiter. Man sollte doch meinen, dass die Bewahrer in den Krankenakten schnell fündig werden würden.«

Victoria dachte einen Moment nach. Da war etwas dran, aber irgendwie schienen die Bewahrer nicht so vorzugehen. Ansonsten hätte es schon viel mehr Vermisste gegeben. Dann kam ihr eine Idee.

»Ha!«, rief sie aus. »Na klar! Die Blecheimer sehen es nicht als Krankheit. Im Gegenteil, für sie ist es eine besondere Eigenschaft, die solche Menschen besser macht als andere. Warum sollten die Bewahrer nach Erkrankungen suchen, wenn es in ihren Augen sich nicht um eine Krankheit handelt.«

»Ihre Vermutung könnte zutreffen.«

»Wissen Sie, was das für uns bedeutet, Isabell?«

»Ich bin mir nicht sicher, worauf Sie hinauswollen.«

»Die Bewahrer haben Schwierigkeiten, geeignete Menschen für ihre perversen Zwecke zu finden. Für uns gilt das nicht. Wir *wissen*, welche Bürger infrage kommen.«

»Das ist so weit richtig. Doch was nützt uns das? Wir können die Menschen schlecht davor warnen, dass sie eventuell in nächster Zeit von Aliens entführt werden und man ihnen das Gehirn herausschneiden wird.«

»Natürlich können wir das nicht, aber wir können diese Menschen selber entführen.«

»Was!«, rief McCollin erschrocken aus.

»Natürlich nur zu ihrem eigenen Schutz«, beschwichtigte die Kaiserin die aufgebrachte Ermittlerin.

»Das werden aber eine Menge Menschen sein. Wo sollen wir mit ihnen hin, dass sie nicht doch noch von den Bewahrern gefunden werden?«

»Da fällt mir ein ganz bestimmter Planet ein. Weit draußen am Rande des Imperiums. Wie der Zufall es will, fehlen dieser Welt gerade ein paar Arbeiter. Es hat anscheinend eine Massenauswanderung gegeben. Und bevor Sie etwas dagegen sagen, es wird funktionieren. Das hat schon einmal funktioniert und alles, was wir dafür brauchen, gibt es schon.«

Victoria machte ein paar Eingaben auf dem eingelassenen Display in ihrem Schreibtisch und musste mehrfach ein Passwort eingeben. Dabei brummelte sie immer wieder zusammenhanglos klingende Wörter vor sich hin. Aus einer Schublade nahm sie einen Datenstick und legte ihn auf die dafür vorgesehene Stelle. Dann kopierte sie eine Menge Daten auf den Speicher. Nachdem Sie fertig war, reichte sie der Kommissarin den Speicher.

»Darauf befindet sich alles, was Sie wissen müssen. Sie benötigen keine weiteren Vollmachten. Ihr Status als Sonderermittlerin reicht völlig aus. Isabell«, die Kaiserin stockte kurz und sah McCollin tief in die Augen, »finden Sie diese Menschen und bringen Sie sie in Sicherheit!«

»Wie Sie wünschen, Eure Majestät.« Isabell lächelte verlegen. Der Vorname der Imperatrix ging ihr einfach nicht leicht über die Lippen. Andächtig nahm sie den Datenspeicher entgegen, als ob es sich dabei um ein rohes Ei handelte.

»Noch etwas. Der Speicher ist mit einer kleinen KI ausgestattet. Sollten Sie der Meinung seien, die Daten könnten in falsche Hände geraten, reicht die Nennung eines Passworts und die KI wird den Speicher unwiderruflich zerstören.« Victoria legte ihren rechten Zeigefinger auf das Display und drehte die Anzeige, damit McCollin nicht auf dem Kopf lesen musste. »Prägen

Sie sich das Passwort gut ein und sprechen Sie es nicht versehentlich aus.«

Die Kommissarin nickte und die Anzeige erlosch. Doch es ging ihr etwas ganz anderes durch den Kopf. Sie hatte den ganzen Nachmittag damit verbracht, dem mysteriösen Verschwinden der Prinzessin auf den Grund zu gehen.

»Sie haben mir heute Morgen noch eine andere Aufgabe zugewiesen. Ich soll das Verschwinden der Prinzessin untersuchen.«

»Ach das. Ich erinnere mich. In Anbetracht der neuen Erkenntnisse wird das warten müssen.«

Die Kaiserin wirkte verlegen und das passte zu den Ergebnissen, zu denen McCollin bisher gekommen war. Wie konnte die Imperatrix so ruhig bleiben? Es ging immerhin um ihre Tochter. Wenn Isabell eine Tochter gehabt hätte und diese verschwunden wäre, wäre sie sicher ganz krank vor Sorge.

»Sie wissen, wo sie ist, oder?«, fragte die Kommissarin geradeheraus.

»Ich weiß, wo wer ist?«, gab sich Victoria unwissend.

»Ihre Tochter. Sie wissen, wo sie ist. Genauso, wo sich General Johnson aufhält.«

»Wie kommen Sie denn darauf?«, schmunzelte die Kaiserin.

»Nennen wir es gute alte Ermittlungsarbeit und Instinkt. Es passen mehrere Sachen nicht zusammen. Darf ich?«

»Nur zu, ich bin gespannt, was Sie herausgefunden haben.«

»Penelope, bitte aktiviere das Wandterminal.«

Die Wand hinter Victoria begann zu leuchten und sie musste sich mit ihrem Sessel umdrehen, damit sie etwas sehen konnte.

»Penelope, öffne Akte F45S13.«

Die Palast-KI führte den Befehl aus und das Display zeigte den gleichen Inhalt an wie in Isabells Quartier.

»Ich habe mir den gesamten Tagesablauf von den betroffenen Personen angesehen, also von ihrer Tochter, General Johnson und dem Bewahrer. Folgendes ist mir aufgefallen. General Johnson besucht die Prinzessin im Musikzimmer. Ein Bewahrer steht zum

Schutz Ihrer Hoheit an der rechten Wand. Johnson und Prinzessin Emilia unterhalten sich. Damit endet die VID-Aufzeichnung. Als Nächstes verlassen die beiden den Raum, der Bewahrer bleibt zurück. Sehen Sie sich die Aufzeichnung genau an. Die Kameras erfassen den General immer nur von der Seite. Es ist nicht möglich zu sehen, was hinter den beiden ist. Trotzdem hält Johnson den rechten Arm etwas komisch, als ob er etwas in der Hand hätte. Doch merkwürdigerweise erfassen die Kameras das nicht einmal. Dann kommen die beiden am Taktikraum an. Plötzlich steht da ein Special-Trooper-Team. Der General scheint das Team gut zu kennen, denn die Begrüßung ist recht freundschaftlich. Wieder enden die VID-Aufzeichnungen. Es gibt keine Aufnahmen davon, was im Taktikraum passierte. Das nächste VID bitte, Penelope. Ja das meine ich. Sehen Sie, Eure Majestät? Die Gruppe verlässt den Palast. Johnson scheint immer noch etwas in den Händen zu haben, doch es ist nichts zu sehen, da das Special Team alles abdeckt. Doch eines ist recht deutlich. Es ist eine weitere Person dazugekommen. Zufällig kann man auch deren Gesicht nicht erkennen. Jetzt steigen alle in einen Shuttle. Band anhalten und eine Sekunde zurück!«

Die Aufnahme stoppte und die Kommissarin trat an den Bildschirm heran und zeigte auf eine Stelle.

»Das hier ist die unbekannte Person. Die Aufnahme ist nicht besonders scharf und das Gesicht war nicht einmal eine Sekunde im Erfassungsbereich. Dennoch konnte ich die Person identifizieren. Die Gesichtserkennung hat ein eindeutiges Ergebnis gebracht. Das«, Isabell tippte mit dem Finger in die Projektion, »ist kein anderer als Fleet Admiral Gavarro! Band weiter abspielen. Jetzt sehen wir Major Jovan Cox, wie er sich bei General Johnson beschwert, dass die Prinzessin den Palast ohne Leibgarde verlässt. Das VID hat zwar keinen Ton, aber ich kann sehr gut von den Lippen ablesen. Jetzt salutiert er und entfernt sich, also hat er einen Befehl erhalten. Nur merkwürdig, es gibt keinen Bericht von Major Cox dazu. Bei meiner Vernehmung …«

»Sie haben Cox vernommen?«, warf die Kaiserin erschrocken ein.

»Selbstverständlich. Jedenfalls kann er sich an den Tag nicht erinnern. Es war absolut nichts aus ihm herauszubekommen. Das sind die Fakten, der Rest ist reine Mathematik. Sie wissen schon, eins und eins ergibt zwei.«

»Und zu welcher Schlussfolgerung sind Sie gekommen?«

»Da es keine Aufzeichnungen darüber gibt, dass der Bewahrer das Musikzimmer jemals verlassen hat, müsste er sich noch heute dort befinden. Ich nehme allerdings an, dort wurde bereits nachgesehen. Zuerst nahm ich an, die VID-Aufnahmen seien manipuliert oder ganz gelöscht worden. Dem ist aber nicht so. Die Aufnahmen sind echt und es existieren auch keine anderen von diesem Tag. Das, was General Johnson da in den Händen hält, muss der Bewahrer sein. Es ist ihm gelungen, so unwahrscheinlich das auch klingen mag, eine dieser Maschinen zu überwinden. Mhm ... das Special-Trooper-Team, Fleet Admiral Gavarro, ihre Tochter, der General und, nicht zu vergessen, ein Bewahrer verlassen mit einem Shuttle den Palast und werden nie wieder gesehen. Entweder befinden sich diese Leute noch immer auf der Erde und halten sich versteckt oder sie haben unbemerkt die Erde mit unbekanntem Ziel längst verlassen. Ersteres halte ich für unwahrscheinlich. Welchem Zweck sollte das dienen? Bleibt nur die andere Variante, sie haben die Erde verlassen und sind auf irgendeiner Mission. Das wäre auch gar nicht so schwierig gewesen. An dem Tag fanden viele Truppenübungen und Manöver statt. Die Gruppe hätte leicht unerkannt den Planeten verlassen können.«

Gar nicht so übel, dachte Victoria. »Was sagt Ihnen das alles?«

»Dass Sie genau darüber informiert sind, was hier passiert ist, weil Sie Ihre Tochter und den General auf eine Mission geschickt haben. Zu viele Menschen leiden plötzlich unter Amnesie, als dass der General alleine dahinterstecken könnte.«

Victoria drehte sich wieder mit ihrem Sessel um und zog sich an den Schreibtisch heran. Ihre rechte Hand wanderte unter den Tisch und umschloss den darunter verborgenen schweren Blaster.

»Nehmen wir an, Sie liegen gar nicht so falsch. Was glauben Sie, was ich von Ihnen erwarte?«, fragte sie mit eisiger Stimme, die McCollin zusammenzucken ließ.

»Ich gehe davon aus, dass die Wahrheit nicht wünschenswert ist. Ich denke, Sie benötigen eine glaubhafte Erklärung für die Bewahrer, wo Ihre Tochter und Ihr zukünftiger Ehemann abgeblieben sind. Für die beiden wird das auch nicht so schwierig sein, sich eine logische Geschichte auszudenken. Da habe ich bereits etwas vorbereitet. Was ich allerdings über das Verschwinden des Bewahrers nicht behaupten könnte. Ich arbeite daran. Ach, und noch etwas. Das wird nicht nötig sein«, sagte die Kommissarin und nickte in Richtung des Schreibtischs. »Ich bin Ihnen und dem Imperium treu ergeben. Wenn Sie einen Plan haben, wie wir die Schreckensherrschaft dieser Blechkisten beenden können, haben Sie meine volle Unterstützung.«

Victoria ließ ihre Hand noch einen Moment unter dem Schreibtisch verweilen, zog Sie aber dann doch zurück.

»Entschuldigen Sie, Isabell. Aber Sie verstehen doch sicher, dass ich vorsichtig sein muss.«

»Selbstverständlich, Eure Majestät. Das wäre ich an Ihrer Stelle auch und ich hätte wahrscheinlich trotzdem geschossen. Reine Vorsichtsmaßnahme. Ich danke Ihnen, dass Sie mein Leben verschonen und mir Ihr Vertrauen schenken.«

Die Aussage beschämte die Kaiserin und beinahe hatte sie ein schlechtes Gewissen gehabt.

{*Schämen Sie sich, Eure Majestät}*, echote ein Gedanke in ihrem Kopf und Victoria schreckte auf. Das war eindeutig die Stimme von Aramis gewesen. Aber wie konnte das sein? Er war nicht hier oder doch?

⟨*Bist du das, Aramis?*⟩, sendete die Kaiserin ihre Gedanken nach diesem unglaublichen Wesen aus.

188

{Wer sollte es sonst sein?}
⟨Aber wie ist das möglich? Seit wann bist du wieder da?⟩
{Ich war nie weg, Eure Majestät.}

Aufmarsch

Zeit: 1042
Ort: Sombrerogalaxie, Akarak-System, Planet Akarak

Die Vorbereitung und die Ausarbeitung eines Schlachtplans nahmen mehrere Tage in Anspruch. Kaiser Demetak war über unsere Entscheidung hocherfreut und sicherte uns sämtliche Unterstützung zu. Er mobilisierte die Flotte und bereitete einen Angriff auf die Rebellen vor. Sobald der Prinz an Bord der NAUTILUS II und in Sicherheit war, würden seine Kampfverbände zuschlagen. Großmarschall Lopak war zu uns an Bord gekommen und half mit seinem Wissen aus, wo er konnte. Er wurde von einem hochrangigen Offizier des kaiserlichen Geheimdiensts begleitet, der ihn mit allen Informationen fütterte, die der Geheimdienst über die Rebellen sammeln konnte. Der Offizier wurde uns nicht vorgestellt und es war uns auch nicht erlaubt, direkt mit ihm zu sprechen. Sein Gesicht war stets durch eine Maske verhüllt und er hielt sich immer im Hintergrund.

Auf der Grundlage der Informationen, die Lopak lieferte, konnte Admiral Gavarro einen Angriffsplan in nur wenigen Stunden entwickeln. Jetzt schritt er selbstzufrieden über die Brücke und war bester Laune. Er schwebte förmlich von einem Ende zum anderen und drehte seine Pirouetten. Bei jeder Drehung hob er den Arm und machte eine kreisende Bewegung mit dem ausgestreckten Zeigefinger. Ob der Mann noch alle Latten am Zaun hatte, konnte ich nicht mit Sicherheit bestätigen. Aber es war mir auch egal. Der Mann war ein ausgezeichneter und überaus verlässlicher Schiffskommandant und Taktiker. Hinzu kam seine beispielhafte

Loyalität und, nicht zu vergessen, sein messerscharfer Verstand. Gavarro hatte mehrfach bewiesen, dass auch scheinbar aussichtslose Schlachten gewonnen werden konnten.

Emilia hatte mich vor zwei Tagen mit zu sich in die Gemächer geschleppt, als sie die erste Besprechung für beendet erklärt hatte. Wie ein treuer Hund war ich ihr hinterhergedackelt. Ich kann nicht erklären, warum mir das in letzter Zeit nichts mehr ausmachte. Anfänglich war es sehr befremdlich, doch inzwischen holte mich der normale Alltag ein. Ich wäre ihr auch gefolgt, wenn Emilia mich nicht darum gebeten hätte. In erster Linie war ich ein kaiserlicher persönlicher Leibgardist und für die Sicherheit der Prinzessin zuständig. Dass die Prinzessin zufälligerweise auch meine Tochter war, spielte keine Rolle.

Emilia hatte ein besonderes Anliegen an mich und wollte das lieber in einer persönlicheren Umgebung besprechen. Fernab von anderen Mannschaftsmitgliedern mussten wir nicht unsere offiziellen Titel verwenden. Die Idee, die Emilia hatte, fand ich gut. Sie suchte nach einem Weg, der nicht die komplette Vernichtung der Rebellenarmee beinhaltete. Auch ihr war klar, dass ein solcher Weg hohe Verluste in unseren eigenen Reihen bedeuten würde. Sie wollte eine List und es ehrte mich, dass Sie mich um Rat fragte. Das zeigte mir, wie sehr sie mich schätzte und natürlich liebte. Selbstverständlich hatte ihr mein Plan nicht gefallen, aber ich denke, es lag daran, dass ich ein Teil des Plans war und mich dafür mitten in das Schlachtgetümmel werfen musste.

Jetzt stand ich auf der Brücke und schaute dem durchgeknallten Gavarro bei seiner Kür zu. Aufschieben half nichts. Für das, was ich vorhatte, brauchte ich ein Team.

»Commander Higgens, würden Sie sich bitte bei mir auf der Brücke melden?«, funkte ich den Leader des Special-Trooper-Teams an. Doch ich erhielt keine Antwort. Das war ungewöhnlich. Ein Blick zur Uhr zeigte mir, dass der Commander noch im Dienst war. Also wiederholte ich meinen Ruf, bekam aber wieder keine

Antwort. Ich wollte gerade Jules nach dem Aufenthaltsort von Higgens fragen, da brüllte der Gollum bereits wieder quer durch den Raum:

»Commander Higgens auf der Brücke!«

»Bitte die Brücke betreten zu dürfen«, stellte Higgens die traditionelle Frage.

Gavarro vollendete eine besonders elegante Pirouette und rief auf genauso traditionelle Weise zurück: »Erlaubnis erteilt.«

Mit eiligen Schritten, na gut, es war eher so ein Schlendern, kam der Commander zu mir herüber.

»Wow!«, sagte ich. Das ging aber schnell. »Warum haben Sie nicht geantwortet?«

»Lohnte sich nicht, ich stand vor der Tür.«

»Warum standen Sie vor der Tür?« Ich sah ihn verwundert an.

»Das war nicht schwierig zu erraten. Wir ziehen in die Schlacht, da war es nur eine Frage der Zeit, wann sich mein Team wieder *freiwillig* meldet. Ich nehme an, Sie planen wieder eine riesige Sauerei mit viel Blut und Toten, Sie wissen schon.«

»Commander, Sie enttäuschen mich. Was Sie da über mich denken, also mir fehlen die Worte«, schalt ich ihn, grinste aber dabei.

Das Grinsen war ansteckend und auch Higgens fing an zu lächeln.

»Ich bin ganz Ohr, General.«

»Zunächst, Commander, haben Sie sich in keiner Weise freiwillig zu irgendetwas gemeldet. Ich sage Ihnen, was ich vorhabe, und Sie entscheiden. Sollten Sie den Einsatz ablehnen, versichere ich Ihnen, wird das keine Konsequenzen für Sie oder Ihr Team haben.«

»Das ist ja mal was ganz Neues.«

Ich mochte den trockenen Humor von ihm. »Hören Sie, Higgens, bisher hatten wir ein paar Außeneinsätze, auf denen wir nicht wussten, was uns erwarten würde. Zugegeben, manchmal schon, aber das hier ist etwas anderes. Dieses Mal wissen wir, was auf uns zukommt. Wie Sie richtig erkannt haben, ziehen wir in die Schlacht. Und ja, es könnte blutig werden, und ja, es wird eine Menge Tote geben.«

Dann erzählte ich ihm von meinem Plan. Higgens unterbrach mich nicht. Hier und da zog er die Augenbrauen nach oben, aber ansonsten ließ er durch nichts erkennen, was er von dem Plan hielt.

»Und dieser Lopak und Sie begleiten uns?«, fragte er, als ich geendet hatte.

»Hat er mir jedenfalls versichert. Ich halte seine Anwesenheit bei der Mission auch für den Schlüssel zum Erfolg.«

»Das sehe ich ebenfalls so. Jedenfalls, dass Sie uns begleiten. Diesen Lopak kenne ich nicht und hoffe nur, er steht uns nicht im Weg. Okay, General, wir sind dabei. Mein Team ist wieder vollzählig und steht Ihnen zur Verfügung«, grinste Higgens und rieb sich die Hände vor lauter Vorfreude. Ich hatte den Mann richtig eingeschätzt.

»Nichts anderes habe ich von Ihnen erwartet, Commander Higgens. Rüsten Sie Ihre Männer aus und machen Sie sie mit der Mission vertraut. Ab sofort haben Sie Zugriff auf alle Daten, die wir von den Krastanern bekommen haben.«

»Danke, General.« Higgens stand stramm, haute die Hacken zusammen, dass es nur so knallte, und hob die Hand zum militärischen Gruß. Dann machte er eine 180-Grad-Kehrtwendung wie auf dem Exerzierplatz und ging mit einem fetten Grinsen im Gesicht Richtung Brückenschott.

{Was ist nur los mit euch? Was stimmt nicht mit euch?}, fragte mich Aramis.

[Wie meinst du das?]

{Du hast diesen Mann gerade für ein extrem gefährliches Unternehmen rekrutiert. Ihr werdet mit sehr hoher Wahrscheinlichkeit auf Feindkontakt treffen. Da wird geschossen, da sterben Menschen oder Krastaner oder beides.}

[Das ist so weit richtig. Worüber beschwerst du dich? Gestern warst du noch einverstanden mit der Operation »Rettet den Prinzen«. Wo liegt plötzlich das Problem?]

{Das Problem liegt an Soldaten wie Commander Higgens. John, ehrlich, der Mann freut sich auf den Einsatz mit jeder Faser seines Körpers und bei seinem Team wird das nicht anders sein.}

[Davon gehe ich aus.]

{Warum?}

[Weil das alles ist, was sie kennen. Weil das alles ist, was sie können, und weil das alles ist, was ihnen bleibt.]

Darauf hatte, zur Abwechslung, das mächtigste Wesen im Universum keine Antwort.

Die Vorbereitungen dauerten noch zwei weitere Tage. Es war nicht so wichtig, wie lange es am Ende dauern würde. Wichtig war ein guter Plan und dass die Männer gut vorbereitet waren. Der ungeduldigste von ihnen war der Fleet Admiral. Auf ihn passte die Beschreibung von Aramis zu hundert Prozent. Er konnte es gar nicht erwarten, dass es losging und er endlich Sachen aus dem All pusten konnte.

Irgendwann waren alle Pläne geschmiedet – die wahrscheinlich in dem Moment zerplatzen würden, in dem wir das Schlachtfeld betraten –, die Truppen eingewiesen, das Material überprüft und jeder an Bord bereit.

Da wir wussten, dass die Nautilus II direkt ins Feindgebiet springen würde und es unmittelbar zu Kampfhandlungen kommen würde, steckte die Brückencrew bereits in ihren Kampfanzügen und war mit den Sicherheitsleinen fest verankert. Das gesamte Schiff befand sich in höchster Alarmbereitschaft. Zur Freude von Lieutenant Hutch war sein Lebensgefährte Lieutenant Commander Starsky aus der Krankenstation entlassen worden und er hatte den aktiven Dienst wieder aufgenommen. Hutch hielt das für ein gutes Omen. Ich musste auch zugeben, ich empfand es als beruhigend, den Energiespezialisten wieder an der Station zu sehen.

»Schiff klar zum Gefecht!«, gab der Admiral den Befehl.

»Aye, Sir, Schiff ist klar zum Gefecht«, bestätigte der Erste Offizier Commander Ripanu den Befehl.

»Schiff klar zum Sprung!«, erteilte Gavarro seine nächste Anweisung.

»Aye, Sir, Schiff klar zum Sprung machen. Jules?«, leitete Ripanu den Befehl weiter.

»Schiff ist klar zum Sprung«, quittierte die KI sofort.

»Die Imperatrix beschützt!«, rief der Admiral.

»Die Imperatrix beschützt!«, riefen alle zurück. Dieses Mal war sogar ich dabei gewesen.

»Sprung durchführen!«, gab Gavarro endlich den lang ersehnten Befehl und Jules sprang mit der Nautilus II direkt ins Akarak-System und über den Planeten Akarak.

Die Nautilus II war kaum materialisiert, da erklang der taktische Alarm.

»Mehrere Abwehrplattformen haben das Feuer auf uns eröffnet. Eine kleine Flotte befindet sich auf Abfangkurs. Ich registriere einen Schweren Zerstörer und vier Leichte. Sie werden begleitet von sechs Kreuzern und ein paar Fregatten. Wenn ich die Werte zugrunde lege, die wir gesammelt haben, als der Großmarschall zu uns aufgeschlossen hatte, werden die Schiffe in etwa zehn Minuten in Feuerreichweite sein«, leierte Lieutenant Hutch die Daten auf seiner Anzeige hinunter.

»Und wir werden gerufen«, meldete die Komm-Station. »Bild und Ton«, schob der Offizier schnell hinterher.

»Ignorieren. Senden Sie eine Aufforderung zur Kapitulation. Irgendwas mit ›Ergeben Sie sich, solange sie noch können‹. Und würde mir endlich jemand den Gefallen tun, mir diese Plattformen vom Hals schaffen?«

Die Feuerleitstelle hatte nur auf den Befehl gewartet. Eigentlich hätte diese Aufgabe auch Jules übernehmen können, doch so hatte das Personal ein wenig Spaß und konnte praktische Erfahrungen sammeln. Bisher war das gegnerische Laserfeuer an den

Schutzschilden der NAUTILUS II einfach verpufft. Nun erwachten unsere Geschütze zum Leben und spien ihr todbringendes Feuer. Ein oberschenkeldicker Strahl aus grellem Licht traf auf eine Plattform und durchschnitt diese, als ob sie gar nicht da gewesen wäre. Der Laser fraß sich durch die obersten Schichten der Atmosphäre von Akarak und schlug einen Lidschlag später auf die Oberfläche ein. Die Plattform hörte einfach auf zu existieren und ließ nichts als feinen Staub übrig.

»Ups!«, grinste der leitende Offizier der Feuerleitstelle und wählte für das nächste Ziel einen kleineren Laser. Die nächste Plattform wurde von einem 6-Zoll-Laser erfasst. Der Beschuss dauerte lediglich drei Sekunden. Doch die Zeit reichte aus, den schwachen Abwehrschirm zum Zerplatzen zu bringen und die Energiezellen der Plattform so stark aufzuheizen, das diese explodierten. Die Abwehrbatterien wurden auseinandergerissen und vergingen ebenfalls in mehreren lautlosen Detonationen. Die planetarische Verteidigungsplattform brach in mehrere Teile auseinander; diese stürzten auf den Planeten hinunter, nur um in dessen Atmosphäre zu verglühen.

Der Admiral schwenkte die NAUTILUS II dem ankommenden Verband zu und ließ das Schiff mäßig beschleunigen. Er verzichtete darauf, auf Gefechtsgeschwindigkeit zu gehen. Mir war sofort klar, was er damit bezwecken wollte. Doch ich irrte mich.

Der Admiral wartete noch ab, bis die letzte Plattform ihr Ende fand.

»Jules, Angriffsplan Omega 5 ausführen«, gab er ruhig der KI die Anweisung.

Die NAUTILUS II sprang ohne Vorwarnung direkt hinter die feindlichen Schiffe und die KI eröffnete sofort das Feuer. Die Männer und Frauen der Feuerleitstelle ließen ihre Konsolen los, sie hatten ihren Spaß gehabt, aber nun waren die großen Geschütze an der Reihe und es kam auf Geschwindigkeit und Genauigkeit an. Der Schlüssel zum Erfolg war das Timing. Die erste Salve fegte ganze acht Fregatten aus dem All. Doch noch bevor der

Kampfverband auf die plötzliche Bedrohung reagieren konnte, sprang das Schiff erneut. Dieses Mal ging die NAUTILUS II längsseits. Wieder rotzten die Geschützte aus allen Rohren. War der Untergang der Fregatten zuvor noch recht unspektakulär gewesen, bekamen wir eine noch bessere Show geliefert. Meterdicke Strahlen brannten sich durch zwei Leichte Kreuzer und verdampften mit schier unglaublicher Hitze das Metall der Außenhülle. Die Strahlen suchten sich erbarmungslos ihren Weg von Deck zu Deck, bis sie wieder auf der anderen Seite heraustraten. Der eine Kreuzer kam zunächst relativ glimpflich davon. Die Energie fiel aus und das Wrack trudelte davon. Der andere Kreuzer hatte nicht so viel Glück, denn einer der Laser traf den Hauptreaktor und das Schiff verging in einem riesigen Feuerball. Das Wrack des ersten Schiffs kollidierte mit einem Zerstörer. Megatonnen an Stahl prallten aufeinander und die beiden Schiffe fraßen sich ineinander fest. Der viel kleinere Kreuzer hatte keine Chance und explodierte, als er schon fast komplett im Zerstörer steckte, der durch diese Explosion auseinanderbrach. Dieses Schauspiel konnten wir schon gar nicht mehr beobachten, denn die NAUTILUS II war erneut gesprungen und flankierte den immer kleiner werdenden Verband nun von der anderen Seite. Noch immer war es dem Feind nicht gelungen, auch nur einen einzigen Schuss abzugeben. Ich konnte mir vorstellen, was auf den Kommandobrücken auf den fremden Schiffen los war und wie die Kommandanten sich die Seele aus dem Leib schrien. Erneut brachen zwei Leichte Zerstörer auseinander und die NAUTILUS II war schon wieder verschwunden. Dieses Mal materialisierte sie mitten in dem Verband, wobei, von einem Verband konnte eigentlich nicht mehr die Rede sein. Die überlebenden Schiffe ergriffen in voller Panik die Flucht. Die Kapitäne hatten die Sinnlosigkeit erkannt und wollten ihre Haut und die ihrer Besatzung in Sicherheit bringen. Das war der Unterschied zwischen Rebellen und Imperialen. Niemals hätte es ein Schiffskommandant der imperialen Flotte gewagt, seine Position unerlaubt zu verlassen.

Jules nahm jetzt die restlichen Kreuzer unter Feuer. Eine Flucht war zwecklos. Ohne Gnade zerschnitt er ein Schiff nach dem anderen und mit den Schiffen auch Hunderte Mannschaftsmitglieder. Doch Jules war der Letzte, dem man hätte Vorwürfe machen können, denn er folgte nur seiner Programmierung, in diesem Fall also dem Plan des Fleet Admirals.

»Ich denke, das reicht«, brüllte Emilia plötzlich über die Brücke.

»Wie Sie wünschen, Eure Majestät.« Die Enttäuschung war Gavarro deutlich anzuhören, doch er tat, was von ihm verlangt wurde.

»Jules, Angriff stoppen. Komm-Station, rufen Sie das andere Schiff und fordern Sie erneut dessen Kapitulation.«

Großmarschall Lopak starrte mit großem Entsetzen auf das Display und beobachte, wie einer der Leichten Zerstörer der Anziehungskraft des Planeten nicht mehr widerstehen konnte und langsam, aber sicher immer tiefer sank. Das Schiff war so groß, es würde in keinem Fall in der Atmosphäre verglühen, sondern wie ein Meteorit auf der Oberfläche einschlagen. Er war nicht der Einzige, der das beobachtete. Auch Gavarro hatte es gesehen und befahl den Abschuss des Zerstörers. Erneut bellten die schweren Laser der NAUTILUS II und schnitten das bedauernswerte Schiff in so große Stücke, das diese gefahrlos in der Atmosphäre verglühen konnten.

»Ich erhalte keine Antwort«, melde der Komm-Offizier.

»Orte einen massiven Energieanstieg auf dem Zerstörer«, gab Lieutenant Commander Starsky noch durch, bevor unser Schiff plötzlich stark erzitterte. Der Feind hatte seine Waffen abgefeuert.

»Die Batterien laden sich erstaunlich schnell wieder auf. Das feindliche Schiff wird in Kürze erneut feuern können.«

»Danke, Commander Starsky. Schilde?«, gab der Admiral ruhig zurück.

»Liegen bei achtzig Prozent«, stellte Starsky erstaunt fest. »Womit immer die uns beschossen haben, es hat Wirkung hinterlassen.«

»Eure Majestät?«, fragte Gavarro die Prinzessin. Emilia schien angestrengt nachzudenken. Doch Starsky nahm ihr die Entscheidung ab.

»Das feindliche Schiff ist in zehn Sekunden feuerbereit.«

»Setzen Sie den Angriff fort, Admiral«, gab Emilia resigniert grünes Licht.

»Aye. Jules, Angriff fortsetzen.«

Jules führte den Sprung keine Sekunde zu spät durch. Wo sich eben noch die NAUTILUS II befunden hatte, zerschnitten kräftige Laserstrahlen die Leere und verloren sich in den Weiten des Alls. Unser Schiff tauchte hinter dem Zerstörer auf und die Waffensysteme nahmen ihre Arbeit auf. Dabei verweilte Jules nicht lange an einem Ort. Er sprang, feuerte und sprang erneut. Nach sechs weiteren Sprüngen brannte das Schlachtschiff an unzähligen Stellen. Trümmer und Sauerstoff wurden gleichermaßen wie Hunderte von Krastanern in das All hinausgeschleudert. Unzählige Rettungskapseln schossen Akarak entgegen. Der Kommandant des Zerstörers hatte sein Schiff aufgegeben und die Evakuierung angeordnet.

»Wollen Sie die Kapseln nicht abschießen?«, fragte Lopak, als er bemerkte, dass der Admiral keine Andeutung in diese Richtung machte.

»Nein!«, riefen Emilia, Gavarro und ich unisono.

»Natürlich nicht«, sagte Emilia empört. »Wofür halten Sie uns?«

»Aber das sind Rebellen?!« Lopak konnte sein Unverständnis in der Stimme nicht verbergen.

»In erster Linie sind es Lebewesen, Großmarschall Lopak. Wir sind nicht ihre Henker. Das sind auch nur Soldaten, die Befehle ausgeführt haben. Diese Krastaner haben tapfer gekämpft und verloren. Die Schlacht ist vorbei und wir haben gewonnen. Wir haben eine moralische Verpflichtung. Admiral, suchen Sie nach Überlebenden und holen Sie sie, wenn möglich, schnell an Bord.«

»Selbstverständlich, Eure Hoheit«, bestätigte Gavarro den Befehl der Prinzessin und gab entsprechende Anweisungen. Lopak konnte das nicht verstehen. Ich verurteilte ihn dafür nicht. Wir fanden so viele Parallelen mit den Krastanern, dass uns die Unterschiede gar nicht aufgefallen waren.

»Aber an Bord einer der Kapsel könnte sich der Verräter befinden«, versuchte es der Marschall noch einmal.

»Zeigen Sie mir, in welcher Kapsel er steckt, und ich betätige höchstpersönlich den Auslöser. Aber bis dahin werden wir auf keinen Fall auf Rettungskapseln feuern und stattdessen fortfahren, so viele Krastaner aus dem All zu retten, wie wir können. Ende der Geschichte.«

Jetzt wirkte Emilia richtig sauer und ihre Geduld war am Ende. Lopak schien das auch zu spüren und hielt ab da den Mund. Es dauerte eine ganze Weile und wir konnten tatsächlich eine Menge Matrosen aus dem All retten und füllten nun unsere Arrestzellen. Was wir mit ihnen anstellen sollten, war uns noch nicht klar. Lopak forderte die Auslieferung an den Kaiser, das war klar. Aber wenn wir das taten, konnten wir sie auch gleich selber erschießen.

Nach der Raumschlacht liefen die Vorbereitungen für die Bodeninitiative auf Hochtouren. Die 6. Und 9. Division versammelten sich im riesigen Hangar und bestiegen die Truppentransporter. Keller hatte einige Staffeln bereits ausgeschleust. Sie umkreisten in Formation das Schiff und warteten auf ihren Einsatz. Die Jäger sollten den Transportern Geleitschutz geben. Zusätzlich flogen seit einer halben Stunde mehrere Staffeln Angriffe auf Abwehrbatterien, die auf der Planetenoberfläche standen, und sicherten so die Landezonen. Zweimal griff die Feuerleitstelle der NAUTILUS II ein und löschte Ziele mit schwerem Laserfeuer aus. Einen Jäger mussten wir als Verlust führen. Der übereifrige Pilot hatte es nach seinem waghalsigen Angriff auf eine gut gesicherte Flaggstellung nicht mehr rechtzeitig geschafft, seine Maschine wieder hochzuziehen. Er war an einer Felswand zerschellt. Keller fluchte laut und ermahnte alle Piloten nochmals, nicht so leichtsinnig zu sein, besonders die Piloten, die sie aus der Mannschaft heraus rekrutiert hatte. Der unglückliche Pilot war auch einer von ihnen gewesen.

Lieutenant General Garrison versichert seinem Divisionskommandanten, dass seine Panzer aus großer Höhe einfach abgeworfen werden konnten. Al Zuchkowski stand dem zunächst skeptisch gegenüber und holte sich bei mir meine Meinung ab. Das Einzige, was ich ihm sagen konnte, war, dass er sich auf seine Leute verlassen musste. Nur so funktionierte das. Ich hatte keine Ahnung, ob die Panzer das konnten oder nicht. Woher auch? Als Kommandant konnte man nicht alles wissen. Das war auch gar nicht nötig, man benötigte nur Leute, die so etwas eben wussten. Es blieb einem gar nichts anderes übrig, als sich auf die Aussagen seiner Spezialisten zu verlassen. Das tat BullsEye dann auch und der erste Truppentransporter verließ den Hangar. Unter dem Bug eines jeden Transporters hingen sechs Panzer, die nach dem Atmosphäreneintritt abgeworfen wurden. Diesen schwerfälligen Todesmaschinen und dessen Führern, vielmehr nun Piloten, gelang es tatsächlich, etwas Ähnliches wie einen Gleitflug hinzulegen. Es stürzten auch nur zwei Panzer ab. Für die Mannschaft kam jegliche Hilfe zu spät. Einige verpassten die Landezone und landeten irgendwo am Arsch der Welt. Sie waren sicher gelandet und versuchten, das Zielgebiet so schnell wie möglich zu erreichen. Doch ob sie rechtzeitig ankommen würden, war fraglich.

Am Ende schafften es acht Panzerbataillone mit jeweils sechzig Panzerfahrzeugen unter dem Kommando von Lieutenant General Garrison heil in die Landezone. Ihnen standen 3200 Soldaten zur Seite, die mit den Panzern in die Schlacht ziehen würden. Der Rest der Divisionen trudelte nach und nach ein. Die einzelnen Bataillone versammelten sich und sicherten den Angriffsbereich. Die Taktiker hatten einen vielversprechenden Ausgangspunkt gefunden, der unseren gesamten Streitkräften genügend Platz bot und sich nur unweit des Schutzschirms befand, der die Provinz Schatak absicherte. Der Schirm hing wie eine Glocke über der Provinz und war mit bloßem Auge gut zu erkennen. Hier am Rand befand sich die tiefste Stelle und der Schutzschild hing nur etwa acht Meter über den Boden. Je weiter wir ins Innere vorstoßen würden, umso höher würde der Schirm werden. Das war auch gut so, denn die acht Meter reichten gerade aus, damit unsere Panzerbataillone drunter durch fahren konnte. Die höchste Stelle war mit 53 Meter angegeben. Definitiv zu niedrig für Luftverkehr und leider auch für Raketenabschussrampen. Das Gelände erlaubte einfach nicht den Einsatz unserer gesamten Streitkräfte. Tausende Soldaten blieben daher als Reserve an Bord der NAUTILUS II zurück. Wenn es notwendig werden sollte, würden diese zur kämpfenden Truppe zustoßen können.

Ich befand mich mit meinem Team in einen der letzten Transporter, der wurde rechts und links von einem Kampfjäger eskortiert. Zwei weitere Jäger sicherten nach hinten ab und einer flog ein gutes Stück voraus, jederzeit bereit, alles aus dem Weg zu räumen, was sich dem Transporter entgegenstellen könnte.

Großmarschall Lopak hatte sich in eine unserer Kampfpanzerungen gezwängt. Mit Helm würde man ihn kaum von unseren Soldaten unterscheiden können. Das einzige Indiz wäre vielleicht die geringe Körpergröße gewesen. Mit seinen knapp einen Meter fünfzig, was ein Durchschnittswert bei den Krastanern war, gehörte er zu den Kleinsten. Es musste verhindert werden, dass jemand ihn ihm etwas anderes sah als ein todbringendes Alien. In den letzten Tagen der Vorbereitung hatte er sich mit dem Anzug und den Waffen vertraut gemacht und die Techniker hatten den Anzug an einigen Stellen an die Anatomie des Krastaners angepasst. An unserer Ausrüstung hatte er nichts auszusetzen gehabt. Im Gegenteil, er wirkte sehr angetan. Besonders gefielen ihm die Exoskelette. Noch hatte er diese Monsterdinger nicht im Einsatz gesehen, konnte sich das Potenzial aber gut vorstellen.

»Ich muss zugeben, ich bin beeindruckt«, sprach mich der Marschall an.

»Was genau meinen Sie?«

»Zunächst, was Ihr Schiff zu leisten imstande ist. Sie haben eine ganze Flottille in wenigen Minuten komplett vernichtet. Ihr Sprungantrieb verschafft Ihnen einen riesigen Vorteil.«

»Ja, die NAUTILUS II kann schon was.«

»Was ich nicht verstehe: Wenn Sie über eine derartige Technik verfügen, warum vernichten Sie nicht einfach die Bewahrer? Wozu dieser Aufwand? Wozu benötigen Sie Verbündete? Ich kann mir nicht vorstellen, dass ein Schiff der Bewahrer Ihrem Schiff lange widerstehen kann.«

»Vom Prinzip her sicher nicht, aber wir haben zu wenig Schiffe wie die NAUTILUS II und wir können nicht überall zur gleichen Zeit sein. Wir versuchen, unsere Bürger, so gut es geht, zu schützen. Die Bewahrer haben bisher nicht unbedingt Zurückhaltung gezeigt, wenn es um zivile Verluste geht.«

Ich musste ihm ja nicht gleich auf die Nase binden, dass die NAUTILUS II einzigartig war und es keine weiteren Schiffe wie dieses gab.

»Das verstehe ich. Bei uns war das ähnlich. Nachdem das erste Schiff der Bewahrer vernichtet war, zerstörten Sie einen ganzen Planeten. Es gab keine Überlebenden.«

»Sehen Sie und genau das ist der Grund für unsere Mission.«

»Ihre Armee kann sich auch sehen lassen. Nach dem, was ich bisher gesehen habe, scheint es sich um eine sehr gut organisierte und disziplinierte Truppe zu halten. Das Absetzen der verschiedenen Soldaten geht geordnet und zielgerecht vor. Es sieht fast nach Routine aus.«

»Sagen wir es so, wir haben ein wenig Erfahrung damit.«

Der Großmarschall schaute aus dem Fenster und hing seinen Gedanken nach. Was ihm jetzt durch den Kopf ging, konnte ich nur erahnen.

»Und Sie meinen, Ihr Plan hat Aussicht auf Erfolg?«, ergriff er wieder das Wort, ohne sich zu mir umzudrehen.

»Er muss. Hören Sie, Großmarschall Lopak. Der Deal ist, wir befreien den Prinzen und im Gegenzug erhalten wir alles, was Sie über die Bewahrer wissen. Wir sind nicht hier, um für Sie den Henker zu spielen und jeden Rebellen, der sich auf dem Planeten befindet, zur Strecke zu bringen. Wir werden angreifen, keine

Frage, aber wir wollen hier keine ewige Schlacht bis zum letzten Mann führen. Ich denke, wir kommen hier mir Raffinesse eher an unser Ziel und schonen somit unsere Leute.«

Lopak nickte, eine menschliche Eigenschaft, die er schnell angenommen hatte. Sein Kaiser und er hatten sich das wahrscheinlich anders vorgestellt, doch dazu waren wir nicht bereit. Was nachher mit den Rebellen geschah, war alleine die Sache von Kaiser Demetak. Kurz blitzten Bilder von Massenhinrichtungen in mir auf und ich fragte mich, ob es nicht doch besser wäre, jeden umzubringen. Ein Soldat starb lieber auf dem Schlachtfeld für seine Sache, als irgendwo mit einer Kapuze über den Kopf an der Wand zu stehen und darauf zu warten, dass ihm endlich jemand den Schädel wegpustete. Ich verdrängte die düsteren Gedanken wieder. Erstens war das nicht mein Problem und zweitens musste ich mich auf die kommende Aufgabe konzentrieren.

Unser Shuttle landete im Zielgebiet und die Soldaten stürmten hinaus. Ein Offizier nahm die Männer in Empfang und wies ihnen einen Sammelplatz zu. In Zweierreihen marschierten sie im Laufschritt davon. Commander Higgens und sein Team verließen als Nächstes den Shuttle und versammelte sich vor der Rampe. Sie standen locker zusammen und unterhielten sich, als der Großmarschall und ich die Rampe hinunterschritten.

»Sind Sie sicher, dass das die richtigen Männer für die Aufgabe sind?«, fragte mich Lopak.

»Wie kommen Sie denn darauf, es könnten nicht die richtigen sein?«, wollte ich überrascht wissen.

»Es kommt mir so vor, als ob es den Männern an Disziplin fehle. Sie verhalten sich ganz anders als die übrigen Soldaten.«

»Ich versichere Ihnen«, schmunzelte ich, »es gibt keine besseren.«

Einmarsch

Stundenlang landeten Truppentransporter und spuckten Tausende Soldaten aus ihren großen Bäuchen aus oder lieferten schweres Kriegsgerät. Mit Spannung wurde die Staffel der Kavallerie erwartet, die sich aus mehreren Zügen zusammensetzte. Die Transporter öffneten die riesigen Frachtluken und knapp dreihundert Soldaten in Exoskelett verließen die Laderäume. Sie teilten sich in acht Zügen auf und gingen in Formation. Leider mussten wir auf schwere Artillerie verzichten. Die geringe Höhe des Schutzschirms verhinderte einen effektiven Einsatz der schweren Geschütze. Außerdem war die Provinz Schatak nicht besonders groß und der Einsatz von Artillerie wäre völlig übertrieben gewesen. Die Divisionen mussten mit den Panzern als stärkste Feuerunterstützung zurechtkommen.

Ich ging mit dem Großmarschall über den staubigen Platz und betrachtete zum letzten Mal unser Aufgebot. Die Sonne stach mir in die Augen. Die Luft war stickig und ich schmeckte den Staub auf der Zunge. Dennoch widerstand ich dem Drang, meine Kampfpanzerung zu schließen und den Anzug zu akklimatisieren. Für Higgens' Team galt das nicht. Die Mitglieder hatten ihr System geschlossen und trotteten hinter uns her. Ohne mein Head-up-Display konnte ich die Soldaten nicht auseinanderhalten und ich hatte auch keine Lust, mir von Aramis sagen zu lassen, wer von ihnen wer war. Denn tauschte die Gruppe nur einmal die Positionen, fing das ganze Spiel wieder von vorne an.

Schweigend schritten wir an dem Großaufgebot unserer Truppen vorbei. Der Anblick erfüllte mich mit Stolz und ich schwelgte in Erinnerungen an die Zeiten des großen Echsenkriegs. Es war schon komisch, ich hatte das Ende des Krieges damals so sehr herbeigesehnt. Ich war das Töten, das Elend und das Leid so satt gewesen, hatte mich regelrecht ausgebrannt gefühlt. Und jetzt? Jetzt konnte ich es gar nicht abwarten, dass es wieder losging. Vielleicht hatte Aramis recht, die Menschen waren ein fürchterlich kriegerisches und grausames Volk.

{*Solange du noch zweifelst, besteht noch Hoffnung für dich.*}

[*Ja schönen Dank auch, Aramis. Halt einfach die Klappe und verschone mich mit deiner Philosophie.*]

Den Rebellen war die Invasion natürlich nicht verborgen geblieben und Sie formierten ebenfalls ihre Reihen und organisierten die Verteidigung. Es sah ganz danach aus, als sollten unsere Taktiker mit ihrer Einschätzung richtigliegen, denn die Rebellen fingen an sich einzugraben. Das würde ganz schön hässlich werden. Doch noch hatten wir ein paar Überraschungen auf Lager, und wenn alles nach Plan lief, würden hier heute weniger Menschen und Krastaner sterben, als ein solches Aufgebot an Truppen vermuten ließ.

Nach ein paar Minuten hatten wir den provisorisch eingerichteten Kommandostand erreicht. Noch hatten sich alle Kommandanten versammelt und gingen ein letztes Mal das geplante Gefecht durch. Die Offiziere stimmten die Angriffsziele ab und ließen sich ihre Aufgabe und Position, die sie einnehmen sollten, nochmals bestätigen. Anscheinend gab es nichts mehr zu besprechen, denn der Kommandostand wurde fluchtartig verlassen von allen, die während einer Schlacht dort nichts zu suchen hatten. Im Laufschritt liefen die Kommandanten zu ihren Einheiten und gaben ihre Befehle an die Offiziere weiter. Diese verteilten die Anweisungen wiederum an die Unteroffiziere, die letztendlich die einfachen Soldaten unterwiesen.

Der Angriff stand unmittelbar bevor. Die Panzer warfen die Triebwerke an und fuhren in Position. Die riesigen Ketten der Ungetüme zermalmten das Gestein unter sich. Ich hatte ganz vergessen, wie laut das alles war. Die Geräusche der jaulenden Turbinen, das Donnern der Fahrzeuge über den Boden, Tausende Stiefel, die auf den Boden stampften: All das dröhnte in meinen Ohren, denn ich hatte den Helm immer noch nicht geschlossen. Es war laut, ja, aber das war noch nichts verglichen mit dem Höllenlärm, der entstand, wenn die Schlacht erst einmal richtig in Gange war.

Unsere Einheiten rückten vor und die ersten Fahrzeuge fuhren unter den gewaltigen Schutzschild. Auf einer Länge von drei Kilometern drangen unsere Truppen in die Provinz Schatak vor. Die Geschwindigkeit wurde von der Infanterie vorgegeben, die überwiegend zu Fuß unterwegs waren. Wenn der Feind uns nicht entgegenkam, würde es noch eine ganze Weile dauern, bis die Soldaten aufeinandertreffen. Der Beschuss der Panzer würde natürlich viel früher starten. Der Ort, von dem die Invasion startete, war nicht der kürzeste Weg zur Residenz, indem der Prinz laut dem geheimdienstlichen Informationen festgehalten wurde, aber es war einer der wenigen Orte, der der ganzen Maschinerie Platz bot. Die Residenz lag dreißig Kilometer in nördlicher Richtung. Die schmalste Stelle befand sich weiter im Nordosten. Genau das war das Ziel von mir und meinem Team. Wir stiegen in einen kleinen Transporter und machten uns auf den Weg. Ich hatte mich dazu entschieden, die fünfzig Kilometer über Land zurückzulegen. Ein Shuttle wäre zu auffällig gewesen. Darum rekrutierten wir ein ortsansässiges Transportmittel. Unser Fahrer fand sich schnell mit den Kontrollen zurecht und führte das Fahrzeug sicher über eine Landstraße. Nach dreißig Minuten erreichten wir unseren Bestimmungsort und der Transporter kam ein paar Kilometer vor dem Energieschirm zum Stehen. Unbemerkt verließ unsere kleine Gruppe den Lieferwagen.

»Jeder weiß, was er zu tun hat«, sagte ich noch einmal und schloss jetzt ebenfalls meinen Anzug. Lopak tat es mir gleich und überprüfte die Systeme. Als er keine Beanstandungen finden konnte, gab er über Funk seine Einsatzbereitschaft durch.

»Ab jetzt übernehmen wir«, drang die Stimme von Commander Higgens in unser aller Ohren. »Und Funkstille einhalten«, fügte er hinzu. Mit dem Finger zeigte er nacheinander auf Stannis, Murphy und Hutson. Dann hob er den Arm in die Luft und machte mit ausgestrecktem Zeigefinger einen Kreis, um dann in die Richtung zu zeigen, in die wir gehen mussten. Sofort schwärmten die drei Special Trooper aus. Stannis verschwand links von uns im Dickicht, Hutson tat es im gleich, nur zur anderen Seite. Murphy war bereits auf wundersame Weise verschwunden. Juvis und Kensing erhielten die Anweisung, uns Rückendeckung zu geben. Klausthaler sollte bei uns bleiben und marschierten neben Lopak und mir auf der breiten Straße einher, die uns unter die Kuppel führen würde. Higgens ging ein paar Schritte voraus.

In der Ferne war das typische Donnern zu hören, das die Panzer von sich abgaben, wenn sich deren Energiegeschütze entluden. Im Sekundentakt ballerten die Überschallknalle über unseren Köpfen. Es hatte begonnen.

Wir waren schon eine Weile unterwegs, als es zweimal im Helmfunk knackte. Higgens hob sofort die Faust und gab uns damit zu verstehen anzuhalten. Mit ein paar Handzeichen scheuchte er uns von der Straße und wies Lopak und mich an, in Deckung zu gehen. Ich benutzte meinen verbesserten Sehsinn und versuchte, eine Gefahr vor uns zu erkennen, und tatsächlich, der Übergang unter dem Schutzschirm wurde von ein paar feindlichen Soldaten bewacht. Higgens war verschwunden und neben mir hockte Klausthaler. Dieser zuckte nur mit den Schultern und spielte an einem roten Grashalm mit einem seiner gepanzerten Handschuhe. Es machte auf mich den Eindruck, als langweile er sich.

Plötzlich knallten Schüsse durch die Luft und ich hörte das typische Pfeifen von Hochgeschwindigkeitsgeschossen, wenn sie durch die Luft flogen. Es war kein wildes Geballer, sondern kontrollierte Einzelschüsse im Sekundentakt. Ich beobachtete wieder die Wachposten. Bei einem der Soldaten schoss eine Blutfontäne aus dem Hals und der Mann versuchte, mit seinen Händen die Blutung zu stoppen. Seinen Kameraden blieb keine Zeit zu reagieren. Der Zweite hatte bereits einen Kopfschuss erhalten. Noch bevor die verbliebenen zwei Männer zu ihren Waffen greifen konnten, explodierte die Brust des einen und eine Sekunde später wurde der andere ebenfalls von einem Körpertreffer von den Beinen geholt. Dann wurde es wieder still und Lopak wollte schon ausstehen, doch ich gab ihm ein Zeichen, er solle weiter in Deckung bleiben. Das hier war Higgens' Show.

Kurze Zeit später kam Juvis von hinten auf uns zu. Er hielt sein Scharfschützengewehr locker mit einer Hand in seiner Armbeuge. Der Commander hatte sich wieder zu uns gesellt, weiß der Teufel, wo er gewesen war und woher er so plötzlich wieder auftauchte.

»Die Luft ist rein«, funkte er im Teamkanal. »Funkstille ist aufgehoben. Die Ziele wurden eliminiert und der Weg ist frei.«

Neben dem Großmarschall erhob sich Stannis aus dem Gras. Weder Lopak noch ich hatten ihn gehört und ich war von seinen Späherfähigkeiten beeindruckt. Dem Marschall erging es ebenso und er wich erschrocken vor dem so unversehens aufgetauchten Soldaten zurück.

»Gute Arbeit, Commander«, sagte ich. »Dann wollen wir mal. Vor uns liegt noch ein ordentlicher Fußmarsch.«

»Aye, Sir. Ihr habt den General gehört, Abmarsch, Jungs. Vorrücken wie gehabt.«

»Ich muss gestehen, ich hatte am Anfang meine Zweifel, was dieses Team betrifft«, funkte mich Lopak über einen privaten Kanal an. »Aber jetzt muss ich sagen, ich bin beeindruckt. Diese Männer funktionieren hervorragend.«

»Wie ich Ihnen schon versicherte, Großmarschall. Es gibt keine besseren und ich vertraue diesen Soldaten mein Leben an.«

»Ihr Vertrauen scheint berechtigt zu sein. Ich hatte die Gelegenheit, mich an Bord Ihres Schiffes ein wenig mit Ihren militärischen Einheiten auseinanderzusetzen. Sie haben noch eine Menge dieser

Teams an Bord, aber nur dieses eine nimmt an der Operation teil. Sind die anderen Teams nicht so effektiv oder warum ist das so?«

»Im Gegenteil. Auch wenn ich behaupte, Commander Higgens und seine Männer sind die Besten, so sind die anderen Teams sicher nicht schlechter. Es liegt wahrscheinlich daran, dass ich bisher überwiegend nur mit dem Commander zusammengearbeitet habe und wir uns schon ganz gut kennen. Ich bin mir dennoch sicher, die anderen Teams stehen dem Commander in nichts nach.«

»Das verstehe ich nicht. Warum setzen Sie dann diese Männer nicht ein?«

»Das liegt an den verschiedenen Aufgaben, die ein Soldat zu bewältigen hat. Die Special-Trooper-Teams sind Sonderkommandos, ausschließlich mit Spezialisten besetzt. Einige Fähigkeiten haben Sie bereits gesehen. Da haben wir Murphy, den Sprengstoffexperten, und eines kann ich Ihnen versichern, der Mann weiß alles, was man über explosive Stoffe wissen kann. Dann haben wir noch Kensing, einen Spezialisten in der Kommunikation. Oder Hutson, der baut Ihnen aus ein paar Drähten und Klebeband alles, was Sie sich nur vorstellen können. Klausthaler ist der Sanitäter im Team. Juvis ist ein begnadeter Schütze und Waffenexperte, und Stannis' Fähigkeiten haben Sie gerade kennengelernt. Der Mann ist der beste Späher, den ich kenne. Er ist fast wie ein Geist. Auch wenn jeder aus dem Team auf seinem Gebiet ein Spezialist ist, eines haben sie dennoch gemeinsam ...« Ich machte eine kurze Pause. »Es sind verdammt gute Kämpfer. Diese Teams sind für besondere Einsätze ausgebildet. Sie bekämpfen Geiselnahmen, Terrorzellen, organisiertes Verbrechen, all so etwas, aber für einen Einsatz an der Front sind diese Männer nicht geeignet. Die Stärke liegt in der Teamarbeit, in der Kombination ihrer Fähigkeiten und der richtigen Anwendung.«

»Ich glaube, ich verstehe, was Sie damit sagen wollen. Diese Männer bilden einen familiären Zusammenschluss und sind so effektiv, weil sie als Gruppe agieren.«

»Ja, so könnte man es sagen. Familie trifft es ziemlich genau.«

Inzwischen hatten wir den Kontrollpunkt erreicht und konnten die Sauerei bestaunen, die Juvis angerichtet hatte. Fünf feindliche Soldaten lagen, teils fürchterlich entstellt, am Boden. Hutson untersuchte das Szenario und hob den Daumen. Niemand hatte noch Zeit gehabt, einen warnenden Funkspruch abzusetzen. Dennoch würde der Verlust des Kontrollpunktes nicht lange unbemerkt bleiben. Die Routinemeldungen blieben von nun an aus. Darum beeilten wir uns und drangen zügig in die Provinz Schatak vor.

General Samford ließ seine Panzer langsam vorrücken und es dauerte nicht lange, bis die feindlichen Truppen in Feuerreichweite kamen. Unsere Landung war natürlich nicht unbemerkt geblieben und der Feind hatte die Zeit gut genutzt, um seine eigene Armee zu formieren und ebenfalls schweres Geschütz aufzufahren. Unsere Panzerdivisionen schoben sich mit ihren Elektromotoren durch das Gelände. Auch wenn die Motoren kaum Geräusche machten, so verursachten diese Monster dennoch einen Höllenlärm. Hunderte schwere Ketten ratterten und zermalmten allerlei Gestein, das den tonnenschweren Stahlungetümen nicht standhalten konnte. Im Schutz der Panzer marschierten unsere Trooper unaufhaltsam den feindlichen Stellungen entgegen. Die Einheiten rückten absichtlich mit nur gemächlichem Tempo vor. Egal wie langsam es vorwärtsging, irgendwann war der Zeitpunkt erreicht, an dem der Beschuss beginnen konnte. Die Fahrzeuge gingen in Stellung und richteten die schweren Kanonen dem Feind entgegen. Dann begannen die Hauptgeschütze mit ihrem Bombardement. Mit tosendem Donner verließen die Plasmaentladungen die Rohre und fraßen sich durch die Luft. Das grelle Licht der Geschosse wurde vom Schutzschild zurückgeworfen und erhitzte die Luft. Ohne Kampfanzug wäre den Soldaten das Atmen schwergefallen. In der Ferne schlugen die Ladungen ein und tauchten den Horizont in ein unnatürliches grelles Grün. Die Rebellen ließen nicht lange auf eine Antwort warten und beschossen unsere Truppen mit allem, was sie hatten. Rote Laserstrahlen zerschnitten die grünen Leuchtspuren, die

die Plasmageschosse zurückgelassen hatten, und schlugen in die Hügel ein. Bäume wurden wie Strohhalme gefällt. Dort, wo die Laser im Boden einschlugen, wurde die Erde in riesigen Fontänen nach oben geschleudert. Felsen zerplatzten unter der Hitze und Felsbrocken, so groß wie ein Mann, flogen wie Geschosse durch die Gegend. Ein Trooper konnte nicht mehr ausweichen und wurde unter einem riesigen Felsen begraben. Einzig seine Füße schauten noch auf der einen Seite heraus. Die andere Seite zeugte eine drei Meter lange Blutspur. Sein Körper war einfach geplatzt und der Druck hatte ihm den Kopf abgesprengt. Unbeirrt davon marschierten die anderen Trooper weiter. So war es eben im Krieg. Jeder war froh, nicht das arme Schwein zu sein, das unter dem Felsen lag.

Die imperialen Truppen erreichten den Hügelkamm und verließen die schützende Deckung der leichten Berge. Die Panzer hatten ganze Arbeit geleistet und das feindliche Gegenfeuer hatte merklich abgenommen. Den Panzerbrigaden war es gelungen, etliche Abwehrbatterien auszuschalten. Der Preis war hoch. Mehrere imperiale Panzer standen in Flammen und brannten langsam, aber stetig aus. Jetzt ratterten die unbeschädigten Einheiten den Hügel hinunter in ein etwa zwei Kilometer breites Tal. Die Soldaten marschierten wie auf dem Präsentierteller durch das Tal, das nur wenig Deckung bot. Den Panzern musste es unbedingt gelingen, die restlichen Abwehrbatterien zu zerstören. Ansonsten würde es zu einem Abschlachten unserer Truppen kommen. Die Kavallerie, die Einheiten in den Exoskeletten, hielten sich für einen Sturmangriff bereit. Sie sollten eine Schneise in die feindliche Stellung reißen und unseren Troopern den Weg ebnen. Die Schlacht hatte begonnen und war voll im Gange.

Das Anzugsystem ermöglichte uns ein schnelles Vorankommen. Mit konstanten zwanzig Kilometern pro Stunde rannten wir über eine Lichtung und erreichten den Waldrand, ohne aufgehalten zu werden. Zwar konnten die Scanner keine anderen Lebewesen außer uns entdecken, das hieß aber noch lange nicht, dass auch keine da waren. Es gab immer eine Möglichkeit, Sensoren zu umgehen. Lieutenant Commander Starsky war da zwar anderer Meinung, doch ich wusste es besser. Wie konnten es damals fast eintausend Elitekriegern der Seisossa gelingen, unbemerkt auf die Diamond-Station zu gelangen? Nein, es gab immer einen Weg. Stannis war vorgegangen und winkte uns zu sich herüber. Wie waren inzwischen wieder auf Funkstille gegangen und verständigten uns ausschließlich über Handzeichen. Selbst die Verwendung der ICS-Chips wagten wir nicht. Ich hatte mitbekommen, dass die Krastaner über eine ähnliche Technik verfügten. Das Risiko, entdeckt zu werden, war mir zu groß. Der Erfolg unserer Mission hing davon ab, einer frühzeitigen Entdeckung zu entgehen. Aus der Ferne hörten wir das ständige Gehämmer der Geschütze und die Kampfhandlungen konnten wir mit dem bloßen Auge an den Lichtreflexen am Schutzschirm erkennen. Es musste eine mörderische Schlacht toben. Ein Grund mehr, sich zu beeilen. Je früher wir den Prinzen befreien konnten, desto früher konnte das Töten eingestellt werden.

Stannis war bereits wieder verschwunden und wir folgen ihm tiefer in den Wald hinein. Ich hasste Wälder. In Wäldern lauerten Tausende Gefahren. Bäume und Sträucher versperrten einem die Sicht, es war schwierig, sich halbwegs lautlos zu bewegen, und natürlich kamen wir nur langsam voran. Jedenfalls langsamer als zuvor. Murphy und Kensing sicherten unsere Flanken und Juvis gab uns weiterhin Deckung von hinten. Hutson sicherte dabei den Scharfschützen ab. Wir kamen unserem Ziel immer näher und es waren höchsten noch zwei oder drei Kilometer. Laut den Aufnahmen, die wir von dieser Region erhalten hatten, würde der Wald in etwa einem Kilometer enden. Danach mussten wir das Kunststück vollbringen, ungesehen über offenes Gelände zur Residenz vorzudringen. Ich machte mir keine Illusionen, unbemerkt würden wir nicht in das Gebäude vordringen können und ich rechnete auch mit heftigen Widerstand. Dennoch bestand die Chance, dass größere Truppenteile zur Verteidigung der Provinz gegen die einfallenden Aliens zu Verteidigung abgezogen worden waren. Irgendwie war es ein komisches Gefühl, zur Abwechslung selbst das Alien zu sein. Denn hier auf dieser Welt, waren die Menschen die Außerirdischen und wir erfüllten den Albtraum, den schon unzählige VIDs zur Unterhaltung gezeigt hatten. Nur dass das hier kein Film war. Es war real.

Wir hatten den Waldrand fast erreicht, da krachten Schüsse durch die Luft. Sie kamen ganz aus der Nähe, direkt vor uns. Instinktiv zog ich meine Blaster. Murphy und Kensing feuerten bereits auf einen Feind, den ich noch nicht sehen konnte. Higgens brach als Erster die Funkstille und hob damit das Verbot auf.

»Alle Mann in Deckung, Feind auf zwölf Uhr! Stannis, absetzen sofort!«, erteilte er seine Befehle.

Kaum war ich hinter einen Baum gesprungen, hörte ich das typische *Wum, Wum, Wum* eines Scharfschützengewehrs. Fast zeitgleich gesellte sich das Tackern einer Rufus 1000, einer Weiterentwicklung des 800er-Modells, dazu. Der Lärm kam von hinten, das konnte nur bedeuten, Juvis und Hutson hatten ebenfalls Feindkontakt. Murphy befand sich zu meiner Rechten und er hatte sich auf ein Knie fallen lassen. Jetzt gab er kontrollierte kurte Salven nach vorne ab. Kensing tat es ihm von der anderen Seite gleich. Auch der Commander und Klausthaler nahmen irgendetwas unter Feuer. Dann sah ich die ersten feindlichen Soldaten. In Scharen pflügten sie durch den Wald und hielten direkt auf uns zu. Großmarschall Lopak hatte seine Waffe ebenfalls in Anschlag gebracht und mähte einen Rebellen nach dem anderen nieder. Ich schälte mich immer wieder aus meiner Deckung und gab gezielte Schüsse aus meinen Blastern ab. Doch egal wie viele Gegner wir zur Strecke brachten, es rückten immer mehr nach. Keine fünf Meter neben mir wurde der Baum, hinter dem ich zuvor in Deckung gestanden hatte, von einem Laserstrahl getroffen. Der Stamm zerbarst mit lautem Getöse und Holzsplitter regneten auf mich hinab. Instinktiv warf ich mich zu Boden und kroch zum Commander hinüber. Ich kam zu dem Schluss, dass Bäume einen unzureichenden Schutz boten.

»Wo zum Teufel kommen die alle her?«, schrie ich in den Funk.

»Keine Ahnung, General«, antwortete Higgens gelassen und erschoss seelenruhig zwei weitere Angreifer. »Aber wir sitzen bis zum Hals in der Scheiße.«

»Verdammt!«, fluchte ich und ballerte mit meinen beiden Blastern nur so um mich. Ich hatte längst aufgehört, überhaupt in die Richtung zu sehen, wohin ich schoss. Trotzdem war jeder Schuss ein Treffer. Ich drehte mich nach hinten um und versuchte, den Status von Juvis und Hutson zu erkennen, und streckte zwei Feinde blind nieder, die es gefährlich nahe an uns herangeschafft hatten. Klausthaler beobachtete mich und stieß Higgens an. Dann nickte Klausthaler in meine Richtung. Der Commander nahm die Szene gleichgültig zur Kenntnis und zuckte mit den Schultern. Dann nahm der das Feuer wieder auf.

Endlich schälten sich zwei Gestalten durch das Dickicht. Hutson hatte einen Arm um die Schulter von Juvis gelegt und stützte sich schwer auf seinen Kameraden. Sie rannten, als sei der Teufel hinter ihnen her. Kein Wunder, ihre Verfolger waren dicht hinter ihnen und nahmen die beiden Soldaten auf ihrer Flucht unter Beschuss. Ich schwenkte meine Waffen hinüber und gab Feuerschutz. Schon wieder waren zwei Energiezellen leer und ich musste nachladen. Murphy bemerkte als Erster, dass ich in eine andere Richtung feuerte, und fiel nun ebenfalls mit ein, der Bedrohung von hinten zu begegnen. Dabei drehte er sich immer wieder kurz nach vorne um, um einen Gegner niederzustrecken. Es war ein Wunder, dass noch niemand von uns getroffen wurde. Lange würden wir die Stellung nicht mehr halten können. Selbst wenn das Wunder noch länger anhalten sollte, früher oder später würde uns die Munition ausgehen. Immer mehr Soldaten in schwarzen gepanzerten Anzügen durchfluteten den Wald. Aramis hatte das Zielen für mich übernommen und leerte ein Magazin nach dem anderen. Jeder

Schuss, der die Blaster im Sekundentakt verließ, verringerte die Anzahl unserer Gegner.

Hutson und Juvis hatten es endlich zu uns geschafft. Juvis lud Hutson hinter einem umgefallenen Baum ab und eröffnete wieder das Feuer. Aus dem Augenwinkel musterte ich Hutson. In seiner Wade steckte ein riesiger Holzsplitter. Ich wollte mir gar nicht vorstellen, mit welcher Wucht das Stück Holz ihn getroffen haben musste. Immerhin hatte es einfach die Panzerung durchschlagen. Klausthaler wollte zu dem Verletzten eilen, doch Hutson winkte ab. Sein Anzug hatte die Blutung bereits gestoppt und dem Soldaten Schmerzmittel verpasst. Das machte den Technikspezialisten wieder einigermaßen einsatzbereit.

»Das sind Drohnen!«, informierte Hutson uns über den Teamfunk. »Darum sind sie nicht auf den Scannern aufgetaucht.«

Plötzlich wurde Kensing an der linken Schulter getroffen und sein Körper wurde herumgerissen. Dabei ließ er seine Waffe fallen und schlug hart auf dem Waldboden auf. Dort blieb er regungslos liegen. Wieder wollte Klausthaler einem seiner Kameraden zu Hilfe eilen, doch Higgens hielt ihn zurück.

»Feuern Sie weiter, Soldat. Wenn wir das hier überleben, können Sie immer noch nach ihm sehen.«

Klausthaler nickte und schoss weiter. Die Einheiten hinter uns wurden auf einmal von der Seite bedrängt, was uns etwas entlastete. Stannis hatte es geschafft, sich unbemerkt zurückzuziehen, und fiel dem Feind nun in die Flanke.

Drohnen, dachte ich. Das ergab durchaus Sinn, denn die Soldaten versuchten gar nicht erst, in Deckung zu gehen. Sie liefen einfach, ohne Rücksicht auf das eigene Leben, in das Kreuzfeuer hinein.

[Aramis! Tu was!]
   {Bin dabei. Halte noch eine Minute durch. Ich hab es gleich.}
   [Beeil dich. Sonst gehen wir hier alle drauf.]
   {Fertig!}

Und mit diesem Wort geschah etwas Erstaunliches. Die feindlichen Soldaten stockten plötzlich in ihrer Bewegung und stellten augenblicklich das Feuer ein. Es dauerte eine Weile, bis das Team merkte, was da vor sich ging. Die Situation war reichlich grotesk und hatte etwas von Schießübungen auf Pappkameraden.

»Feuer einstellen!«, befahl Higgens.

Juvis' Waffe machte als einzige noch immer *Wum, Wum, Wum* und er grinste in sich hinein.

»Juvis! Ich sagte, Feuer einstellen!«, wies ihn sein Teamleader zurecht.

»Verzeihung, Boss«, gab der Scharfschütze zurück, gefolgt von einem letzten *Wum*.

»Was passiert hier?«, fragte Lopak, traute sich aber nicht aus seiner Deckung heraus.

»Wenn ich das wüsste«, antwortete Higgens etwas ratlos.

Plötzlich fielen die meisten Drohnen zu Boden. Die Brust der seelenlosen Kampfmaschinen fing an zu leuchten, erst ganz schwach in einem gelblichen Ton, der dann immer stärker wurde und letztendlich in einem tiefen Rot endete. Dann explodierten die Einheiten. Eine nach der anderen flog in einer gewaltigen Detonation auseinander. So musste die Hölle sein. Es erinnerte mich an eine Schlacht, die ich im Echsenkrieg geschlagen hatte. Um uns herum waren Granaten eingeschlagen und ich war einer der Glücklichen, die das Massaker überlebt hatten. Das hier fühlte sich ähnlich an. Die Drohnen gingen alle hoch. Die Explosionen dröhnten in unseren Ohren. Bäume wurden wie Papier zerrissen. Erde, Sträucher und Laub schoss in Fontänen nach oben und rieselte auf uns herab. Higgens' Team hatte sich zu Boden geworfen und die Arme schützend über den Kopf gelegt. Lopak und ich taten es den Special Troopern gleich. Einzig und allein Murphy stand noch auf zwei Beinen. Er hatte die Arme ausgebreitet und drehte sich langsam im Kreis. Er wollte in keinem Fall auch nur eine Explosion verpassen.

»Wow!«, brüllte er in den Teamfunk, als die letzte Einheit hochgegangen war.

Die anderen erhoben sich langsam und nahmen das Ausmaß der Verwüstung in Augenschein. Der Wald um uns herum war von Kratern übersät und die Explosionen hatten regelrecht eine Lichtung in den Wald gebombt. Das war es dann wohl mit dem *Unentdeckt*bleiben.

[Was zum Henker war das denn? Ging es noch auffälliger?]
    {Was beschwerst du dich? Die Drohnen sind außer Gefecht und ihr seid am Leben.}
    [Warum hast du sie explodieren lassen?]
    {Zunächst habe ich ein Virus implantiert, erkannte aber, dass die Programmierung vorsah, bei einem Fremdzugriff die Systeme neu zu starten. Die Drohnen wären also nach kürzester Zeit wieder einsatzfähig gewesen. Daraufhin habe ich die Energiezelle sabotiert und explodieren lassen. Die stehen nicht mehr auf.}
    [Und wie soll ich das den anderen erklären?]
    {Dir wird schon etwas einfallen.}

Toll! Ich fand es ja super, dass Aramis uns den Arsch gerettete hatte, mal wieder, aber was sollte ich den anderen sagen? Eine Fehlfunktion? Das glaubte mir doch kein Mensch und auch kein Krastaner! Einen auf ahnungslos machen? Es wurde immer schwieriger, mein Geheimnis vor dem Team zu verbergen. Doch dann kam mir eine Idee, diese würde zwar nicht bei allen auf Jubel stoßen, vor allem bei einem nicht, aber mir fiel nichts Besseres ein. Ich ging zu Hutson hinüber und half ihm auf die Beine. Seine Verletzung sah nicht gut aus. Für ihn war die Reise hier zu Ende, doch ich brauchte ihn noch, falls wir auf noch mehr Drohnen trafen.

»Hutson!«, rief ich im Teamfunk. »Sie Teufelskerl! Gut, dass Sie rechtzeitig erkannt haben, dass es sich um automatische Kampfeinheiten handelte. Wie auch immer Sie es geschafft haben, die Einheiten außer Gefecht zu setzen, das war großartig!« Dann klopfte ich ihm auf die Schulter.

»Aber ich habe nicht …«, versuchte er zu dementieren.

»Seien Sie nicht so bescheiden. Ich nehme an, Sie können das jederzeit wiederholen?! Wie haben Sie das gemacht?« Als Hutson antworten wollte, schnitt ich ihm sofort wieder das Wort ab. »Sagen Sie nichts. Ein Virus? Ich wette ein Virus! Gute Arbeit!«, wiederholte ich und klopfte ein weiteres Mal auf seine Schulter. Er knickte mit dem verletzten Bein weg und unterdrückte einen Schmerzensschrei. Mittlerweile waren seine Kameraden herangekommen und bedankten sich ebenfalls bei ihm. Seine Proteste gingen in den allgemeinen Lobhuldigungen unter. Klausthaler rannte zu Kensing hinüber und drehte den am Boden liegenden leblosen Körper herum. Die linke Schulter war verkohlt, doch der Anzug schien den Treffer im stark gepanzerten Bereich gut aufgefangen zu haben. Der Sanitäter konnte keine Verletzung seines Kameraden feststellen. Er ordnete den Anzug an, Kensing etwas zum Aufwachen zu verabreichen. Uns streckte er den Daumen entgegen. Der getroffene Soldat kam langsam zu sich.

»Haben wir gewonnen?«, fragte er.

»Klar«, grinste Klausthaler. »Hast du etwas anderes erwartet? Und nun komm hoch und mach die nützlich. Hast genug faul herumgelegen.«

Unter sichtlich starken Schmerzen stemmte sich Kensing in die Höhe. Dabei hielt er sich die verletzte Schulter. Auch wenn der Kampfanzug gehalten hatte, hatte der kinetische Aufprall eine starke Prellung auf seiner Schulter zurückgelassen. Klausthaler verabreichte ihm noch einen Schmerzstiller und überprüfte die Vitalwerte seines Kameraden. Das medizinische System des Anzugs erkannte einen Riss des Schulterblatts. Kensing ignorierte das und suchte seine Waffe. Er fand sie ein paar Meter hinter sich und hob das schwere Lasergewehr auf. Doch er konnte den linken Arm kaum bewegen. Ich ging zu ihm und hielt ihm einen meiner Blaster entgegen.

»Tauschen?«, fragte ich ihn.

»Danke«, gab er erleichtert zurück und nahm den Blaster an sich. Ich nahm stattdessen das Gewehr an mich. Dann tauschten wir noch die Munition. Klausthaler kümmerte sich um Hutson und Murphy hatte sich zu Kensing und mir gesellt.

»Da hat du ganz schön was verpasst. Während du ein Nickerchen gemacht hast, hat Hutson die verfluchten Viecher alle im Alleingang fertiggemacht!«

»Ich habe nicht …«, versuchte Hutson es erneut.

»Schon gut, Hutson«, ging Klausthaler dazwischen. »Nun halt still, ich muss mir dein Bein ansehen.«

»Hutson? Ganz alleine?«, fragte Kensing ungläubig. Hutson war ein fantastischer Techniker und Computerexperte, aber nicht unbedingt für seine kämpferischen Fähigkeiten bekannt. Klar, er war ein guter Soldat und ich würde ihn jederzeit gerne an meiner Seite haben, aber eine Ein-Mann-Killermaschine, die Hunderte Soldaten im Alleingang ausgeschaltet haben soll, das konnte Kensing nur schwer glauben.

»Ja, ganz alleine. Das waren keine echten Krastaner. Hutson ist aufgefallen, dass es sich um diese beschissenen Roboter handelte. Dann hat er irgendwas mit seinem Voodoocomputerscheiß gemacht. Die sind einfach alle umgefallen. Danach hat er sie in die Luft gejagt. Der reine Wahnsinn, sag ich dir.«

»Schluss mit der Schwärmerei!« Commander Higgens packte bereits seine Sachen zusammen und schnallte sich seinen Rucksack wieder auf den Rücken. »Wir haben einen Job zu erledigen. Abmarsch in einer Minute.« Dann erkundigte er sich nach Hutson. Interessanterweise wollte er nur wissen, ob der Soldat weithin mit an der Mission teilnehmen konnte. Was nicht der Fall war.

»Ich kann hier nicht viel für ihn tun«, bedauerte Klausthaler. »Das muss operiert werden. Dazu müsste ich den Anzug zerlegen und selbst dann, seine gesamte Wade ist nur noch Brei. Wenn wir ihn mitnehmen, wird er uns nur aufhalten. Er kann kaum laufen so.«

»Gut«, nickte Higgens und wandte sich dann Hutson zu.

»Sie haben den Doc gehört. Für Sie ist hier Endstation. Wir holen Sie auf dem Rückweg wieder ab.« Dann schaute er zu Kensing hinüber und dachte einen Moment nach. Es stellte immer ein Risiko dar, eine Mission mit verletzten Soldaten durchzuführen. Genau zu diesem Schluss musste auch der Commander gekommen sein.

»Oder noch besser. Kensing, Sie bleiben bei Hutson. Wenn Sie es sich zutrauen, schlagen Sie sich zum Treffpunkt Alpha durch. Ich denke, Sie werden nicht allzu schnell vorankommen und wir holen Sie auf dem Rückweg ein.«

Was ich an der Situation bemerkenswert fand, war die Tatsache, dass keiner seine Befehle infrage stellte. Es gab kein Gemaule oder Gejammer. Nur ein einfaches: »Aye, Sir.« Ich hielt mich zurück, die Entscheidung lag alleine bei Higgens. Er hatte wesentlich mehr Erfahrung als ich in diesen Dingen. Aber vor allem kannte er seine Männer am besten. Wenn Aramis die Nummer noch einmal abzog, musste ich mir etwas anderes einfallen lassen. Kensing machte sich mit Hutson im Schlepptau auf den Weg zur Evakuierungszone und wir in Richtung der Residenz.

»General Johnson?«, sprach mich Lopak auf einen privaten Kanal an.

»Ja, Großmarschall?«

»Ich muss sagen, ich bin tief beeindruckt von ihren Männern. Es sind ohne Frage hervorragende und tapfere Kämpfer. Aber ist Ihnen bewusst«, er unterbrach sich selbst und zeigte auf Special Trooper Murphy, »dass dieser Mann sie nicht mehr alle hat?«

Ich blieb kurz stehen und fixierte den Marschall. Dann fing ich schallend an zu lachen, dass mir die Tränen kamen. Was im Übrigen verdammt ärgerlich ist, da ein versiegelter Anzug es nicht zulässt, sich diese aus den Augen zu wischen.

»Sie sind ein ausgezeichneter Beobachter«, gab ich lachend meine Antwort und marschierte weiter.

Commander Higgens grinste in sich hinein und gluckste ein paarmal. So privat, wie Lopak dachte, war der Kanal nun auch schon wieder nicht. Natürlich hatte Murphy sie nicht mehr alle. Das wussten wir schon seit Langem.

In der Zwischenzeit tobte die Schlacht keine vierzig Kilometer südlich von uns weiter. Den Panzern war es gelungen, eine breite Schneise in die feindlichen Reihen zu schießen, und hatte dabei fast alle Abwehrbatterien zerstört. Aber eben nur fast. Die imperialen Truppen rückten gegen die Rebellen vor und stürmten einen Hügel. Ganz vorneweg die Kavallerie, die gut gesichert durch die Schutzschirme der Exoskelette die vorderste Front mit den Gatling-kanonen niedermähte. Das *Fußvolk* befand sich direkt dahinter, als ein verborgenes Abwehrgeschütz des Feindes das Feuer auf die heranstürmenden Soldaten eröffnete. Ein armdicker Laser-strahl fraß sich durch unsere Reihen den Hügel hinunter. Wer sich nicht schnell genug auf den Boden werfen konnte, wurde einfach in zwei Hälften geschnitten. Die Kampfpanzerung der Soldaten hatte dieser brachialen Gewalt nichts entgegenzusetzen. Marker-schütternde Schreie hallten durch die Luft. Dazu mischte sich der bestialische Gestank von verbranntem Fleisch. Wer Glück hatte, verlor nur die Beine. Die pure Hitze des Lasers verschloss die Wunden und verhinderte so ein Verbluten des Opfers. Wer nicht so viel Glück hatte, starb einen qualvollen Tod. Dass die medizini-schen Systeme automatisch versuchten, das Leben des betroffenen Soldaten zu retten, konnte auch ein Fluch sein. Manchmal war es besser, einfach zu sterben.

Die Abwehrbatterie schnitt sich durch drei Exoskelette und ließ deren Munitionsvorrat explodieren. Dutzende Soldaten, dich sich in der Nähe befanden, wurden in Stücke gerissen. Mit einer lauten Detonation erwischte es noch einen der Panzer, bis es endlich gelang, das Geschütz zum Schweigen zu bringen.

Unbeirrt rückten die Imperialen weiter vor und nahmen einen Schützengraben nach dem anderen ein. Militärisch gesehen hielten sich die Verluste in Grenzen. Die Rebellen waren zwar motiviert und kämpften verbissen, doch es mangelte ihnen an Ausbildung und Ausrüstung. Nachdem die Abwehrgeschütze alle brannten, hatte der Feind kaum etwas, was er gegen uns wirksam einsetzen konnte. Hier und da feuerte ein Rebell eine Granate ab, aber im

Großen und Ganzen war es das auch schon. Die Schneise in der Frontlinie war groß genug für die Truppen und nun wurde es hässlich. Jetzt kam der Kampf Mann gegen Mann. Die hervorragend ausgebildeten imperialen Truppen waren den Rebellen haushoch überlegen. Präzise Schüsse dezimierten die Verbände der Rebellen. Am schlimmsten wüteten die Männer und Frauen in den Exoskeletten. Die Gegenwehr verpuffte an ihren Schutzschilden. Die Gatlings hämmerten Tausende Hochgeschwindigkeitsgeschosse pro Minute in ihre Feinde. Körperteile wurden abgerissen, Köpfe zerplatzen wie Melonen und Soldaten flogen meterweit durch die Luft, wenn sie getroffen wurden.

Wie geplant gab BullsEye das Signal, welches den Angriff ins Stocken brachte. Die überlebenden Rebellen an der Front nutzten die Gelegenheit und traten den Rückzug an. Unsere Soldaten formierten sich neu und für den Feind galt das sicherlich ebenfalls. Dennoch verschaffte mir diese Taktik mehr Zeit.

Auslese

Isabell McCollin ging die Ergebnisse durch, die ihre Suche ergeben hatte. Anhand der jetzigen Kenntnisse und ihrer Aufgabe,
die die Imperatrix ihr persönlich erteilt hatte, konnte sie einen
Suchalgorithmus zusammen mit den Computerspezialisten des
IGD entwickeln, der ihr potenzielle Kandidaten lieferte, auf die es
die Bewahrer abgesehen haben könnten.

Das war so peinlich, dachte Isabell wehmütig an den Abend mit
der Kaiserin zurück. Noch immer konnte sie sich ihre Dummheit
nicht verzeihen. Wie hatte sie nur annehmen können, die Imperatrix wäre an ihr interessiert gewesen? Alleine der Gedanke an die
Situation trieb ihr wieder die Schamröte ins Gesicht. Zusätzlich
entfachte der Gedanke an die Kaiserin noch ganz woanders in
ihrem Körper ein Feuer. Isabell rutsche unruhig auf ihrem Stuhl
umher und versuchte die lüsternen Gedanken zu vertreiben. Das
Ergebnis ihrer Suche half ihr dabei. Die erste Suche ergab fast eine
Million geeigneter Kandidaten. Seit einer Stunde lief ein weiteres
Programm, das die Auswahl verfeinerte. Die Anzahl der Kandida-
ten sank mit jeder Minute. Dennoch waren es immer noch fast
300 000 Menschen. Wie sollte die Kommissarin 300 000 Menschen
unter den Augen der Bewahrer unbemerkt verschwinden lassen?
Selbst wenn am Ende *nur* 200 000 oder 100 000 übrig blieben. Die
Sonderermittlerin zerbrach sich nun schon seit Stunden ihren Kopf.
Nebenbei versuchte sie den Abschlussbericht für die Bewahrer

und die Kaiserin zu schreiben. Ganze drei Tage hatte Sie noch auf der Erde verbracht und so getan, als würde sie das Verschwinden der Prinzessin und des Bewahrers untersuchen. Auf Johnson war Isabell gar nicht weiter eingegangen. Aus einem Gespräch mit einem der Maschinenwesen hatte sie erfahren, dass der General für die Bewahrer keine große Rolle spielte und man an dessen Verbleib nicht besonders interessiert war. Manchmal verstand sie die Bewahrer nicht, aber wer verstand schon ein Alien?

Susan Tantiki hatte sich noch nicht wieder bei ihr gemeldet und eine Möglichkeit, mit ihr Kontakt aufzunehmen, wollte Isabell nicht einfallen. Es war zum Haareausreißen. *Was weißt du überhaupt?*, dachte die Kommissarin genervt und tippte weiter an ihrem Bericht. Die Palast-KI hatte ihr sehr dabei geholfen, fingierte Beweise zu erstellen. Wer auch immer diese KI programmiert hatte, verstand sein Handwerk. McCollin hatte noch nie mit einem so hoch entwickelten Programm zu tun gehabt. Wenn sie darüber nachdachte, hatte sie noch nicht einmal davon gehört. Penelope brachte sich eigenständig ein und machte selbstständig Vorschläge, wie die Story, die die Kommissarin sich zurechtgelegt hatte, mit falschen Beweisen untermauert werden konnte. Das hatte schon etwas Kriminelles. Für die Ermittlerin war das eine erschreckende Erkenntnis, denn wie sollte sie jemals wieder einer KI trauen können? Was waren die Auskünfte eines Computers heute noch wert? Was, wenn künstliche Intelligenzen nicht mehr der Wahrheit verpflichtet waren? Bei ihren nächsten Fällen würde McCollin diese Möglichkeit jedenfalls mit in Betracht ziehen müssen.

Nun konzentrier dich auf deine Arbeit!, ermahnte sich die Kommissarin und widmete sich wieder ihrem Bericht. Aus dem Augenwinkel beobachtete sie wohlwollend die Zahl der gesuchten Personen, die sich stetig verringerte. Irgendwann blieb die Zahl bei 120 071 stehen und veränderte sich nicht mehr. Im Grunde genommen war die Zahl überraschend klein, wenn man bedachte, wie viele Bewohner das Imperium hatte. Milliarden über Milliarden Menschen, verteilt über unzählige Systeme, und trotzdem sollten *nur rund* 120 000 Menschen für die Bewahrer infrage kommen? Isabell fuhr sich mit den Händen durch die Haare und stützte dann die Ellenbogen auf den Tisch. Ihr Gesicht lag schwer gestützt auf den Handballen.

Einhundertzwanzigtausend, dachte sie erschüttert. *Wie soll ich so viele Menschen verschwinden lassen?*

Doch genau das verlangte die Imperatrix von ihr. Also stand ein Scheitern nicht zur Debatte. Während sie so vor sich hin grübelte, fing ein gelbes Lämpchen am unteren Rand des Displays an zu blinken. Es signalisierte den Erhalt einer persönlichen Nachricht. Als Isabell das Blinken letztendlich wahrnahm, konnte sie nicht sagen, wann die Nachricht hereingekommen war. Die Kommissarin überprüfte als Erstes den Absender, konnte zu ihrer Überraschung aber keinen feststellen. Sie musste die Botschaft auch nicht erst vom Server herunterladen, denn sie befand sich bereits auf ihrem Terminal. Die Nachricht war verschlüsselt und hatte einen Anhang. Isabell zappelte ungeduldig auf dem Stuhl. Die Verschlüsselung kam ihr bekannt vor und sie war sich sicher, der Absender konnte nur Susan Tantiki sein. Die erwartete Prozedur kannte die Kommissarin von der letzten Botschaft. Also nahm sie ihren Brieföffner und schnitt sich damit in den linken kleinen Finger. Noch deutlich war die Stelle zu sehen, wo sie sich das letzte Mal geschnitten hatte. Nun zierte ein weiter kleiner Schnitt den Finger. Sie presse einen Tropfen Blut heraus und ließ ihn auf das Sensorfeld tropfen. Doch es passierte nichts, die Nachricht ließ sich nicht öffnen. Die Ermittlerin zog die Augenbrauen nach oben. Wieder ein Rätsel? Auch wenn sie Geheimnisse liebte, fehlte ihr im Moment einfach die Zeit dafür. Genervt reinigte sie das Sensorfeld und bestrich dieses mit ihrem Atem. Sofort öffnete sich die Datei. *Das war jetzt einfach*, dachte sie und begann zu lesen.

Sehr geehrte Sonderermittlerin Kommissarin Isabell McCollin, wie ich erfahren habe, waren Sie zu Gast bei Ihrer Kaiserlichen Majestät. Das kann nur bedeuten, dass Sie von Ihren Erkenntnissen berichtet haben. Ich kann mir vorstellen, dass die Imperatrix außer sich war, als sie erfahren hat, was die Bewahrer mit uns Menschen anstellen. So wie ich die Kaiserin einschätze, wird sie Ihnen aufgetragen haben, die gefährdeten Menschen aufzuspüren und in Sicherheit zu bringen.

Mein Einfluss auf den Bewahrer, der mir als Wirt dient, wird immer größer. Es gelingt mir immer leichter, ihn zu manipulieren, ohne dass er davon Kenntnis erlangt. Es ist mir auch gelungen, über ihn in das Kollektiv vorzudringen, und ich habe dort uneingeschränkten Zugriff auf alle Informationen.

Die Bewahrer gehen nicht sehr effektiv bei Ihrer Suche nach geeigneten Kandidaten vor. Ich habe leider noch nicht in Erfahrung bringen können, warum das so ist. Sie als Ermittlerin werden wahrscheinlich die Krankenakten durchsuchen und nach ähnlichen Gehirnscans. Jedenfalls würde ich es so machen. Vielleicht ist das eine Erklärung dafür, warum die Bewahrer nicht ähnlich vorgehen. Für sie sind diese Menschen nicht krank, sondern etwas ganz Besonderes. Die Arroganz, die ich täglich spüre, ist kaum auszuhalten, doch genau diese Arroganz ist die Schwäche der Bewahrer. Sie erlaubt es mir, mich hier so unbemerkt zu bewegen. Wie Sie wissen, existiere ich nunmehr nur noch auf geistiger Ebene. Ich muss meinen Wirt dazu bringen, diese Nachricht an Sie zu senden, ohne dass er davon Kenntnis davon erlangt.

Die Bewahrer suchen überall im Netz nach Menschen, die etwas Besonderes oder Außergewöhnliches geleistet haben. Dieses Verfahren stellt ein hohes Risiko da und es werden auch immer mehr Menschen entführt, die gar nicht geeignet sind, ein Bewusstsein eines Bewahrers aufzunehmen. Leider habe ich für diese Menschen keine guten Nachrichten. Fällt ein Kandidat durch diverse Tests, wird er getötet und dem Recycling zugeführt. Es tut mir wirklich leid, aber diese Menschen zu retten, könnte sich als unmöglich herausstellen.

Im Anhang dieser Botschaft finden Sie einen Musterscan. Ich habe die wichtigen Passagen für Sie darin markiert. Es sollte Ihnen helfen, Ihre Suche zu optimieren und die Anzahl geeigneter Personen drastisch zu verringern. Retten Sie diese Menschen, Kommissarin McCollin! Retten Sie sie. Es darf den Bewahrern nicht gelingen, noch mehr Monster zu erwecken. Ich werde Sie weiterhin unterstützen und alles in meiner Macht Stehende tun, den Bewahrern das Handwerk zu legen.

Diese Nachricht wird sich automatisch löschen, nachdem sie geschlossen wurde. Bitte speichern Sie zunächst den Anhang.

Eine treue Dienerin des Imperiums
Susan Tantiki

Das musste McCollin erst sacken lassen. So viele Fragen kreisten in ihrem Kopf herum. Fragen, auf die sie keine Antworten hatte und auch keine bekommen würde. Eine Frage jedoch drängte sich ihr in den Vordergrund: Woher wusste Tantiki, woran sie gerade arbeitete? Es war allerdings müßig, sich jetzt alle diese letztlich zu nichts führenden Fragen zu stellen. Also speicherte Isabell den Anhang, den es eigentlich gar nicht geben dürfte, da die Nachricht eindeutig als *ohne Anhang* gekennzeichnet war. Danach drückte sie den *Schließen-Button*. Wie angekündigt verschwand die Botschaft, als ob es sie nie gegeben hätte. Dann öffnete Isabell den Anhang und betrachtete den Scan. Sie war keine Medizinerin und konnte nur wenig mit der Aufnahme anfangen. Aber wie versprochen hatte Susan bestimmte Bereiche markiert. McCollin fügte den Scan dem Suchalgorithmus hinzu und erweiterte die Suche nach den markierten Stellen. Dann ließ sie den Filter erneut durchlaufen. Da der Algorithmus nur noch knapp 120 000 Daten durchsuchen musste, erhielt die Ermittlerin wenig später das Ergebnis. Es waren 24 152 Menschen übrig geblieben. Isabell schrie innerlich vor Freude auf. Hoffnung keimte in der Kommissarin auf. Das waren zwar immer noch viele, aber wesentlich weniger als zuvor und die Sache erschien machbar.

Voller Euphorie wollte Isabell die entsprechenden Anweisungen geben, doch sie stockte mitten in der Bewegung. *Was, wenn das eine Falle ist?*, dachte sie. *Wir versammeln alle Menschen, die die Bewahrer so verzweifelt suchen, an einem einzigen Ort.* Weiter traute sich McCollin diesen Gedanken nicht zu spinnen. Ja, es war ein Risiko, musste sie zugeben. Aber was würde im schlimmsten Fall passieren? Die Bewahrer erhielten, was sie wollten, und wer wusste, vielleicht würden die Maschinenwesen wieder von alleine verschwinden. Was war schon das Leben von 24 000 Menschen gegen die Freiheit von Milliarden? Ein hoher Preis, dennoch jedes Menschenleben wert. Sofort schämte sich Isabell für ihre unmoralischen Gedanken. Vor ihrem geistigen Auge erschien das Bild der Imperatrix, die ihr eine Moralpredigt hielt. Nein! Nicht einen Einzigen sollten die Bewahrer bekommen. Dann beugte sie sich vor und gab die entsprechenden Anweisungen in ihren Computer ein. Die Menschen sollten so schnell wie möglich aufgefunden und aufgegriffen werden. Der Datenstick, den die Sonderermittlerin von der Kaiserin erhalten hatte, enthielt die Koordinaten eines sicheren Hafens. Dorthin sollten die Betroffenen gebracht werden. Dabei vergaß sie nicht, die betreffenden Personen als geisteskrank zu markieren. Sie hoffte damit, das Interesse der Bewahrer von der Aktion abzulenken.

Isabell McCollin war nie ein religiöser Mensch gewesen. Ihre logische Denkweise ließ das nicht zu und trotzdem betete sie zu allen ihr bekannten Göttern. Es gab einen Namen auf der Liste, der wollte ihr nicht mehr aus dem Kopf gehen. Sie hatte ihn rein zufällig entdeckt, als sie die Liste überflogen hatte. Jetzt stand er direkt auf dem Display und die Ermittlerin konnte nicht aufhören, ihn anzustarren. Der Name war: Isabell McCollin, Sonderermittlerin und Kommissarin beim imperialen Geheimdienst.

Befreiung

Zeit: 1042
Ort: Sombrerogalaxie, Akarak-System, Planet Akarak

Higgens hatte sein Team in Stellung gebracht und ich hockte mit Lopak unterhalb der Mauer, die die Residenz vollkommen umschloss. Hinter diesen Mauern befanden sich zu unserem Leidwesen eine Menge Wachen und ganz sicher waren sie in höchster Alarmbereitschaft. Immerhin tobte kein vierzig Kilometer von hier eine Schlacht gegen fürchterliche Aliens. Der Gedanke ließ mich schmunzeln. Die Nachricht, dass Aliens über den Planeten herfielen, musste auch hier angekommen sein. Außerdem war das Gedonner der Plasmakanonen nicht zu überhören, auch wenn der Lärm in den letzten Minuten merklich abgenommen hatte. Das konnte nur bedeuten, BullsEye ging zu Phase zwei über. Erleichtert atmete ich aus. Phase zwei bedeutete, die erste Schlacht war gewonnen und die Frontlinie durchbrochen. Der Gedanke, wir wären unterlegen gewesen und dass das der Grund war, warum die Geschütze verstummten, kam für mich nicht infrage.

Den Wachen hinter den Mauern war bestimmt der Kampf nicht entgangen, der nur knappe drei Kilometer östlich der Residenz stattgefunden hatte. Bei der Auseinandersetzung mit den Drohnen war ein großer Teil des Waldes völlig zerstört worden. Jetzt kauerten wir in der Hocke und pressten den Rücken gegen die Mauer. Stannis hatte einen Weg gefunden, der nicht von den Kameras abgedeckt wurde, und uns zu der Mauer geführt. Wenn wir dicht genug an der Wand blieben, würden die Überwachungskameras uns nicht erwischen, versicherte uns der Späher. Und wie es aussah, behielt er damit recht. Murphy brachte seine letzten Ladungen an und gab Higgens mit einem Handzeichen zu verstehen, dass er bereit war. Ich betrachtete die Stelle, an der Murphy die Sprengladungen angebracht hatte, und eine innere Eingebung sagte mir, dass die zehn Meter Sicherheitsabstand eventuell nicht ausreichend sein könnten. Ich hob die Hand und deutete Murphy an, noch etwas zu warten. Dann tippte ich dem Großmarschall auf die Schulter und winkte ihm zu, er solle mir folgen. Wir schlichen weitere zehn Meter nach links und hockten uns wieder in Deckung. Nun zeigte ich dem Special Trooper den ausgestreckten Daumen. Murphy zuckte mit den Schultern, als ob er nicht verstand, was das sollte. Dann schaute er zu seiner rechten Seite und beobachtete, wie auch sein Teamleader und seine Kameraden sich weiter zurückzogen.

Die Mauer sah sehr alt und dick, aber vor allem sehr stabil aus. Ich hatte aus meinen Fehlern gelernt und wusste, dass es besser war, den von Murphy verlangten Sicherheitsabstand zu verdoppeln. Das hieß noch lange nicht, dass man die Gefahrenzone verlassen hatte, aber immerhin sollte es ein wenig sicherer sein. Der Sprengstoffexperte begnügte sich mit seinen selbst auferlegten zehn Metern. Dann hielt er die ausgestreckte Hand nach oben und klappte einen Finger nach dem anderen im Sekundentakt ein. Am Ende macht er eine Faust und riss den Arm herunter. Seine Geste begleitete ein lautes *Krawum*. Die zwei Meter breite Mauer flog uns im wahrsten Sinne um die Ohren. Die Detonation riss ein riesiges Loch in das Mauerwerk. Der Plan sah vor, den Innenhof sofort zu stürmen, doch Murphy gab ein zweimaliges Knacken durch den Helmfunk. Ein visuelles Zeichen war nicht möglich, da der Special Trooper von einer Staubwolke umgeben war. Man konnte nur die groben Umrisse seines Körpers erkennen. Die Explosion hatte die Mauer instabil werden lassen. Es krachte noch zweimal, dann rutschten die Steine von oben nach und verschlossen den eben geschaffenen Zugang wieder. Der Staub legte sich etwas und Murphy betrachtete sein Kunstwerk. Dann zuckte er erneut mit den Schultern und fing an, den Geröllhaufen zu erklimmen. Ein Gutes hatte der künstlich erschaffene Berg, er bot uns eine bessere Deckung. Nach und nach rückte das Team nach. Murphy war als Erster oben und verschanzte sich hinter einem großen Brocken. Kaum in der Hocke, donnerte sein Sturmgewehr bereits und bestrich den Hof mit schwerem Laserfeuer. Im Innenhof hatten sich zwei Dutzend Rebellen eingefunden, die nun das Feuer auf uns eröffneten. Lopak konnte sich noch gerade in Deckung werfen. An der Westseite erfolgte plötzlich eine zweite Detonation. Stannis hatte zur Ablenkung ein zweites Loch in die Mauer gesprengt und war nun wieder auf dem Weg zu uns. Er rannte wie der Teufel und verzichtete darauf, nicht von den Überwachungskameras erfasst zu werden. Dass gerade ein Angriff stattfand, sollte mittlerweile der blödeste Soldat mitbekommen haben.

Die feindlichen Soldaten reagierten auf die neue vermeintliche Bedrohung und zogen die Hälfte ihrer Männer zur Westseite ab. Juvis, der sich mit seinem Scharfschützengewehr in eine gute Schussposition gebracht hatte, erwischte fast die Hälfte von ihnen. Ich wollte das hier so schnell wie möglich beenden und zog meine beiden Blaster. Das heißt, ich zog nur einen, die linke Hand griff ins Leere. Dann erinnerte ich mich, dass ich mit Kensing getauscht hatte, und ärgerte mich. Aber ein Blaster war mehr als genug. Ich stützte mich mit der freien Hand auf einem Stein ab und sprang aus der Deckung den Schuttberg hinunter. Noch im Flug streckte ich zwei Rebellen nieder. Dann überquerte ich den Innenhof, so schnell ich konnte. Der Blaster spuckte immer wieder todbringendes Laserfeuer. Von links kamen zwei Soldaten hinter einem Fahrzeug hervor. Der erste erhielt einen Brusttreffer, dem anderen schoss ich in den Kopf. Fast gleichzeitig tauchten plötzlich drei weitere Rebellen von rechts auf. Auch diese streckte ich in einer fließenden Bewegung nieder. Noch immer rannte ich und war mittlerweile dazu übergegangen, in einem großen Kreis den Innenhof zu umrunden. Ich lief, was das Zeug hielt, und bemerkte gar nicht, dass Higgens und sein Team das Feuer eingestellt hatten. Ledig Juvis gab gelegentlichen einen Schuss ab und holte ein paar Leute vom Dach des Gebäudes herunter. Die anderen standen da und beobachteten das Spektakel. Ich rannte wie ein Irrer umher und feuerte nach links und rechts. Irgendwann gab es nichts mehr, auf das ich schießen konnte, und ich sicherte den Eingang. Commander Higgens überquerte den Innenhof und rückte mit seinem Team nach. Dabei gaben sie sich gegenseitig Feuerschutz.

»Was zum Teufel war das denn?«, funkte Higgens mich über einen privaten Kanal an.

»Innenhof gesichert«, gab ich sachlich zurück.

»General, bei aller Ehre, wenn das hier vorbei ist, werden wir ein langes und ausführliches Gespräch führen müssen.«

»Aye, Commander. Doch nun lassen Sie uns den Jungen holen und dann nichts wie weg hier.«

Wir stürmten das Haus und trafen nur auf wenig Widerstand. Die vereinzelten Rebellen, die wir antrafen, waren schnell erledigt. Ein paar ergaben sich sogar und es kostete mich eine Menge Überredungskünste, den Großmarschall davon abzuhalten, die Gefangenen zu exekutieren. Unsere Moralvorstellungen gingen weit auseinander. Doch wir waren keine Krastaner, wir waren Menschen und Menschen erschossen keine Gefangenen. Nur in besonderen Ausnahmesituationen.

Aramis lokalisierte schnell den Raum, in dem der Prinz gefangen gehalten wurde. Er hatte sich in das Netz gehackt und hatte Zugriff auf die Sicherheitskameras. Wir hatten das Team aufgeteilt und ich durchsuchte die obersten Stockwerke mit Lopak. Ich wollte den Mann keine Sekunde aus den Augen lassen. Er würde jeden Rebellen abschlachten, den er finden konnte.

{Wir müssen uns beeilen. Die Rebellen haben einen Notruf abgeschickt und Verstärkung ist bereits auf dem Weg}, informierte mich Aramis.

[Alles klar.]

Das überraschte mich nicht, wir alle hatten damit gerechnet. Aufgrund der neuen Information trieb ich das Team nun zur Eile an.

Wir fanden den Prinzen in einem luxuriös eingerichteten Zimmer. Wenn es Wachen gegeben hatte, waren sie entweder tot oder geflohen. Lopak brach die Tür auf und näherte sich dem Jungen. Dieser kauerte verängstigt in einer Ecke und fürchtete sich vor uns. Der Marschall öffnete seinen Helm und redete beruhigend auf den Prinzen ein. Als dieser den Großmarschall erkannte, rannte er zu ihm hinüber und rieb seine Wange an der des Marschalls. Dann fassten sich beide an den Unterarmen und beide gaben einen grunzenden Laut von sich.

»Großmarschall Lopak, können wir die Wiedersehensfeier auf später verschieben? Wir müssen hier weg!«

»Natürlich, verzeihen Sie, General Johnson.«

Ich gab über Funk durch, dass wir den Prinzen gefunden und befreit hatten. Dann stürmten wir die Treppen hinunter und trafen uns mit Higgens und dem Rest des Teams auf dem Innenhof. Ein paar Minuten später waren wir bereits wieder auf dem Weg zurück in den Wald und schlugen den Weg zum Treffpunkt Alpha ein. Aramis hatte alle Kameraaufzeichnungen gelöscht. Die Verstärkung würde nicht erfahren, wer oder was hier eingedrungen war. Ich rechnete damit, dass eine Hetzjagd auf uns begann. Dazu mussten Sie uns erst einmal finden. Mit dem Prinzen in der Mitte rannten wir durch den Wald. Es war ein anderer Weg als der, den wir gekommen waren. Es wurde Zeit, mein Ass aus dem Ärmel zu holen und für unseren Abtransport zu sorgen. Ich hatte noch eine Überraschung für das Team. Der Schutzschild erlaubte zwar keinen Einsatz der Jägerstaffel doch Samui Hoi war sich sicher, einen Shuttle unter dem Schirm hindurchmanövrieren zu können. Wenn alles nach Plan gelaufen war, befand er sich in der Nähe der Kuppel und wartete nur auf mein Zeichen. Evakuierungspunkt Alpha war nur noch zwei Kilometer entfernt, daher rief ich den Piloten und beorderte ihn zum Treffpunkt.

Als wir die kleine Lichtung erreichten, wurden wir bereits von Hutson und Kensing erwartet. Skeptisch untersuchten Sie Klausthaler und konnten es kaum glauben, dass ihr Kamerad dieses Mal unverletzt davongekommen war.

»Was machen wir jetzt?«, fragte Higgens mich.

»Wir warten.«

»Auf was warten wir? Stoßen noch andere Einheiten zu uns und sichern den Rückzug? Dieser Teil des Plans hat mir nicht gut gefallen, da ich nichts darüber weiß. So kann ich nicht arbeiten, General. Sie müssen …«

»Nun regen Sie sich nicht so auf, Higgens. Wenn ich Ihnen davon erzählt hätte, hätten Sie mich für verrückt erklärt«, versuchte ich, den Commander zu beruhigen.

»Für noch verrückter als bisher? Das bezweifle ich«, knurrte der Teamleader.

Ein leises Dröhnen zerschnitt die Stille und wurde immer lauter. Es gesellte sich das Knacken von berstendem Holz dazu. Higgens staunte nicht schlecht, als er sah, wie ein Shuttle im Tiefflug auf uns zukam. Dabei flog Samui Hoi so tief, dass der Rumpf des Shuttles tief in den Wald hineinragte und Bäume links und rechts einfach umknickten. Er pflügte sich regelrecht eine Schneise durch den Wald.

»Sammeln Sie Ihr Team ein, Commander, unser Taxi ist da.«

Higgens starrte auf den Shuttle und dann wieder zu mir. Kopfschüttelnd rief er seine Männer zusammen und ich wusste, ich war auf seiner Beklopptskala noch ein gutes Stück nach oben gerückt.

Samui landete sicher auf der kleinen Lichtung. Das Heck quetschte sich zwischen das Laub und drückte noch ein paar Stämme zur Seite. Dann öffnete der Pilot die Luke und fuhr die Rampe herunter. Wenig später saßen wir im Inneren und der Schwerkraftweltler nahm den Weg, den er gekommen war. Murphy gesellte sich nach vorne in das Cockpit. Lässig hielt er sich links und rechts am Rahmen der offenen Tür fest. Hoi beschleunigte und raste mit hohem Tempo auf den Rand des Schutzschilds zu, der schnell näher kam.

»Sind Sie sicher, dass das passen wird«, fragte Murphy den Piloten. »Ich mein, das sieht recht knapp aus.«

Hoi antwortete nicht, sondern drückte den Shuttle noch weiter nach unten und berührte schon fast den Boden. Ganz ungefährlich war das Manöver nicht, doch ich vertraute dem Mann. Ich hatte schon oft mit ihm gearbeitet und wusste, auf ihn konnte ich mich verlassen. Wenn Hoi sagte, er bekam das hin, dann bekam er das auch hin. Murphy war sich da nicht so sicher.

»Hallo? Ich fragte, ob Sie sicher sind, dass das passt«, wiederholte der Special Trooper seine Frage.

»Setzen Sie sich und schnallen Sie sich an«, bekam er als Antwort und dann wiederholte Samui die Warnung an alle anderen über den Bordfunk. Murphy brauchte man das nicht zweimal sagen. In rasender Geschwindigkeit setzte er sich auf den Kopilotensitz und schnürte die Sicherheitsgurte, so fest er konnte. Wir anderen taten es ihm gleich und Lopak half dem Prinzen, die Gurte richtig zu befestigen. Ein paar Sekunden später schlug der Shuttle heftig auf dem Boden auf und bohrte sich in den Boden. Klausthaler hatte sein Visier geöffnet und es schoss eine kleine Blutfontäne aus seinem Helm.

»Verschammt, isch hab mir die Schunge abgebischen«, brüllte er den tosenden Lärm der Triebwerke nieder. Erst war es still, dann fing einer an zu lachen und nach und nach fielen wir mit ein.

»Dasch ischt nischt luschtisch!«

»Doch, ist es!«, brüllte Kensing zurück und das Gelächter wurde noch lauter. Das war schon ein verrückter Haufen. Ich lehnte den Kopf in die Kopfstütze, schloss die Augen und genoss den Augenblick. Dieses Team war mir richtig ans Herz gewachsen. Jeder Einzelne von ihnen war auf seine Art ein toller Kamerad und irgendwie hatte sich so etwas wie eine Freundschaft entwickelt. Commander Higgens hatte vollkommen recht, es wurde Zeit, dass wir ein längeres Gespräch unter vier Augen führten.

Davon unbeeindruckt, gab Hoi noch mehr Schub und steuerte den Shuttle unter den Schirm hindurch. Kaum auf der anderen Seite, riss er den Steuerknüppel nach oben und katapultierte uns in den Himmel. Er ließ einen über zwei Meter tiefen Graben zurück. Der VIP-Shuttle benötigte nach dieser nicht artgerechten Behandlung einige neue Antennen und ein neuer Anstrich konnte auch nicht schaden. Von dem verbeulten Rumpf ganz zu schweigen.

Der Plan sah vor, BullsEye erst das Kommando zum Rückzug zu geben, wenn sich der Prinz sicher an Bord der NAUTILUS II befand. Es blieb uns also nichts anderes übrig, als zu warten. Hoi holte alles aus dem kleinen VIP-Shuttle heraus, was er konnte. Der Flug dauerte nur wenige Minuten, doch mir kam es wie Stunden vor. Vielleicht lag es auch daran, dass Klausthaler, um nicht zu ersticken, immer wieder das Blut ausspuckte, das sich in seinem Mund gesammelt hatte.

Nachdem der Shuttle sicher im Hangar der NAUTILUS II gelandet war, verließen Commander Higgens und sein Team den Shuttle. Wieder einmal hieß es, zunächst der Krankenstation einen Besuch abzustatten. Es grenzte an ein Wunder, dass niemand ernsthaft verletzt worden war. Klausthaler hatte das Stück Zunge, das er sich abgebissen hatte, noch immer im Mund. Es würde nur ein kleiner Eingriff sein, ihm das wieder anzunähen. Kensing würde einfach nur ein wenig Ruhe brauchen, seine Schulterverletzung würde schnell ausgeheilt sein, und auch Hutsons Verletzung war nicht weiter wild.

Lopak blieb mit dem Jungen und mir an Bord und erklärte dem Prinzen die Situation, vor allem aber, wer wir waren und was wir hier überhaupt machten. Mir fiel auf, dass die beiden einen sehr freundschaftlichen Kontakt pflegten. Der Großmarschall schien so etwas wie ein Mentor des Prinzen zu sein.

Ich setzte mich zu Samui Hoi ins Cockpit und stellte eine Verbindung zu BullsEye her. Er war überaus froh, von mir zu hören. Die Trooper hatten sich neu formiert und er wollte gerade zur nächsten Angriffswelle übergehen. Da kam meine Nachricht, dass der Prinz befreit und in Sicherheit war,zum Glück noch rechtzeitig. Er befahl den Rückzug und wir fingen an, unsere Truppen wieder einzusammeln.

»Es missfällt mir außerordentlich, dass der Verräter nicht gefasst wurde«, sagte Lopak übel gelaunt zu mir, als ich wieder bei den beiden Krastanern war.

»Glauben Sie mir, Großmarschall, dafür haben Sie mein vollstes Verständnis. Aber das hier ist nicht unser Krieg. Sollten Sie mir jedoch Ihre volle militärische Unterstützung gegen die Bewahrer zusichern, verspreche ich Ihnen, dass unsere Truppen solange weiter vorrücken, bis wir den Bruder Ihres Kaisers in Gewahrsam haben.«

Lopak schreckte regelrecht hoch. Er war gar nicht in der Position, einen solchen Deal mit mir auszuhandeln, und wenn ich es so recht überlegte, ich auch nicht.

»Sie wissen, dass ich das nicht kann, General.«

»Ich weiß«, nickte ich verständnisvoll. »Es bleibt zu hoffen, dass der Verräter, wie Sie ihn immer nennen, sich bei seiner Flotte am Sprungtor aufhält. Unser Glück, dass das Tor so weit weg ist. Admiral Gavarro hat mich darüber informiert, dass die Flotte hierher unterwegs ist. Sie wird aber noch mindestens vierzig Stunden brauchen. Bis dahin sind wir längst weg. Wir werden sofort zur kaiserlichen Flotte auf der anderen Seite des Sprungtors springen. Vielleicht haben Sie ja Glück und erwischen den Mann doch noch.«

»Ja, vielleicht. Ich hoffe nur, unsere Flotte ist bereits da. Sie musste einen langen Weg zurücklegen.«

»Dieses Zugeständnis kann ich Ihnen machen, wir springen auf die andere Seite des Tors und warten dort so lange, bis ihre Flotte auftaucht. Niemand wird dieses System verlassen. Darauf gebe ich Ihnen mein Wort.«

Informationen

Zeit: 1042
Ort: Sombrerogalaxie, Irgendwo

Es war nicht schwer, die anderen davon zu überzeugen, mit der NAUTILUS II an dem einzigen Sprungtor zum Akarak-System auf die Flotte der Krastaner zu warten. Der Großmarschall rechnete fest damit, dass der Kaiser persönlich den Kampfverband mit seinem Flaggschiff begleiten würde. Lopak versicherte uns mehrmals, dass sein Kaiser ein Mann war, der sein Wort hielt und seinem Teil der Abmachung nachkommen würde.

Ganze fünf Tage mussten wir auf das Eintreffen der krastanischen Flotte warten. Das gab uns genug Zeit, unsere Wunden zu lecken, und davon hatten wir einige. Die Befreiung des Prinzen hatte einen hohen Preis eingefordert, auch wenn unsere Truppen sich gut geschlagen hatten. Was rede ich da? Unsere Truppen hatten sich hervorragend geschlagen und dem Feind, der im Grunde genommen gar nicht unserer war, hohe Verluste zugefügt. Natürlich ging das nicht, ohne eigene Verluste hinzunehmen. Die 6. Division verlor 800 Mann. Die 9. hatte es noch härter getroffen, und fast 2000 Männer und Frauen waren auf dem Schlachtfeld gefallen. Die Zahlen wollte mir einfach nicht aus dem Kopf: 2768 Soldaten. War es das wert gewesen? Noch konnte ich die Frage nicht beantworten, da wir vom Großkaiser Demetak noch nichts bekommen hatten. Sollten die versprochenen Informationen zur Lösung unseres Problems beitragen, wie wir diese verdammten Bewahrer loswerden konnten, dann auf jeden Fall.

Ich stattete BullsEye ein Besuch ab und wollte wissen, wie es mit der Moral der Soldaten stand. Mir kam der Gedanke, nicht jeder musste das so sehen wie ich. Doch meine Sorge war völlig unbegründet. Emilia hatte noch vor dem Ausschiffen der Truppen eine ihrer Reden gehalten. Sie hatte gesagt: »Jetzt geht da raus und macht mich stolz.« Was soll ich sagen? Sie waren da rausgegangen und hatten uns alle stolz gemacht. Es gab das Gerücht, dass einige Soldaten mit dem Schlachtruf *Die Prinzessin beschützt* in den Kampf gezogen waren. Aber das waren nur Gerüchte. Mit BullsEye besuchte ich vereinzelte Truppenteile und musste mich seiner Meinung anschließen. Die Soldaten waren zwar abgekämpft, sahen aber glücklich aus. So grotesk das auch war, ich konnte das gut verstehen. So war das Leben eines Soldaten eben. Für viele war die kämpfende Truppe der einzige Platz, wohin sie gehen konnten. Der Kampf war das Einzige, was sie kannten, aber vor allem war es das Einzige, was sie konnten.

Ich fing an, mich zu langweilen. Die Gespräche mit Aramis waren auch nicht mehr das, was sie einmal gewesen waren. Aramis hatte sich sehr zurückgezogen und suchte den Dialog mit mir nur noch selten. Auch seine bissigen Kommentare behielt er für sich. Woran das lag, konnte ich nur spekulieren. Er schien auch einen Weg gefunden zu haben, damit ich keine Bilder seiner Gedanken mehr mitbekam.

Ich befand mich in einer bedrückten Stimmung, denn ich fühlte mich einsam und Victoria fehlte mir sehr. Ich vermisste ihren Duft und ihre Berührungen. Ja, ich vermisste sogar unsere Streitgespräche. Nicht dass Sie jetzt denken, ich würde sentimental werden. Aber auch ich war in gewisser Weise nur ein Mensch, der seine schwachen Momente hatte.

Doch der Gedanke an Special Trooper Klausthaler hellte meine Miene sofort wieder auf. Der Trooper konnte sein Glück kaum fassen. Er war von einer Mission beinahe unverletzt zurückgekommen. Sein Team und er feierten diesen Umstand ausgiebig, natürlich mit viel Alkohol. Klausthaler hatte sich völlig zugeschossen und war zwei Tage sternhagelvoll durchs Schiffs getorkelt. Seine Aussprache ließ sehr zu wünschen übrig und niemand konnte sagen, ob es an der wieder angenähten Zuge lag oder es seinem Alkoholkonsum zuzuschreiben war. In seinem euphorischen Zustand kam er auf die dämliche Idee, er sei unverwundbar geworden. Commander Higgens konnte gerade noch verhindern, dass jemand mit einer selbst gebauten Armbrust versuchte, Klausthaler einen Apfel vom Kopf zu schießen. Dieser jemand war kein Geringerer als Juvis, der genauso voll war wie sein Kamerad. Ein Schmunzeln durchzog meine Mundwinkel, verschwand aber genauso schnell wieder, wie es gekommen war. Higgens wollte noch unbedingt ein Gespräch unter vier Augen mit mir. Das hatte er jedenfalls im Einsatz gesagt. Bisher war es nicht dazu gekommen, was zugegeben auch daran gelegen haben könnte, dass ich dem Commander bewusst aus dem Weg ging.

»General Johnson? Higgens hier. Hätten Sie ein paar Minuten für mich?«, drang die Stimme des Commanders plötzlich über das ICS in meinen Kopf. Es wäre sinnlos gewesen, den Funkspruch zu ignorieren. Das war der Nachteil an diesem ICS-System, Higgens wusste, dass ich ihn gehört hatte.

»Natürlich, Commander. Wo wollen wir uns treffen?«

»Wenn es Ihnen recht ist, in meinem Quartier.«

»Bin gleich da«, versprach ich und machte mich sofort auf den Weg. Ich hasste es, Unvermeidliches lange aufzuschieben. Was pflegte meine Mutter stets zu sagen? Lieber ein Ende mit Schrecken als Schrecken ohne Ende. Das erinnerte mich gleich an meine Mutter, heute war ich mir ihr, meinem Vater und Emilia zum Tee verabredet. Das konnte ja was werden. Der Tag schien schon wieder den Bach hinunterzugehen und passte im Großen und Ganzen zu meiner Stimmung. Auf dem Weg zum Commander überlegte ich, was Higgens wohl von mir wollen konnte. Ging es wirklich darum, dass er Erklärungen für meine Fähigkeiten haben wollte, oder war etwas gänzlich anderes im Busch? Was sollte ich ihm erzählen?

[*Aramis, bist du da?*]

{*Wo sollte ich sonst sein? Und um deine Frage zu beantworten, nein.*}

[*Ich habe doch noch gar keine Frage gestellt!*]

{*Brauchst du auch nicht, ich weiß die auch so. Du möchtest die Erlaubnis von mir, dass du Commander Higgens alles von mir erzählen darfst.*}

[*Wir waren uns doch darüber einig, den Personenkreis zu erweitern, wann immer das notwendig ist.*]

{*Ich sehe keine Notwendigkeit.*}

Ich war kurz vorm Platzen. Aramis konnte so unendlich stur sein. Doch ich hatte mittlerweile die Schnauze gestrichen voll.

[*Jetzt hör mir mal zu! Mir ist völlig egal, was du siehst oder nicht. Der Commander hat es nicht verdient, dass ich ihn anlüge. Das werde ich auch nicht tun. Wenn er mich fragt, werde ich ihm eine ehrliche Antwort geben.*]

{*Du weißt, dass ich das nicht zulassen kann.*}

[*Leck mich, Aramis! Tu, was du nicht lassen kannst.*]

Mir ging dieses Wesen so was von auf den Sack und ich hatte absolut keine Lust mehr, mir von ihm sagen zu lassen, was ich zu tun hatte und was nicht. Entweder er akzeptierte meine Entscheidung oder er konnte von mir aus verschwinden, am besten für immer.

Higgens empfing mich in seinem kleinen Quartier. Als Teamleader einer Special-Trooper-Einheit brauchte er sich seine Unterkunft mit niemanden teilen, dennoch war der Raum extrem klein. Gerade mal ein Bett und ein kleiner Schreibtisch passten hinein. Der Kleiderschrank war in die Wand eingelassen und der Platz in der kleinen Nasszelle reichte gerade eben aus, sich auf der Stelle um die eigene Achse zu drehen. Higgens saß hinter seinem Schreibtisch und stand auf, um mir die Hand zu schütteln. Einen Sitzplatz konnte er mir aus Mangel eines zweiten Stuhls nicht anbieten. Der Höflichkeit halber blieb er ebenfalls stehen.

»Schön, dass Sie so schnell kommen konnten«, begann er das Gespräch. Sein Lächeln wirkte ehrlich auf mich und dennoch lag eine Ernsthaftigkeit in seiner Stimme, die mich beunruhigte.

»Das ist doch selbstverständlich. Wie geht es Hutson und Kensing?«, erkundigte ich mich zunächst nach den beiden Special Troopern, die beim letzten Einsatz verletzt wurden.

»Halb so wild, sind beide bereits wieder im Dienst. Hutson humpelt noch etwas, aber das wird schon in den nächsten Tagen.«

»Freut mich, das zu hören, aber was kann ich für Sie tun, Commander? Sie wollten etwas mit mir besprechen?«

»Einen Moment«, sagte er und drehte sich zu dem Tisch um. Dort nahm er ein kleines Gerät in die Hände und betätigte einen verborgenen Schalter. »Jules«, rief er dann laut, erhielt jedoch keine Antwort von der Schiffs-KI. Zufrieden nickte er und wandte sich wieder an mich. »So, General, wir können ungestört reden.«

»Ist das ein Störsender?«, fragte ich.

»Ja, einer der neusten Generation. Dieser Raum ist absolut abhörsicher.«

»Sie wissen, dass die Dinger an Bord illegal sind?«

»Klar«, grinste er und zuckte mit den Schultern, »aber ich dachte, es wäre eine gute Idee, wenn unser Gespräch unter vier Augen bleibt.«

»Dann muss es um etwas sehr Wichtiges gehen?«

»Das kann man so sagten. Es geht um Sie, General.«

»Um mich?«, spielte ich überrascht vor.

»Das ist Ihnen nicht besonders gut gelungen«, lachte Higgens und brachte mich damit zum Lächeln. »Bevor wir anfangen, gibt es irgendetwas, das Sie mir sagen möchten?«

»Ich? Sie haben mich doch hierher bestellt. Ich weiß nicht, worauf Sie hinauswollen.«

»Dachte ich mir schon. Darf ich offen sprechen, Sir?«

»Ich bitte darum. Lassen wir den General- und Commanderkram beiseite. Nur zwei Männer, die sich unterhalten.«

Higgens lächelte erleichtert. »Vielleicht fangen wir von ganz vorne an. Erinnern Sie sich an unsere erste Begegnung, bei diesem Geiseldrama auf Kronos?«

»Ja«, antwortete ich knapp und versteifte mich innerlich. Das Gespräch ging genau dahin, wohin ich es nicht haben wollte.

»Die Imperatrix hatte Sie geschickt und Sie sind einfach da hineinmarschiert und haben die Geiseln befreit. Einfach so. Ich meine, wir hatten es auch schon ein paarmal probiert, mussten uns aber immer unter großen Verlusten zurückziehen. Die Terroristen waren gut ausgebildet und noch besser bewaffnet. Sie haben im Alleingang alle Geiseln lebend gerettet und ganz nebenbei jeden Geiselnehmer ausgeschaltet.«

Ich holte tief Luft und wollte etwas zu meiner Verteidigung sagen, doch Higgens winkte ab.

»Sie brauchen darauf nicht antworten, noch nicht. Unsere zweite Begegnung verlief ähnlich. Das war die Rettungsaktion der Prinzessin. Wissen Sie, ich habe die Bunkeranlage nicht sofort verlassen, sondern mich noch ein wenig umgeschaut. Vor allem auf der untersten Etage. Leichen, wohin ich sah, und wieder haben Sie die Geisel, in diesem Fall die Prinzessin, im Alleingang befreit. Ich werde das Gefühl nicht los, dass mein Team nur Makulatur war. Nach der Anzahl der Leichen, die ich dort gesehen habe, hätten Sie uns gar nicht gebraucht. Wir können uns auch darüber unterhalten, wie Sie den Creep Kronka fertiggemacht haben. Oder wie Sie den Faustschlag von Special Trooper Rommanov so unbeschadet überstehen konnten. Ich meine, jedem normalen Menschen wären die Lichter ausgegangen.«

Ich sah den Commander mit ernster Miene an. Er hatte vollkommen recht. Im Grunde wusste ich, dass es nur eine Frage der Zeit war, bis jemandem etwas auffiel und dieser Jemand begann, unangenehme Fragen zu stellen. Mein Streitgespräch mit Aramis gewann immer mehr an Intensität.

»Tja, und da war dieser Einsatz vor ein paar Tagen, wo wir den Prinzen der Krastaner befreit haben. Es war ein netter Versuch,

Hutson die Lorbeeren zuzuschieben. Hutson ist gut, keine Frage, aber so gut nun auch wieder nicht. Irgendwer oder besser irgendetwas hat die Drohnen plattgemacht und ich versichere Ihnen, es war keiner von meinen Jungs. Was mich aber wirklich beunruhigt, ist die Aktion gewesen, an der Sie wie ein Wahnsinniger im Innenhof der Residenz herumgelaufen sind und einen Rebellen nach dem anderen abgeknallt haben. Ich habe noch nie einen Menschen gesehen, der sich so schnell bewegen kann. Sie sind dem feindlichen Feuer quasi ausgewichen, als ob Sie schon vorher wussten, wohin der nächste Schuss gehen würde. Zur Antwort verpassten Sie jedem einzelnen Gegner einen Kopfschuss. Ich habe Sie genau beobachtet; bei den meisten Schüssen haben Sie nicht einmal hingesehen, wohin Sie schießen. Dennoch, jeder Schuss ein Volltreffer.«

Es trat ein langes unangenehmes Schweigen ein. Was sollte ich Higgens jetzt antworten? Er hatte mich! Er hatte mich so was von an die Wand gestellt. Meine Gedanken kreisten und mir wurde beinahe schwindelig.

»Wollen Sie nichts dazu sagen oder können Sie nicht?«, fragte Higgens nach, nachdem ich keine Anstalten machte, auf seine Fragen zu antworten.

»Wissen Sie, General Johnson, Sie können sich wahrscheinlich nicht vorstellen, warum ich so aufgebracht darüber bin. Bisher habe ich nur beobachtet, wie Sie Ihre Fähigkeiten im Dienste des Imperiums einsetzten. Sie meinen es gut, wirklich. Dennoch stellen Sie eine Gefahr für mich und mein Team dar. Es grenzt schon an ein Wunder, dass noch keiner meiner Jungs ums Leben gekommen ist.«

»Was?«, rief ich erschrocken aus. »Wie das? Ich habe zu keiner Zeit …«

»Natürlich haben Sie das nicht!«, nahm mir der Commander den Wind aus den Segeln. »Und dennoch stellt Ihr Verhalten eine Gefahr da. Sie mögen sich für unverwundbar halten und vielleicht sind Sie es sogar. Nein, wahrscheinlich stimmt es, aber das gilt nicht für mich und mein Team. Ich konnte meine Männer nur schwer daran hindern, Ihnen auf den Innenhof zu folgen und ebenfalls wild um sich zu ballern. Ihre Art steckt an, General. Die Jungs fangen an, sich für die Größten zu halten. Sie glauben, wenn Sie bei uns sind, kann ihnen nichts passieren! Sie wissen, was das bedeutet!«

Ja, das wusste ich und ich ärgerte mich über mich selbst. Warum hatte ich das nicht gesehen? Wie konnte ich nur so blöd sein? Mein Magen drehte sich um und mir wurde schlecht. Higgens war ein guter Mann, ein verdammt guter Mann, und das Gleiche galt für jeden einzelnen aus seinem Team. Noch immer stritt ich heftig mit Aramis. Doch dieses Mal würde ich nicht klein beigeben. Der Commander verdiente die Wahrheit.

»Ich ...«, stammelte ich und suchte nach den richtigen Worten.

»Ich sehe schon. Sie wollen oder können mir nicht sagen, was mit Ihnen nicht stimmt. Manchmal frage ich mich, ob Sie überhaupt noch ein Mensch sind. Im Grunde ist das auch nicht so wichtig. Ich wollte nur, dass Sie wissen, was ich darüber denke, und vielleicht denken Sie das nächste Mal vorher darüber nach, was Ihr Handeln für uns bedeuten kann.«

»So ist es nicht, Fred.«

Zum ersten Mal hatte ich den Commander mit seinem Vornamen angesprochen. Erst da fiel mir auf, dass niemand in seinem Team sich mit dem Vornamen ansprach. Auch nicht, wenn sie nicht im Dienst waren. Würde ich nicht die Akten der einzelnen Teammitglieder kennen, wüsste ich die Vornamen der Männer gar nicht. An der Reaktion von Higgens konnte ich seine Überraschung sehen. Sein Körper zuckte regelrecht zusammen.

Ich kann Ihnen nicht erklären, warum ich mich mit diesem Mann so verbunden fühlte. Er musste einfach die Wahrheit erfahren und ich war mir sicher, mein Geheimnis würde gut bei ihm aufgehoben sein. Plötzlich kehrte eine seit Langem nicht da gewesene Ruhe in mich ein. Ich empfand einen inneren Frieden,

den ich kaum beschreiben kann. Meine Gedanken sortierten sich und ich stoppte sofort das in mir immer noch anhaltende Streitgespräch mit Aramis. Es war mein Leben, mein Körper und nur ich hatte das Recht, darüber zu bestimmen. Mit dieser Erkenntnis und inneren Ruhe überfluteten meine Gedanken das Bewusstsein von Aramis. Jetzt lag es nur noch an ihm. Er wusste, ich würde mir nicht mehr den Mund verbieten lassen, ich würde in Zukunft meine Entscheidungen treffen und es war mir dabei egal, ob es ihm passte oder nicht. Im Gegenteil, wenn er damit nicht klarkommen sollte, war für mich unsere Zusammenarbeit endgültig beendet. Doch so weit kam es nicht. Ich fing an zu erzählen und Aramis ließ mich gewähren. Ich erzählte dem Commander alles, von Anfang an, und er unterbrach mich kein einziges Mal. Er stand nur da und hörte mir aufmerksam zu. Ab und an nickte er, als ob er eine Erkenntnis bestätigt bekam. Nachdem ich geendet hatte, pfiff er laut die Luft zwischen den Zähnen hindurch.

»Das ist ganz schön starker Tobak! Ehrlich, General, wenn ich Sie nicht so gut kennen würde, würde ich Sie jetzt für total übergeschnappt halten. Doch ich neige dazu, Ihnen jedes einzelne Wort zu glauben. Mindestens erklärt es so einiges. Und dieses Wesen heißt Aramis?«

»Ja«, nickte ich.

»Mhm«, machte Higgens und rieb sich das Kinn. »Das ist ein ziemlich bescheuerter Name.«

[Ha!], dachte ich laut zu Aramis. [Das habe ich dir von Anfang an gesagt.]

{Ach, halt die Klappe!}, grunzte Aramis beleidigt.

Higgens stellte noch zahlreiche Fragen, die ich alle so wahrheitsgemäß beantwortete, wie ich konnte.

»Ich muss Ihnen natürlich nicht erzählen, dass das unter uns bleiben muss.« Ich schaute Higgens eindringlich an und meine Miene ließ nur eine Antwort zu.

»Keine Sorge, John. Ihr Geheimnis ist bei mir gut aufgehoben. Außerdem würde mir das so oder so keiner glauben.«

Auch er sprach mich erstmalig mit meinem Vornamen an und ich empfand es nicht als unangenehm.

»Was hat das mit den Vornamen auf sich?«, lenkte ich das Thema in eine andere Richtung.

»Wie meinen Sie das?«

»Ihr ganzes Team spricht sich nur mit dem Nachnamen an, auch wenn sie nicht im Dienst sind.«

»Das hat eine alte Tradition. Die Jungs sind Kameraden, die sich blind auf den anderen verlassen. Jeder vertraut dem anderen sein Leben an. Das gilt auch für mich. Es ist schwer zu erklären, es wäre ihnen zu intim, sich beim Vornamen zu nennen, zu vertraut. Ich kann es nicht besser erklären.«

»Sie meinen, sie wollen sich nicht zu nahe stehen? Für den Fall, dass jemand bei einem Einsatz es nicht lebend zurückschafft?«

»Ja, so etwas in der Art.«

»Das funktioniert ja super«, lachte ich los. »Ich habe jeden Einzelnen im Einsatz gesehen und bessere Freunde kann man sich nicht vorstellen. Die haben eine so tiefe Bindung zueinander, tiefer geht es kaum, ohne unanständig zu werden. Und so, wie Sie sich um Ihre Männer sorgen, gilt das auch für Sie, *Fred.*« Das Fred betonte ich absichtlich sehr deutlich.

»Ich weiß«, grinste Higgens. »Totaler Bullshit, aber was soll man machen, es sind Traditionen. Aber, John«, das John zog Higgens etwas in die Länge, »Sie lenken vom Thema ab.«

»Wirklich? Ich dachte, wir hätten alles geklärt.« Den Überraschten musste ich nicht spielen.

Der Commander verdrehte die Augen ganz nach Higgens-Art.

»Es spielt keine Rolle, woher oder wodurch Sie Ihre Fähigkeiten haben. Das war nur, um meine Neugierde zu befriedigen. Hey«, Higgens hob beschwichtigend beide Arme, »wenn Sie ein Alien in Ihrem Kopf haben, Ihre Sache. Solange das Vieh mich in Ruhe lässt, habe ich damit kein Problem.«

{Hat der mich gerade als Vieh bezeichnet?}, brüllte Aramis empört auf.

[Ich glaube, das war das Wort, das er benutzt hat], gab ich erheitert zurück.

{Das ist nicht lustig.}

[Doch, ist es schon. Nun stell dich nicht so an. Was hast du erwartet?]

{Vielleicht, dass du mich auch mal in Schutz nimmst?}

[Träum weiter.]

»In Ordnung, Fred. Worauf wollen Sie hinaus?«

»Mit Alien oder nicht, Sie stellen, aus genannten Gründen, eine Gefahr für mein Team und mich da.«

»Ich hatte nie die Absicht ...«

»Ich weiß, ich weiß. Hören Sie, John, ich bitte Sie nur darum, Ihre Fähigkeiten nicht so zur Show zu stellen. Lassen Sie es etwas ruhiger angehen, aber vor allem lassen Sie uns unseren Job machen.«

Ich dachte einen Moment nach und vor mir tauchte ein Bild auf, wie Juvis wild um sich ballernd auf den Feind zulief und sich für unbesiegbar hielt. Kugeln durchschlugen seinen Körper, Laserstrahlen trennen seine Gliedmaßen ab. Eine Plasmagranate gab ihm dann den Rest. Ich erschauderte und schalt mich selbst einen Vollidioten, dass ich das nicht selbst erkannt hatte. Ich nahm Haltung an, knallte die Hacken zusammen und hob die Hand zum militärischen Gruß.

»Commander Higgens«, sagte ich förmlich mit überzeugender Stimme, »ich gebe Ihnen mein Wort, das kommt nicht wieder vor!« Dann reichte ich dem Commander die rechte Hand, die Higgens etwas zögerlich ergriff. Nach einer kurzen Zeit wurde sein Händedruck kräftiger und er begann meine Hand euphorisch zu schütteln.

»Das freut mich, General. Ich kann Ihnen gar nicht sagen, wie sehr mich das freut!«

Nachdenklich verließ ich Higgens' Quartier und ließ einen noch viel nachdenklicheren Mann zurück. Viel Zeit blieb mir allerdings nicht, meinen Gedanken nachzuhängen, denn schon rief mich der Admiral auf die Brücke. Großkaiser Demetak war soeben an Bord gekommen und *gewährte* uns eine Audienz. Bei den Worten verschluckte ich mich beinahe an meiner eigenen Spucke. Doch schon lachte Gavarro gut gelaunt und bat mich einfach, so schnell wie möglich in den Konferenzraum zu kommen. Eigentlich wollte Demetak uns auf seinem Flaggschiff empfangen, doch Emilia hatte darauf bestanden, dass das Treffen auf der NAUTILUS II stattfand. Immerhin handelte es sich um eine Bringschuld. Wir hatten den Teil unserer Abmachung eingehalten, jetzt war der Kaiser an der Reihe. Ich zweifelte keine Sekunde daran, dass er seinen Teil einhalten würde. Marschall Lopak hatte mit dem Prinzen im Gepäck vor einigen Stunden zum Flaggschiff des Kaisers übergesetzt und den Jungen wohlbehalten bei seinem Vater abgeliefert. Sicherlich hatte Lopak einen vollständigen Bericht abgegeben und seinem Kaiser von den Fähigkeiten der NAUTILUS II und deren Besatzung berichtet. Ich ging davon aus, dass Demetak es für eine schlechte Idee halten könne, uns übers Ohr zu hauen.

Emilia hatte sich in ihren amtlichsten Fummel geworfen, den wir an Bord hatten. Das kaiserliche Wappen glänzte groß und deutlich auf ihrer Brust. Auch wenn sie unverbindlich lächelte, konnte ich ihr genau ansehen, dass auch sie unter unseren Verlusten litt. Ich hoffte nur, Emilia stellte ihre Entscheidung nicht infrage und verging nicht innerlich in Selbstzweifeln. Doch die eine Frage, die wir uns alle stellten, konnte ich deutlich in ihren Augen sehen: *War es das wert gewesen?* Das würden wir gleich erfahren. Großkaiser Demetak betrat den kleinen Konferenzraum. Er wurde begleitet von Lopak und seinem Sohn, die stumm neben ihm herschritten. Es gab nur noch eine einzige Sitzgelegenheit und Demetak nahm, so würdevoll er konnte, seinen vorgesehenen Platz gegenüber von Prinzessin Emilia ein – natürlich erst, nachdem er respektvoll und der Etikette entsprechend von allen Anwesenden begrüßt worden war. Lopak und der Prinz stellten sich hinter den Kaiser und legten die Hände hinter den Rücken ineinander. Sie mussten stehen, da es keinen weiteren Sitzplatz gab. Was dann folgte, nun ja, ich habe schon Langweiligeres erlebt, aber das war schon ganz oben mit auf der Liste. Es wurden Freundlichkeiten ausgetauscht und Demetak bedankte sich mehrere Male bei Emilia, dass sie ihm seinen Sohn wiedergebracht hatte. Über die Männer und Frauen, die dabei ihr Leben gelassen hatten, verlor er kein einziges Wort. Warum auch immer, meine anfängliche Sympathie für diesen Mann verschwand von Sekunde zu Sekunde. Ich hoffte für ihn, dass er nicht davon ablenken wollte, was er uns schuldete. Langsam wurde ich ungeduldig und an den Mienen der anderen konnte ich erkennen, dass es nicht nur mir so ging.

Plötzlich erhob sich Emilia und verbeugte sich leicht in Richtung des Kaisers.

»Großkaiser Demetak, wohlwollend nehme ich Ihren Dank zur Kenntnis und versichere Ihnen, wir haben das gern gemacht. Es ist schön, Vater und Sohn wieder vereint zu sehen.« Hier möchte ich anmerken, dass der Prinz überhaupt nicht so glücklich aussah, wie es hätte sein sollen.

»Dennoch drängt die Zeit«, fuhr Emilia fort. »Wir haben ein Abkommen, und so wie ich das sehe ...« Die Prinzessin lächelte zum Prinzen hinüber. Es war eines dieser Lächeln, die jedem Mann die Röte ins Gesicht steigen ließen. »... haben wir unseren Teil eingehalten. Würde es Ihnen etwas ausmachen, uns unseren versprochenen Lohn zu überreichen?«

Ich sagte ja, wir waren alle ungeduldig. Das galt auch für Emilia.

Ob Demetak das Auftreten von Emilia für unpassend hielt, konnte ich schwer beurteilen. Ich fand den Vorstoß kühn. Doch der Kaiser ließ sich nichts anmerken. Er schnippte mit den Fingern und Lopak überreichte ihm eine kleine Schatulle. Demetak nahm sie entgegen und stand nun ebenfalls auf. Dann überreichte er

Emilia die Schatulle mit beiden Händen, als ob darin sämtliche Schätze seines Imperiums wären.

»Hier drinnen befinden sich alle Informationen, die wir über die Rasse, die Sie Bewahrer nennen, haben. Ich bin mir absolut sicher, dass es Ihren Erwartungen mehr als entsprechen wird.« Mit einer leicht angedeuteten Verbeugung zog er seine Hände zurück und setzte sich wieder. Emilia öffnete die Schachtel und brachte einen kleinen Speicherkristall zum Vorschein. Darum hatte Aramis auf den Computern im Palast des Kaisers und im Zentralarchiv nichts finden können, die Informationen waren nicht mit am Netz angeschlossen gewesen. Etwas skeptisch betrachtete Emilia den Speicherkristall. Er sah unseren nicht einmal ähnlich. Mein Vater, der selbstverständlich bei der Übergabe dabei war, hatte bereits nach einem Techniker rufen lassen. Dieser betrat verunsichert den Raum. Mein Vater flüsterte ihm etwas in das Ohr und der Techniker begutachtete den Kristall. Emilia überreichte ihm diesen kommentarlos. Der Techniker nahm das Speichermedium an sich und drehte diesen immer wieder in seinen Händen. Irgendwann nickte er.

»Kein Problem, da bastle ich etwas. Geben Sie mir eine halbe Stunde«, beeilte er sich zu sagen und verschwand aus dem Raum. Über das ICS hatte ich vier Wachen abgestellt, die diesen Techniker keine Sekunde aus den Augen lassen würden. Ein unangenehmes Schweigen lag in der Luft, während wir warteten. Nach knappen zwanzig Minuten erlöste uns der Computerspezialist und kam erneut in den Raum. Er überreichte den Kristall seiner Prinzessin genauso kommentarlos, wie er ihn erhalten hatte. Dann flüsterte er meinem Dad etwas ins Ohr und war nach einer tiefen Verbeugung bereits wieder verschwunden. Mein Vater blickte zu Emilia und nickte fast unmerklich.

»Gut!«, verkündete Emilia und löste die Versammlung auf. Sie wünschte dem Kaiser und seinem Sohn alles Gute und so weiter. Dann verließen sie den Raum. Zwei Stunden später beorderte Emilia meinen Vater, Gavarro und mich zu sich.

»Die Daten sind sehr umfangreich«, begann sie. »Die Analysten haben den Speicherkristall in den letzten eineinhalb Stunden ausgewertet und werden noch einige Zeit damit verbringen. Aber das, was sie bisher erfahren haben, ist sehr umfangreich und vielversprechend.«

Gebannt hingen wir an ihren Lippen. Sollten wir wirklich einen Durchbruch auf unserer Mission erzielt haben? Die Idee, Verbündete gegen die Bewahrer zu finden, schien immer unmöglicher zu werden. Selbst die Krastaner, die ein gewaltiges Imperium aufgebaut hatten, kamen nicht infrage. Das hatte der Kampf der NAUTILUS II gegen die Schiffe der Rebellen gezeigt, sie waren hoffnungslos unterlegen. Was also sollten Kriegsschiffe der Krastaner gegen einen Kugelraumer der Bewahrer ausrichten können? Niemand von uns musste darüber sprechen, wir waren alle der gleichen Meinung und zogen es nicht in Betracht, Großkaiser Demetak darauf anzusprechen.

»Sie enthalten wirklich alles, was die Krastaner mit den Bewahrern in Verbindung bringen«, fuhr Emilia fort. »Jedes einzelne Aufeinandertreffen ist peinlichst genau dokumentiert. Jede Schlacht, jedes zerstörte Schiff, jeder Name eines jeden gefallenen Soldaten. Dazu kommt noch eine Liste mit Imperiumsbewohnern, die auf mysteriöse Weise verschwanden. Ganz ähnlich wie bei uns.«

Meine Tochter stockte und schaute einem nach dem anderen tief in die Augen.

»Nun spann uns nicht auf die Folter«, sagte ich ungeduldig. »An Geschichtsunterricht bin ich nicht interessiert. Haben wir irgendetwas Brauchbares?«

»Jawohl!«, grinste Emilia frech. »Also, den Aufzeichnungen zufolge sind die Bewahrer, die über das Krastanische Reich hergefallen sind, Abtrünnige ihres Volkes. Es stand nicht gut um das Imperium, denn der damalige Kaiser weigerte sich, sich den *Beschützern* zu unterwerfen. Er schickte alles, was er hatte, den Kugelraumern entgegen und bekämpfte die Maschinenwesen, wo immer er konnte. Das hätte fast zum Untergang seines Imperiums geführt. Es ist das eingetreten, wovor meine Mutter uns immer gewarnt hat.«

»Weiter«, unterbrach ich sie. Meine Ungeduld wuchs mit jeder Sekunde. Meine Tochter schien ihre Freude daran zu haben. Aramis hingegen hörte gar nicht zu und verkroch sich tief in mein Inneres. Mir kam es so vor, als hätte er Angst, Angst davor, was Emilia in Erfahrung gebracht hatte.

»Gleich, sei nicht so ungeduldig. Jedenfalls standen die Krastaner am Abgrund und es war nur noch eine Frage der Zeit, bis die Bewahrer ihnen den Todesstoß gaben. In dieser schweren Zeit tauchten plötzlich andere Raumschiffe auf, die denen der Invasoren nicht unähnlich waren. Sie fielen sofort über die Kugelraumer her und vernichteten einen nach dem anderen. Dabei gingen die neuen Fremden mit aller Härte vor. Es wurde kein Versuch gemacht, eine Kapitulation einzufordern oder Gefangene zu machen. Nur eine Handvoll Schiffe der Bewahrer konnte entkommen. Die Neuankömmlinge stellten sich dem Kaiser als die Schöpfer der Bewahrer vor und sagten, dass diese nicht in ihrem Namen handelten. Dennoch fühlten sie sich verantwortlich und boten ihre Hilfe beim Wiederaufbau an. Es kam zu einem regen Austausch der beiden Spezies. Aber das war noch nicht alles, das Beste kommt noch. Könnt ihr euch noch daran erinnern, wie der Kaiser und auch der Großmarschall auf uns reagiert haben? Ich meine, immerhin waren wir Aliens, dennoch haben Sie uns wie selbstverständlich empfangen. Als ob sie jeden Tag auf eine andere Rasse treffen würden.«

Zur Bestätigung nickten wir alle. Jetzt, wo ich darüber nachdachte, stimmte das schon. Wir hatten bestimmt mehr Erfahrungen darin, auf fremde Spezies zu treffen als die Krastaner, und dennoch taten sie, als sei es das Normalste der Welt.

»Worauf wollen Sie hinaus, Eure Hoheit?«, fragte mein Vater nach.

»Dreimal dürfen Sie raten, wie sich die Retter der Krastaner selbst nannten.«

»Ich habe keine Ahnung, Eure Hoheit«, raunte der alte Johnson und so langsam war auch seine Geduld am Ende.

»Menschen! Sie nannten sich Menschen!« Emilia strahlte über das ganze Gesicht.

»Menschen?«, fragte Gavarro ungläubig nach. »Hört sich nach einem Übersetzungsfehler an.«

»Ich versichere Ihnen, Admiral, dass es sich nicht um einen Fehler in der Übersetzung handelt.«

»Was macht dich da so sicher?«, fragte ich nach und hatte keine Lust mehr, meine Tochter förmlich anzusprechen. Ich sah es so, wir waren unter uns. Irgendwie zählte der Admiral nicht.

»Das!«, rief sie begeistert aus und hielt uns ein Holopad vor die Nase, das umgedreht auf einem Tisch direkt neben ihr gelegen hatte. Wissen Sie, wie blöde Gesichter aussehen? Ich jetzt schon. Als ich das Gesicht meines Vaters und das von Gavarro ansah, wusste ich, das ist ein blödes Gesicht. Ich kann Ihnen versichern, meines sah genauso aus.

Die Holografie zeigte einen uns unbekannten Krastaner, der durch seine Kleidung eindeutig als Kaiser identifiziert werden konnte. Was uns so blöd aus der Wäsche schauen ließ, war, dass der Krastaner einem uns unbekannten Menschen die Hand schüttelte. Es handelte sich eindeutig um einen Vertreter unserer Rasse. Der Mann war hochgewachsen, von schlaksiger Figur. Die Gesichtszüge wirken extrem weich, fast wie bei einem Knaben im Teenageralter. Doch seine Augen spiegelten die Erfahrung mehrerer Leben wider.

»Das ist unmöglich!«, rief Gavarro aus, was wir alle dachten.

»Keine Sorge, meine Herren. Mir fiel es auch schwer, das zu akzeptieren, als ich das Bild zum ersten Mal gesehen hatte. Und nein, es ist keine Fälschung. Die Datenspezialisten haben die Echtheit eindeutig bestätigt. Sie dürfen alle die Gesichtsmuskeln wieder entspannen.«

»Aber wie kann das sein?« Mein Vater kratzte sich am Kopf. Er dachte angestrengt nach und suchte nach einer Lösung. Wie sollte ihm eine einfallen? Kein Mensch vor uns hat jemals unsere Galaxie verlassen.

»Das ist die Frage, werter Botschafter. Doch darauf habe ich keine Antwort. Das Beste wird sein, wir fragen bei diesen *Menschen* nach.«

»Was?«, riefen wir Männer unisono.

»Erstens heißt das ›Wie bitte?‹ und zweitens enthalten die Daten die Koordinaten von den Schöpfern der Bewahrer. Ich würde vorschlagen, wir setzen Kurs und stellen ein paar Fragen. Admiral, ich habe die Koordinaten bereits an die Navigation weitergeleitet. Wenn Sie dann bitte alles für einen Sprung vorbereiten würden?«

»Selbstverständlich, Eure Hoheit.« Gavarro verbeugte sich tiefer als sonst und eilte aus dem Zimmer. Emilia nuschelte noch so etwas wie: »Das war alles, meine Herren«, und verließ ebenfalls den Raum. Zurück blieben nur mein Vater und ich – mit immer noch dummem Gesicht.

Das Universum ist klein

Zeit: 1042
Ort: Antennengalaxie, System unbekannt

Admiral Gavarro brauchte nicht lange, um die NAUTILUS II zum Sprung vorzubereiten. Die meiste Zeit verbrachten wir damit, uns mit den Daten zu beschäftigen, die Kaiser Demetak uns überlassen hatte. Ich wollte, so gut es ging, auf das nächste Treffen vorbereitet sein. Viel war allerdings von dem Volk, das sich nicht nur als *Mensch* bezeichnete, sondern auch so aussah, nicht in Erfahrung zu bringen. Sie schienen viel weiter entwickelt zu sein als wir selbst. Leider konnte ich auch nicht herausbekommen, wie es zu der Entstehung der Maschinenwesen gekommen war und warum diese dann rebellierten. Irgendwie hatte ich ein ganz mieses Gefühl, dass mir die Antwort nicht gefallen würde. Aramis konnte auch nicht weiterhelfen. Er war über die Enthüllung genauso überrascht gewesen wie ich. Auch er konnte sich nicht erklären, wie es Menschen gelungen sein soll, in die Antennengalaxie vorzudringen. Er vertrat die Ansicht, es müsse sich um eine parallele Entwicklung handeln. Aramis nannte es einen Zufall. Genau das störte mich. Wenn ich eines in den Jahren gelernt hatte, die ich mit Aramis bisher verbracht hatte, so hatte nichts, aber auch gar nichts mit Zufall zu tun, solange dieses Wesen seine Finger mit im Spiel hatte. Mit anderen Worten: Ich wurde nach Strich und Faden verarscht.

Einige unserer Wissenschaftler vertraten die Meinung, dass es sich nur um eine Parallelwelt handeln konnte, und spekulierten darüber, ob sie sich bald selbst treffen würden. Das fehlte mir jetzt noch: eine Victoria zu treffen, die nicht meine Victoria war. In letzter Zeit fehlte mir Vicki immer mehr. Ich vermisste ihr Lächeln, ihren Duft und ihre Berührungen. Unser Reiseziel konnte dem Ganzen schnell ein Ende setzen. Was pflegte meine Mutter stets zu sagen? *Die Hoffnung stirb zuletzt.* An diesen Strohhalm klammerte ich mich. Meine Gedanken schweiften auch immer wieder zu den bedauernswerten Rebellen der Krastaner ab. In dem Moment, wo die NAUTILUS II sprang, würde sich wahrscheinlich die kaiserliche Flotte auf das System stürzen. Demetak und Lopak machten nicht den Eindruck, als ob sie vorhätten, auch nur eine Seele am Leben zu lassen. Ihnen kam gar nicht in den Sinn, dass der Planet, der zufälligerweise auch der Rebellenstützpunkt war, voller unschuldiger Krastaner war. In den Augen des Kaisers gab es keine Unschuldigen.

{Darüber brauchst du dir nicht den Kopf zerbrechen}, mischte sich Aramis in meine Gedanken ein.

[Wie meinst du das?]

{Ich habe mich darum gekümmert, denn auch ich hatte ähnliche Gedanken wie du.}

[Was hast du jetzt wieder angestellt?]

{Ich habe nichts angestellt. Ich habe mich nur ganz vernünftig mit Demetak unterhalten und konnte ihn davon überzeugen, dass es nichts bringt, jeden in dem System umzubringen.}

[Davon abgesehen, dass du mit ihm gesprochen hast, wie du sagst – aber einfach so?]

{Ja, einfach so. Wir haben uns darauf geeinigt, dass er nur Jagd auf seinen Bruder macht. Alle anderen werden verschont.}

[Du glaubst ihm? Was, wenn er sich nicht an sein Wort hält, wenn du gleich weg bist?]

{Du denkst zu klein, John. Natürlich wird er sich daran halten und ich werde auch nicht weg sein.}

Was sollte ich dazu sagen? Aramis machte so oder so, was er wollte. Ich wollte auch gar nicht wissen, wie er Demetak dazu gebracht hatte. Was mich beunruhigte, war die Tatsache, dass er meinte, er würde nicht weg sein. Was zum Teufel hatte das wieder zu bedeuten? Wollte er nicht hierbleiben und mich verlassen?

{Du spinnst. So ein Unsinn. Ich werde dich doch nicht verlassen. Wir haben eine Abmachung und an diese werde ich mich halten. Ich habe dir versprochen, den Menschen zu helfen, die Bewahrer loszuwerden, und genau das werde ich tun.}

Klar, ich schob wieder Paranoia. Immer war ich der Blöde. Meine Einstellung brachte mir nur noch ein belustigtes Grunzen von Aramis ein. Dann sprang die NAUTILUS II.

Der Admiral stand konzentriert auf der Brücke und beobachtete die Anzeigen um ihn herum.

»Status«, verlangte er von seinem XO.

Commander Ripanu verschaffte sich selbst kurz einen Überblick, indem er die Navigations- und Sensordaten checkte. »Sieht alles gut aus. Wir haben die Koordinaten erreicht und die passiven Scanner melden keine Bewegung«, gab er seinen Report ab.

»Gut! Lieutenant Hutch, machen Sie sich bereit, um auf aktive ...«

»Multiple Raumrisse geortet!«, schrie der Commander und unterbrach den Admiral.

»Ich orte zwölf starke Energieanstiege in unmittelbarer Nähe«, sagte Starsky wie nebenbei. Die Crew hatte sich anscheinend an den Umstand gewöhnt, dass nie etwas nach Plan verlief.

»Auf den Schirm!«, befahl der Admiral und drehte sich zur Holosäule um. Emilia und ich standen bereits davor und warteten auf die ersten Bilder. Es gab einige Lichtblitze im Bild. Für jeden Lichtblitz tauchte ein fremdes Raumschiff auf. In wenigen

Sekunden war die NAUTILUS II von einem Dutzend Schiffen umzingelt. Diese Schiffe mussten über einen ähnlichen Antrieb verfügen wie wir selbst. Nur so konnte ich mir erklären, wo sie so plötzlich herkamen.

»Wir werden gerufen«, meldete die Komm-Station und legte den Funkspruch ohne Aufforderung auf die Holosäule. Die Frau in der holografischen Abbildung lächelte freundlich. Dennoch lief mir ein eiskalter Schauer über den Rücken. Das war eindeutig ein menschliches Wesen, ein attraktives noch dazu. Dann begann die Frau zu sprechen und wir verstanden nicht ein Wort.

[Kannst du das bitte für mich übersetzen?], bat ich Aramis.

[Leider nicht. Diese Sprache ist mir unbekannt], log er.

Der Schauer, der mir soeben noch über den Rücken gelaufen war, erreichte meine Kampfstiefel.

Gavarro antwortete etwas in unserer Sprache und die Frau nickte kurz. Zu unserer Überraschung schien sie ihn verstanden zu haben.

»Ich grüße Sie, Admiral Gavarro«, sagte sie wenig später fließend in der Standardsprache des Imperiums. »Sie verwenden eine alte Sprache, die ich seit meiner Schulzeit nicht mehr gehört habe. Verzeihen Sie mir die Verzögerung.«

Mit weit aufgerissenen Augen starrte Gavarro auf das Holobild und schüttelte den Kopf, als versuche er so, seine Verwirrtheit loszuwerden. Doch die Verwirrung sollte noch zunehmen.

»Wir haben lange auf Ihre Ankunft gewartet«, setzte die Frau noch einen drauf.

Da niemand Anstalten machte, den Dialog weiterzuführen, schob ich Gavarro sanft zu Seite und drängte mich in die Aufnahme. Frauen sollte man nicht zu lange warten lassen und schöne Frauen erst recht nicht.

»Ich grüße Sie. Mein Name ist General John James Johnson. Ich bin oberster Befehlshaber der Leibgarde Ihrer Kaiserlichen Majestät Prinzessin Emilia.«

»Natürlich sind Sie das, General Johnson«, lächelte die Frau noch verführerischer. »Aber entschuldigen Sie meine Unhöflichkeit, ich habe mich gar nicht vorgestellt. Jedenfalls nicht so, dass Sie es verstehen konnten. Ich bin Botschafterin Lian Pau Tseng, Befehlshaberin der Empfangsflotte. Aber nennen Sie mich Lian. Darf ich John zu Ihnen sagen?«

»Ähm ...«, stotterte ich und hoffte, meine Gesichtsfarbe veränderte sich nicht. Die ging ganz schön ran. »Wenn Sie es wünschen, hab ich nichts dagegen. Botschafterin ... Lian, verzeihen Sie, aber wir sind hier ein wenig verwundert über den Empfang. Was soll das heißen, Sie haben uns erwartet?«

»Alles zu seiner Zeit, John.« Das *John* betonte sie auf eine eigenartige Weise, die eigentlich eine enge Vertrautheit voraussetzte. Es war fast so, wie Victoria mich immer nannte. Dennoch kannte ich diese Frau, die eindeutig asiatische Züge aufwies, was gut zu ihrem Namen passte, nicht. Trotzdem wurde ich das Gefühl einer gewissen Verbundenheit nicht los. Instinktiv wusste ich, ich würde gut mir ihr auskommen. »Ich kann mir vorstellen, dass Sie alle viele Fragen haben. Daher schlage ich ein Treffen vor und lade Ihre Prinzessin und Ihren Stab zum Dinner ein. Ich hoffe doch, Sie werden die Prinzessin begleiten?«

»Selbstverständlich. Ich weiche nicht von ihrer Seite.«

»Das dachte ich mir schon. Ich freue mich sehr, Ihre Bekanntschaft zu machen. Und sagen Sie Ihrem Mann an den Sensoren, er kann uns mit allem scannen, was ihm zur Verfügung steht. Er braucht nicht länger versuchen, es zu verheimlichen. Wir haben nichts zu verbergen.« Damit endete Lian und unterbrach die Verbindung. Sofort strafte Gavarro Hutch mit eisigen Blicken. Der Offizier hätte uns mit seinem eigenmächtigen Handeln auch in Teufels Küche bringen können.

»Lieutenant Hutch, wenn Sie schon ohne Befehl agieren, würde es Ihnen etwas ausmachen, Ihre Kenntnisse mit uns zu teilen?«, fragte der Admiral seinen Offizier und verbarg gar nicht erst seinen Unmut.

»Aber Sie sagten doch eben, ich soll auf aktive ...«

»Wollen Sie jetzt mit mir über meine Befehle diskutieren, junger Mann?«, grollte Gavarro zurück und erstickte die Erklärungsversuche von Hutch schon im Keim.

»Natürlich nicht, Sir. Also ich konnte eine Menge in Erfahrung bringen. Die fremden Schiffe sind von eiförmiger Bauweise und messen in der Länge fast zwei Clicks. Damit sind sie nur unwesentlich kleiner als die NAUTILUS II. Auch wenn die Schiffe optisch große Unterschiede zu den uns bekannten Kugelraumern der Bewahrer aufweisen, bestehen sie doch zum größten Teil aus dem gleichen Material. Mit der Bewaffnung sieht es ähnlich aus. Ich muss dringend von einer Auseinandersetzung warnen. Ein Schiff? Ja. Zwei Schiffe? Vielleicht. Aber gegen ein Dutzend hätten wir keine Chance. Die Schiffe sind alle miteinander vernetzt. Das Netzwerk beschränkt sich auch nicht nur auf dieses System. Wenn ich meinen Sensoren trauen kann, und das tue ich, dann kommunizieren diese Schiffe da draußen mit mindestens weiteren fünfhundert anderen. Die Übertragungen stützen unsere Erkenntnisse, die ich bei der Mission mit General Johnson in unserem Imperium sammeln konnte. Die Methode unterscheidet sich nicht von jener der Bewahrer.«

»Mit anderen Worten, sie sehen zwar unterschiedlich aus, sind aber dennoch gleicher Bauweise«, merke Emilia an, nachdem der Sensorspezialist geendet hatte.

»Das ist korrekt, Eure Majestät.«

»Danke, Lieutenant Hutch. Tun Sie, wozu die Botschafterin der ...«, Gavarro rang um Worte, »... der *anderen Menschen* Sie aufgefordert hat. Verwenden Sie alles, was Ihnen zur Verfügung steht. Koordinieren Sie das mit Lieutenant Commander Starsky und berichten sofort, sobald Sie etwas Neues haben.«

»Aye, Sir«, antwortete Hutch knapp und winkte seinen Lebensgefährten zu sich. Weder der Admiral, der XO, Emilia noch ich, hatten es übers Herz gebracht, die beiden in unterschiedliche Schichten einzuteilen. Auch wenn die Vorschriften hier eigentlich wenig Spielraum ließen. Doch die beiden funktionierten hervorragend zusammen, auch wenn sie sich ständig in den Haaren hatten. Die Ergebnisse ihrer Zusammenarbeit waren stets ausgezeichnet.

»Und was machen wir jetzt?«, fragte mein Vater.

»Wie es aussieht, bleibt uns keine andere Wahl, als zu warten, bis sich diese Tseng wieder meldet. Ich sehe auch keine Alternative, als ihr Angebot anzunehmen. General Johnson, würden Sie bitte alles in die Wege leiten und ein Außenteam zusammenstellen?«

»Wie Sie wünschen, Eure Hoheit«, gab ich noch immer verwirrt zur Antwort. Ich hatte keine Ahnung, was uns erwarten würde, und überlegte schon die ganze Zeit, wie ich für die Sicherheit meiner Tochter an Bord eines der fremden Schiffe sorgen sollte. Das letzte Mal, als wir einer Einladung gefolgt waren, ging das komplett in die Hose und uns war es nur unter Verlusten und größter Anstrengung gelungen zu entkommen.

Botschafterin Tseng meldete sich ein paar Stunden später und bat uns, zu ihrem Flaggschiff überzusetzen. Ich hatte mich zuvor mit Fred getroffen und um seine Meinung gebeten. Ich konnte schlecht mit einer ganzen Armee der Einladung folgen. Irgendwie war mir unwohl dabei, den Schutz meiner Tochter lediglich den Leibgardisten zu überlassen. Das war unfair, das wusste ich. Jeder Gardist war hervorragend ausgebildet, dennoch wollte ich Menschen dabeihaben, die Kampferfahrung hatten und denen ich zu tausend Prozent vertraute. Zu meiner Erleichterung sah Commander Higgens das genauso und zum ersten Mal seit unserer Zusammenarbeit meldeten sich der Commander und sein Team aus freien Stücken, um an einer Mission, auf der ich ebenfalls anwesend war, teilzunehmen. Monti Begun konnte ich die Bitte, mit zu den Auserwählten zu gehören, einfach nicht abschlagen. Der Hüne hatte sich mit dem Special Trooper Rommanov angefreundet und ich war dem Soldaten noch etwas schuldig. Also begleitete auch er uns. Der Admiral wollte ebenfalls mitkommen und ich war froh, dass nicht ich derjenige war, der ihm die Idee ausreden muss-te. Eine kurze Ansage von Emilia hatte gereicht. Natürlich hatte sie es auf ihre charmante Art gemacht. »Admiral, Ihr Angebot ehrt Sie. Aber ich brauche Sie jetzt hier auf der NAUTILUS II mehr denn je. Sie sind für die Sicherheit aller an Bord verantwortlich und übernehmen während meiner Abwesenheit das Kommando. Tun Sie alles, um diese Leute zu beschützen. Ich verlasse mich auf Sie.« Gavarro war die Brust vor Stolz nur so angeschwollen und er ging eifrig an die Arbeit. Emilia zwinkerte mir zu und nun standen wir im Hangar. Mein Vater ließ es sich auf keinen Fall nehmen, uns zu begleiten. Aramis hatte sich zurückgezogen und sagte kein Wort. Ich nahm an, das war alles genauso spannend für ihn wie für uns. Mit anderen Worten: Er hatte keine Ahnung. Wie sehr ich mit meiner Vermutung danebenlag, sollte ich bald erfahren.

Die Überfahrt verlief schnell und ereignislos. Im Shuttle sagte nie-mand ein Wort. Mit Higgens hatte ich alles besprochen und er hatte sein Team eingewiesen. Dennoch lag eine gewisse Anspannung auf den sonst so coolen Spezial Troopern.

Der Shuttle landete in dem eiförmigen Hangar des Flaggschiffs der Botschafterin und die Shuttlerampe wurde ausgefahren. Zuerst verließ Higgens und sein Team den Shuttle und positionierten sich links und rechts der Rampe. Die Gewehre hatten sie lässig über den Arm gelegt, dennoch jederzeit bereit, in Sekundenschnelle zu reagieren. Danach stiegen mein Vater, Emilia und ich aus. Begun und Rommanov folgten uns auf dem Fuße. Dabei überragten die beiden uns um mindestens einen ganzen Kopf.

Botschafterin Lian Pau Tseng nahm uns höchstpersönlich in Empfang. Mit einem strahlenden Lächeln kam sie uns entgegen. Zwei Meter vor uns kam Lian zum Stehen und deutete eine leichte Verbeugung Richtung Emilia an.

»Eure Hoheit«, begrüßte sie Emilia mit respektvoller Stimme.

»Botschafterin«, nickte Emilia anerkennend zurück.

Dann schaute Lian zu meinem Vater.

»Und Sie sind? Lassen Sie mich raten, der Vater von General Johnson?«

»Das ist richtig. Woher wissen Sie das?«, fragte mein Vater.

»Die Ähnlichkeit ist nicht zu verkennen.«

Jetzt kam sie zu mir und reichte mir die Hand zur Begrüßung. Dabei blickte Sie mir fest in die Augen. Irgendetwas faszinierte mich an dieser Frau. Es lag nicht an ihrer umwerfenden Schönheit, nicht an ihrer perfekten Figur. Es waren ihre Augen!

»Es freut mich außerordentlich, Ihre Bekanntschaft zu machen, John«, säuselte sie melodisch.

»Ähm ... die Freude, also ich denke, sollte ich mich auch freuen, Lian?«, antwortete ich und betonte ihren Namen besonders. So einfach ließ ich mich nicht um den Finger wickeln.

»*Sag mal, flirtet die etwa mit dir?*«, dröhnte Emilias Stimme über das ICS.

»*Ich habe keine Ahnung. Sag du es mir.*«

»*Okay, die Botschafterin baggert dich eindeutig an. Unglaublich!*«

»*Was ist daran unglaublich? Ich bin halt ein attraktiver Mann in den besten Jahren.*«

»*Ist klar, Vater.*« Emilia rollte mit den Augen und zog einen kleinen Spitzmund. *Genau wie ihre Mutter*, dachte ich. Victoria machte das auch immer, wenn sie etwas missbilligte.

»*Nun reg dich nicht so auf. Was kann ich dafür? Außerdem, keine Sorge, ich bin in festen Händen*«, versuchte ich sie zu beruhigen.

»*Vergiss das nicht. Ich behalte dich im Auge!*«

»*Toll! Danke für dein Vertrauen.*«

Botschafterin Tseng grinste schelmisch und ich war mir nicht mehr sicher, ob unser ICS so abhörsicher war, wie es sein sollte.

»Wollen wir?«, fragte Lian und hakte sich bei mir unter. »Ach so ja, keine Waffen auf meinem Schiff! Ihre Wachen müssen entweder die Waffen ablegen oder hierbleiben.«

»Kommt nicht infrage!«, protestierte ich lautstark und riss meinen Arm los. Das könnte ihr so passen, erst mich einlullen und dann mit runtergelassenen Hosen erwischen. »Das ist die persönliche Leibgarde der Prinzessin. Wo sie hingeht, gehen auch diese Männer hin.«

»Das können sie auch gerne tun, aber ich dulde keine Waffen auf meinem Schiff. Meine Leute tragen auch keine. Das ist keine Verhandlungssache. Ich denke, Sie sollten Schutz genug für Ihre Tochter sein. Außerdem glaube ich, die Prinzessin kann ganz gut auf sich selbst aufpassen.«

»Auf keinen Fall ...« Emilia legte mir sanft eine Hand auf meinen linken Unterarm. »Lassen Sie es gut sein, General. Wir fügen uns.«

Ich riss den Mund auf und wollte wieder protestieren, schloss ihn dann doch unvollendet. Das hier war zu wichtig und Emilia wusste das. Sie war bereit, alles zu riskieren, und tief in meinem Inneren stimmte ich ihr zu. Mit einem hatte Lian recht, wir konnten ganz gut auf uns aufpassen. Woher auch immer die Botschafterin das wusste.

»Also gut«, sagte ich und drehte mich zu Commander Higgens um. Dann zog ich meine beiden Blaster und überreichte ihm diese.

»*Das schmeckt mir ganz und gar nicht*«, funkte er mich an.

»*Mir auch nicht. Doch ich befürchte, wir haben keine Wahl. Entwaffnen Sie zwei Mann, die uns begleiten. Der Rest bleibt beim Shuttle und hält die Augen offen. Sie sollen sich für alle Fälle bereithalten.*«

»*Aye, Sir.*«

Lian hakte sich wieder bei mir unter und zog mich einfach mit sich.

»Die Messer in ihren Stiefeln und den kleinen Laser können Sie behalten, wenn es Sie beruhigt. Das Gleiche gilt natürlich auch für die Prinzessin. Sind alle Prinzessinen bei Ihnen so gut bewaffnet? Sie scheinen aus einer gefährlichen Region zu kommen.«

Was sollte ich dazu sagen? Also hielt ich den Mund und stampfte neben der Frau her. Die Situation fing an mich anzukotzen. Lian schien alles über uns zu wissen und ich wusste rein gar nichts über sie. Zu allem Überfluss redete Aramis auch nicht mit mir. Er konnte oder wollte mir nicht sagen, was diese Leute dachten. Er meinte, es fiele ihm schwer, die Gedanken von Lian zu lesen.

»Sie haben ihn also mitgebracht«, führte die Botschafterin das Gespräch im Plauderton weiter.

»Wie meinen? Wen habe ich mitgebracht?«

»Wie ist er so?«, fragte Lian und ignorierte meine Frage.

»Ich weiß nicht, was Sie meinen.«

»Mhm. Vielleicht ist es wirklich noch etwas früh. Wir sollten uns erst besser kennenlernen. Vielleicht wünschen Sie ja dann über ihn zu sprechen.«

Das waren vorerst ihre letzten Worte. Den Rest des Weges summte sie eine fröhliche Melodie vor sich hin. Mir kam der Gedanke, dass die Botschafterin einen Knall hatte. Trotzdem zermarterte ich mir den Kopf, wen sie gemeint haben könnte. Ich warf noch einen Blick über die Schulter nach hinten und stellte wohlwollend fest, dass Higgens uns persönlich folgte. Stannis schritt wachsam neben ihm her.

Das Essen war ausgezeichnet, und wenn ich es nicht besser gewusst hätte, wäre ich der Meinung gewesen, ich sei auf der Erde im Palast. Die Speisen unterschieden sich kaum von dem, was wir gewohnt waren. Die Stille lag wie Blei auf unseren Seelen. Mein Vater hatte mehrmals versucht, ein Gespräch anzufangen, wurde aber jedes Mal höflich darauf hingewiesen, dass jetzt die Zeit zum Essen sei und nicht zum Reden.

Lian Pau Tseng legte ihr Besteck zur Seite und tupfte sich mit einer Serviette den Mund ab. »So«, sagte sie. »Reden wir! Ich kann mir vorstellen, dass Sie eine Menge Fragen haben.«

Mein Vater räusperte sich, faltete die Hände und legte diese dann vor sich auf den Tisch. Dabei schob er seinen Teller zur Tischmitte.

»In der Tat. Warum sehen Sie so aus wie wir?« Das war eine gute Frage, mit der ich auch begonnen hätte.

»Weil wir Menschen sind. Ist das nicht offensichtlich?«

»Aber wie kann das sein? Wir befinden uns fast 70 Millionen Lichtjahre von der Erde entfernt!«

»Tja, wie kann das sein? Wir sind Nachkommen des Kolonial-schiff EXPLORER, das vor mehr als tausend Jahren in die Weiten des Universums aufbrach.«

»Die EXPLORER?«, rief Emilia erschrocken auf. »Das Schiff galt als verschollen. Ich hatte das im Geschichtsunterricht. Es war ein harter Rückschlag für die Menschheit. An Bord des Schiffes befanden sich die klügsten Köpfe, die die Erde hervorgebracht hatte, und an die hunderttausend Kolonisten. Die EXPLORER sollte nach Alpha Centauri fliegen, kam da aber nie an. Eine groß angelegte Suche blieb erfolglos. Wie ist das möglich?«

»Es freut mich zu hören, dass unser Schicksal noch immer an den Schulen gelehrt wird. Das Kolonialschiff hatte sein Ziel fast erreicht, da wurde das Schiff in eine Anomalie gezogen und ohne Zeitverlust in diese Galaxie geschleudert.«

»Wie gelang es ihnen zu überleben? Sie waren doch abgeschnitten von jeglicher Zivilisation«, warf mein Vater dazwischen.

»Das ist richtig, Botschafter Johnson. Vergessen Sie nicht, wir hatten sehr viele kluge Köpfe an Bord und natürlich auch eine riesige Portion Glück. Vielleicht war es aber auch Fügung, das weiß keiner so genau. Jedenfalls fanden wir dieses System mit einem erdähnlichen Planeten. Der Planet hatte alles, was wir benötigten, doch er war nicht unbewohnt. Aber auch hier meinte das Schicksal es gut mit uns und die Bewohner nahmen uns auf und erlaubten uns, hier eine Siedlung anzulegen.«

»Erstaunlich!«

»Für menschliche Verhältnisse? Ja! Aber diese Wesen waren zum Glück keine Menschen. Sie sahen nur jemanden, der in Not war. Für sie war es selbstverständlich zu helfen.«

»Das müssen ganz erstaunliche Wesen sein«, bemerkte mein Vater und konnte seine Skepsis in seiner Stimme nicht verbergen. Ich hörte gespannt zu und goss mir immer wieder etwas von diesem lila Zeug ein. Langsam spürte ich die berauschende Wirkung des Alkohols und bat Aramis, darauf aufzupassen, dass ich nicht betrunken wurde.

»Ja, das sind sie.«

»Wäre es möglich, Ihre Retter zu treffen?«

»Das kann ich Ihnen unglücklicherweise nicht versprechen. Es sind Insektoiden und sie sind sehr scheu. Aber ich werde sehen, was ich tun kann. Wie sagt man so schön? Fragen kostet ja nichts.«

Das Gequatsche ging schon seit mehreren Stunden. Mir fehlte so langsam der Bezug zu den Themen und ich fing an mich zu langweilen. Wann kamen endlich die wichtigen Sachen zur Sprache? Wir hatten eine Mission zu erfüllen.

»Ganz der Soldat, was?«, fragte mich die Botschafterin plötzlich und riss mich aus meinen Gedanken.

»Wie meinen Sie das?«, hakte ich nach.

»Sie sehen aus, als ob Sie sich langweilen.«

»Ist das so offensichtlich? Dann bitte ich um Verzeihung. Ich wollte nicht unhöflich sein.« Die strafenden Blicke von Emilia gingen mir auch auf die Nerven. Was war nur los mit ihr? Wir waren nicht zum Spaß hier!

»Nichts, wofür Sie sich entschuldigen müssen. Vielleicht haben Sie eine Frage und lenken die Unterhaltung in eine Richtung, die Sie mehr interessiert.«

Der Aufforderung kam ich nur zu gerne nach. Dennoch musste ich überlegen, was ich als Erstes fragen sollte.

»Darf ich fragen, wie alt Sie sind?«, war das Erste, was ich wissen wollte. Die anderen Sachen bauten irgendwie darauf auf. Daraufhin brach Lian in schallendes Gelächter aus. Es war so ein herzliches ansteckendes Lachen. Emilia und mein Vater fielen mit ein. Meine Gesichtszüge veränderten sich nicht. So plötzlich Lian mit dem Lachen angefangen hatte, so plötzlich hörte sie auch wieder auf.

»Und ich dachte, dort, wo sie herkommen, fragt man eine Frau nicht nach dem Alter. Aber ich bewundere Ihren Scharfsinn, John. Ich bin jetzt 978 Jahre alt und ich bin einer der Wissenschaftler, die sich mit an Bord der EXPLORER befunden hatten. Entschuldigen

Sie bitte meine kleine Notlüge von vorhin, als ich behauptete, ich wäre ein Nachfahre der Kolonisten.«

Totenstille herrschte am Tisch. Mein Vater klappte die Kinnlade herunter und Emilia riss die Augen erschrocken auf. Ich hingegen hatte das oder etwas Ähnliches erwartet. Nicht unbedingt so alt, aber dennoch. Lian erzählte die ganze Zeit schon so lebhaft, als sei sie dabei gewesen. Wie ich jetzt wusste, war das auch der Fall gewesen.

»Mhm ...«, machte ich und dachte darüber nach, ob ich das Thema weiter vertiefen sollte, entschied mich aber dagegen. Etwas anderes war viel wichtiger. »Woher wissen Sie so viel über uns?«

Wieder musste Lian Pau Tseng lachen. Doch dieses Mal lachte niemand mit.

»Ich muss schon sagen, Sie reden nicht lange um den heißen Brei herum. Aber auch das ist ganz einfach. Wir haben telepathische Fähigkeiten. Unser Volk, das im Grunde genommen auch das Ihrige ist, lebt schon seit vielen Jahrhunderten in einem einzigen Kollektiv zusammen. Während wir hier sitzen, ist unsere Regierung quasi live dabei. Und bevor Sie jetzt wieder aufregen, das wäre ein Eingriff in Ihre Privatsphäre: Ich kann das gar nicht abschalten, selbst wenn ich es wollte. Es ist kein bewusster Vorgang, es passiert einfach.«

»Mit anderen Worten: Sie wissen einfach alles über uns. Sie haben jeden Gedanken und jedes interne Gespräch über unser ICS ausspioniert?«

»Das ist ein hartes Wort, John. Noch einmal, ich kann das nicht verhindern. Keiner meines Volkes kann das. Aber um Ihre Frage zu beantworten: Ja. Zusätzlich haben wir natürlich Ihre Schiffsdatenbank kopiert.«

»Natürlich«, schnaufte ich verächtlich.

»Ach kommen Sie! Ihr Schiff ist in unseren Sektor eingedrungen. Auch wir müssen uns schützen und wollten wissen, mit wem wir es zu tun haben. Ich versichere Ihnen, unsere Überraschung, auf Menschen zu stoßen, war mindestens so groß wie Ihre.«

»Dann wissen Sie also, warum wir hier sind?«

»Ja.«

»Und?«

»Was und?«

Ich merkte schon wieder, wie mein Puls in die Höhe ging. Wo war Aramis, wenn ich ihn brauchte? Jedenfalls nicht bei mir im Moment. Auch wenn er mich gelegentlich – na gut, meistens – in den Wahnsinn trieb, ich fing an mir Sorgen zu machen. Was war mit ihm los?

»Wie Sie gesagt hatten, ich rede nicht gerne um den heißen Brei herum«, begann ich ungehalten. »Nach unseren Informationen, die sehr zuverlässig sind, ist Ihr Volk für die Bewahrer verantwortlich. Was in aller Welt ist passiert? Warum haben Sie diese Maschinenwesen erschaffen? Wissen Sie eigentlich, welchen Schaden die Bewahrer bis jetzt angerichtet haben, wie viele Wesen, ob Mensch oder nicht, ihr Leben an diese Monster verloren haben?«, klagte ich die Botschafterin mit fester Stimme an und bekam sofort einen Ellenbogen meines Vaters in die Rippen, der rechts neben mir saß. Ihm passte meine diplomatische Art anscheinend nicht. Ich stieß seinen Arm zur Seite. »Lass mich!«, schnauzte ich ihn an.

»Ja, lassen Sie ihn, Botschafter Johnson. Ich kann Ihren Sohn gut verstehen. Wenn ich ehrlich bin, habe ich damit gerechnet, dass das Ihre erste Frage sein würde. Ich möchte eines klarstellen: Wir haben die Bewahrer, wie Sie sie nennen, nicht erschaffen. Wir sind für sie verantwortlich, das ja, aber erschaffen haben sich die Maschinenwesen selbst. Und ja, John«, sagte sie mit Nachdruck und beugte sich über den Tisch zu mir herüber. »Wir wissen, was für einen Schaden die Bewahrer bisher angerichtet haben und noch anrichten werden. Wir bedauern das sehr und versuchen unser Möglichstes, dem ein Ende zu bereiten.«

Ich war ihr definitiv auf die Füße getreten. In den eben noch so freundlichen Augen, die unendliche Herzlichkeit ausstrahlten, erkannte ich nur noch bloßen Zorn.

»Soll das etwa heißen …«

»Natürlich«, unterbrach mich Lian. »Selbstverständlich werden wir Ihrem Imperium helfen. Nur muss dieses Mal eine endgültige Lösung her. Nicht einer darf übrig bleiben. Wir haben es schon oft versucht, aber immer sind ein paar Schiffe entkommen und dann fing das Ganze wieder von vorne an. Die Bewahrer verfügen über ein ähnliches Kollektiv wie wir. Immer wenn wir auftauchen, werden die anderen gewarnt und fliehen.«

»Das dürfte kein Problem werden«, mischte sich Emilia ein.

»Wie darf ich das ... Oh ... Sie sind in der Lage, die einzelnen Schiffe vom Kollektiv zu trennen. Das ist interessant. Da stellt sich mir gleich die Frage, warum unsere Wissenschaftler nicht auf die gleiche Lösung gekommen sind. Aber das dürfte das Ganze sehr vereinfachen.«

»Ich hätte da auch noch eine Frage«, sagte Emilia und rieb sich mit dem Zeigefinger und Daumen ihrer rechten Hand das Kinn.

»Nur raus damit!«, forderte Lian, schon wieder gut gelaunt, die Prinzessin auf.

»Wie kam es dazu? Ich meine, wie konnten sich die Bewahrer selbst erschaffen? Was sind sie? Sind es Lebewesen oder künstliche Intelligenzen?«

»Teils, teils. Wie ich bereits sagte, leben wir sehr lange. Nicht ewig, das kann ich Ihnen versichern. Auch für ein jeden von uns ist die Zeit irgendwann vorbei. Bei dem einen früher, bei dem anderen später. Nachdem wir uns auf den Planeten der Insektoiden niedergelassen hatten, standen wir vor einem großen Dilemma. Die Insektoiden stellten eine Bedingung, wenn wir bei ihnen leben wollten: Wir durften keinen Nachwuchs zeugen. Sie wollten verhindern, dass wir uns unkontrolliert ausbreiteten und am Ende ihren Lebensraum zerstörten. Aus der Not heraus willigten wir zunächst ein. Aber die Insektoiden erkannten schnell, dass wir, wenn wir keinen Nachwuchs bekommen durften, aussterben würden. Darum schenkten Sie uns ihr Geheimnis des langen Lebens. Heute ist es uns erlaubt, für jeden gestorbenen Menschen, einen neuen großzuziehen. So ein langes Leben bringt allerdings auch seine

Schattenseiten mit sich. In den ersten paar Hundert Jahren hatten wir genug mit uns zu tun, doch irgendwann begann das Leben langweilig zu werden. Den Forschern gelang ein Durchbruch in der Entwicklung von Holografien und sie erschufen riesige Holo-kammern, in der die Menschen ihre Abenteuer erleben konnten. Jede fiktive Figur wurde mit dem Computer erschaffen und stell-te ein unheimlich komplexes Programm da, das unbeschreiblich viel Speicherplatz benötigte. Das stellte die Techniker vor große Probleme – bis zu dem Tag, an dem einer unserer klügsten Köpfe im Sterben lag. Er arbeitete schon lange daran, den ungenutzten Speicherplatz, den ein menschliches Gehirn bot, zu nutzen. Noch auf seinem Sterbebett verfügte er, dass sein Gehirn für weitere Forschungen in diese Richtung zur Verfügung stand. Ein paar Jah-re später gelang dann der Durchbruch und die erste KI wurde auf ein Gehirn übertragen. Es war die umfangreichste KI, die wir bis dahin geschaffen hatten.«

»Also handelt es sich bei den Bewahrern nur um Computerpro-gramme?«, fragte Emilia mit skeptischer Stimme.

»Wenn Sie so wollen? Ich würde das aber nicht einfach *nur* Com-puterprogramme nennen. Die Wahrheit ist wesentlicher kompli-zierter. Damit die Personen in der fiktiven Welt möglichst mensch-lich handeln, erhielten die KIs auch eine künstliche geschaffene Persönlichkeit. Jedenfalls am Anfang.«

»Was ist passiert?«

»Es wurden immer wieder Gehirne von gerade verstorbenen verwendet. Dabei zeigte sich schnell, nicht jedes Gehirn war geeig-net. Es musste bestimmte Anforderungen erfüllen. Die KIs wurden so realistisch programmiert und mit einer Persönlichkeit verse-hen, dass die KI selbst nicht wusste, dass sie kein echter Mensch war. Irgendwann kam es, wie es kommen musste: Ein im Ster-ben Liegender wartete gar nicht erst seinen Tod ab und ließ sein Gehirn mit seinem Bewusstsein in die Holowelt integrieren. Es folgten andere und wir sind uns nicht sicher, ob von diesen Perso-nen die Rebellion ausging. Jedenfalls wollten die KIs, die sich für

Menschen hielten, ihre Freiheit. Sie schafften es mit der Hilfe einiger Aktivisten, die es für richtig hielten, den KIs ihre Freiheit zu geben, einen künstlichen Wirtskörper zu bauen. Das eine folgte dem anderen und letztendlich entkamen die KIs mit einigen unserer Schiffe und das Übel nahm seinen Lauf.«

»Wenn ich Sie richtig verstanden habe, dann halten sich die Bewahrer für echte Lebewesen und wissen nicht, dass sie nur ein Computerprogramm sind? Mit einigen Ausnahmen unter ihnen, die wirklich auf dem Geist eines Menschen basieren?«

»So ähnlich, ja, Eure Hoheit.«

»Und was ist aus diesen Holowelten geworden?«

»Sie wurden alle zerstört und die zurückgelassenen KIs unwiderruflich gelöscht. Jetzt versuchen wir seit ein paar Hundert Jahren, die Abtrünnigen zu stellen und aus dem Verkehr zu ziehen.«

»Wie sieht dieses *Aus-dem-Verkehr-Ziehen* für Sie denn aus?«, wollte ich wissen.

»Es gibt nur eine einzige Lösung, die komplette Vernichtung«, antwortete Lian seelenruhig. In ihrer Stimme lag weder Hass noch Zorn. Es klang einfach überzeugt.

»Gefällt mir«, grinste ich und erhielt ein zauberhaftes Lächeln von der Botschafterin dafür.

»General!«, maßregelte mich meine Tochter sofort.

»Was? Sie haben es selber gehört, es handelt sich bei den Bewahrern nur um ein paar verfluchte künstliche Intelligenzen. Wenn das der einzige Weg ist, diese Plage loszuwerden«, ich hob die Hände, »meinen Segen haben sie.«

Erneut trat eine Stille ein und die Luft war raus. Wir hatten viel erfahren und mussten eine Menge verdauen. Eigentlich hätte sich in jedem von uns ein unglaubliches Glücksgefühl freisetzen müssen. Immerhin schien es so, dass unsere Mission ein voller Erfolg war. Trotzdem war die Stimmung eher gedrückt.

»Es war mir eine Freude, Sie alle kennenzulernen. Ich denke, Sie haben viel, worüber sie nachdenken wollen.« Dann erhob sich Lian und begleitete uns zur Tür. Dort standen zwei Wachen, die uns zum Hangar begleiten sollten. Ich wollte gerade durch die Tür gehen, da hielt Lian mich am Arm zurück.

»John, haben Sie noch einen kleinen Moment? Ich würde gerne noch etwas mit Ihnen besprechen.«

»Mein Platz ist bei der Prinzessin«, lehnte ich höflich ab. Irgendwie war mir unwohl bei dem Gedanken, mit dieser Frau alleine zu sein.

»Es dauert nicht lange und ich versichere Ihnen, die Prinzessin ist absolut sicher an Bord dieses Schiffes.« Emilia hatte mitbekommen, dass Lian mich alleine sprechen wollte, und nickte mir fast unmerklich zu. Ihre Augen sagten etwas anderes.

»Commander Higgens, würden Sie noch einen Moment hierbleiben?«, rief ich den Commander zurück.

»Ich wollte mit Ihnen alleine sprechen, John«, beschwerte sich die Botschafterin sofort.

»Das ist okay. Ich habe keine Geheimnisse vor dem Commander.«

»Verstehe. Wie Sie wünschen.«

Mein Vater, Emilia und Stannis machten sich auf den Weg und Lian schloss die Tür wieder. Higgens postierte sich erneut links neben der Tür und verschränkte die Arme auf dem Rücken. Sein Blick ging stur geradeaus.

»Was kann ich für Sie tun?«, fragte ich neugierig.

»Ich wollte nochmals auf das Thema von vorhin zu sprechen kommen.«

»Was meinen Sie?«

»Ich sagte bereits, dass Sie ihn mitgebracht haben. Das ist äußerst ungewöhnlich. Aber es macht Sie zu einem außerordentlich interessanten Mann.«

»Wen zum Teufel meinen Sie?«

»Na den Schöpfer! Beleidigen Sie mich nicht!«

»Den Schöpfer? Ich …« Da dämmerte mir, wen Lian meinte. Natürlich wusste sie von der Existenz von Aramis. Immerhin schnüffelte Sie in meinen Gedanken herum.

{Nein, nein, nein}, vernahm ich die Stimme von Aramis in meinem Kopf. So weinerlich hatte ich ihn noch nie gehört.

»Ach sie meinen *den*.«

»Ja, genau *den* meine ich. Sie nennen ihn Aramis?«

»Er nennt sich so. Ich habe ihm den Namen nicht gegeben. Viel mehr erstaunt mich, dass Sie von ihm wissen. Es passt nicht zu seiner Geschichte.«

»Das glaube ich gerne. Ihr Aramis oder *der Schöpfer*, wie wir ihn nennen, hat tausend Namen. Und *Geschichte* ist ein treffendes Wort.«

Ich stand da wie vor dem Kopf gestoßen. Seit fast zwanzig Jahren hielt ich die Existenz von Aramis mehr oder weniger geheim und dann reiste ich an den Arsch des Universums, wo man ihn bereits zu kennen schien. Mir entglitten die Gesichtszüge und ich musste mich setzen. Schwer ließ ich mich auf einen der Stühle sinken. Aramis sagte kein Wort, er war noch da, das spürte ich, wollte aber nicht mit mir reden. Alles, was ich vernahm, war ein leises Wimmern ganz tief in meinem Inneren, das nicht von mir stammte.

»Entschuldigen Sie, Lian. Ich bin gerade etwas aus der Fassung«, sagte ich und griff mir irgendein Glas und füllte es mit diesem leckeren lila Zeug. Dann kippte ich den Inhalt in einem Zug hinunter.

»Das kann ich mir vorstellen. Der Schöpfer kann mitunter recht seltsam sein.«

»Seltsam? Das ist größte Untertreibung, die ich je gehört habe. Mich treibt er regelmäßig in den Wahnsinn! Ich würde ihn gerne zur Rede stellen, doch er hüllt sich in eisiges Schweigen.«

»Das passt zu ihm. Auch mit mir verweigert er jede Kommunikation. Der Schöpfer – oder Aramis, was wirklich ein merkwürdiger Name ist –, ist in den seltensten Fällen das, was er vorgibt zu sein. Nun ziehen Sie nicht so ein Gesicht, John.«

»Ich verstehe das Ganze nicht ...«, stammelte ich.

»Es gab eine Zeit, in der war der Schöpfer allgegenwärtig und er vollbrachte Großartiges. Doch irgendwie schwanden seine Kräfte und er zog sich immer mehr zurück. Er war es, der uns damals auf der EXPLORER zur Seite stand. Der Schöpfer brachte die Insektoiden dazu, uns aufzunehmen, und er half uns bei dem Aufbau unserer Zivilisation.«

»Was ist passiert, warum ist er gegangen?«

»Das wissen wir nicht so genau. Aber mit Ihrem Erscheinen erhoffen wir uns, eine Antwort darauf zu erhalten. Als die KIs damals rebellierten, gab es Stimmen unter uns, die behaupteten, dass der Schöpfer etwas damit zu tun hatte, und nachdem die Maschinen ihren grausamen Feldzug begonnen hatten, verließ uns der Schöpfer. Er wollte es in Ordnung bringen und dann zu uns zurückkehren. Doch er kam nie, bis heute.«

»Es ist nicht so, dass er freiwillig hier ist. Im Gegenteil, er hat nichts dazu beigetragen, dass wir sie fanden. Aramis wusste die ganze Zeit, wo die Bewahrer herkamen und was sie wollen. Mit keinem Wort hatte er das erwähnt. Stattdessen baute er uns so ein riesiges Raumschiff und ließ uns durch das halbe Universum reisen. Wissen Sie eigentlich, wie viele Menschen auf dieser Reise ihr Leben verloren haben? Ein einziges Wort von ihm hätte das alles verhindern können.«

»Die Wege des Schöpfers sind unergründlich. Aber ich glaube, er wollte sie nicht zu uns führen, denn das hätte zur Folge, dass die Bewahrer ausgelöscht werden. Er scheint auf irgendeine Art eine besondere Verbindung zu ihnen zu haben. Was das sein könnte, weiß ich auch nicht.«

»Das ergibt doch keinen Sinn. Wenn er so allmächtig ist, warum beendet er das Ganze nicht? Warum müssen so viele Wesen sterben?«

{WEIL ICH NICHT MEHR ALLMÄCHTIG BIN!}, schrie Aramis plötzlich und mir wäre fast der Schädel geplatzt. Ruckartig faste ich mir mit beiden Händen an den Kopf und kippte zur Seite. Hart schlug

ich auf dem Boden auf und wand mich unter Schmerzen. Es fühlte sich an, als hätten mich tausend Messer gleichzeitig durchstoßen. Ich zitterte am ganzen Körper und lag zusammengekrümmt auf dem Boden. Lian eilte mir zur Hilfe, doch sie konnte nichts tun. Mir kam der Gedanke, dass dies das Ende für mich bedeuten könnte. Mein Körper schrie förmlich nach der Erlösung und sehnte den Tod herbei. Komisch, ich hatte immer geglaubt, ich würde einmal auf dem Schlachtfeld meinen letzten Augenblick erleben und nicht wimmernd und schreiend auf einem kalten Fußboden. Meine Blase entleerte sich und ich kotzte mir die Seele aus dem Leib. Nach einer gefühlten Ewigkeit ließen die Schmerzen allmählich nach, bis sie ganz verschwanden. Zitternd und gestützt von Lian, die mich voller Mitgefühl ansah, setzte ich mich wieder auf den Stuhl.

»Danke, es geht schon«, brachte ich schwach hervor. Lian reichte mir ein Glas Wasser, das ich gierig entgegennahm. Hatte Aramis gerade versucht, mich umzubringen?

{Ich bitte dich, John. Natürlich nicht. Würde ich dich töten wollen, würdest du auf der Stelle tot umfallen. Das war ein Versehen und es tun mir leid.}

[Ich, ich könnte dich ...] Weiter kam ich nicht. Es fiel mir schwer, mich zu konzentrieren und meine Gedanken an das Arschloch zu richten. Aber verbal sollte es gehen.

»Du Arschloch!«, beschimpfte ich Aramis. »Du hast mich die ganze Zeit belogen. Du hinterhältige miese kleine Ratte! Du dummes Stück Scheiße! Du Drecksau! Du Wichser!« Ich ratterte noch eine ganze Weile alle Schimpfwörter hinunter, die mir einfielen.

{Bist du jetzt fertig?}

»Noch nicht annähernd, aber ich würde gerne hören, was für eine Lüge du mir jetzt auftischen willst.«

{Es ist, wie Lian gesagt hat. Ich war einst allmächtig und allgegenwärtig. Außerdem war nicht alles gelogen. Das, was ich dir erzählt habe, stimmt alles. Ich gebe zu, ich habe in der Mitte vielleicht ein paar Jahre ausgelassen. Aber was bedeutet für mich schon Zeit? Ich existiere schon seit Milliarden von Jahren. Ich bin wirklich auf der Suche nach den KIs im Sonnensystem gestrandet, am Ende meiner Existenz, und vielleicht wäre ich sogar dort gestorben, wärst du nicht zur Erde gekommen.}

»Erzähl, was du willst, ich glaube dir kein Wort mehr. Niemals!«

{Das kann ich gut verstehen, dennoch ist das die Wahrheit und tief in dir drinnen weißt du das auch.}

»Was willst du?«

{Meine ursprüngliche Macht zurück, damit ich wieder die Entwicklung aller Lebewesen im Universum beeinflussen kann.}

»Es geht dir also nur um Macht?«

{Was ist daran verwerflich? Geht es nicht immer darum?}

»Aus reiner Machtgier hast du all die Menschen und die anderen Spezies einfach sterben lassen? Du widerst mich an!«

{Halte du mir keine Moralpredigt. Ich gab jedem Wesen einen freien Willen. Gerade ihr Menschen seid mit das Abscheulichste, was ich je geschaffen habe. Seit Jahrtausenden führt ihr einen Krieg nach dem anderen. Ihr schlachtet alles ab, was euren Weg kreuzt, wenn es sich nicht euren Wünschen beugt. Ihr wart es, die entschieden habt, Tausende Krastaner umzubringen – und wofür? Für ein paar Informationen. Wenn das kein lächerlicher Grund ist, weiß ich es auch nicht. Wäre ich nicht eingeschritten, hättet ihr jeden Creep in dem System der Phalos abgeschlachtet. Deine Doppelmoral kotzt mich so langsam an, John. Du warst ganz vorne mit dabei, als es darum ging, die krastanischen Rebellen anzugreifen, und erst hinterher, nachdem du hattest, was du wolltest, machtest du dir Gedanken darüber, was mit den restlichen Rebellen geschehen würde. Ihr habt Tausende Wesen umgebracht, damit ihr ein paar Informationen erhaltet, und nun willst du mir das in die Schuhe schieben. Das nenne ich krank. Genau das seid ihr Menschen: eine Krankheit, ein Geschwür, das Virus im Universum.}

»Wenn du uns so sehr verachtest, warum gibst du dich denn mit uns ab? Warum löschst du uns nicht alle einfach aus? Ach so, ich vergaß, dazu bist du ja nicht *mächtig* genug.«

{Weil ich noch Hoffnung für euch habe, und in einem täuschst du dich, es würde kein Problem für mich darstellen, die Menschen auszurotten. Auf unserer Reise ist das passiert, was ich mir erhofft habe, meine Fähigkeiten sind fast gänzlich wiederhergestellt.}

Mir lief es eiskalt den Rücken runter. So hatte Aramis noch nie mit mir gesprochen. Seine Stimme klang herablassend und voller Verachtung.

»Aber was hat es jetzt mit den Bewahrern auf sich?«, lenkte ich das Thema in eine andere Richtung. Aramis hatte durchaus recht, wir Menschen waren nicht gerade ein Paradebeispiel für friedliche Wesen. Und wenn ich darüber nachdachte und vor allem ehrlich zu mir selbst war, waren es in der Tat immer unsere eigenen Entscheidungen. Sicher, wir entschuldigten das gerne mit »Wir haben nicht angefangen« oder »Die haben zuerst geschossen«. Trotzdem hätten wir den meisten Konfrontationen auch aus dem Weg gehen können. Als die Creep-Flotte angegriffen hatte, hätten wir auch einfach mit einem einzigen Sprung das System verlassen können. Doch der Admiral und wir alle anderen auch waren ganz verbissen darauf zu sehen, was die NAUTILUS II alles draufhatte.

{Hast du das noch immer nicht verstanden? Ich habe sie erschaffen. Es waren meine Ideen, die ich den Wissenschaftlern einpflanzte. Nur durch mich konnten Sie die KIs entwickeln. Ich gebe zu, dass es ein Fehler war. Aber im Gegensatz dazu, wofür die meisten Religionen mich halten, bin ich eben nicht unfehlbar. Ich habe viele Fähigkeiten, aber eine fehlt auch mir: In die Zukunft schauen kann ich nicht. Ich kann mögliche Entwicklungen vorausberechnen, dennoch kommt es manchmal anders, als man denkt.}

»Wenn du das für einen Fehler hältst, dann müsste die Vernichtung der Bewahrer doch in deinem Interesse sein.«

{Das kann ich nicht.}

»Warum nicht? Es sind doch *nur* Computerprogramme!«

{Die nicht wissen, dass sie es sind. Sie halten sich für echt! Wann gilt ein Lebewesen als ein Lebewesen? Haben Sie kein Recht auf eine Existenz, nur weil die Menschen sie nicht als Wesen anerkennen?}

»Sie haben keine Seele!«

{Woher willst du das wissen? Was ist eine Seele? Wie definierst du das? Eine Seele, mit der man denkt und fühlt? Das tun auch die Bewahrer. Oder glaubst du immer noch an das Ammenmärchen einer unsterblichen Seele, die den Körper nach dem Tod verlässt und auf ewig im Paradies weiterlebt? Wenn dem so ist, muss ich dich leider enttäuschen, so etwas gibt es nicht. Wenn du stirbst, dann ist das endgültig. Alles, was von dir dann noch bleibt, sind ein paar Einträge in Datenbanken und das, was in den Geschichtsbüchern steht. Doch die Bewahrer machen es vor, der größte Teil von Ihnen lebt auf ewig in einem geistigen Kollektiv zusammen. Ist das nicht erstrebenswert, nach seinem Tod einem solchen Kollektiv zugeführt zu werden?}

Mein Gespräch mit Aramis dauerte mehrere Stunden. Emilia hatte sich mehrfach nach meinem Verbleib informiert. Commander Higgens gab stets die gleiche Antwort, es ginge mir gut, aber es würde noch etwas dauern, und schlug vor, die Prinzessin solle doch schon einmal zur Nautilus II übersetzen. Doch Emilia weigerte sich und bestand darauf zu warten. Sie würde in keinem Fall ohne ihren Vater dieses Schiff wieder verlassen.

Es war nicht zu fassen, aber ich saß an einer Tafel, auf der noch immer Speisen und Getränke standen, mir gegenüber saß eine überaus attraktive schöne Frau und ich unterhielt mich mit Gott, als wäre es das Normalste auf der Welt. Ich gebe zu, mit jeder Minute wuchs meine Angst vor Aramis, auch wenn er immer beteuerte, dass dies nicht notwendig sei und es dafür keinen Grund gebe. Mehrmals fragte ich mich, ob ich nun zu irgendeinem Glauben konvertiert war, immerhin sprach ich mit einem Gott. Doch das passte einfach nicht in meine Welt und schon gar nicht in die Sicht, wie ich das Universum sah. Wenn ich ehrlich bin, hatte ich nie darüber nachgedacht, ob es einen Gott gab oder nicht. Für mich war alleine der Gedanke daran total irreal gewesen. Aramis hatte in der Tat viele Namen, die Menschen hier nannten ihn *den Schöpfer*, die Creeps nannten ihn Oxlahtikas, ich nannte ihn einen verlogenen Schweinehund. Es fiel mir immer schwerer, ihn mit dem Namen Aramis anzusprechen. Da konnte er sich nennen, wie er wollte, für mich blieb er ein verlogener Hund, der einzig und alleine von seinen selbstsüchtigen Zielen getrieben wurde.

Immerhin konnte ich ihn auf sein Versprechen festnageln, uns von den Bewahrern zu befreien. Lian bestand trotzdem darauf, dass ihre Flotte uns begleitete. Ich nahm an, sie vertraute ihrem Schöpfer genauso wenig wie ich. Was sie unheimlich sympathisch in meinen Augen machte. Keine Sorge, ich habe natürlich nichts mit ihr angefangen. Die Frau war mir einfach zu alt und außerdem hatte ich mein Herz schon seit Langem einer anderen geschenkt. Was Lian sehr bedauerte, aber auch verstand. Die Botschafterin hatte in der Tat versucht, mit mir zu flirten. Dafür hatte sie mein vollstes Verständnis, doch ich musste sie leider entschieden zurückweisen. Dennoch verließen wir den Raum als Freunde, die das Gefühl hatten, sich schon ewig zu kennen. Nachdenklich ging ich aus dem Raum und Higgens legte mir freundschaftlich eine Hand auf die Schulter. Er sagte nur: »Starker Tobak.« Dann marschierten wir schweigend und nachdenklich zum Shuttle zurück. Dort wurde ich voller Freude von allen begrüßt, bis man meinen Zustand bemerkte. Emilia wollte die Botschafterin zur Rede stellen, doch ich konnte ihr das zum Glück ausreden. Es tat gut, von Freunden umgeben zu sein – Aramis zählte ab diesen Tag nicht mehr dazu.

Vor der Ankunft

Susan Tantikis Geist bewegte sich völlig frei im Kollektiv der Bewahrer. Sie hatte Fähigkeiten, die den Maschinenwesen verborgen blieben. Den Gründervater hatte Susan immer wieder verlassen und ließ ihren Geist einfach treiben. Es war ihr aufgefallen, dass sie in jeden physischen Körper eines Bewahrers eindringen und die Kontrolle übernehmen konnte. Die einstige Akademieschülerin genoss diesen Zustand und reiste fast ohne Zeitverlust durch die Milchstraße. So stellte sich das Mädchen ein Leben nach dem Tod vor. Trotzdem fand sie sich immer noch tief mit den Menschen verbunden und hasste, was die Bewahrer ihrem Volk antaten. Wo immer sie konnte, mischte sie sich ein und verhinderte viele Entführungen. Das danach die jeweiligen Einheiten wegen ihres Versagens eliminiert wurden, war ihr völlig egal. Besonders beobachte Susan die Kommissarin Isabell McCollin. Sie mochte die Frau und bewunderte die Hingabe und Aufopferung, mit der die Sonderermittlerin ihrem Job nachging. Isabell arbeitete Tag und Nacht und ackerte die Liste mit potenziellen Entführungsopfern ab, die sie mit der Hilfe von Susan erstellt hatte. Einen nach dem anderen brachte die Kommissarin in Sicherheit. Tantiki war es nicht entgangen, dass der Name der Ermittlerin ebenfalls auf der Liste stand. Bisher konnte Susan allerdings verhindern, dass Isabell in das Suchmuster der Bewahrer fiel, und sie würde auch weiterhin alles tun, damit das so blieb. Dennoch wurde es langsam gefährlich, denn die Bewahrer hatten längst gemerkt, dass etwas nicht stimmte. Entweder versagten ihre eigenen Leute oder die Personen waren nicht mehr aufzufinden. Das Kollektiv suchte bereits fieberhaft nach den Gründen und nach einer Lösung. Doch sosehr Susan sich bemühte und auch McCollin bis zur Erschöpfung arbeitete, konnten die beiden so unterschiedlichen Frauen nicht überall gleichzeitig sein. Es fielen noch viel zu viele Menschen diesen Monstern in die Hände.

Isabell saß wie immer an ihrem Schreibtisch und koordinierte die Rettungsaktionen der Menschen, die auf ihrer Liste standen. Sie hatte seit fast zwanzig Stunden nicht geschlafen und rieb sich vor Müdigkeit die Augen. Dann gähnte sie ausgiebig, bis ihre Kiefer knackten. Susan Tantiki hatte ihr immer wieder geheime Botschaften zukommen lassen, in denen besonders dringende Fälle standen, die keinen Aufschub duldeten. In vielen Fällen konnten sie die Menschen nur wenige Stunden vor den Bewahrern in Sicherheit bringen. Für McCollins Geschmack kam der IGD leider trotzdem viel zu oft zu spät. *Du kannst nicht alle retten*, dachte Isabell immer wieder und wusste, dass das auch stimmte. Dennoch konnte sie das Gefühl nicht abstreifen, versagt zu haben, wann immer sie es nicht geschafft hatte, ein Menschenleben zu retten. Dabei hätte sie sehr zufrieden sein müssen bei den erstaunlichen Zahlen, die gerade auf dem Display vor ihr herunterratterten. Sie war es aber nicht. Seit zwei Wochen lebte die Kommissarin in ständiger Angst, Angst davor, jeden Moment könnte es an der Tür klopfen und ein Bewahrer würde hereinkommen, um sie abzuholen. Jedes Mal wenn ihr Körper vor Erschöpfung in den Schlaf fiel, träumte sie davon. Es waren grausame Träume. Meistens lag sie irgendwo auf einem kalten Operationstisch und eines dieser Monster öffnete ihre Schädeldecke, während sie bei vollem Bewusstsein war. Dann wachte Isabell schreiend und schweißgebadet auf. Letzte Nacht war es besonders schlimm gewesen. Das war wahrscheinlich auch der Grund, warum sie schon wieder seit zwanzig Stunden an ihrem Schreibtisch saß. Ihr Geist wollte nicht mehr schlafen. Sie wusste, dass ihre Strategie am Ende nicht aufgehen würde. Irgendwann würde sie einfach einschlafen. Der Körper holte sich immer, was er brauchte.

Völlig in Gedanken versunken, hörte sie ein leichtes Pochen und nahm an, es käme von ihren Schläfen, und sie befürchtete schon, wieder so schreckliche Kopfschmerzen zu bekommen, wie sie jetzt fast täglich kamen. Doch aus dem leisen Pochen wurde ein immer lauter werdendes Klopfen. Die Kommissarin registrierte nur widerwillig, dass jemand an der Tür war. Müde und abgeschlagen zwang sie sich, ein »Herein!« zu rufen, und ärgerte sich sofort über ihren Sekretär. Er hatte die eindeutige Anweisung, sie auf keinem Fall zu stören. Vorsichtig öffnete der Sekretär die Tür einen Spaltbreit und steckte den Kopf durch die Öffnung.

»Verzeihen Sie die Störung, Kommissarin, aber es ist Besuch für Sie da. Ich habe ihm mitgeteilt, dass Sie nicht gestört werden wollen, doch er ließ sich nicht abwimmeln.«

McCollin seufzte tief und machte nur eine winkende Handbewegung. Sie musste schrecklich aussehen, doch Isabell war so müde, dass es ihr schlicht egal war, selbst wenn die Kaiserin persönlich vor der Tür stand. Der Gedanke ließ sie dann aber doch hochschrecken und es kehrte ein wenig Leben in ihren Körper zurück. Die Ermittlerin drückte das Kreuz durch und machte innerlich bereits einen Knicks.

Doch das, was dort durch die Tür kam, war tausendmal schlimmer. Der Bewahrer glitt lautlos in ihr kleines Büro und kam vor ihrem Schreibtisch zum Stehen. Isabells Herz hörte für ein paar Schläge auf zu schlagen und sie saß wie versteinert da. Noch nie hatte eines der Maschinenwesen sie in ihrem Büro aufgesucht. Das konnte nur eines bedeuten. *Dann ist es jetzt so weit*, dachte die Kommissarin und irgendwie fiel eine große Last von ihr ab. Jetzt hatten das Warten und die Angst endlich ein Ende.

»Ich wünsche Ihnen einen wunderschönen Tag, Isabell!«

Von der persönlichen und freundlichen Begrüßung doch etwas überrascht, presste sie niedergeschlagen ein »Ebenfalls« zwischen den Lippen hervor. Der Bewahrer beugte sich über den Tisch und hielt der Kommissarin eine Hand hin.

»Keine Angst, Isabell, ich bin es, Susan.«

Die Imperatrix eilte durch den Palast in den Taktikraum. Sie konnte sich immer noch nicht daran gewöhnen, dass Aramis zu ihr sprach, auch wenn John nicht in der Nähe war. *In der Nähe*, dachte sie und schnaubte aus. Aramis zufolge befand sich John fast siebzig Millionen Lichtjahre entfernt. Doch nicht mehr lange. Der Teufelskerl hatte es doch tatsächlich geschafft! Er hatte das Ursprungsvolk der Bewahrer ausgemacht und diese waren bereit, den Menschen zu helfen, sich von den Maschinenwesen zu befreien. Eine Flotte sollte sich gleich auf den Weg machen und würde in Kürze im Imperium eintreffen. Endlich ging es diesen Monstern an den Kragen. Victoria wollte keinen Moment davon verpassen, daher hatte sie es eilig und wollte die kommende Schlacht in ihrem Taktikraum verfolgen. Schlitternd kam die Kaiserin vor einem großen Display zu stehen. Grob stieß sie den Analytiker, der vor der Eingabekonsole stand, zur Seite und gab ihren persönlichen Zugangscode ein. Dann befahl sie der Anzeige, alle Schiffe der Bewahrer im Imperium anzuzeigen. Der Geheimdienst hatte die Daten in den letzten Jahren gesammelt und alle Schiffsbewegungen peinlichst genau dokumentiert. Der Zentralrechner verarbeitete die Eingabe und Penelope, die Palast-KI griff auf Daten zu, von denen sie nicht gewusst hatte, dass diese überhaupt existierten. *Ihr haltet euch für besonders schlau*, dachte Victoria. *Doch wir Menschen haben auch ein paar Tricks auf Lager.*

Ihren Bewachern blieb das Handeln der Imperatrix nicht verborgen und eines der Maschinenwesen näherte sich der Kaiserin.

»Was hat das zu bedeuten, Eure Majestät?«

»Das werdet ihr gleich erfahren«, antwortete sie fröhlich und rieb sich die Hände.

Kaum hatte Victoria die Worte ausgesprochen, tauchten unbekannte Objekte auf dem taktischen Display auf. Jedes der fast dreihundert Bewahrerschiffe erhielt Besuch von einem unbekannten Raumschiff. Eines dieser Schiffe sprang direkt in das Sonnensystem und näherte sich der Erde mit hoher Geschwindigkeit. Die taktische Anzeige klassifizierte das Raumschiff zwar als von unbekannter Herkunft, aber eindeutig menschlicher Bauweise. Die Kaiserin jubelte innerlich auf. Das konnte nur die NAUTILUS II sein! Ihr John und ihre Tochter waren zu ihr zurückgekehrt!

Seit dem Verschwinden des Bewahrers aus dem Palast vor fast einem Jahr hatten die Maschinenwesen vier Bewahrer zur Überwachung der Imperatrix abgestellt, die sich jetzt alle der Kaiserin näherten. Sie hielten mitten in der Bewegung inne und schienen einen Moment ratlos zu sein, was sie tun sollten. Dann aktivierten sie ihre Waffen und kamen immer näher. Victoria erschrak und wich zurück. Sie stieß mit dem Rücken an die Konsole und schloss die Augen. Plötzlich eröffnete der Bewahrer, der neben ihr stand, das Feuer. Der ohrenbetäubende Lärm sich entladener Plasmaladungen schallte von den Wänden wider. Victoria kniff die Augen noch fester zusammen und wunderte sich darüber, dass sie immer noch am Leben war. Nach ein paar Sekunden war der Spuk vorbei und eisige Stille kehrte ein. Die Kaiserin nahm den Geruch von geschmolzenem Metall wahr und spürte noch immer die Hitze in ihrem Gesicht, die das Plasma hervorgerufen hatte. Zu dem Gestank mischte sich das Geräusch von schweren Stiefeln, die in schneller Folge im Laufschritt auf den Boden stampften. Erst jetzt wagte die Imperatrix, die Augen zu öffnen. Das Erste, was sie sah, war die Leibgarde, die sich in hoher Zahl im Raum versammelt hatte. Alle hatten die Waffen im Anschlag und zielten in Richtung der Kaiserin. *Warum zielen die auf mich?*, dachte Victoria und nahm erst jetzt den Bewahrer wahr, der halb vor ihr stand. Von den anderen Killermaschinen war nichts zu sehen. Doch die aufsteigenden Rauchwolken hinter der Leibgarde ließ sie erahnen, welches Schicksal die Maschinen erlitten hatten.

»Sie sind in Sicherheit«, sagte der Bewahrer vor ihr. »Es wäre schön, wenn die Garde die Waffen senken könnte, Eure Hoheit.«

Etwas an der Stimme des Bewahrers klang völlig anders als sonst. Bisher war es immer so eine eher emotionslose Unisexstimme gewesen. Nun hörte sie deutlich eine weibliche Stimme und irgendwie klang diese sehr menschlich.

»Wer bist du?«, fragte Victoria überrascht.

»Ich bin Susan Tantiki und Sie stehen unter meinem Schutz.«

Die Kaiserin überlegte einen Moment und dachte darüber nach, was ihr die Sonderermittlerin Kommissarin Isabell McCollin über diese Susan berichtet hatte.

»Waffen runter!«, befahl sie ihrer Leibgarde. »Dieser Bewahrer ist ein Freund!«

Nach der Ankunft

Zeit: 1042
Ort: Milchstraße, Sonnensystem, Planet Erde

Die NAUTILUS II materialisierte direkt im Sonnensystem und nahm sofort Kurs auf die Erde und somit auch auf das Schiff der Bewahrer. Ich stand mit meiner Tochter auf der Brücke und beobachtete gespannt das Geschehen. Admiral Gavarro gab den Befehl zum Ausschleusen der Bojen mit dem Störsender. Unseren Technikern war es gelungen, mit den Erkenntnissen, die Lieutenant Hutch auf unserer Mission sammeln konnte, einen Störsender zu entwickeln, der die Kommunikation der Bewahrer unmöglich machen sollte. Wir waren sehr zuversichtlich, dass es auch funktionieren würde. Ob wir damit recht hatten, würden wir gleich erfahren.

Ein paar Minuten später gesellte sich zu uns das Flaggschiff von Botschafterin Lian Pau Tseng und begleitete die NAUTILUS II auf ihrem Weg zur Erde, um das Bewahrerschiff zu stellen.

»Die Bewahrer laden die Waffen«, meldete Lieutenant Hutch von der Sensorphalanx.

»Klar zum Gefecht!«, rief Admiral Gavarro, obwohl der Befehl längst überfällig war. Das Schiff und die Mannschaft waren so bereit, wie sie nur sein konnten.

»Schiff klar zum Gefecht«, wiederholte der XO den Befehl. Seine Stimme war fest und zuversichtlich. Für ihn gab es keinen Zweifel daran, wie dieser Kampf ausgehen würde. Es war an der Zeit, den üblen Machenschaften dieser rebellierenden KIs ein Ende zu setzen. So dachte jeder hier an Bord und ein jeder konnte es kaum erwarten, es diesen Monstern heimzuzahlen. Ich war innerlich sehr aufgewühlt, so viel hatte sich in den letzten Tagen ereignet. Ich hatte mich dazu entschlossen, kein einziges Wort mehr mit Aramis zu sprechen. Dieses Wesen hatte mich von Anfang an belogen und betrogen. Er hatte mich benutzt, manipuliert und aufs Übelste hintergangen. Er versuchte immer wieder, mit mir ins Gespräch zu kommen, doch ich blockte jedes Mal ab. Am Ende ignorierte ich ihn einfach. Tja, und dann war er irgendwie einfach nicht mehr da. Es fühlte sich an, als hätte er meinen Körper verlassen. Ich kann das nicht genauer beschreiben. Dieses Wesen war so viele Jahre ein fester Bestandteil von mir gewesen, dass ich die Veränderung sofort spürte. Ich fühlte mich unvollkommen. Da war eine Leere in mir, ganz tief innen drinnen. Sosehr ich auch versuchte, dieses Gefühl zu verdrängen, es gelang mir nicht. Aramis war nicht einfach verschwunden, er war noch bei uns, bei uns allen. Ich merkte die Veränderungen auch an den anderen Menschen an Bord. Auch sie spürten, dass irgendetwas sie umgab. Doch niemand außer ein paar wenigen Menschen wusste, was oder vielmehr wer das war.

Higgens hasste dieses Gefühl am meisten. Er hatte noch nie etwas für Religionen übrig gehabt und weigerte sich schlicht, an die Existenz eines Gottes zu glauben. Mir hatte er auch verraten, warum. Er sagte, er habe Angst davor. Alle Religionen, so verschieden sie auch sein mögen, haben eines gemeinsam: Irgendwann, wenn man sterbe, komme man vor Gericht und müsse sich für seine Taten verantworten. Higgens habe viele Dinge getan, auf die er nicht stolz sei. Jetzt habe er Angst, dass diese Dinge ihm zu Verhängnis werden könnten. Wörtlich hatte er gesagt: »Ich scheiße auf ein Leben nach dem Tod.«

Emilia fühlte das Gleiche wie ich, auch sie vermisste einen Teil von sich und wusste, Aramis war nicht mehr länger ein Bestandteil ihres Körpers. Auch sie hatte sich geweigert, mit diesem Scheißkerl zu reden. Jetzt hofften wir beide, dass Aramis sich nicht in das Kommende einmischen würde. So wie er von den KIs gesprochen hatte, war es ihm durchaus zuzutrauen.

Doch meine Befürchtungen bewahrheiteten sich nicht. Gott, Aramis, Oxlahtikas oder wie auch immer überließ die KIs ihrem Schicksal und das meinte es gar nicht gut mit den Maschinenwesen.

Überall griffen die Schiffe der Menschen die Kugelraumer der Bewahrer an. Es gab keinen Versuch der Kontaktaufnahme, keine Verhandlungen und auch keine Chance auf eine Kapitulation. Die ovalen Schiffe unserer Verbündeten stürzten sich wie die Geier auf die Kugelraumer.

Die Laser der NAUTILUS II schälten eine Schicht nach der andern der dicken Panzerbeschichtung des Kugelraumers herunter, bis sie sich endlich tief ins Innere fraßen und ihre tödliche Hitze ausbreiteten. Raketen flogen in die von den Lasern geschnittenen Öffnungen und detonierten. Trümmerteile wurden kilometerweit ins All geschossen und trudelten davon. Doch selbst das war uns Menschen nicht genug. Jägerstaffeln schossen den Trümmern hinterher und pulverisierten jedes von den Systemen ortbare Stück. Botschafterin Lian ging mit keiner geringeren Härte vor. Das seltsame eiförmige Schiff hatte eine erstaunliche Feuerkraft und machte großzügig davon Gebrauch. Es schien, als ob auch Lian kein Interesse daran hatte, dass auch nur das kleinste Stück der Bewahrer übrig blieb. Ihre gesamte Flotte griff die Kugelraumer zeitgleich an und überall brannten die Schiffe der Bewahrer lichterloh, bis der Sauerstoff verbraucht war und sich die Feuer selbst löschten. Unaufhörlich schossen die Schiffe unserer Verbündeten weiter. Die Flotte der Bewahrer wurde vollständig zerstört. Nicht ein einziges Schiff konnte entkommen.

Trotzdem hatte die Menschheit viele Tote zu beklagen, denn die Bewahrer, die sich auf einem Planeten befanden und nicht an Bord eines Schiffs, wüteten fürchterlich unter der Zivilbevölkerung. Getrennt von ihrem Kollektiv, führungslos und auf sich gestellt, drehten die Maschinen durch. Sie feuerten auf alles, was sich bewegte. Die Soldaten der imperialen Truppen, die Miliz und jeder Polizist warfen sich den Killermaschinen allerorts mutig entgegen.

Mit vereinten Kräften gelang es ihnen schließlich, die Maschinen niederzuringen oder zumindest so lange zu beschäftigen, bis die Verstärkungen von Botschafterin Lian eintrafen. Diese machten kurzen Prozess mit den Bewahrern.

Der Tag ging in die Geschichtsbücher ein und wurde zum *Independence Day* der Menschheit. Wie wir es vorausgesehen hatten, schrieb das Volk den Erfolg der jungen Prinzessin zu. Im ganzen Imperium wurde sie gefeiert. Überall rannten die Menschen auf die Straßen und feierten ihre Freiheit.

Lian sammelte ihre Flotte ein und machte sich wieder auf den Heimweg. Sie hatte es endlich geschafft, den Makel, für den ihr Volk zuständig war, zu beseitigen. Wir hatten uns darauf geeinigt, dem Imperium nichts von der Langlebigkeit ihres Volkes zu erzählen. Das hätte nur zu Unruhen geführt, da waren wir uns einig, und wir wollten ihren Planeten nicht zu einem neuen Mekka der Menschen machen. Außerdem hätten die Insektoiden das niemals geduldet. Victoria bedankte sich herzlich bei der Botschafterin und hieß die verloren Menschen im Imperium willkommen. Sie machte Lian das Angebot, einen passenden Planeten für sie und ihr Volk im Imperium zu finden. Doch Lian Pau Tseng lehnte dankend ab.

Jetzt stand ich im Taktikraum neben meiner Victoria. Noch hatte ich keine Zeit gehabt, sie richtig zu begrüßen. Doch das Strahlen in ihren Augen war Belohnung genug für mich. Ich hatte mich so sehr nach ihr gesehnt, hatte sie so sehr vermisst und nun stand sie keine zwei Meter neben mir. Ich konnte es kaum erwarten, alleine mit ihr zu sein. Emilia war voller Freude zu ihr gelaufen und die beiden hatten einander so festgehalten, dass ich befürchtet hatte, nichts könnte die beiden jemals wieder trennen. Argwöhnisch betrachtete ich den Bewahrer, der neben der Kaiserin stand. Victoria nahm die Maschine in Schutz und wollte das später mit mir besprechen. So wie es aussah, war dieser Bewahrer der Letzte seiner Art. Das hoffte ich jedenfalls.

{Seid ihr jetzt zufrieden?}, vernahm ich die schmerzerfüllte Stimme von Aramis. An Victorias und Emilias Blicken konnte ich sehen, dass auch die beiden die Stimme gehört hatten.

{Seid ihr zufrieden?}, wiederholte das göttliche Wesen seine Frage in tiefer Trauer. *{Ihr habt eine ganze Art ausgelöscht und ich erkenne in euch nur große Freude. Wer werden die Nächsten sein?}*

[Das ist nicht fair], antwortete ich. *[Wir haben diesen Krieg nicht angefangen.]*

{Aber beendet habt ihr ihn, endgültig. Ich gratuliere dir zu dieser Glanzleistung}, warf mir Aramis voller Verachtung entgegen.

[Du bist doch der Allmächtige. Du hättest es verhindern können, wenn du es gewollt hättest. Du hast diese Bewahrer auf das Universum losgelassen. Schiebe den Menschen jetzt nicht die Schuld zu! Dazu hast du kein Recht. Hättest du von Anfang an mit offenen Karten gespielt, vielleicht hätten wir eine andere Lösung gefunden. Aber nein, du Idiot musstest ja ... Ach lassen wir das. Du kennst meine Gedanken.]

{Ja, die kenne ich und sie stimmen mich sehr traurig. Sicher hätte ich eingreifen können. Dennoch, ich habe dir schon einmal gesagt, ihr habt alle einen freien Willen. Vielleicht wäre wirklich alles anders gekommen, hätte ich dich früher eingeweiht. Im Grunde glaube ich aber nicht daran. Na ja, vielleicht ist es auch besser so. Die Bewahrer stellen in der Tat niemals wieder eine Bedrohung für die Menschen oder für sonst noch jemanden dar.}

[War das jetzt alles?]

{Nein, noch nicht ganz. Ich wollte mich von dir, der Kaiserin und Emilia verabschieden.}

[Was heißt verabschieden?]

{Ich werde mich nicht länger in die Geschicke der Menschen einmischen. Es gibt da draußen noch so viele hoffnungsvolle Zivilisationen. Ich denke, ich sollte dort mein Glück versuchen.}

[Mit anderen Worten, wir Menschen sind ein hoffnungsloser Fall.]

{Ja, John. Sosehr es mich schmerzt, aber genau das denke ich. In jedem Fall wünsche ich euch viel Glück.}

[Einfach so?]

{Einfach so. Aber ich möchte dir und Victoria noch ein Geschenk machen. Ich kann mir vorstellen, dass du mit deiner zukünftigen Frau etwas mehr Zeit verbringen möchtest. Emilia ist so weit, den Thron zu besteigen. Das Volk schreit förmlich danach.}

[Ein Geschenk? Das wäre doch nicht nötig gewesen.] Den Sarkasmus konnte ich nicht zurückhalten.

{Sieh es als Abschieds- und Hochzeitsgeschenk in einem. Lebe wohl, John!}

Das waren die letzten Worte, die Aramis zu mir gesprochen hatte. Seine Stimme habe ich nie wieder vernommen.

»Eure Majestät! Da passiert etwas in der Umlaufbahn! Auf Monitor drei«, rief ein Analytiker laut durch den Raum. Sofort eilten wir alle zum Display und beobachteten gemeinsam das Wunder, das sich in einer weiten Umlaufbahn der Erde ereignete. Die Trümmerteile des Kugelraumers zogen sich zusammen. Gaswolken verwandelten sich in feste Stoffe. Kleinste Partikel fanden zueinander und schlossen sich zu einem größeren Gebilde zusammen. Ich wurde Zeuge der Geburt eines Raumschiffes. In nur einer Stunde entstand eine kleine Version der Nautilus II. Sie glich dem größeren Schiff bis ins kleinste Detail, war dabei aber nur knapp zweihundert Meter lang. Keiner, der das beobachtete, traute seinen Augen. Jetzt verstand ich, was Aramis mir schenken wollte. Er kannte mich doch besser, als ich mir selbst eingestehen wollte. Er wusste, wenn ich erst mit Victoria verheiratet war und Emilia auf dem Thron saß, würde es mich wieder in ferne Galaxien ziehen. Es war wie ein Fieber, das mich gepackt hatte. Einmal infiziert, ließ es einen niemals wieder los.

Epilog

Zeit: 1043
Ort: Milchstraße, Sonnensystem, Planet Erde,
an Bord der NAUTILUS III

Victoria hatte das *kleine* Schiff NAUTILUS III getauft. Ich fand das ziemlich fantasielos, aber im Grunde war es mir schnurzpiepegal, wie der Kahn hieß. Die kaiserliche Hochzeit war schön und vor allem pompös gewesen. Ich war glücklich, das hinter mir zu haben, und hielt voller Stolz meine mir rechtmäßig angetraute Ehefrau in den Armen. Emilias Krönung war noch pompöser als unsere Hochzeit und das Volk liebte sie. Victoria verlor damit ihren Status als mächtigste Frau des Imperiums. Sicher, sie war immer noch Mitglied der kaiserlichen Familie und ihr wurden die Wünsche weiterhin von den Lippen abgelesen, doch Vicki erfüllte mir meinen sehnsüchtigen Wunsch und entschied sich für ein, sagen wir einmal so, ein schlichteres Leben. Frau Victoria Johnson. Ich fand, dass es sich richtig gut anhörte. Emilia war so freundlich und entließ mich aus der Garde. Seit ich denken konnte, gehörte ich dem Militär an und noch war es ein komisches Gefühl für mich, keinen militärischen Rang mehr zu haben. Doch ich hatte ein eigenes Schiff und Kommandant Johnson klang auch nicht so übel.

Die NAUTILUS III war eine exakte Kopie der NAUTILUS II. Das musste ich Aramis lassen, er hatte wahrlich ein Wunder verbracht. Doch dieses Schiff ließ sich nicht ohne Personal betreiben. Ich denke, Aramis wusste das ganz genau und hatte das auch so geplant. Nur so konnte er sicherstellen, dass Victoria und ich nicht ganz alleine das Universum unsicher machen konnten. Lange mussten wir nicht suchen, denn es gab unzählige freiwillige Meldungen. Unter ihnen waren auch Lieutenant Commander Starsky und Lieutenant Hutch. Sie saßen gerade auf der Brücke und überprüften ihre Systeme. Beide zeigten mir einen hochgereckten Daumen und vermittelten mir somit, dass die NAUTILUS III startklar war.

Überglücklich, mit der Frau meiner Träume im Arm, wollte ich den Befehl zum Sprung geben, da knisterte die Funkanlage.

»Kommandant Johnson? Higgens hier. Bitte, an Bord kommen zu dürfen.«

»Erlaubnis erteilt!«, antwortete ich unverzüglich und war sehr überrascht. Dennoch freute ich mich über diese Geste. Im letzten Jahr war der Commander derjenige gewesen, der neben BullsEye einem Freund am nächsten kam. Ich fand es eine nette Geste von Fred, sich persönlich von mir verabschieden zu wollen.

»Entschuldigst du mich einen Moment?«, raunte ich Vicki ins Ohr.

»Klar, geh ruhig und bestell viele Grüße.«

»Mach ich«, rief ich über die Schulter und war schon von der Brücke verschwunden. Im Laufschritt eilte ich zum Hangar, und was ich dort zu sehen bekam, verschlug mir fast die Sprache. Dort stand Commander Higgens und er war nicht alleine gekommen. Stannis, Juvis, Murphy, Kensing, Klausthaler und auch Hutson begleiteten ihren Teamleader. Sie hatte alle riesige Taschen über die Schultern geworfen und grinsten mich frech an.

»Commander Higgens!«, rief ich und lief auf ihn zu. Dann schüttelte ich ihm freudig die Hand. Danach begrüßte ich jeden der Jungs. Es tat gut, die Truppe wohlauf und bei bester Laune zu sehen.

»Higgens reicht völlig aus. Wir sind aus dem aktiven Dienst auf eigenen Wunsch entlassen worden.«

»Ihr habt alle quittiert?«, fragte ich ungläubig. Das konnte ich mir nur schwer vorstellen.

»Allerdings. Und wir haben uns gefragt, ob sie nicht noch eine Verwendung für paar Soldaten im Ruhestand haben könnten.«

»Soll das etwa heißen, sie melden sich freiwillig?«

»Ich kann Sie unmöglich alleine auf all die Wesen da draußen loslassen«, grinste mich Fred an.

»Ich kann Ihnen aber nicht sagen, wohin es geht. Das weiß ich selber noch nicht und ich kann auch nicht versprechen, dass es nicht gefährlich wird.«

»Also alles wie immer?«, sagte er und verdreht ganz auf Higgens-Art die Augen.

»Dann sind wir uns einig. Willkommen an Bord, fühlen Sie sich wie zu Hause.«

»Danke, Kommandant. Wir hätten da noch einen Gast mitgebracht.«

»Noch einen Gast?« Der Tag war voller Überraschungen, zur Abwechslung aber einer mit guten – und auch die nächste sollte mein Herz höherschlagen lassen. Aus dem Shuttle, mit dem Higgens und sein Team an Bord gekommen waren, latschte BullsEye die Rampe herunter, dicht gefolgt von seiner Frau und Vera Keller. Der Tag wurde in der Tat immer besser.

Wenige Minuten später sprang die NAUTILUS III in eine ferne unbekannte Galaxie.

Es werde Licht

Das ganze Universum wurde Zeuge der Wiedergeburt eines Gottes, doch kein Schwein interessierte sich dafür.

Ihnen hat das Buch gefallen oder Sie haben eine Kritik? Benutzen Sie doch das Bewertungssystem von Amazon. Unter allen Rezensionen für den fünften Teil verlose ich 5-mal kostenlos das E-Book für den sechsten Teil. Die Gewinner werden in der Kommentarfunktion ihrer Rezension angeschrieben. Ich freue mich über jede Rezension! Oder schreiben Sie eine E-Mail an info@john-johnson.de.

Impressum

Arne Danikowski
Am Kerhoff 3
41812 Erkelenz
Info@john-johnson.de

Printed in Great Britain
by Amazon